Mina`s Sage

-Teil 1-

Die Zauberkette und der Fluch des Osiris

Von J.D.Bennick

Gewidmet meinem geliebten Neffen Arian, der leider viel zu früh von uns gegangen ist.
(*30.03.2010; + 28.09.2014)

2. Auflage Januar 2018

Impressum

Bibliografische Information der Deutschen Nationalbibliothek: Die Deutsche Nationalbibliothek verzeichnet diese Publikation in der Deutschen Nationalbibliografie; detaillierte bibliografische Daten sind im Internet über http://dnb.dnb.de abrufbar.

Buch/ Geschichte Copyright © by 2016 J.D. Bennick

Email: j.d.bennick@gmx.de
Homepage: jdbennick.jimdo.com
Facebook: facebook.com/j.d.bennick
oder
J.D.Bennick@Poet.mit.der.Waschbaermaske

Illustration: Michaela Leimbach

Herstellung und Verlag
BoD – Books on Demand, Norderstedt

ISBN: 978-3-7431-7779-6

Alle Rechte vorbehalten. Nachdruck, auch auszugsweise, nur mit schriftlicher Genehmigung des Autors. Personen und Handlung sind frei erfunden, etwaige Ähnlichkeiten mit real existierenden Menschen sind rein zufällig und nicht beabsichtigt. Markennamen sowie Warenzeichen, die in diesem Buch verwendet werden, sind Eigentum ihrer rechtmäßigen Eigentümer.

Kapitelübersicht

Inhalt

Onkel San und der geheimnisvolle Dachboden 20
Die Zauberkette 26
Der erste Hinweis 41
Unheimliche Flughafenbegegnung 48
Xenia die Hellseherin 57
Xenias Plan 68
Die Nationalbibliothek Rio de Janeiros 77
Die Jesusstatue 85
Die Papyrusrolle 93
Pitty - Der Helfer des Hermes 101
New York – Eine unverhoffte Mitfahrgelegenheit 106
Der geheimnisvolle Fahrer 111
Der Retter in der Not 115
Gedächtnisverlust 119
Der Pakt mit dem Teufel 124
Der Handspiegel der Berührung 129
Ein Wiedersehen mit Folgen 136
Die traurige Wahrheit 143
Die fremde Frau 148
Ein schneller Umweg 153
Ellis Island – Die Insel der Tränen 159
Die vier Stäbe der Erleuchtung 163
San und der Kampf gegen das Gift 178

Die Flucht vor der Polizei 188
Ein unerwartetes Ereignis 201
Ein Versuch weiterzumachen 208
Die Hoffnung stirbt zuletzt...216
Trügerische Nacht auf hoher See....................................226
Bündnis unter Feinden 244
Die Freiheitsstatue 251
Wohin? 262
Das Rätsel um die zweite Papyrusrolle...........................278
Kein schönes Land in dieser Zeit 294
Der Überraschungsangriff..301
Der Hadsch, der Moloch und der dritte Kristall.............313
Der Spion 325
Das Ankh...343
Die Ruhe vor dem Sturm 349
Die Unterwelt – im Reich Osiris' 365
Die Überbringung der Kette – aber wie?........................385
Die Wiedervereinigung..393
Epilog..396
Danke an…..400
In eigener Sache 403

-Kapitel 1-

Aus dem Traum gerissen

Mina tastete sich langsam an den Wänden der Pyramide vor. Meter für Meter. Sie war ganz auf sich alleine gestellt. Niemand war an ihrer Seite. Die Dunkelheit türmte sich vor ihren Augen überall wie ein undurchdringliches Geflecht auf, egal wo sie hinblickte. In diesem Moment hätte sie gerne eine Taschenlampe bei sich gehabt. Sie zuckte zusammen. Hinter sich hörte sie lautes Gekreische durch den engen Gang hallen. Mina war sich sicher: Irgendetwas verfolgte sie und war ihr dicht auf den Fersen. Aber was? Und wo war nur der Ausgang?

Eine Fackel schimmerte in weiter Ferne. Mina zögerte nicht und lief schnell auf sie zu. Nun stand sie mitten in einem kleinen Raum. Ein großes Bild, das sich fast über den ganzen Raum erstreckte, zierte die Wand. Darauf zu sehen waren sieben Personen in dunkelroten Roben, die einen Halbkreis bildeten. Dann ertönte wieder ein Gekreische, das die Gänge zum Beben brachte, als einer der Gestalten auf dem Bild an der Wand plötzlich sagte: „Sie kommen, um dich zu holen!"

Mina erschrak sich so fürchterlich, dass sie schreien musste. Schreckliche Panik breitete sich in ihrem Körper aus. Sie erkannte, dass dieser Raum eine Sackgasse war, also nahm sie die Fackel aus der Halterung und wollte weglaufen.

Doch wohin? Plötzlich öffnete sich der Boden unter ihren Füßen und sie rutschte einen langen Tunnel herab. Nach einer gefühlten Ewigkeit knallte sie auf einen schlecht gepflasterten Weg. Ihre Rutschpartie war zu Ende. Sie fasste sich an den Kopf um festzustellen, dass alles noch an seinem Platz saß.

Ein Geruch von verbrannter Erde stieg in Minas Nase. Sie checkte die Umgebung und sah spitze Stalaktiten von der Decke ragen und mächtige Stalagmiten, die aus dem Boden schossen. Sie musste also in einer Art Höhle gelandet sein. Die Luft war so heiß, dass Mina dachte sie würde ersticken. Flüsse von heißem Magma ergossen sich unter ihren Füßen. Sie stand inmitten einer langen, steinernen Brücke. An was für einen fürchterlichen Ort war sie da wohl hingeraten, dachte sie sich. Doch es blieb ihr keine Zeit, viel darüber nachzudenken, denn ein seltsames Wesen stand hinter ihr auf der anderen Seite vor der Brücke. Es sah aus wie ein Mensch mit einem Hundekopf. In seiner rechten Hand trug er eine Art goldenen Stab, an dessen Spitze sich eine Sichel befand. Das Wesen sah ziemlich furchteinflößend aus und es fühlte sich so an, als ob er ihr den Weg versperren wollte. Mina fragte sich, ob es wohl dieses Geschöpf war, das sie in der Pyramide verfolgt hatte. Aber warum?

Eine Weile blickten sich Mina und das Wesen aus der Ferne an. Dann erhob es seinen Stab und donnerte ihn heftig auf die Brücke. Ein lautes Grollen verhallte im Raum und die Brücke begann, wie im Dominoeffekt, vor den Füßen des Hundemenschen, einzustürzen. Die tragenden Elemente fielen in das heiße Magma und spritzten das gefährliche Zeugs meterweit durch die Lüfte. Es verfehlte Mina nur haarscharf. Die einstürzende Brücke bewegte sich unaufhaltsam auf sie zu. Sie drehte sich um und lief so schnell sie ihre Beine trugen auf die gegenüberliegende Seite.

Als sie diese völlig atemlos erreichte, wischte sie sich den Schweiß aus den Augen. Sie blickte sich schnell um, um sicherzugehen, dass ihr dieses Geschöpf nicht gefolgt war. Die Brücke war vollständig zusammengebrochen und von den heißen Magmaströmen verschlungen worden. Auch das Wesen war wie vom Erdboden verschluckt. Nun blieb ihr nichts weiter übrig, als in die einzige Richtung weiterzugehen, die ihr noch offen stand. Und dieser Pfad führte sie durch einen engen, felsigen Gang.

Plötzlich bemerkte Mina überall Blutspuren an den Wänden. Es sah so aus, als wurde hier jemand gewaltsam durchgeschleift. Jemand, der hier nicht sein wollte. Jemand, wie sie.

Je weiter sie ging, desto mehr Blut klebte an den Wänden. Eigentlich wollte sie gar nicht mehr weitergehen, denn was konnte sie schon erwarten? Im schlimmsten Falle und davon musste sie ausgehen, ein Monster, das ihr nach dem Leben trachtete. Aber umdrehen konnte sie auch nicht, denn die Brücke stand ja nicht mehr da. Es gab also keinen Weg zurück.

Sie schritt nun zügiger voran und versuchte, nicht mehr das Blut an den Wänden zu fokussieren. Plötzlich schrie am anderen Ende der engen Felspassage eine bekannte Stimme um Hilfe. Konnte das ihr Onkel San gewesen sein? Was sollte er hier verloren haben? Mina lief los, als gäbe es keinen Morgen mehr. Immer wieder hörte sie die quälenden Hilfeschreie ihres Onkels. Endlich nahm der Gang ein Ende und tatsächlich, sie sah ihn ausgestreckt, an einer großen, goldenen, Scheibe fixiert. Seine Hände bluteten fürchterlich. Also musste er es gewesen sein, der durch die Felspassage geschliffen wurde. Aber weshalb? „Onkel San!", rief Mina erschrocken. Doch ihr Onkel ließ im selben Augenblick kraftlos seinen Kopf herunterbaumeln und regte sich plötzlich nicht mehr. Stattdessen unterbrach sie eine Mumie, die auf einem Thron am anderen Ende des Raumes saß.

Ihr Körper war, bis auf den Kopf, einbalsamiert. Trotzdem ihre Sicht auf die Mumie nicht eingeschränkt war, konnte sie sein Gesicht nur schemenhaft erkennen. Durch die erhitzte Luft, konnte sie ihn nur verschwommen wahrnehmen. Aber eins war offensichtlich. Er schien über etwas sehr erzürnt zu sein.

„Gib mir, was einst mir gehörte oder er wird sterben!", rief er voller Zorn und zeigte auf Onkel San. „Ich habe nichts was dir gehört. Lass meinen Onkel gehen!", erwiderte Mina. Daraufhin stand die Mumie wortlos auf und zog einen Speer aus einer Halterung, die sich gleich neben seinem Thron befand. Dann holte er aus und warf ihn ohne zu zögern in Richtung ihres bewusstlosen Onkels. Mina schrie vor blankem Entsetzen.

Plötzlich wurde es hell und die Zimmertüre ging auf. Minas Mutter Melinda stand in der Türe. „Du schläfst ja immer noch! Immer das Gleiche mit dir. Bitte steh` jetzt auf oder wir kommen noch zu spät zu deinem Onkel.", fauchte ihre Mutter sie bereits am frühen Morgen an. Mina rieb sich verschlafen den Sand aus den Augen und wollte gerade aufstehen, doch sie überlegte es sich kurzerhand anders und fiel mit ihrem Kopf wieder in das weiche Kissen zurück.

„Und wenn schon.", flüsterte sie. Mina war ohnehin noch sehr mitgenommen von ihrem Traum. Sie hatte ja schon öfters turbulent geträumt, aber diesmal fühlte sich der Traum viel realer an als sonst. Der Gedanke an diesen Albtraum ließ ihre Nackenhärchen aufrecht stehen und eine Gänsehaut überzog ihren ganzen Körper.

Eigentlich wollte Mina sich noch einmal kurz hinlegen. Ein starkes Gefühl drängte sie förmlich dazu. In ihr keimte der Wunsch, dass sie unbedingt wissen musste, wie dieser Traum zu Ende ging. Auf unerklärliche Weise dachte sie, dass es wichtig für ihr weiteres Leben wäre.

Melinda, ihre Mutter, stand jedoch noch immer in ihrem Zimmer und zog ihr die Decke vom Kopf. „Jetzt wird nicht mehr geschlafen Fräulein. Ab jetzt wird sich fertig gemacht! Mein Flieger nach Panama geht bald. Jetzt komm schon!" Mina maulte zurück: „Na toll, jetzt werde ich nie erfahren, ob ich Onkel San aus dem Todesrad befreien und die Mumie vernichten konnte." „Du und deine ausgeprägte Fantasie. Wir haben für so einen Mumpitz keine Zeit und nun ab mit dir, Zähne putzen und anziehen! Oder willst du so zerzaust zu deinem Onkel fahren. Der wird sich auch was denken."

Nie wurde sie von ihrer Mutter ernst genommen. So empfand sie es jedenfalls. Widerwillig und murrend gab sie nach, stand auf und ging ins Badezimmer, um sich ihre Zähne zu putzen. Im Badezimmerspiegel betrachtete sie eine vierzehnjährige junge Frau, mit blaugefärbten, schulterlangen Haaren, mal zum Zopf gebunden, mal gescheitelt. Doch heute, aus Zeitmangel, offen und eher legere fallend. Während sie sich so im Spiegel betrachtete, fiel ihr wieder ein, dass heute der Tag war, an dem sie ihre Mutter für ein paar Tage verließ. Ihre Mutter war eine junge, aufstrebende Karrierefrau. Noch nicht einmal vierunddreißig Jahre alt. Sie arbeitete für eine Firma, die feuersichere Öltanks herstellte. Ihr Chef hatte ihr den Auftrag gegeben, sich mit Konzernbossen der Ölindustrie in Panama in Verbindung zu setzen. In den Nachrichten lief vor wenigen Tagen eine spektakuläre Live-Übertragung in Dauerschleife, wo viele Arbeiter bei einem Brand in einer Ölraffinerie zu Tode kamen. Es gab keinen besseren Beweggrund nun dort ihr Produkt vorzustellen, war sich der Chef von Melinda sicher.

Seitdem der Vater die Familie nach der Geburt von Mina verlassen hatte, veränderte sich die Mutter schlagartig. Vorher war sie ein kuscheliger Typ, las gerne Liebesromane und wollte dieselbe Romantik und die großen Gefühle erleben, wie die Protagonistinnen aus ihren Büchern. Eine ganz normale Frau eben, mit den Sehnsüchten wie sie wohl jedes zwanzig jährige Mädel in ihrem Herzen trug. Aber nach der herben Enttäuschung mit dem Vater ihrer Tochter, verwandelte sie sich genau ins Gegenteil. Männer besaßen keinen hohen Stellenwert mehr bei ihr. Sie zeigte der Männerwelt von nun an die kalte Schulter und gab jedem, der sich ihr aufdrängte, einen unmissverständlichen Laufpass. Oft hörte sie ihre Mutter über die Männer herziehen „Die sind alle gleich.", „Mach ja nicht denselben Fehler wie ich, wenn du erwachsen bist!", und dergleichen. Mina dachte sich dann immer, was sie mit „Fehler" meinte. Ihre Existenz etwa? Dass sie geboren wurde? Vielen Dank auch!

Die Mutter pflegte jedenfalls keine Männerkontakte mehr. Ihr Herz konnte diese seelische Verletzung niemals wirklich überwinden. Stattdessen stürzte sie sich Hals über Kopf in ihre Arbeit, als wäre sie mit ihr verheiratet. Sie belegte unzählige Kurse, besuchte alle erdenklichen Weiterbildungen und holte sogar ihr Abitur nach. Für die Liebe blieb da keine Zeit. Sie verpönte sogar die Romantik, schlug sie ab als etwas, das nur ein hinterhältiges Werkzeug war, um die Frauen willig zu machen. Ihr nicht zu löschender Wissensdurst und ihre Bereitschaft, mehr als andere Leisten zu wollen, verschafften ihr diesen heißbegehrten Posten, für die sich viele interessierten. Aber letztlich setzte sie sich gegenüber allen Bewerbern durch. Ihr Engagement für die Firma wurde auch prompt vom Chef belohnt. Schneller als jeder andere Mitarbeiter in der Konzerngeschichte durfte sie eine eigene Abteilung leiten. Und das beflügelte sie und bestärkte sie in dem Gedanken als Karrierefrau. Nur Mina blieb deswegen oftmals auf der Strecke. Für sie nahm sie sich kaum noch Zeit. Immer standen die Projekte an erster Stelle.

Als Mina älter wurde, wollte sie natürlich mehr über ihren Vater erfahren. Aber ihre Mutter konnte nicht viel dazu erzählen. Sie verriet nur wenig und machte aus der Beziehung eine unnötige Geheimniskrämerei, wie Mina fand. Aber wie sie sich zum ersten Mal begegneten, das hatte sie ihr irgendwann einmal erzählt, nachdem sie resigniert aufgab, weil Mina nicht locker ließ.

In der Stadtbibliothek las einer ihrer Lieblingsautoren aus seinem neuen Schnulzen-Roman mit dem geistreichen Titel „X-Faktor Liebe". Viele Frauen waren anwesend und unter anderem auch Melinda. Mitten in der Vorlesung stürmte ein völlig gehetzt wirkender Mann herein, der sich tausend Mal für sein Zuspätkommen entschuldigte. Alle waren genervt von der Unterbrechung und raunten durch den Raum, nur Minas Mutter amüsierte sich so sehr darüber, dass sie lauthals zu Lachen anfing. Der Autor bat daraufhin die beiden, die Leserunde zu verlassen, denn sie würden die stimmige Atmosphäre erheblich beeinträchtigen. Melinda und der junge Mann kamen der Bitte nach und verließen zusammen die Bibliothek. Der Mann, dessen Namen ihre Mutter nie aussprach, lud sie daraufhin als Entschädigung in ein Cafe ein. Und während Melinda ihm gegenübersaß und er davon erzählte, wie leid ihm alles täte und dass er gerne die Lesung verfolgt hätte, wusste sie; dieser oder keiner. Und so kam es dann auch. Sie verliebten sich ineinander und schon bald darauf trug Melinda sein ungeborenes Kind in ihrem Bauch. Er besuchte alle erdenklichen Geburtsvorbereitungskurse mit ihr. Beide schienen sehr glücklich miteinander. Während der anstrengenden Geburt blieb er unerschütterlich an ihrer Seite, streichelte sie immer wieder über die langen Haare und ging alle Atemübungen mit ihr durch, die er besser gebrauchen konnte, als sie. Er litt, als gebar er selbst ein Kind und kümmerte sich liebevoll um Melinda. Nachdem sie Minas Geschrei hörten, kullerten bei den beiden die Tränen. Ein schöneres Familienglück konnte man sich gar nicht ausdenken.

Aber nachdem die beiden aufs Zimmer verlegt wurden, schloss er seine Tochter vollen Stolzes in die Arme, gab ihr einen Kuss auf die Stirn und verabschiedete sich bei ihr und Melinda mit folgenden Worten: „Ich muss euch jetzt leider verlassen. Auch wenn ihr es jetzt nicht verstehen könnt." Melinda war noch so abgekämpft von der Geburt, dass sie gar nichts darauf antworten konnte. Und der Moment, als ihr Vater die Zimmertüre hinter sich verschloss, sollte der letzte gewesen sein, an dem die Familie vollständig war.

Der Vater sollte sich an seine Worte halten. Er kam bis zum heutigen Tag nicht mehr. Nicht einmal, um seiner Tochter an ihrem Geburtstag einen kurzen Besuch abzustatten. An keinem ihrer Geburtstage war er je zugegen oder hatte ihr eine Karte geschickt. Aus diesem Grund gab sich ihre Mutter besonders viel Mühe an ihren Geburtstagen und ließ sich einiges einfallen. Ein Mal gingen sie reiten, ein anderes Mal fuhren sie mit einem Kajak auf dem Fluss und das letzte Mal machten sie eine ausgiebige Shoppingtour – in Mailand. Und auch wenn sie zumindest ein Mal im Jahr wie eine Prinzessin verhätschelt wurde, so fehlte ihr der Vater doch sehr. Sie verstand überhaupt nicht, warum er sich in all der Zeit nie bei ihr gemeldet hatte. Was hatte sie falsch gemacht? War sie nicht auch seine Tochter? Alles, was an ihn erinnerte, war eine ausgeblichene Polaroid-Aufnahme, in der er mit einem breiten Lächeln im Gesicht Melinda umarmte, die genauso glücklich und verliebt dreinsah. Das Polaroid hatte Mina einmal im Bücherregal gefunden. Es steckte zwischen den Seiten des Buches mit dem Titel „X-Faktor Liebe".

Vielleicht waren die schwierigen Familienverhältnisse dafür verantwortlich, dass sich Mina ihr Haupt auffallend hell färbte. Die blaue Farbe ihrer Haare war vielleicht nur ein Hilfeschrei – „Seht her, ich bin auch noch hier." Oft hatte sie sich in den Schlaf geweint, aber mit der Zeit nahm es immer mehr ab.

Es gab auch einen guten Grund dafür. Onkel San, der Bruder ihrer Mutter. Er war Mitte vierzig, unverheiratet und liebte seine Nichte, wie seine eigene Tochter (die er nie hatte).

Und nachdem der Vater fort war, übernahm er kurzerhand die Vaterrolle. Er nahm sie oft mit in die Bibliotheken der Stadt, wo er ihr Interesse für Archäologie, Mythologie und Symbolik weckte. Zuweilen kam es auch vor, dass sie dann derart herumalberten, dass sie von anderen Besuchern „angepsst" wurden oder sogar die Aufsicht kam, um sie des Platzes zu verweisen. San nahm alles mit einer gehörigen Portion Humor. Selbst als man bei ihm einmal den Verdacht auf eine schlimme Erkrankung feststellte, ließ er den Kopf nicht hängen und lachte viel. Und so glaubte er rückblickend auch den Krebs besiegt zu haben. „Lachen ist die beste Medizin.", pflegte er fortwährend zu sagen. Und seine Genesung schien ihm Recht zu geben.

„Träum nicht schon wieder vor dich hin.", rief die Mutter aus der Küche. Doch Mina blickte immer noch in den Badspiegel, verdrehte nur die Augen und blieb ganz cool. Dann zog sie sich eine Jeanshose, in dem ihr Handy in der rechten Gesäßtasche steckte und eine weiße Bluse über, die sie noch vom vorherigen Tag im Bad ausgezogen und dort liegen gelassen hatte. Aber hätte sie gewusst, in was für ein Abenteuer sie an diesem Tag hineinschlittern würde, sie hätte sich mit Sicherheit anders gekleidet.

Nachdem sie hastig mit ihrer Mutter gefrühstückt hatte, sie aß kaum eine halbe Schale Müsli, rannten sie auch schon gewohnt hektisch aus der Türe. Mit einem Affenzahn brauste die Mutter aus der Einfahrt und zog dadurch den Zorn einiger Fußgänger auf sich.

Während der Fahrt kam Mina plötzlich die Schule in den Sinn. Auch dort hatte sie so ihre Schwierigkeiten. Frau Schubert, ihre Klassenlehrerin, die man alles andere als eine geschulte Pädagogin nennen konnte, war eine alte, grauhaarige, miesepetrige Schrulle und hatte sie regelrecht auf dem Kicker. Immer wieder demütigte sie Mina vor der gesamten Klasse. Sie hielt ihr dann immer eine Standpauke, dass sie sich nicht gerade wie eine Achtklässlerin benehme und dass sie ihre Tagträume einmal in große Schwierigkeiten bringen würden. Doch Mina träumte gerne vor sich hin. Gerade auch wegen dieser schrecklichen Lehrerin. Und je unwohler sich Mina fühlte, desto stärker entfloh sie aus der tristen Realität, in ihre Fantasie, wo es ihr für einen Moment besser ging. Irgendwie glaubte Mina, dass Frau Schubert am liebsten die Prügelstrafe eigens für sie wieder einführen wollte, wenn sie sie wieder einmal beim Tagträumen erwischte. Und das machte sie zur Außenseiterin der Klasse. Niemand wollte etwas mir ihr zu tun haben. Nicht einmal der Vertrauenslehrer wollte sich ihrer annehmen. Da sie sich niemanden anvertrauen konnte, schwieg sie lieber über ihre eigenen Probleme, die eh keiner verstand. Wenn Lea aus der Parallelklasse nicht wäre, mit der sie nach der Schule ab und zu rumhing, sie hätte sich ein Leben auf der Straße gesucht. Zumindest in ihrer Vorstellung. In Wirklichkeit hätte sie nie den Mut aufgebracht, um ihr kuscheliges Zuhause zu verlassen. Außerdem konnte sie ihre tollpatschige Mutter ja nicht einfach sich selbst überlassen. Doch jetzt waren Sommerferien und Mina wollte eigentlich keinen Gedanken an die ätzende Schule verschwenden. Es reichte ihr schon, dass die Zeit unaufhaltsam verstrich und die Ferien, wie an jedem ersten Schultag, rückblickend immer viel zu schnell vergingen.

„Hoffentlich klappt mein Zeitplan.", murmelte die

Mutter auf einmal, eher mit sich selber redend. „Bestimmt.", gab ihre Tochter von sich. Wie immer fuhr die Mutter schnell durch den Stadtverkehr. Mit quietschenden Reifen bog Melinda in die Straße ein, wo Sans Haus stand. Sie parkte das Auto am Straßenrand und fuhr dort fast einem geparkten Transporter auf die Stoßstange. Abrupt musste sie abbremsen. „Immer diese Falschparker!", schimpfte sie, wo sie es doch war, die die Unfälle magisch anzuziehen schien. Vier Unfälle im letzten Jahr und zwei in diesem, war ihre stolze Bilanz. Aber immer waren die anderen schuld, war sich ihre Mutter gewiss. Es waren zwar immer nur geringe Blechschäden, aber immerhin. Ihre Versicherung hatte ihr schon mit Kündigung gedroht, woraufhin sie sich wütend bei anderen Agenturen schlau gemacht hatte, die sie aber komischerweise nach einem kurzen Blick in den PC immer irgendwie abzuwimmeln versuchten. Und so konnte sie die Versicherung zu ihrem Leidwesen nicht wechseln.

Mina war nicht mal mehr bei der Bremsaktion ihrer Mutter aufgeschreckt. Zu viel hatte sie einfach schon erlebt. „Vielleicht solltest du einfach mal deinen Fahrstil ändern.", belehrte ihre Tochter sie mit kühler Stimme, während sie aus dem Auto ausstiegen. Auf diese Art von Konversation hatte ihre Mutter im Moment keinen Nerv und so überhörte sie einfach die Worte ihrer Tochter und schwieg.

Sie verließen das Auto und klingelten am großen Tor, das sich kurz darauf elektrisch öffnete. Sie gingen schweigend die Stufen empor, die links und rechts von allerhand Blumen, Büschen und Bäumen gesäumt waren. Bis zu Sans Eingang fingen sie ganz schön zu schwitzen an. Vielleicht war dieses tägliche Training auch der Grund dafür, dass ihr Onkel nicht gerade viel auf den Rippen trug. Jedenfalls standen sie beinahe vor Sans Haus, das ein magisches Artefakt beherbergte und Minas Leben und das der ganzen Welt schon bald für immer verändern würde.

-Kapitel 2-
Onkel San und der geheimnisvolle Dachboden

Onkel San stand bereits in der Türe und erwartete die beiden. Eigentlich hieß er Jan, aber er hatte einmal einen bedeutenden archäologischen Fund in Japan gemacht. Er entdeckte ein ganzes Dorf der alten Samurai Krieger, das in der Bevölkerung schon längst in Vergessenheit geraten war. Die Japaner hatten ihn zu jener Zeit für seine Verdienste für die japanische Kultur sogar im Staatsfernsehen geehrt. Und obwohl seine Entdeckung schon einige Jahre zurück lag, trug er seitdem den Spitznamen San, was eigentlich nur die Anrede unter Japanern war, wie „Herr" oder „Frau" in Deutschland.

Onkel San war ein anerkannter Philosophie- und Geschichtsprofessor. Seine Kurse waren sehr gut besucht. Aber in ihm steckte mehr ein Abenteurer, also mehr ein Praktiker, als ein Theoretiker und so reiste er immer öfters um die Welt und lehrte immer weniger an der Universität. Die Schule bot ihm oftmals nur noch den Stoff, den er für seine abenteuerlichen Reisen brauchte. Er wollte einfach alles selbst entdecken und nicht nur aus Büchern lesen. Mina betrachtete ihren Onkel voller Bewunderung. Er war für sie ein Erwachsener, der nie erwachsen wurde. Er konnte das ausleben, was ihr nur in ihrer Fantasie blieb.

„Hallo Mina, du siehst ja übel aus.", begrüßte er seine Nichte mit einem breiten Grinsen im Gesicht. „Wir beide, die nächsten zwei Wochen. Ob danach mein Haus noch steht?" witzelte er und zog eine große, pinke Zuckerwatte hinter seinem Rücken hervor. „Als Einstieg für die kommenden, süßhaftigsten Tage, die wir beide je erleben werden.", ließ er sie wissen. Mina nahm die Zuckerwatte freudig entgegen und erinnerte sich, wie sie diese komische Zuckerwattenmaschine letztes Wochenende von so einem seltsamen Typen, Bierbauchträger mit Flecken auf dem T-Shirt und einem buschigen Bart um die Lippen, auf dem Flohmarkt erstanden hatten und Zuhause angekommen, viel Unsinn damit trieben. Sie freute sich ebenfalls auf die Zeit mit ihrem Onkel.

„Sei lieb und brav und um Himmels willen, stell ja nichts an.", verabschiedete sich Melinda, als würde der Teufel höchstpersönlich in Minas Brust wohnen. Sie übergab ihrer Tochter noch ein Stück Papier mit einer Telefonnummer darauf. „Auf dieser Nummer kannst du mich immer erreichen. Immer. Und San, danke für alles." Sie drückte ihrer Tochter zwei Küsschen auf die Wange, bevor sie sich auf den Weg machte. „Sie ist brav UND sie ist lieb.", verteidigte San seine Nichte, während die Mutter bereits einige Stufen herabgestiegen war. „Ich habe nicht sie gemeint!", rief ihm Melinda lächelnd zu. Das Letzte, das man von ihr hörte, bevor das Auto wieder einmal mit qualmenden Reifen davon fuhr, war: „Ich verpass gleich meinen Flieger!"

Onkel San wohnte in einem riesigen Haus. Mit einem Unterschied. Dort war es so ganz anders als bei allen Leuten, die sie kannte und das waren zugegeben - eher wenige. Aber aus dem Fernseher kannte sie ja die gut aufgeräumten Wohnungen und Häuser – nicht so bei San. Überall türmten sich Reliquien und Bücher aus längst vergangenen Zeiten. Für Mina war Onkel Sans Zuhause ein magischer Ort, der ihre Fantasie mehr als beflügelte. Vielleicht fühlte sie sich auch deshalb so wohl bei ihm. Und auch Onkel San betonte immer wieder, wie magisch sein Zuhause war. Mina wusste gar nicht, wo sie zuerst stöbern sollte. Alles war so aufregend.

San verschwand eine Weile in der Küche, um für beide, zum Einstand der vorrübergehend gegründeten Wohngemeinschaft, ein kleines Festmahl vorzubereiten, wie er meinte, während Mina derweil auf Entdeckungsreise ging. Sie rannte hinauf in den ersten Stock, wo unter anderem Onkel Sans Schlafzimmer lag. Auf seiner Nachtkonsole fand sie eine Landkarte, einen Kompass und ein Buch mit dem Titel „Der Schatz der Nibelungen". Ihr Onkel war wirklich eine bewundernswerte Person für sie. Wenn doch jeder Erwachsene auf Schatzsuche gehen würde, dachte sich Mina. Ihr größter Wunsch wäre es einmal mit ihrem Onkel gemeinsam ein echtes, waghalsiges, großes Abenteuer zu erleben, in dem sie mutig sein musste und Hinweisen nachjagen konnte, die über die ganze Welt verstreut lagen und aus tödlichen Situationen entkommen musste. Aber das blieb ihr wohl noch so lange verwehrt, bis sie volljährig war und dann selbst auf Schatzsuche gehen konnte. Denn ihre Mutter würde derlei kindliches Gehabe, wie sie Sans Abenteuerlust oft im Streit mit ihm nannte, nicht dulden.

Plötzlich hörte Mina ein Rumpeln, das vom Dachboden zu kommen schien. Sie erschrak sich und blickte zur Zimmerdecke hinauf. Mina lauschte eine Weile. Als sie dachte, sie hätte sich das Geräusch nur eingebildet und sich wieder Onkel Sans Abendlektüre widmete, hörte sie einen dumpfen Knall, so als ob irgendetwas dort oben umgestoßen wurde. Mina ging auf den Flur. Sie war angespannt. San konnte es nicht sein, denn der war noch immer aus der Küche zu hören. Fröhlich pfiff er beim Kochen vor sich hin.

Mina ging zum Treppenaufgang, der zum Dachboden führte. Da, schon wieder ein dumpfes Geräusch. Langsam setzte sie einen Fuß vor den anderen, die Treppen hinauf. Jede einzelne Stufe knarzte beim Drauftreten und quietschte fürchterlich, wenn der Druck des Beins nachgab. Zwischendurch stand Mina wegen der Geräusche, die sie verursachte, immer mal wieder still und blickte angespannt zur Dachbodentüre hinauf.

Als sie oben angelangt war, drehte sie vorsichtig am Türknauf. Die Türe knarrte beim Öffnen. Es war dunkel. Mina tastete mit ihren Fingern nach einem Lichtschalter und knipste das Licht an. Doch die Birne in der Lampe war kaputt. Das Licht flackerte nur in unregelmäßigen Abständen. Es bot sich ihr ein unheimliches Bild, wie in einem Horrorstreifen. Doch das war Mina jetzt erst einmal egal, denn sie wollte unbedingt die Ursache der Geräusche herausfinden. Da fiel ihr ein, dass sie bei ihren zahlreichen Besuchen noch nie auf dem Dachboden von ihrem Onkel gewesen war. Eigentlich hatte sie immer gedacht, dass dieser genauso voller Gerümpel stand, wie die übrigen Zimmer. Doch sie wurde eines Besseren belehrt.

Nur eine Truhe stand am anderen Ende des Dachbodens. Und der Umstand flößte ihr eine Heidenangst ein. Doch von der Neugierde gepackt, von der man sagte, dass sie so manches Kätzchen frühzeitig ins Grab brachte, schritt sie auf Zehenspitzen und mucksmäuschenstill auf sie zu. Irgendetwas stimmte nicht mit dieser Truhe. Immer wieder vernahm sie ein Rumpeln aus ihr, das stark genug war, die Truhe ein paar Millimeter über den Boden hüpfen zu lassen. Doch was konnte das sein? Hielt San womöglich jemanden in der Truhe gefangen? Der Gedanke schien abtrünnig zu sein. Aber irgendjemand musste sich ja in ihr befinden und genau das galt es herauszufinden.

Als sie kurz davor stand, fing sie plötzlich an, sich wie von Zauberhand selbst zu verrücken. Mina erschrak sich fürchterlich und versteckte sich hinter einem Balken, der das Dach stützte. Da hörte die Truhe wieder auf sich zu bewegen. „Sei mutig, wie im Kampf gegen die Mumie.", redete sich Mina ein und dachte an ihren Traum. Sie fasste sich kurz ans Herz und dann ging sie wagemutig und ohne zu zögern auf die Truhe zu. Diese stand nun wider Erwarten ganz ruhig vor ihr. Auf der Truhe war ein großer Schriftzug eingeschnitzt, was selbst im flackernden Licht noch gut lesbar war. Mina strich mit ihrer Hand über die eingravierten Buchstaben. „Die Büchse der Pandora". Ganz langsam öffnete sie die Truhe. Das Adrenalin durchflutete ihren Körper, jederzeit reflexartig die Flucht zu ergreifen.

Ihre Befürchtung, dass plötzlich irgendjemand mit geschundenem Körper aus der Truhe heraussprang, wurde jedoch nicht erfüllt. Es kam ganz anders, fast noch unheimlicher. Ein grelles Licht blendete sie kurz und erhellte den ganzen Raum. Dann verschwand es ebenso schnell, wie es gekommen war. Voller Erwartungen sah sie in die Truhe, aber sie konnte auf den ersten Blick nichts erkennen, außer einer Kette, die in den schönsten Goldfarben schimmerte. Ein Amulett, in Form eines gebrochenen Herzens, zierte dieses wundersame Schmuckstück.

Mina spürte die mystische Aura, die das Collier umgab. Ein unheimliches Gefühl überkam sie. „Warum der ganze Dachboden für so eine kleine Truhe? Und warum eine ganze Truhe für so eine winzige Kette?", flüsterte sie.

-Kapitel 3-
Die Zauberkette

Mina war so von der Schönheit der Kette angetan, dass sie hingegen aller warnenden Stimmen in ihrem Kopf nach dem Amulett griff und ihre anfänglichen Bedenken über Bord warf. Die Kette übte eine derart große Anziehungskraft auf sie aus, dass sie von ihren Gefühlen überwältigt wurde. Widerstand war zwecklos. Im selben Moment, als sie sich die Kette um den Hals legte, donnerte es lautstark, dass sie zusammenzuckte. „Oh je, ich hoffe das hängt jetzt nicht mit der Kette zusammen. Das wäre aber auch ein ziemlicher Zufall.", versuchte sie sich ihre heimliche Angst auszureden.

Mina untersuchte das Amulett genauer und bemerkte auf der Rückseite viele eingravierte Symbole. Für sie sahen sie nach altägyptischen Hieroglyphen aus. Aber genau konnte sie das bei den schlechten Lichtverhältnissen nicht bestimmen. Bei genauerer Betrachtung des Amuletts fiel ihr auf, dass das gebrochene Herz in der Mitte einen blutroten Kern umfasste. Sie fragte sich wem diese außergewöhnliche Kette, die auf so wundervolle Weise glänzte, als wäre sie von einer anderen Welt, wohl ursprünglich gehört hatte? Und woher hatte Onkel San sie? Mina fing das Träumen an und stellte sich vor, wie er die Kette aus einer seiner zahlreichen Abenteuer hierher gebracht hatte. Ach, würde sie doch auch so ein Abenteuer mit Onkel San erleben, dachte sie sich.

Plötzlich fing das Amulett zu leuchten an und ein Energiestrahl schoss aus dem gebrochenen Herzen. Es sah so aus, als ob das Amulett ein Tor zu einer anderen Welt in den Raum projizierte. Sie blickte durch das Tor und ließ ihren Blick umherschweifen. Einen Katzensprung entfernt bemerkte sie die gleiche Mumie aus ihrem Traum. Sie saß auf einem Thron und seine Mimik ließ nichts Gutes verheißen. Zu dessen rechten Seite saß diesmal eine mächtige Raubkatze. Aber sie sah sehr ungewöhnlich aus und hatte nichts mit den Raubkatzen aus unseren Zoos gemein. Sie war sehr groß, pechschwarz und ein leichter Dunst verflog über ihrem Körper. Es schien, als würde sie innerlich verbrennen. Aus ihrem Maul lief eine schwarze Substanz, die den Boden aber nie berührte, sondern vorher immer verdunstete. Die Tatzen waren überdurchschnittlich groß und messerscharfe Pranken lugten aus ihnen heraus.

Das Raubtier fletschte seine Zähne, als es Mina bemerkte. Es waren große Reißer, die aus dem spitzen Maul hervorragten und wie weiße Diamanten glänzten. Die Zähne und die rot leuchtenden Augen, standen im starken Kontrast zu dem schattenartigen Körper. Doch die Mumie hielt sie an Ketten zurück, obwohl das Schattenraubtier sich immer wieder dagegen stemmte. Es schien irgendwie Blut geleckt zu haben. Doch wofür? Mit dieser Bestie war jedenfalls nicht gut Kirschen essen, soviel stand fest.

„Gib mir meine Kette zurück oder ich hetze mein Schattenraubtier *Inam* auf dich!", befahl ihr die Mumie. „Da muss ich aber erst meinen Onkel fragen.", feixte Mina überheblich, weil sie dachte, ihre Fantasie würde ihr mal wieder einen Streich spielen. Doch die Mumie verstand keine Späße und ließ ihr Schattenraubtier von der Kette los. Es sprintete auch gleich auf Mina zu, die panisch versuchte das

Tor zu schließen, indem sie das Amulett mit ihren Händen umschloss. Doch der Energiestrahl war so stark, dass er ihre Hände durchleuchtete und es praktisch nichts half. Sie drehte sich zur Seite, um wegzulaufen, aber egal wohin sie sich auch wandte, sie drehte das Tor immer mit. Als das Schattenraubtier kurz davor war, durch das Tor zu springen, stieß Mina einen lauten Schrei aus: „Oh Gott, ich wünschte dieses Portal würde verschwinden!" Das Amulett leuchtete abermals auf und das Tor war verschwunden. Das Schattenraubtier blieb in seiner Welt zurück.

Mina atmete hektisch und war kurz davor zu hyperventilieren. Sie umschloss ihren Mund mit beiden Händen und fing an, mehrmals tief durchzuatmen. Sie fragte sich, ob das gerade wirklich passiert war. Und damit meinte sie wirklich WIRKLICH? So echt hatte sich ihre Einbildungskraft vorher niemals angefühlt. Vielleicht war es jetzt an der Zeit sich in psychiatrische Behandlung zu begeben, dachte sie allen ernstes. Sie zweifelte gerade an ihrer eigenen Wahrnehmung, als sie von ihrem Onkel unterbrochen wurde.

„Mina, Essen ist fertig!", rief er nach oben und riss seine Nichte aus ihren Gedanken. Mina schloss schnell die Truhe und lief auf leisen Sohlen vom Dachboden in Richtung Esszimmer. Verwundert blickte sie noch einmal zurück. War das alles eben nur ein Traum oder doch wirklich geschehen? Zum ersten Mal in ihrem Leben war sie sich dessen nicht hundertprozentig bewusst.

„Mina, wo steckst du? Das Essen wird doch kalt. Und kalt schmeckt eigentlich nur Eis und Eis habe ich nicht gekocht.", machte sich San gewohnt lustig bemerkbar. „Hier bin ich!", rief sie und tat so, als wäre nichts gewesen. Der Tisch war schon gedeckt. Es gab Spaghetti mit Knoblauchsauce zum Frühstück. Wohlgemerkt zum Frühstück. Mit so etwas konnte man eigentlich nur bei ihm rechnen. Trotzdem war Mina überrascht. „Jetzt bin ich aber etwas enttäuscht Onkel. Gibt es gar keine Schnecken oder Grashüpfer zu essen?", stichelte sie ihn an, obwohl er wusste, dass selbst Spaghetti mit Knoblauchsauce ein exotisches Frühstück für sie war. Ihre Mutter durfte das jedenfalls nicht mitbekommen, sie würde nur ein dickes, großes Fragezeichen im Gesicht tragen.

Onkel San ging noch einmal in die Küche, um etwas Pfeffer zum Nachwürzen zu holen, bevor er sich mit an den Esstisch hockte. Während Mina sich im Löffel betrachtete, sah sie, dass sie noch die Kette um den Hals trug. Ihr Onkel würde bestimmt sehr sauer sein, wenn er seinen Schatz um ihren Hals sehen würde, obwohl sie ihn eigentlich noch nie sauer erlebt hatte. Bis auf ein Mal, wo er nach jahrelanger Recherche wirklich großes Unglück hatte und er bei einer Ausgrabung in Ägypten auf nichts weiter stieß als Sand. Er war sich so sicher gewesen. Aber da war nichts – Pusteblume. Seinen Groll nahm er mit nach Hause. Er schrie wie wild im Gespräch mit Minas Mutter, die ihn zu trösten versuchte. Aber das war wirklich das einzige Mal, dass sie ihn so erlebte.

Leise ging die Türe von der Küche zum Esszimmer auf. Onkel San würde jede Sekunde hereintreten. Mina versteckte schnell das Amulett unter ihrer weißen Bluse. Trotzdem schimmerte es leicht durch den dünnen Stoff hindurch, aber San kümmerte sich im ersten Moment nicht darum. „Voila, die Spaghetti sind bereit zum Vernichten.", meinte er mit knurrendem Magen. Mina grinste schelmisch und beide fingen an die Nudeln auf ihre Gabeln zu rollen.

„Wie wäre es mit einem kleinen Wettessen? Wer am schnellsten mit den Spaghetti fertig ist, der bekommt noch zusätzlich eine große Portion Eis?", fragte er. Normalerweise würden eher Kinder auf so eine alberne Idee kommen und nicht die Erwachsenen – und das noch vor zehn Uhr morgens. Aber genau das machte ja Onkel San so liebenswert. Er war irgendwie selbst noch ein Kind, gefangen in einem Männerkörper. Mina ertappte sich bei dem Gedanken, ob ihr Vater wohl genauso lustig ist. Aber sie verwarf den Gedanken schnell wieder zu schmerzhaft war er. Stattdessen freute sie sich auf das bevorstehende Wettessen und nahm die Herausforderung mit einem Händedruck an. „Ich mach dich fertig!", antwortete sie ihm siegessicher. „Wir werden ja sehen. Auf die Plätze, fertig, los!"

Beide schlangen die Spaghetti nur so in sich hinein. Keiner kaute die Nudeln, sie schluckten sie einfach nur hinunter. Und es kam, wie es kommen musste. Plötzlich verschluckte sich San und fing zu röcheln an. Er schnappte nach Luft und hustete wie wild. Dabei wurden seine Augen vor lauter Tränen ganz glasig. Seine Nichte erkannte sofort den Ernst der Lage. Sie ballte ihre rechte Hand zu einer Faust und schlug so fest sie konnte mehrmals hintereinander auf seinen Rücken ein, in der Hoffnung, dass sich die Nudeln lösten. Aber nichts tat sich. Onkel San verbog sich wie eine Schlangentänzerin, aber auch das half nichts. Mina geriet zunehmend in Panik. Sie lief zur Spüle und wollte gerade ein Glas Wasser füllen, doch in der Hektik vergoss sie es auf dem Boden. „So ein Mist!", schrie sie.

Ihr Onkel kauerte fast regungslos auf dem Boden und starrte sie mit großen, glasigen Augen an. Da fiel ihr das Erlebnis auf dem Dachboden wieder ein. Sie blickte auf das Amulett hinab und sagte: „Oh Gott, bitte lass Onkel San nicht sterben. Ich wünschte, er würde wieder Luft bekommen!" Im selben Moment, als sie gerade zum Telefon rennen wollte, um den Krankenwagen zu alarmieren, leuchtete das Amulett auf und schimmerte durch ihre Bluse. Onkel San blickte wie benommen auf das Leuchten ihres Oberteils und bekam im selben Augenblick wieder Luft, als es wieder verschwand. Erleichtert und mit ungläubigem Blick sah er seine Nichte an.

Eine verstörende Ruhe lag in der Luft. Onkel San starrte auf Mina und Mina starrte auf Onkel San. Tausend Gedanken schossen beiden durch den Kopf. Mina überlegte, ob es wirklich so offensichtlich war, was sie gerade vollbracht hatte und ob ihr Onkel jetzt arg böse auf sie sei, da er das Amulett unter der Bluse hat vorblitzen sehen.

Doch es kam alles ganz anders. „Danke, dass du mich vor dem Erstickungstod gerettet hast." Er griff nach dem Amulett und streichelte mit seinem Daumen darüber. „Es ist also wahr!" Mina schüttelte ungläubig ihren Kopf. „Was hat das zu bedeuten Onkel?", fragte sie ihn skeptisch.

„Nun, ich habe diese Kette auf einer meiner zahlreichen Expeditionen gefunden. Präziser ausgedrückt in Ägypten. Ich war mir sicher, etwas Besonderes in der Nähe der Cheopspyramide zu finden. Denn in einer historischen Bücherei in Portugal, die früher einmal eine Kathedrale war, fand ich zufällig die Baupläne der Pyramide. Bis ins kleinste Detail waren auch alle Geheimgänge eingezeichnet. Unter den vielen Kammern viel mir besonders eine auf. Diese war nämlich weit abgeschieden von den anderen und kein Tunnel oder Gang verband sie mit den übrigen der Pyramide. Außerdem war diese Kammer mit einem Totenkopf verziert, was bei keiner der anderen der Fall war."

Mina starrte ihren Onkel mit großen Augen an. Sie folgte Onkel Sans Geschichte mit großer Bewunderung für ihn und gleichzeitig lief ihr ein eiskalter Schauer über den Rücken. „Als ich mir ein Team aus Einheimischen zusammenstellte", fuhr er fort, „das mich bei der Grabung unterstützte, war recht schnell klar, dass die Baupläne richtig waren. Wir legten also die Kammer mühsam frei. Was aber wirklich komisch war, war die Tatsache, dass die gesamte Kammer - und ich spreche hier von einer Größe, die mein Haus und mein Grundstück bei weitem übersteigen – völlig leer war. Stell dir das mal bitte vor. Eine Kammer, so groß wie zwei Fußballfelder, leer! Naja, bis auf eine Art Altar, auf dem diese Kette lag. Kein Grab, keine weiteren Schätze. Da frage ich mich schon, warum die Ägypter so einen Aufwand für so ein kleines Schmuckstück veranstalteten. Und, dass ich mein Team bei dieser läppischen Ausbeute nicht bezahlen konnte, war klar. Also musste ich diesem aufgebrachten Mob an Einheimischen irgendwie entkommen, doch konnte ich nicht ohne die Kette verschwinden. Vielleicht, so hoffte ich, war sie zumindest so viel wert um meine eigenen Unkosten zu decken und noch ein kleiner Gewinn übrig blieb. Ich schnappte mir also die Kette und versteckte sie in meiner archäologischen Umhängetasche. Mit meinen rhetorischen Künsten beruhigte ich den Mob, lockte sie mit Versprechungen und verschwand dann klangheimlich bei der nächsten Gelegenheit.

Eigentlich wollte ich die Kette noch in Ägypten bei Ali, einem Goldhändler meines Vertrauens, verkaufen. Doch nachdem er die Kette und das Amulett sorgfältig studiert hatte, fand er heraus, dass sie gar nicht aus Gold bestand. Und das, obwohl sie so schön glänzte. Kannst du dir meine Enttäuschung vorstellen Mina? Aber es kam noch dicker. Er übersetzte die Hieroglyphen der Kette und murmelte irgendetwas, dass sinngemäß so viel bedeutete, dass der Träger dieser Kette seinen Herzenswunsch erfüllt bekäme – sofern er ein Gott wäre. Außerdem wäre die Kette ein Geschenk von dem ägyptischen Gott der Unterwelt, an die griechische Göttin der Liebe, Aphrodite. Ich dachte, er hätte das falsch übersetzt, denn eine ägyptische Kette als Geschenk für eine griechische Göttin? Das konnte ich mir nun wirklich nicht vorstellen, zumal die Ägypter ihre Götter sehr verehren und das eigentlich als Blasphemie gegolten hätte. Auch mein Händler meinte, dass er diese Kette auf gar keinen Fall kaufen würde, es läge womöglich ein Fluch darauf..."

Mina unterbrach ihren Onkel kurzzeitig. „Moment, Moment, ein Fluch? Hast du gerade ein Fluch gesagt?" Ihr Onkel nickte und sprach euphorisch weiter, weil er sich selbst gern reden hörte. „Die Kette und das Amulett bestanden nicht aus einem mir bekannten Metall. Bei genauerer Betrachtung und diversen Tests fand ich heraus, dass dieses Schmuckstück nicht aus einem irdischen Metall geschmiedet wurde. Ich habe versucht die Kette einzuschmelzen, aber das Ding hatte keinen Schmelzpunkt. Egal wie heiß die Flamme auch war, die Kette blieb unversehrt. Ich war geschockt. Dennoch, als man mich bei der Heimreise am Zoll mit einem Metalldetektor durchsuchte, fanden die Beamten die Kette gut versteckt in meiner Umhängetasche. Dieser schlug nämlich an, als sie über diese Kette fuhren. Also musste ich auch noch Zollgebühren bezahlen und das nicht ohne. Frechheit!

Jedenfalls, Zuhause angekommen fragte ich mich, aus welchem Material diese schöne Kette wohl wirklich bestanden hatte. Vielleicht hatte ich ja ein ganz neues Metall entdeckt. Vielleicht war mir ein Nobelpreis für diese Entdeckung sicher. Ich wusste es nicht. Für mich war diese Kette daher trotzdem sehr wertvoll, auch wenn sie nicht aus echtem Gold bestand und sich niemand fand, der sie kaufen wollte. Deshalb musste ich einen passenden Ort für sie finden. Ich erinnerte mich, dass die Ägypter eine ganze unterirdische Kammer für dieses Schmuckstück verschwendeten. Weil ich nicht wusste, welche Wechselwirkung dieses unbekannte Metall auf die Umgebung hatte, räumte ich deshalb meinen gesamten Dachboden und legte die Kette in eine Truhe, die ich bei einem Antiquitätenhändler zwei Straßen weiter gekauft hatte. Mir gefiel besonders das Model mit dem Schriftzug „Die Büchse der Pandora", denn bisher hatte ich wirklich kein Glück mit dem Ding und darum auch der Saustall hier überall.

Ich wollte wirklich hinter das Geheimnis dieser Kette kommen, habe angefangen zu recherchieren. Da ich aber zunächst nichts Hilfreiches finden konnte, widmete ich mich derweil wieder meinem damaligen Japanprojekt. Und nachdem ich dort meinen großen Fund gemacht hatte und auf einmal ein großer Medienrummel um meine Person herrschte, habe ich den Dachboden schlicht und einfach vergessen. Und mit ihm die Truhe. Aber nun gut, lange Rede kurzer Sinn: Es muss sich hier um einen magischen Gegenstand handeln, eine Art Zauberkette."

„Juhu, eine Zauberkette! Jetzt muss ich nie wieder in die Schule. Ich kann mir jetzt alles leisten was ich will.", freute sich Mina. „Nicht so schnell, kleine Lady.", ermahnte sie ihr Onkel. „Wie es so mit magischen Gegenständen aus Ägypten ist, liegt höchstwahrscheinlich besagter Fluch auf dieser Kette. Wenn die Zauberkräfte wirklich existieren, und das scheint der Fall zu sein, wie wahrscheinlich ist es dann, dass auch ein Fluch auf dieser Kette lastet?" Mina sah ihren Onkel mit offenem Mund an. „Eben", meinte er und weiter: „Ansonsten hätten die Ägypter bestimmt nicht eine ganze Kammer für diese kleine Kette verschwendet. Und der Totenkopf auf der Karte macht die Sache nicht besser. Wozu sollte man überhaupt eine Kette mit Zauberkräften vergraben, wenn sie nicht auch unerwünschte Nebenwirkungen hat?"

Mina wurde ganz flau im Magen. Sie versuchte sofort die Kette loszuwerden, doch sie bewegte sich keinen Millimeter von ihrem Hals. Onkel San versuchte ebenfalls sein Glück, doch auch er scheiterte kläglich. Beide sahen sich unheilvoll an. „Ist das einer dieser Nebenwirkungen?", stotterte Mina. „ So wie es aussieht bist du jetzt fürs Erste an diese Kette gebunden. Die anderen Nebenwirkungen könnten alles Mögliche sein. Ich möchte jetzt aber nicht spekulieren. Darum werde ich mich gleich an die Arbeit machen und versuchen das Geheimnis zu lüften, um dich so schnell wie möglich von ihr zu befreien. Ach ja, du tätest gut daran deine Wünsche erstmal für dich zu behalten und nichts über die Zauberkräfte zu verraten. Denke an mögliche Nebenwirkungen, den Totenkopf und die verschlossene

Kammer." Mina nickte erschrocken. Ein unwohles Gefühl überkam sie. Ihr Onkel verstand es jedenfalls nachhaltige Reden zu halten.

Während San sich gleich über seine vielen Bücher hermachte, klingelte es unerwartet an der Haustüre, die einen anderen Klingelton vorspielte, als die am Tor auf der Straße. San horchte auf. Irgendjemand musste über das Tor geklettert sein. „Aber wozu die Mühe?", dachte er sich. Mina und San blickten auf die Wanduhr. Es war gerade halb elf Uhr morgens und San erwartete keinen Besuch.

„Mina, geh nach oben!", befahl San seiner Nichte, während er bedächtig und mit leisen Schritten auf die Haustüre zuging. Er sah durch den Türspion, aber niemand war zu sehen. „Wer ist da?", fragte er, doch keiner antwortete ihm. Als er sich von seiner Haustüre abwandte, klingelte es abermals. San rannte schnell zurück und öffnete sie wuchtig. Er konnte aber niemanden sehen, weshalb er sich entschied, ein Stückweit vor das Haus zu treten. Plötzlich fiel die Haustüre mit einem lauten Knall ins Schloss. Er eilte zum Anwesen zurück und hämmerte mit seinen Fäusten, wie von der Tarantel gestochen, gegen das edle Holzfurnier seiner teuren Türe. „Aufmachen!", schrie er. Es dauerte ein paar Schläge, dann sprang die Türe wie aus heiterem Himmel aus dem Schloss, sodass ein kleiner Spalt offen blieb. Als San den Türknauf berühren wollte, ging die Türe wie von Geisterhand auf. Er befürchtete schon das Schlimmste.

„Reingelegt!", grinste David und verbog sich vor Lachen. San fiel ein Stein vom Herzen und bekam einen regelrechten Lachanfall vor Erleichterung. David verstand die Welt nicht mehr. Eigentlich sollte doch er es sein, der über seinen Streich am meisten lachte. Aber okay, so kannte er San. „Was machst du Lausbub denn zu so früher Stunde bei mir?", fragte San den Nachbarsjungen erleichtert. „Na ich bin fertig mit Unkraut jäten. Wie besprochen. Und jetzt schuldest du mir die abgemachten zwanzig Euro." San verzog sein Gesicht. „Haben wir wirklich zwanzig ausgemacht?", meinte er, als hätte er sich gerade verhört. David wurde sauer. „Ja zwanzig und keinen Cent weniger. Mit den zehn Euro vom letzten Mal schuldest du mir sogar dreißig." San griff lächelnd in sein Portmonee und gab ihm einen Fünfzig-Euro-Schein. „Den Rest kannst du behalten, sind Verzugszinsen.", schmunzelte er.

David freute sich sehr darüber, aber irgendwo schien ihm der Schuh noch zu drücken. „Raus mit der Sprache.", forderte San ihn auf, dem sein auffälliges Verhalten nicht entgangen war. „Sag mal, ist deine Nichte gerade gekommen? Ich habe eine weibliche Stimme bei der Gartenarbeit gehört."

David war unsterblich in Mina verliebt. Aber das nervte sie und zwar gehörig. Überall lauerte er ihr auf, spielte ihr Streiche oder starrte sie einfach nur an. Und auf diese „zufälligen" Begegnungen hatte sie einfach keine Lust mehr. Mina zeigte keinerlei Interesse an ihm, im Gegenteil, er bekam nur ihre kalte Schulter zu sehen. Zugegeben, er war athletischer Statur und einer der beliebtesten Fußballer an seiner Schule. Aber Fakt war nun mal, dass sie nicht auf ungebildete Angebertypen wie ihn stand. Und überhaupt hatte sie noch gar kein Interesse am anderen Geschlecht.

„Ja, wir verbringen die letzten Tage der Sommerferien zusammen. Wenn du Lust hast, komm doch rein und iss einen Teller Spaghetti mit uns. Mina würde sich bestimmt freuen." San lud ihn ein, nichtsahnend, dass seine Nichte diesen Typen überhaupt nicht abkonnte. David brachte einen Mordshunger von der Plagerei mit und fand das Angebot mehr als angemessen. Zudem konnte er am Esstisch seiner Flamme so richtig nah sein.

San geleitete den Nachbarsjungen in die Küche, wo er ihm eine übergroße Portion Spaghetti servierte. Dann verschwand er einen Augenblick nach oben zu Mina.

„Es war nur David, der uns reingelegt hat.", informierte er seine Nichte, die sich im Kleiderschrank versteckt hielt. „Boah, ich hatte solche Angst. Ich wünschte, David hätte einmal solche Todesangst, dieser Mistkerl." Im selben Moment als Mina diesen Satz äußerte, fing das Amulett wieder zu leuchten an. Ihr Onkel, der noch immer neben ihr stand, konnte seinen Augen kaum trauen. „Jetzt passiert es schon wieder!", verzweifelte sie und versuchte, das unliebsame Schmuckstück über ihren Kopf zu ziehen. Doch die Kette bewegte sich keinen Millimeter.

Als das Leuchten verschwand, hörten Mina und San einen grässlichen Schrei aus der Küche. Es war der Nachbarsjunge. Beide rannten nach unten, wo sie ihn, am Boden kauernd, in einer Ecke des Esszimmers fanden. Er zitterte am ganzen Leib und sein Gesicht war Schweiß überströmt. „Was hast du denn?", fragte San besorgt. David zeigte verängstigt auf den Esstisch. Aber dort war nichts zu sehen, außer dem Teller mit Spaghetti. Mina betrachtete argwöhnisch den Teller, aber der schien okay zu sein. San schlug vor, sich gemeinsam mit ihm an den Tisch zu setzen, allerdings schrie David bei diesem Vorschlag wie ein Irrer. „Okay, okay, beruhige dich!", besänftigte San den nervenschwachen Jungen.

Mina setzte sich an den Tisch. Sie wollte gerade den Teller wegräumen, als der Junge vor lauter Hysterie Rotz und Wasser heulte. Und obwohl die Situation ernst war, konnte sich Mina ein inneres Lachen nicht verkneifen. Sie dachte an die unzähligen Streiche, die ihr David gespielt hatte und daran, wie oft sie darunter leiden musste. Sie erkannte seine panische Angst vor den Nudeln. Daher packte sie die Situation am Schopfe, um es ihm so richtig heimzuzahlen.

Schadenfroh nahm sie eine Spaghetti aus dem Teller und hielt sie David vors Gesicht. Der schlug ihr die Nudel vor lauter Angst sofort aus der Hand und rannte schreiend aus dem Haus. Mina fing daraufhin lauthals zu lachen an. Doch so schön und lustig der kleine Triumph für Mina auch war, Onkel San wies sie mit strengem und vorwurfsvollem Blick zurecht. Da blieb ihr das Lachen im Halse stecken und sie wusste, was das einzig richtige war. „Ich wünschte, David wäre wieder in seinem Normalzustand." Das Amulett leuchtete. Kurz darauf hörte man ihn nur noch rufen: „San, das war das letzte Mal, dass ich dir geholfen habe. Mich siehst du nie wieder!"

Triumphierend lächelte Mina. Die Zauberkette machte sich schon für sie bezahlt. Ihr lästiges Anhängsel konnte sie damit bereits vergraulen. Nun stand ihr die ganze Welt offen. Doch ihr Onkel war weniger amüsiert darüber. „Mina, du schuldest mir einen Gärtner. Aber im Ernst, du solltest vorsichtiger sein, mit dem was du dir wünscht. Der arme Junge." Das schlechte Gewissen klopfte bei Mina an und im selben Moment tat ihr das unverantwortliche Verhalten auch schon wieder wahnsinnig Leid, das sie an den Tag legte. Aber

San tröstete sie und versprach ihr, dass alles wieder in Ordnung käme. Er versank auch gleich in seinen schlauen Büchern, um schnellstens eine Lösung für die Misere zu finden. Seine Nichte saß derweil auf dem Fenstersims und starrte gedankenversunken durchs Fenster.

Stunde um Stunde verging. Draußen dämmerte es bereits und Minas Augen wurden immer schwerer. Kurz bevor sie einschlief, schreckte sie plötzlich durch Sans überschwänglichen Ausruf auf. „Ich habs!", rief er ungehalten.

-Kapitel 4-

Der erste Hinweis

Mina war sofort wieder hellwach und eilte zu ihrem Onkel. Er war ganz aufgeregt. „Mina, wir sind ein ganzes Stück weiter. Ich habe in meinem alten Mythenbuch einen Hinweis auf diese Kette gefunden." Stolz deutete er auf eine Seite in einem sehr alten, verstaubten Buch. Seine Nichte staunte nicht schlecht, als sie auf einer Seite, eine Abbildung eines Gemäldes vorgehalten bekam. Darauf war eine Mumie zu sehen, die unter der Erde auf einem Thron saß und einem geflügelten Mann nachsah, der in seiner rechten Hand genau diese Kette hielt und zu einer wunderschönen Frau flog, die auf einer weißen Wolke saß. Im Hintergrund der Wolke sah man mehrere Tempel. „Das ist ja die Mumie auf dem Dachboden!", erschrak sie fürchterlich. San schüttelte den Kopf. „Wie bitte? Mumie? Dachboden?" Sie erklärte ihm fast hyperventilierend, was am Dachboden geschehen war. „Ein Portal zu einer anderen Welt, zur Unterwelt, nehme ich an!", folgerte ihr Onkel. „Wie kommst du denn da drauf?" „Mina, das ist Osiris, der ägyptische Gott der Fruchtbarkeit, Wiedergeburt und des Jenseits. Er ist der Herrscher über die Unterwelt!" Mina schluckte schwer. *Gib mir meine Kette zurück!*, das waren seine Worte zu mir." San wusste nicht, ob er sich freuen oder beunruhigt sein sollte. „Er hat mit dir gesprochen?", fragte er ungläubig. Seine Nichte nickte aufgeregt. Sie erzählte ihm weiter, dass er sehr erzürnt war und sein Schattenraubtier auf sie losließ. Ihr Onkel machte einen besorgten Blick. „Das hört sich aber ziemlich lebensbedrohlich an!"

Plötzlich sprang Mina auf und sprach zum Amulett: „Ich wünschte, ich hätte diese Kette nie auf dem Dachboden gefunden." Sie wollte nichts mehr von schönen Schmuckstücken und Flüchen wissen. Voller Spannung blickten die beiden auf das Amulett. Doch nichts tat sich. Mina wiederholte ihren Wunsch, doch auch diesmal passierte nichts. Sie trug immer noch die Kette um ihren Hals und stand ratlos vor ihrem noch ratloseren Onkel. „Doch keine Zauberkette?", wunderte sie sich. Selbst ihr Onkel hatte darauf keine eindeutige Antwort. „Vielleicht kannst du dir den Fluch nicht einfach weg wünschen und er muss auf eine andere Art und Weise gebannt werden." Das war zumindest eine plausible Erklärung, die sie jedoch in keinster Weise besänftigte.

Eine große Unruhe wuchs in Mina. Beide betrachteten noch einmal das Abbild des Gemäldes. „Wer ist dieser geflügelte Mann?", wollte Sans Nichte wissen. „Das, meine Liebe, ist der griechische Götterbote Hermes. Er überbringt Nachrichten von den Göttern an die Götter. Und das...", er deutete auf die wunderschöne Frau, die auf der Wolke saß, „... ist Aphrodite, die griechische Göttin der Liebe. Und die Tempellandschaft im Hintergrund soll wohl den Olymp darstellen. Wenn man sich das Bild genauer ansieht, erzählt es wohl die Liebesgeschichte von Osiris und Aphrodite." San erinnerte sich an seinen alten ägyptischen Händlerfreund Ali. „Dieser Schuft hatte also doch recht."

Mina schnaubte. „Wenn das eine Liebesgeschichte sein soll, warum erwartet Aphrodite dann das Amulett eines gebrochenen Herzens? Und warum hatte es ein ägyptischer Gott auf eine griechische Göttin abgesehen? Es sind doch Götter zweier verschiedener Kulturen? Und das Wichtigste - wo zum Teufel kommt dann mein Charakter in dieser Geschichte vor?"

Ihr Onkel blätterte weiter hektisch in seinem Buch, aber es standen keine weiteren hilfreichen Informationen mehr darin. „Genau das alles gilt es herauszufinden, um den Fluch zu brechen. Du sollst da wahrscheinlich gar nicht vorkommen Kleines.", meinte er schließlich und unterzog dem Abbild noch einmal eine genauere Untersuchung. Dann fiel ihm unter dem Bild ein kleiner Schriftzug auf, so als hätte es ein Künstler signiert. Mit bloßem Auge konnte er aber die Buchstaben nicht entziffern. Er holte seine Leselupe, die ihm schon beim Studieren anderer Schriften gute Dienste erwiesen hatte und las laut vor: „Xenia, Rue Deshbordes-Valmore Nummer 5." Ganz aufgebracht meinte er: „Das muss eine Straße in Frankreich sein!"

Mina zog augenblicklich ihr Smartphone aus der Hosentasche und googelte die Adresse. „Das ist ein Apartment in Frankreich – Paris." „Kannst du auch eine Telefonnummer ausmachen?", fragte San seine Nichte. Mina surfte sofort im Web. Sie tippte sich ihre Finger wund, aber nach einigen Minuten stöhnte sie: „Leider nein."

Beide betrachteten nachdenklich die Adresse der Künstlerin, die sich ihren Augen unter dem Vergrößerungsglas förmlich aufzwängte. Dann nickte San zu Mina, die ebenfalls ahnte, wohin sie ihr nächstes Ziel führen würde. „Nächster Halt – Paris.", meinte San und rieb sich die Hände vor Abenteuerfreude. Er fuhr seinen PC hoch und buchte im Internet einen Flug für sich und seine Nichte. Der schnellstmögliche Flug war gerade gut genug. Das Flugzeug, das sie ihrem Ziel näher bringen sollte, hob bereits am nächsten Morgen ab. Ihre Gesichtsausdrücke verrieten jedoch, dass sie eigentlich sofort losdüsen wollten. Somit mussten sie sich wohl oder übel eine Nacht gedulden, was den beiden aber ziemlich schwer fiel.

Bis tief in die Nacht sprachen sie über alle möglichen Theorien zu der Liebesgeschichte, über die Zauberkräfte des Amuletts, dem Fluch, der womöglich auf ihr lastete – kurzum über das bevorstehende Abenteuer. Mitten im Geschichtenerzählen, fing plötzlich das Handy von Mina, die es auf dem Esstisch abgelegt hatte, zu vibrieren an. Beide zuckten kurz zusammen, denn um diese Uhrzeit hätte niemand mehr mit einem Anruf gerechnet. Es war ihre Mutter, die sie zu erreichen versuchte. Müde wischte sie mit dem Finger auf ihrem Smartphone nach rechts und nahm gähnend an. „Hallo mein Kind, ich wollte dir...", doch die Verbindung war so schlecht, dass sie zeitweise gar nichts verstand. „Mama, hallo? Bist du noch dran?", brüllte sie in ihr Telefon, doch es kam immer nur unverständliches Kauderwelsch bei ihr an. „Ich wünschte, ich hätte eine bessere Funkverbindung zu meiner Mama.", sprach Mina unbedarft aus, als das Amulett kurz aufleuchtete und im selben Moment die Worte ihrer Mutter so klar wurden, als ob sie mit ihr im selben Raum stünde.

„Kleines, ich wollte dir nur mitteilen, dass ich gut in Panama angekommen bin. Du brauchst dir also keine Sorgen zu machen. Wenn ich im Hotel bin, kannst du mich jederzeit auf der Festnetznummer erreichen, die ich dir zugesteckt habe. Da wird es hoffentlich keine Verbindungsprobleme geben. Ich hoffe bei dir und deinem Onkel läuft alles gut." Mina dachte an den Gott der Unterwelt, das Schattenraubtier, die mysteriöse Liebesgeschichte in Verbindung mit der Zauberkette, die sie nicht mehr abbekam und vor allem an den vermeintlichen Fluch. „Alles gut!", antwortete sie ihrer Mutter, um sie nicht unnötig zu beunruhigen. „Schatz ich muss jetzt aufhören, hörst du. Der Bus wird von der Polizei kontrolliert. Ich hab dich lieb." Und schon wurde die Verbindung unterbrochen.

„Du kannst also doch noch zaubern Mina.", freute sich San, um ihr im selben Moment eine Standpauke zu halten. „Aber von nun an wäre es wohl besser, wenn du dir nichts mehr wünschen würdest. Die Folgen des Fluchs könnten verheerend sein", ermahnte er seine Nichte. „Das war ja aber ein Notfall.", beteuerte Mina. „Stimmt eigentlich. Deine Mutter ist ein einziger Notfall.", gab San zum Besten. Beide amüsierten sich noch eine Weile über ihre tollpatschige Mutter, bis sie die Müdigkeit einholte.

Die Uhr zeigte bereits halb vier Uhr morgens und ein Blick in die Dunkelheit genügte, um in totale Müdigkeit zu verfallen. Beide waren ziemlich kaputt von den Ereignissen. Es war ja auch ein ganz besonders harter Tag für sie. Mina verkroch sich gähnend nach oben ins Schlafzimmer, während San es sich unten auf der Couch gemütlich machte.

Als sie vor lauter Erschöpfung einschlief, fing die Kette so stark das Leuchten an, wie nie zuvor. Ein Energiestrahl wurde an die Zimmerdecke projiziert und ein kleines Portal offenbarte sich. Mina konnte sich weder bewegen, noch einen Mucks von sich geben. Sie lag starr im

Bett, als würde sie von einer fremden Macht beherrscht. Das Tor war wieder ein Durchgang zu einer anderen Welt. Diesmal aber schien es nicht die Unterwelt zu sein, denn sie blickte in einen völlig weißen Raum. Weiß soweit das Auge reichte. Der Raum war zudem völlig leer, unbeschrieben wie ein weißes Blatt Papier. Sie starrte so lange durch das Tor, bis ihre Augen beim Anblick des strahlend weißen Hintergrunds zu schmerzen anfingen, als ein alter, gebrechlicher Mann mit kurzen, grauem Haar plötzlich ins Bild trat, der nur mit einem schwarzen Tuch um seine Taille bekleidet war.

„Hallo Mina. Ich bin Amicus aus der Zwischenwelt *Musima*, wo es weder Zeit noch Raum gibt. Ich bin hier um dich zu warnen. Du hast Osiris` Schattenraubtier aus seinem jahrtausendelangen Tiefschlag geweckt, nachdem du dir die Kette um den Hals gelegt hast. Dieses Wesen ist ein Produkt seines innersten Hasses und Zorns, einzig allein darauf ausgerichtet, die längst verschollene Kette wiederzubeschaffen. Und es ist auf dem Weg zu dir. Denn mit jedem Wunsch verrätst du ihm deinen Aufenthaltsort. Die Jagd hat begonnen. Diesmal konnte ich alle deine Spuren noch verwischen, aber meine Kräfte sind aufgezerrt. Beeilt euch zu Xenia, sie kann euch als einziges in eurer materiellen Welt weiterhelfen. Oder das Schattenraubtier wird dich töten."

So unverhofft wie sich das Tor öffnete, war es auch wieder verschwunden und Mina verfiel sofort in einen Tiefschlaf.

Als die Mittagssonne durch das Fenster schien und ihre Wangen küsste, erwachte sie allmählich. Sie rieb sich den Sand aus ihren Augen und streckte ihren Körper. Der Tag hatte gerade erst begonnen, doch sie ahnte Schlimmes.

-Kapitel 5-
Unheimliche Flughafenbegegnung

Lange konnte Mina über das, was ihr in der Nacht geschehen war, nicht nachdenken. Denn kaum hatte sie ihre verschlafenen Augen geöffnet, stand auch schon ihr Onkel in der Türe. „Bereit zum Abheben?", fragte er freudig, spreizte seine Hände aus und tat so als wäre er ein Flugzeug, das durch das Zimmer flog. Er meinte es gut mit seiner Nichte und wollte sie aufheitern, denn welche Vierzehnjährige musste sich schon dem ägyptischen Gott der Unterwelt stellen? Aber sie war mit ihrem Kopf noch bei Amicus, sodass sie die lustige Geste von ihm nur am Rande mitbekam.

„Kleines, wir müssen uns beeilen. Ich habe gestern einen Last-Minute-Flug gebucht, inklusive Stressfaktor zehn versteht sich." Schleichend nahm sie ihren Onkel wahr, aber was blieb ihr auch anderes übrig, bei den Sprüchen, die er ihr einmal wieder um die Ohren haute. Er hatte einen kleinen Rollkoffer mitgebracht, wo sie ihre Kleidung verstauen konnte. Also fing sie an, genauso zu hetzen, wie es der Stressfaktor von ihr verlangte oder vielmehr, wie es ihr Onkel von ihr verlangte. Sie packte unwillkürlich ein paar Kleidungsstücke aus dem Kleiderschrank in den kleinen Koffer, in der Hoffnung, dass schon irgendetwas Passendes für Paris dabei sein würde. San bewahrte für sie zur Sicherheit immer ein paar Textilien auf, falls sie einmal unangemeldet bei ihm übernachten musste oder vielmehr wollte. Er dagegen, packte nur ein paar alte Bücher, einen

Stadtplan von Paris und sein Brillenetui in seine archäologische Umhängetasche und ehe sie sich versahen, fuhren beide in Sans Wagen zum Flughafen.

Als sie dort das Auto an einem überteuerten Parkplatz, wie ihr Onkel schimpfte, abgestellt hatten, blickte San auf seine Uhr. „Mina, wir müssen jetzt unsere Beine in die Hand nehmen, sonst verpassen wir unseren Flug." Sie flitzten durch Massen von Menschen, die sich ebenfalls am Flughafen tummelten. Doch Mina hatte große Schwierigkeiten mit Sans Tempo mitzuhalten. Sie zog diesen unhandlichen Rollkoffer nach sich, während er nur mit Handgepäck reiste. Sie fiel daher immer weiter zurück. Auch die Rufe nach ihrem Onkel nutzten nichts, er lief einfach wie paralysiert weiter und schon bald nahmen ihr die vielen Menschen die Sicht auf ihn. San vergaß in seiner Hektik, auf seine Nichte zu achten, da er nur noch das Flugzeug im Kopf hatte. Überdies hatte er sie auch nicht darüber informiert, über welches Gate der Zugang zum Flugzeug erfolgte.

Da stand sie nun, völlig verlassen, umgeben von wildfremden Menschen und blickte sich hilfesuchend nach ihrem Onkel um. Doch es waren einfach zu viele Leute um sie herum. Selbst die große Anzeigetafel gab ihr keine wirkliche Auskunft, da es drei Flugzeuge waren, die bald nach Paris abhoben. Sie hatte völlig den Überblick verloren. Panisch suchte sie nach irgendeiner Erhöhung, um eine bessere Sicht zu bekommen. Aber die vielen Flughafengäste, die sich um sie drängten, machten ihre Suche unmöglich. Daher stellte sie sich auf ihren Koffer, nur um festzustellen, dass die paar gewonnen Zentimeter ihr auch nicht wirklich weiter halfen.

Onkel San hatte derweil den *Check In* für ihren Flug erreicht. Er war sehr erleichtert, als er auf seine Uhr blickte. Sie hatten durch das Gehetze doch noch etwas Zeit gut gemacht. Nachdem er sich völlig außer Atem hinter die Passagiere seines Fluges einreihte, bemerkte er erst, dass seine Nichte nicht bei ihm war. Weder hinter ihm, noch neben ihm, noch sonst wo. Er schweifte mit seinem Blick umher, in der Hoffnung sie irgendwo dingfest zu machen. Doch er konnte sie nirgends sehen. „Mina!", rief San voller Sorge um sie. Doch seine Nichte stand viel zu weit entfernt, um seine Rufe zu vernehmen.

Mina, die immer noch auf ihrem Koffer stand, betrachtete das Amulett und ein Wunsch formte sich über ihre Lippen. Doch bevor sie ihn aussprach, kam ihr der alte Mann Amicus in den Sinn und das, was er ihr mitgeteilt hatte. Jeder Wunsch würde Osiris` Schattenraubtier zeigen, wo sie sich gerade aufhielt. Aber wenn sie den Flug verpasste, würde sie Xenia nicht mehr rechtzeitig erreichen und das würde ihren eigenen Tod bedeuten. Damit sie nicht sterben musste, denn das wollte sie tunlichst verhindern, überlegte sie nicht lange und wünschte sich zu ihrem Onkel. Das Amulett leuchtete kurz auf und Sekunden später stand sie neben ihm. „Da bist du ja endlich.", freute er sich und atmete tief durch. „Aber wozu stehst du denn auf deinem Koffer?", lachte er. Anscheinend hatte San nichts von ihrem Wunsch mitbekommen.

„Wir müssen nur noch dein Gepäck aufgeben. Dann geht es los." Gesagt, getan. Onkel San gab das Gepäck auf und ging durch die Sicherheitsschleuse des Flughafens. Alles verlief reibungslos, bis Mina an der Reihe war. Als sie durch die Sicherheitsschleuse ging, schlug der Metalldetektor aus. Der Sicherheitsbeamte sah Mina grimmig an. „Bitte alle Metallgegenstände auf dieses Tablett legen und noch einmal durch die Schleuse gehen.", befahl er ihr. San, der nur ein paar Meter neben ihr stand und die Sicherheitsschleuse bereits passiert hatte, bekam die unerfreuliche Situation mit. Die Unverrückbarkeit der Kette viel ihm wie Schuppen von den Augen. Er sah seine Nichte mit unheilvollem Blick an.

Mina bekam es mit der Angst zu tun und es perlten sich schon die ersten Schweißtropfen auf ihrer Stirn. Sie wusste, dass sich ihre Kette keinen Millimeter bewegen würde. Nervös wippte sie auf und ab, was sie nur noch verdächtiger machte. Der Sicherheitsbeamte wurde unruhig und öffnete sicherheitshalber den Verschluss seines Halfters. Er legte seine rechte Hand an seine durchgeladene Pistole, während er noch zwei weitere Kollegen mit einem Handwink zu sich her rief.

„Bitte alle Metallgegenstände ablegen!", ermahnte er sie noch einmal eindringlich. Doch Mina blieb regungslos. Da kam er schussbereit und mit langsamen Schritten auf sie zu. Er fing an sie von unten bis oben abzutasten, bis er die Kette um ihren Hals bemerkte und das Amulett durch die weiße Bluse schimmern sah. Mit Fingerspitzengefühl wollte er das Schmuckstück von ihrem Hals lösen. Doch er musste zu seiner Verwunderung feststellen, dass die Kette unverrückbar um ihren Nacken lag. Daraufhin zog der Beamte immer wilder an dem Amulett bis Mina ganz anders wurde. „Aufhören!", rief ihr Onkel. Doch der Sicherheitsbedienstete wollte nicht hören und zerrte immer fester an ihr. Plötzlich erhellte das Amulett den ganzen Raum.

Jeder, der sich im Flughafen befand, wurde von dem grellen Licht geblendet und im selben Moment entlud sich eine gewaltige Energiewelle, die den Sicherheitsbeamten zwanzig Meter durch den Raum schleuderte. Er prallte gegen ein großes Flughafenfenster, das in tausend Scherben zersprang. Bewusstlos blieb er liegen. Das grelle Licht verschwand wieder. Die übrigen Sicherheitsleute zogen daraufhin ihre Pistolen und richteten sie gegen Mina. San eilte zu seiner Nichte, um sich schützend vor sie zu stellen. Die Sicherheitsbeamten dachten, dass es sich hierbei um einen terroristischen Anschlag handeln würde und fackelten nicht lange. Sie eröffneten sofort das Feuer auf sie. Mina zuckte hinter Sans Rücken zusammen und schrie vor Todesangst. Doch auf einmal verstummten die Schüsse und es wurde beunruhigend still – bis auf ein leises Surren.

Mina traf keine Kugel und aus diesem Grund lag der Gedanke nahe, dass die Beamten ihren Onkel niedergeschossen hatten. Da sie wusste, dass sie den Anblick ihres toten Onkels nur schwer verkraften würde, blinzelte sie nur kurz mit ihren Augen, um sich einen kurzen Überblick über die Situation zu verschaffen. Doch San stand noch immer wie angewurzelt vor ihr, als wäre ihm nichts widerfahren, während sie nach wie vor am Boden hinter seinem Rücken kauerte. Mina öffnete entsetzt ihre Augen. „Was passiert hier gerade?", dachte sie sich. Vorsichtig tippte sie ihrem Onkel auf die Schulter. Doch er reagierte nicht. Langsamen Schrittes bewegte sie sich um ihn herum und sah die abgefeuerten Pistolenkugeln der Beamten wenige Zentimeter vor Sans Brustkorb mitten im Raum schweben. Sie surrten fürchterlich, als wollten sie sich aus ihrer Starre befreien. Mina konnte sogar die ballistischen Ringe der Kugeln erkennen, die menschlichen Augen normalerweise verborgen blieben. So verfolgte sie den Weg jeder einzelner Kugel bis zu den Waffen, aus denen sie abgefeuert wurden. Erschrocken stellte sie fest, dass auch die Sicherheitsbeamten wie versteinert waren.

Mina blickte um sich und musterte akribisch ihre Umgebung. Niemand bewegte sich mehr. Kein Atemzug war zu hören – nichts. Jeder stand da wie eine Wachsfigur aus Madame Tussauds Kabinett. Egal wo sie hinstarrte, das Leben schien von allen ausgehaucht worden zu sein. Nur sie war aus irgendeinem unerfindlichen Grund nicht davon betroffen. Mina fuchtelte ungläubig mit ihren Händen vor Sans Gesicht umher, kniff ihm in die Backen, streichelte sein Haar, in der Hoffnung auch nur eine kleine, wahrnehmbare Regung hervorzulocken. Enttäuscht hörte sie irgendwann auf damit. Stattdessen beschloss sie, ihn noch einmal genauer in Augenschein zu nehmen. Irgendwie musste ihm ja zu helfen sein, dachte sie sich.

Seine klaren Augen standen weit offen und besaßen eine selten schöne Farbkombination, die ihr nach all der Zeit mit ihm erst jetzt so richtig aufgefallen war. Seine Iris war am Rand rehbraun, nach innen wurde sie aber immer heller, bis sie schließlich in einen gelben Farbton überging, mit einem Tupfer Hellgrün um die Pupille. Wirklich exotische Augen, staunte sie. Der Ausdruck in seinem Gesicht allerdings, drückte alles andere als etwas Schönes aus. So also sah die Todesangst aus, festgehalten im Augenblick, dachte sie und verfiel in einen melancholischen Gemütszustand. Bei seinem Anblick überkamen Mina Gewissensbisse. Sie fragte sich, inwieweit sie für diese unwirkliche Situation verantwortlich war. Er tat ihr höllisch leid. Aber gleichzeitig überschüttete sie ihren Onkel von ganzem Herzen mit Dankbarkeit. Heroisch hatte er sich vor sie geworfen und sein Leben für sie geopfert. Und nun war es an der Zeit, seines zu retten.

Zunächst versuchte sie ihren Onkel aus der Gefahrenzone zu drücken. Wie lange die Kugeln noch still verharrten, wusste sie nicht. Sie konnten jede Sekunde wieder ihren tödlichen Pfad aufnehmen. Aber einen Baumstamm umzukippen schien ihr ein leichteres Unterfangen zu sein, als San auch nur einen Millimeter fortzubewegen. Resigniert hämmerte sie an seinen Körper und schlitterte zu seinen Füßen. „Warum nur? San wach bitte auf.", hauchte sie schluchzend.

Plötzlich zuckte sie zusammen. Ein ohrenbetäubendes Fauchen durchdrang die Hallen des Flughafens. Es klang so laut und schrill, dass alle Scheiben des Flughafens und der dort befindlichen Geschäfte in abertausende Stücke zerfetzten. Überall flogen Glassplitter durch die Luft. Mina erhob sich zitternd, drehte sich erschrocken in die Richtung, wo sie den Ursprung des Geräusches vermutete und sah das riesige Schattenraubtier Osiris` am anderen Ende des Terminals. Das musste der Ketteneintreiber sein, vor dem sie *Amicus* gewarnt hatte. Dieses bestialische Wesen lief, die physikalischen Gesetze der Gravitation aushebelnd, an der Decke entlang und kam immer näher auf sie zu. Unter ihm stand ein Meer voller erstarrter Menschen. Ob sie wohl etwas von dieser Unwirklichkeit mitbekamen? Nach der Hälfte des Weges sprang das Schattenraubtier auf den Boden und zerstampfte dabei einen Gepäckwagen der, geplättet von der Wucht des

Aufpralls, Mina unweigerlich daran erinnerte, wie gerne sie als Kind leere Dosen zusammenstampfte, um sie anschließend davon zu kicken.

Graziös bewegte es sich langsam auf sie zu. Mina traute ihrer Wahrnehmung kaum. Sie kniff sich in den Arm. „Aufwachen Mina, aufwachen!", befahl sie sich selbst. Aber sie träumte nicht. Vor lauter Ehrfurcht und Todesangst stand sie jetzt wie versteinert im Raum. Sollte das ihr Ende gewesen sein?

Sie hatte diesem Ungetüm nichts entgegenzusetzen, so viel stand fest. Sie zweifelte sowieso daran, dass diese Kreatur auf normalem Wege zu besiegen war. „Wach auf Onkel San!", flehte sie ihn verzweifelt an, auch wenn sie insgeheim ahnte, dass es nichts brachte. Nur das Biest erwiderte ihren Bittgesängen, indem es noch einen gewaltigeren Schrei ausstieß. Mina musste sich diesmal vor Schmerzen die Ohren zuhalten. Urplötzlich kam ihr das Amulett wieder in Sinn, das an der Kette um ihren Hals hing und verführerisch glänzte. Das Schmuckstück zwängte ihr geradezu einen Wunsch auf. „Ich kann dich retten!", hörte sie scheinbar die Kette zu ihr flüstern.

Diese Zauberkette war Segen und Fluch zugleich. Auch wenn sie durch einen weiteren Wunsch ihren Standpunkt verraten und sie damit nur Stunden an Vorsprung gewinnen würde, so konnte sie das Amulett zumindest für diesen Moment retten. Und angesichts dieser prekären Lage, musste sie dieses Risiko in Kauf nehmen. Daher überlegte sie nicht lange und machte wieder von den magischen Fähigkeiten Gebrauch. „Ich wünschte, Onkel San und ich wären jetzt bei Xenia in Paris."

Als das Amulett den Wunsch vernahm und das Leuchten anfing, sprintete das Schattenwesen mit weit geöffnetem Maul auf sie zu, als ob es ahnte, was nun geschehen würde. Es wollte ihr jedoch zuvor kommen, spreizte seine messerscharfen Krallen und setzte zum Sprung an. Sein zähnefletschendes Maul kam während seines mächtigen Satzes gefährlich nah und Mina spürte seine hasserfüllte Aura, die nur ihr galt. Nun hatte sie sich schützend vor ihren Onkel gestellt und schloss vor lauter Schrecken ihre Augen. Dabei stieß sie in Gedanken hundert Gebete in den Himmel. Plötzlich spürte sie sich nicht mehr.

War sie jetzt tot? Schmerzen hatte sie jedenfalls keine. Sie öffnete ihre Augen und stand mit ihrem Onkel in einer fremden Wohnung. San, der wieder zu sich gekommen war und der von der unheimlichen Flughafenbegegnung, wie es schien, nichts mitbekommen hatte, fragte ganz verwundert: „Wo sind wir?" Die Kette hatte beide vorerst gerettet.

-Kapitel 6-
Xenia die Hellseherin

„Ich habe euch erwartet.", erhellte zur Abwechslung mal eine beruhigende Stimme den Raum. Eine kleine, alte Frau saß an einem rundlichen Tisch. Sie sah aus wie eine Zigeunerin. Ihr Gesicht war von etlichen Falten gezeichnet und ihr Haar wurde von einem roten Kopftuch bedeckt. Auf dem Tisch vor ihr stand eine Glaskugel, wie sie Hellseher üblicherweise benutzten. „Ich bin Xenia, Hellseherin und Alchemistin!", stellte sie sich vor. Mina und San schauten sich ungläubig an. „Sie haben uns erwartet?", fragte Mina unsicher. Onkel San wusste überhaupt nicht wie ihm geschah. Gerade noch war er am Flughafen und jetzt stand er vor Xenia, einer angeblichen Hellseherin und Alchemistin, wie sie selbst von sich behauptete, mitten in der Hauptstadt Frankreichs. Er war total verwirrt. „Mina, hast du uns hierher gewünscht?", fragte er verstört. Sie nickte und wollte ihm gerade erklären, warum sie das getan hatte, als ihr plötzlich Xenia über den Mund fuhr: „Jetzt ist nicht die Zeit, das Offensichtliche zu hinterfragen. Wir haben ohnehin nicht viel Zeit."

Die gesamte Wohnung war mit mystischen Dingen geschmückt. Traumfänger hingen von der Decke und überall standen metallene und hölzerne Kelche, in denen unheilvolle Fratzen eingraviert waren. In jedem Raum entzündete sich ein Räucherstäbchen, sodass ein leichter Dunst die gesamte Wohnung durchdrang. In jedem Zimmer roch es angenehm nach Vanille. Uralte Symbole zierten Xenias Wände. Eines davon kam Mina sogar sehr bekannt vor. Sie war sich sicher es schon einmal in einem Horrorfilm gesehen zu haben, den sie sich heimlich ansehen musste, weil es ihre Mutter mit den besten Absichten verboten hatte. Ja genau! Sie erkannte ein Hexagramm. Hoffentlich, so dachte sie sich, war Xenia der guten Seite zugewandt. Im Horrorstreifen war dies jedenfalls das Zeichen des Bösen.

Die Hellseherin bat beide an den Tisch. Mit gemischten Gefühlen kamen Mina und San der Bitte nach. „Meine Glaskugel und meine Tarotkarten haben mir euer Erscheinen bereits vor langer Zeit für den heutigen Tag angekündigt. Ihr steckt wirklich in Schwierigkeiten, soviel ist sicher. Aber ich werde euch helfen." Mina fiel ein Stein vom Herzen und erzählte ihr von der Begegnung am Flughafen. „Ein Schattenraubtier des Osiris hat mich vor wenigen Sekunden angegriffen und hat mich nur um Haaresbreite mit seinem widerlichen Maul verfehlt. Die Zeit stand still! Mein Onkel konnte sich nicht mal mehr bewegen. Pistolenkugeln schwebten mitten im Raum. Nur wenige Zentimeter trennten sie vor Sans Brustkorb. Auch die anderen Menschen um mich herum waren wie versteinert. Nur ich nicht. Ein Wunsch hat uns hierher gebracht. Ich bin völlig durch den Wind. Kannst du mir das erklären?", fragte sie die Hellseherin ganz außer sich. San war ganz erstaunt und fragte: „Schattenraubtier? Die Zeit stand still? Pistolenkugeln schwebten im Raum? Hab ich da was verpasst? Einen Hollywoodblockbuster vielleicht? Ich kann mich überhaupt nur noch vage an irgendetwas erinnern."

Xenia fragte die beiden, ob sie bereit wären, die

Wahrheit hinter dem Schmuckstück zu erfahren, die womöglich ihr gesamtes Weltbild auf den Kopf stellen würde. Mina und San reichten sich die Hände. „Ich glaube, wir sollten die Wahrheit erfahren.", meinten sie schließlich mit Blick auf das Amulett. Die Hellseherin erklärte den beiden, worum es ging, auch wenn die Zeit drängte.

„Gut. Diese Kette erzählt die tragische Liebesgeschichte zwischen dem ägyptischen Gott der Unterwelt Osiris und der griechischen Göttin der Liebe Aphrodite, die sich verbotenerweise miteinander vermählten. Aufgrund dessen wurden sie von den *Sieben Wächtern des kosmischen Gleichgewichts* in ihre jeweiligen Welten verbannt. Den verschiedenen Götterkulturen ist es nämlich nach den *Tafeln der kosmischen Gesetze* nicht erlaubt, Liebeleien untereinander zu pflegen. Und nur die Macht der Kette ist imstande, die Barrieren - undurchdringbare Energiekuppeln, die die Wächter über ihre Tempel legten - zu durchbrechen und beide wieder zu vereinen. Das ist auch der Grund, warum Osiris sie so vehement wieder haben möchte. Aber nicht nur er ist hinter dieser Kette her und würde alles tun, um wieder in ihren Besitz zu gelangen. Auch Hermes. Denn dem griechischen Götterboten wurde die Aufgabe zuteil, Aphrodite das magische Schmuckstück zu überbringen. Von allen Gottheiten besaß nur er die Fähigkeit, die Barrieren unbeschadet zu durchfliegen. Nicht einmal die *Wächter* konnten dies unterbinden, denn sie mussten die Mächte der Götter wahren, die sie benötigten, um ihr göttliches Dasein zu erfüllen. Er verlor sie aber tragischerweise irgendwo über der Erde, als er in einen heftigen Sturm geriet. Auf sein Versagen hin, entzog ihm Osiris die Götterehre und verfluchte die

Kette. Hermes sucht schon seit unzähligen Zeiten nach dem Collier, um seine Ehre wiederherzustellen, die bei den Göttern mehr wiegt, als Gold.

Osiris, der ebenfalls jeden Preis zahlen würde, um an die Kette zu gelangen, hat alle seine negativen Emotionen benutzt, um dieses Schattenraubtier zu erschaffen. Es ist ein Produkt seines tiefsten Hasses und hört auf den Namen *Inam*. Und da sich Osiris selbst nicht auf der Erde zeigen kann, hat er diesem Raubtier die Fähigkeit verpasst, die Zeit zu manipulieren. Fragt mich aber nicht, wie er das geschafft hat. Sobald es auf der Erde wandelt, friert es die Zeit ein und kein Mensch wird Zeuge von der Existenz dieses Ungetüms, das nur unbändigen Hass in seinem Herzen trägt. Seine ganze Existenz ist ausschließlich von einem Gedanken erfüllt - die Vernichtung derjenigen, die diese Kette trägt."

Plötzlich wurde Mina mit der vollen Wucht der Erkenntnis getroffen, dass sie seit dem Umhängen des Colliers wirklich um Leib und Leben fürchten musste. Im selben Moment wurde ihr die Last der Kette zu viel. Sie erhob sich vom Tisch, um kurz auf dem Balkon der Wohnung zu verschnaufen. „Ich brauche kurz frische Luft." Doch insgeheim verschwand sie nicht ohne Hintergedanken. Aus Angst vor dem Tod, vor dem bereits Erlebten und das, was noch vor ihr lag, wünschte sich Mina heimlich, dass ihr Onkel durch die Zeitmanipulation des Schattenraubtiers nicht mehr beeinträchtigt würde. Denn San war der Einzige, der ihr helfen konnte – nein musste. Sie vertraute ihm mehr als ihren eigenen Fähigkeiten. Und wen, außer ihm, hatte sie schon als Weggefährten? Er sollte also die gleichen Voraussetzungen haben, wie sie selbst. Und das hieß, völlige Handlungsfreiheit in Gegenwart dieser Bestie. Dann setzte sich Mina wieder zurück an den Tisch und tat so, als wäre nichts gewesen.

Xenia umgab eine mystische Aura und sie strahlte viel Weisheit aus. Mit neugierigen Augen blickte sie auf das Amulett und griff danach. Doch als sie es mit ihrer Hand berührte, zuckte sie kurz zusammen. Ihre Augen rollten sich und sie fing an, in einer längst ausgestorbenen Sprache zu sprechen. Mina war ganz unwohl, doch ihr Onkel beruhigte sie. „Xenia hat bestimmt eine Vision. Gleich wird sie uns sagen, wie wir den Fluch bannen und wieder zu einem normalen Leben zurückfinden können."

Nach einem kurzen Moment ließ Xenia die Kette plötzlich wieder los und knallte rückwärts mit dem Stuhl auf den Boden. San lief sofort zu ihr, um sie wieder aufzurichten. Doch als er sie anfasste, schreckte er mit seiner Hand zurück. „Autsch!", jammerte er und fügte mit schmerzverzerrter Stimme hinzu: „Mina hol einen Eimer Wasser, ihr Körper ist höllisch heiß." Seine Nichte lief orientierungslos in den nächsten Raum. „Wo ist das Badezimmer?", rief sie ihrem Onkel zu, doch der war damit beschäftigt, Geschirrtücher unter kaltes Wasser zu halten, um sie der Hellseherin auf die heiße Stirn zu legen.

Mina sah sich im Nebenraum um und bekam es mit einem ungemütlichen Gefühl zu tun. Ausgestopfte Raben, die in jedem Winkel des Zimmers auf Holzregalen standen, starrten sie von oben herab an. Plötzlich fingen die Raben an, zu krächzen und wie wild mit ihren Flügeln zu schlagen, so als ob sie die Anwesenheit Minas in helle Aufruhr versetzte. Ihre schwarzen Federn schwebten durch das Zimmer und im selben Moment wurde ihr ganz schwindelig. Der gesamte

Raum fing an, sich vor ihren Augen zu drehen. Sanft knallte sie mit dem Kopf auf einen weißen Flokatiteppich, der ihren Aufprall etwas dämpfte. Ihre Augen wurden immer schwerer und schwerer, bis sie die Augen schloss und bewusstlos wurde.

San hörte den Knall und lief aufgeregt ins Nebenzimmer. Dort fand er seine Nichte reglos am Boden vor. Aber als er sie berühren wollte, verschwand ihr Körper vor seinen Augen. „Was passiert hier bloß?", murmelte er zu seiner großen Verwunderung. Dann vollendete San, worum er seine Nichte gebeten hatte. Er lief weiter ins Badezimmer und besorgte sich selbst einen Eimer, den er mit Wasser füllte. Mit einem gut gefüllten Wasserkübel, rannte er zu Xenia und überschüttete sie von Kopf bis Fuß. Doch das kalte Wasser verdampfte mit einem lauten Zischgeräusch im selben Moment wieder, als es den erhitzten Körper berührte. San erschrak sich und zuckte zusammen, sobald er das grässliche Geräusch des verdampfenden Wassers hörte. In derselben Sekunde riss Xenia die Augen weit auf und schnappte nach Luft.

San war erleichtert, als er die Hellseherin wieder bei vollem Bewusstsein sah. Sie blickte mit ihren Augen kurz auf ihre Stirn und fragte: „Onkel San warum habe ich ein Geschirrtuch im Gesicht?".

Verwundert sah er Xenia an. „Mina, bist du es?" „Wer soll ich sonst sein?", antwortete sie ihm mit irritiertem Blick. San half seiner Nichte oder vielmehr Xenias Körper, auf die Beine. Intellektuell war er völlig überfordert, weil er die Situation nicht richtig einordnen konnte. Dabei stellte er fest, dass Xenias Körper völlig trocken war. Kein Wassertropfen schien sie getroffen zu haben. Auch sonst war der Körper nicht mehr erhitzt, sondern normal temperiert.

„Bin ich geschrumpft oder bist du gewachsen?", fragte Mina, als sie auf den Beinen stand. Onkel San schwieg und führte sie zu einem großen Wandspiegel, der im Flur hing. „Was?", staunte Mina ungläubig, als sie ihr Spiegelbild betrachtete. „Wie ist das möglich?" Sie strich sich mit ihren Händen über ihr altes, faltiges Gesicht, sah nochmal skeptisch in ihr Spiegelbild und wandte sich dann ihrem Onkel zu: „Was ist passiert?" Doch er wusste diesmal auch keine Antwort. Beide tauschten sorgende Blicke aus. Mina tastete stürmisch nach dem Amulett. Doch es hing nicht mehr um ihren Hals. Es war verschwunden. „Oh nein!", seufzte sie. Sie befürchtete, nie mehr in ihren Körper zurückkehren zu können. „Kleines, wir schaffen das!", versprach ihr Onkel.

Doch plötzlich zerberstete die Haustüre der Wohnung in einer gewaltigen Explosion. Tausend Holzsplitter flogen durch die Luft. Die Wucht schleuderte Mina und San unsanft zu Boden. Das Schattenraubtier war wieder da und betrat Xenias Wohnung. Es fauchte ganz fürchterlich, als es sich den Weg durch den engen Gang der Wohnung bahnte. Seine Statur war fast so hoch, dass es die Decke des Flures berührte und imponierte daher nicht nur Mina, die am ganzen Körper zitterte, sondern auch San, der zum ersten Mal in den Genuss kam, ein Schattenraubtier mit eigenen Augen zu erleben.

Beide standen nebeneinander mit dem Rücken zur Wand und hofften, dass sie die Bestie übersah. Doch das Schattenraubtier kam zielgerichtet auf sie zu. „Nicht bewegen!", befahl San im Flüsterton, als er bemerkte, dass Mina weglaufen wollte. Beide rührten sich keinen Zentimeter mehr und verharrten in einer Schreckstarre. Während es vor den beiden stand, schnupperte es abwechselnd an San und an Mina. Als das Schattenwesen jedoch nochmals an Mina schnupperte, die immer noch in Xenias Körper gefangen war, hielt es kurz inne. Der mächtige Körperbau des Schattenraubtiers drückte sie immer weiter gegen die Wand. „Ich... bekomme... keine... Luft... mehr!", krächzte Mina. Und auch San atmete immer schwerer, weil das Gewicht, das auf seinem Brustkorb lastete, immer größer wurde. Lange konnten sie nicht mehr aushalten, sonst würden beide qualvoll ersticken. San tastete daher mit seiner letzten Kraft nach einem schweren Kerzenständer, der unweit von ihm auf einem Sideboard in greifbarer Nähe stand, in der Absicht es dem Geschöpf über den Kopf zu schlagen. Doch er konnte das Objekt seiner Begierde nur mit seinen Fingerspitzen streifen. Mit einem letzten Kraftakt, der sich in einem lauten Schrei äußerte, versuchte er, den rettenden Gegenstand zu greifen. Doch vergebens. Nur noch wenige Augenblicke würden den beiden bleiben bis sie ihr Bewusstsein verlören. Onkel San drehte seinen Kopf ein letztes Mal zu seiner Nichte und blickte ihr tief in die Augen. Er nickte ihr zu, so als ob er ihr damit sagen wollte, dass es gut sei, wenn sie sich jetzt etwas wünschen würde. Mina schnürrte es aber die Luft dermaßen ab, dass sie nur noch vor sich hin röchelte. Ihr liefen Tränen über die Wangen, in der festen Überzeugung, hier und heute mit ihrem Onkel ins Gras zu beißen. Doch plötzlich ließ das Schattenraubtier von ihnen ab und sprang mit lautem Gedöns durch das offene Küchenfenster, schlug dabei ein gewaltiges Loch durch die Mauer und verschwand über den Dächern der Nachbarhäuser.

San fing schwer zu husten an und nahm mehrere tiefe Atemzüge. Er blickte dem Wesen nach, doch es war nur noch ein dünner schwarzer Strich von ihm übrig, bis es sich ganz auflöste und verschwunden war.

Als Onkel San wieder einigermaßen auf dem Damm war, strich er sich die Holzsplitter von seinem Körper. Dann bemerkte er erst, das Mina, noch immer in Xenias Körper gefangen, bewusstlos auf dem Boden lag. Er betrachtete den reglosen Körper und befürchtete das Schlimmste.

Er ging langsam auf sie zu. Er war sich sicher, dass er es nicht vertragen könnte, wenn seine Befürchtungen wahr wären. Was sollte er auch Melinda erzählen? Der Körper deiner Tochter lebt, aber der Geist ist tot? Diese Erkenntnis hätte ihn selbst in den Wahnsinn getrieben. Doch San fiel ein Stein vom Herzen, als er den sich langsam mit Luft füllenden und absenkenden Brustkorb seiner Nichte sah. Sie tat sich schwer mit dem atmen. San aber wollte nicht den Teufel an die Wand malen, zu groß war seine Freude darüber, dass sie überhaupt noch am Leben war. Trotzdem schlich sich ein beklemmender Gedanke in seinen Kopf. Er war ziemlich darüber beunruhigt, ob seine Nichte jemals wieder in ihrem eigenen Körper leben konnte.

Er hob sie sanft auf und legte sie auf ein altes, durchgesessenes Sofa, das im Wohnzimmer neben einem antiken Schrank stand. Dann bedeckte er sie mit einer dünnen, löchrigen Baumwolldecke, die hinter dem Sofa lag. Es dauerte eine halbe Ewigkeit für San, bis Mina wieder ihre Augen öffnete. Doch in Wahrheit verstrichen nur wenige Minuten. Er lächelte bis über beide Ohren und stieß ein freudiges „Halleluja" aus. „Wie geht es dir Kleines?", fragte er besorgt. Doch kurz bevor sie antworten konnte, kam Mina, in ihrem eigenen Körper steckend, aus dem Nebenzimmer hervor und rief: „Mir geht's gut Onkel!" San war verwirrt aber überglücklich.

Als alle drei wieder vereint am Tisch saßen, erklärte Xenia, dass sie das böse Schattenwesen gespürt hatte und deshalb mit Hilfe einer medialen Verbindung zu einem anderen *Wesen*, einen Schutzzauber anforderte, damit Mina nichts passierte. Sie erklärte San, dass das Amulett Wunschspuren hinterlässt, das Osiris` Schattenraubtier wittern kann und somit immer wüsste, wo sich das Amulett befindet, sobald ein Wunsch ausgesprochen wurde.

„Da ich durch meine hellseherischen Fähigkeiten wusste, das ihr durch einen Wunsch zu mir in die Wohnung gelangt, habe ich Vorsichtsmaßnahmen ergriffen. Die Hexagramme sind Schutzsymbole, die die Wunschspuren verwischen und *Inam* auf eine falsche Fährte führen sollen. Nur der Balkon steht nicht unter dem Schutzsymbol." Xenia sah Mina mit einem bösen Blick an. Reumütig erzählte sie den beiden von ihrem Wunsch auf dem Balkon, aber auch über ihre Ängste, die sie dazu bewogen hatten.

„Das hätte dein und unser aller Tod bedeuten können!", giftete Xenia Mina an. „Wir haben es ja überlebt, auch wenn du eine neue Türe brauchst. Meine Versicherung deckt aber Schäden durch Schattenwesen nicht ab.", alberte San schon wieder herum, als hätte er nicht vor ein paar Minuten noch um sein Überleben kämpfen müssen. „Also ich werde in der Zeit eingefroren, wenn so ein Ding auftaucht." stellte Minas Onkel besorgt fest. „Ich sollte wirklich handlungsfähig sein, um dir weiterhin helfen zu können. Das war zumindest ein sinnvoller Wunsch, wie ich finde.", meinte er und wandte seinen Blick zu Xenia. Die Hellseherin musste zugeben, dass ihr Wunsch berechtigt war. Der mystischen Dame kostete es viel Kraft, ihren Körper in die Zwischenwelt *Musima* zu transferieren und Mina in ihren eigenen Körper. Vielleicht erklärte das ihre Gereiztheit – vielleicht aber auch nicht. Doch wegen des Zwischenstopps in *Musima*, erklärte Xenia, konnte sie neues Wissen über die Kette und das Amulett anhäufen. Sie blickte Mina an und meinte schließlich: „Ich soll dich von einem alten Bekannten grüßen." „Meinst du Amicus?" „Genau der! Und ich weiß jetzt was zu tun ist!"

-Kapitel 7-
Xenias Plan

Mina sah Xenia mit erwartungsvollen Augen an. „Es wird nicht leicht für euch werden!", meinte sie schließlich. „Aber es ist machbar. Ihr müsst nur einen Weg finden, wie ihr ohne zu sterben in die Unterwelt kommt." Bei dem Vorschlag staunte Onkel San nicht schlecht. „Moment, Moment, habe ich mich da gerade richtig VERhört? Wir sollen in die Unterwelt zu Osiris, der Typ, der über die Unterwelt herrscht und uns allem Anschein nach - töten will. Hinzu kommt, dass uns ein riesiges Schattenraubtier dicht auf den Fersen ist, und wir dem Tod mit wahnsinnig viel Glück gerade noch so von der Schippe springen konnten. Das nächste Mal könnte viel böser enden. Mal abgesehen davon, wie wir das alles bewerkstelligen sollen, was dann? Sollen wir ihn zum Kaffee und Kuchen einladen und ihn bitten, ob er nicht so nett ist, den Fluch aufzuheben und uns zu verschonen? Und wir spazieren dann ganz gemütlich aus der Unterwelt mit einem High-Five-Abschiedsgruß?"

Mina schmunzelte etwas, obwohl ihr die äußerst prekäre Lage durchaus bewusst war. Xenia räusperte sich und verzog ihre Augenbrauen. „Ich habe nie behauptet, dass es einfach für euch wird. Aber es ist eure einzige Chance, lebendig aus der Sache heraus zu kommen!"

Mina war sich nicht ganz sicher, wie das funktionieren sollte. „Wir sollen also in das Reich der Toten. Soweit habe ich es verstanden. Aber wie können wir ins

Jenseits, ohne zu sterben?" San blickte seine Nichte mit runzeliger Stirn an. „Genau meine Rede!"

Seine Nichte streichelte sanft mit ihrem Daumen über das Amulett. „Kann uns das Amulett nicht in die Totenwelt bringen?", fragte sie hoffnungsvoll. Xenia aber musste sie enttäuschen. „Sieh genau in das Amulett. Siehst du den rubinrotleuchtenden Punkt in der Mitte? Das ist der isolierte Herzenswunsch von Osiris." Mina und San verstanden nicht recht und fragten verwundert nach. „Was bitte soll das sein?"

„Die Kette erfüllt nur den Herzenswunsch eines Gottes. Du bist kein Gott Mina, selbst wenn du es dir wünschtest. Aber die Macht des Amuletts ist so groß, dass es auf der Erde eine eigene Dynamik entwickelt haben muss, die in der Lage ist, einem menschlichen Träger, Zauberkräfte zu verleihen. Jedoch keine, die dem kosmischen Gleichgewicht entgegen wirken. Du kannst mit Sicherheit keine Toten wieder erwecken oder durch die Zeit springen." Mina grübelte. „Aber vielleicht sind die Zauberkräfte in der Lage, mir doch jeden Wunsch zu erfüllen. Im Moment will ich einfach nur noch wieder in mein altes Leben zurück." Im selben Moment schlug sie sich mit der flachen Hand auf ihren Mund. Sie konnte gar nicht so recht glauben, was da eben aus ihrem Mund gesprudelt kam, denn ihr Leben war bisher eher langweilig, ja sogar trist. Deshalb fügte sie noch schnell hinzu: „Ohne Flüche, Mumien und Todesangst, meine ich."

Mina fackelte nicht lange und wünschte sich, gegen alle Bemühungen der anderen dies zu unterlassen, das Tor zur Unterwelt herbei, um diesen wahrgewordenen Albtraum schnellstmöglich hinter sich zu bringen. Erwartungsvoll richteten alle Anwesenden den Blick auf das Amulett, als der Wunsch ausgesprochen war. Aber wie Xenia bereits vermutete - nichts passierte. „Die guten Wünsche erfüllt dieses Ding nie!", maulte Mina.

„Du hast zwar die Macht des Amuletts erweckt, aber die Zauberkräfte, die durch Menschenhand entfacht wurden, können den Fluch der Kette nicht brechen – sie können kein Tor zur Unterwelt öffnen. Es tut mir leid. Überhaupt können wir von Glück reden, dass die übrigen Götter noch nichts von diesem Amulett gehört haben, sonst hättest du mehr als nur Osiris als Problem." San musste Xenia Recht geben. So düster es für seine Nichte auch im Moment aussehen mochte, wenn die Information über das Amulett, das Osiris` Herzenswunsch birgt, an die anderen Götter geriet, vor allem diejenigen, mit bösen Absichten, so würde eventuell ein Wettlauf, gar ein Krieg um sie beginnen und die gesamte Welt ins Chaos stürzen.

Mina war sehr traurig. Eigentlich kannte sie im tiefsten Inneren ihren Herzenswunsch. Doch Xenia widersprach. „Menschen kennen in der Regel ihre eigenen Herzenswünsche nicht. Sie haben nämlich aufgehört, auf ihre Herzen zu hören und haben dabei die dritte Bewusstseinsebene verloren. Sie sind ja auch ständig abgelenkt von ihren eigens geschaffenen Tugenden wie Macht, Geld und Habgier. Und so wundert es mich nicht, dass du deinen eigenen Herzenswunsch nicht kennst. Wie die meisten Menschen eben. Und wahrscheinlich ist dein Herzenswunsch ein ganz anderer, als du womöglich denkst."

Mina und San kehrten einen Moment in sich. „Aber ich strebe weder nach Macht noch nach Geld!", erwiderte

Sans Nichte. Sie wollte es einfach nicht wahrhaben und in dieselbe Schublade gedrängt werden, wie skrupellose Firmenbosse oder Kriegstreiber. Xenia aber blieb ruhig. Sie deutete auf ihre Kugel und plötzlich formte sich ein Bild darin, welches Mina in Freude darüber zeigte, wie David, der Nachbarsjunge, Todesängste wegen ihres Wunsches ausstehen musste.

Die Hellseherin hatte damit irgendwie den Kern der Wahrheit getroffen. Jetzt schämte sich Mina regelrecht für ihr Handeln und sie fing an, ihren eigenen Wünschen zu misstrauen. Erschrocken stellte sie fest, dass selbst ihr Herz unrein war und, dass sich Machtwünsche und Machtgehabe sogar in den unbedeutendsten zwischenmenschlichen Beziehungen abspielten. Dadurch, dass die Hellseherin ihr unverblümt einen Charakterspiegel vor die Nase halten konnte, gelangte Mina an einen Tiefpunkt. „Kannst du mir nicht meinen Herzenswunsch verraten?", flehte sie Xenia an, damit sie wieder an ihr reines Herz glauben konnte und nicht mehr so desorientiert dreinsah. Doch wieder wurde sie enttäuscht. „Nicht einmal meine hellseherischen Kräfte könnten deinen Herzenswunsch erahnen – wenn er überhaupt vorhanden wäre – und falls doch, müsstest du das schon ganz allein für dich selbst herausfinden! Aber wie gesagt, Menschen besitzen keine Herzenswünsche mehr."

San wollte die beiden nur ungern unterbrechen, doch er wollte endlich wissen, wie sie nun lebendig und an einem Stück in die Unterwelt gelangen konnten, um dem Spuk ein Ende zu bereiten. Die Hellseherin blickte hierzu abermals in ihre Glaskugel. Rauch wirbelte in ihr auf. Eine Zeit lang sah Xenia hinein und gab keinen Laut von sich. Mina und ihr

Onkel konnten in dem Rauchgewirbel nicht viel erkennen, sodass sie mit voller Spannung auf ein Wort von ihr warteten.

„Ihr müsst die drei Kristalle der Liebe finden, die über die ganze Erde versteckt sind!", meinte die Hellseherin ganz nüchtern, als wäre es das Normalste auf der Welt. „Was sind bitte die drei Kristalle der Liebe?", fragte Mina so, als ob sie die Hauptprotagonistin in einem schlechten Buch wäre. Doch Xenia bat um etwas Geduld.

Plötzlich verzog sich der Rauch in der Glaskugel und Amicus´ Gesicht war zu sehen. Er sprach zu den dreien: „Die drei Kristalle der Liebe sind pure und reine Energie. Nur sie können das Portal zu Osiris` Unterwelt öffnen." Er erzählte ihnen ausführlich, was es mit den Kristallen der Liebe auf sich hatte.

„Die drei Kristalle der Liebe öffnen das Tor zur Unterwelt. Ihr müsst wissen, dass das kosmische Gesetz den Menschen nämlich zu allen Zeiten die Möglichkeit gab, das Totenreich lebendig aufzusuchen. So war es ihnen möglich, bei Osiris ein Gnadengesuch für ihre Verstorbenen vorzutragen, auf das sie von dem Herrn der Toten kein allzu hartes Schicksal aufgezwungen bekamen oder vielleicht sogar von den Toten wiedererweckt wurden. Aber nur den würdigen Hinterbliebenen war es gestattet, bei Osiris Gehör zu finden. Die Reise dorthin ist nämlich gespickt von allerlei Gefahren, die einem gut und leicht das eigene Leben kosten könnte.

Zunächst müsst ihr die *Hinweisgeber* entschlüsseln, die überall auf eurem Planeten verstreut liegen und die zu den drei Kristallen der Liebe führen. Leider kann ich euch nicht sagen, wo sich diese befinden. Aber nur jene, die diese Reise auf sich nehmen und all den Widrigkeiten trotzen, ihr eigenes Leben aufs Spiel setzen, die *Hinweisgeber* richtig entschlüsseln und die drei Kristalle der Liebe vereinen, erlangen die Würde eines reinen Herzens und müssen von Osiris angehört werden, ob er will oder nicht. Jetzt steht ihr vor dieser Reise – eure einzige Chance zu überleben und den Fluch zu brechen." Dann verschwand Amicus wieder.

Mina, die unbedingt ein reines Herz besitzen wollte, fragte die Hellseherin fordernd: „Und wie finden wir die drei Kristalle der Liebe, wenn selbst Amicus nicht über ihren Standort Bescheid weiß?" „Nun, ich kann euch nur mitteilen, was ich aus der Dimension *Musima* erfahren habe, als ich Minas Körper dorthin teleportiert hatte. Der erste Kristall, der dir bestimmt ist, muss irgendwo in Brasilien versteckt sein. Genauer gesagt in Rio de Janeiro. In der dortigen Nationalbibliothek versteckt sich ein Hinweis auf den ersten *Hinweisgeber* unter einem X."

Mina dachte sofort an Piraten und meinte ironisch: „Ai Kapitän, Schotten dicht machen und Segel setzen. Arrr." Verblüfft über das kindische Gehabe, blickten sie Xenia und San ziemlich verwundert an. „Hallo, wer weiß was uns bevorsteht. In Anbetracht meines eventuellen Todes, möchte ich gerne noch meine nie ausgelebte Kindheit auskosten. Und ich denke, die nächsten fünf Minuten müssen dafür herhalten!", verteidigte sie sich. Ihr Onkel zeigte vollstes Verständnis, lächelte verschmitzt und äußerte einen kleinen, bescheidenen, aber ungemein nützlichen Wunsch. „Bevor wir nach Brasilien fliegen, wäre es nützlich, wenn die Kette und das Amulett nicht mehr auf Metalldetektoren reagieren würden. Ich möchte keine bösen Überraschungen mehr an Flughäfen erleben." Mina wurde an das Schattenraubtier erinnert. „Und schon ist sie dahin – meine Kindheit. Ja, das wäre wirklich hilfreich!", meinte sie und versuchte nochmals die Kette abzunehmen. Doch wie sollte es anders sein, ohne Erfolg.

Aus Angst vor einer erneuten Begegnung mit dem Schattenwesen, wollte sie diesen Wunsch jedoch nicht von der Kette erfüllt bekommen, was breite Zustimmung bei den anderen beiden fand. „Ich werde all meine alchemistischen Künste benutzen, um ein schützendes Elixier zu mischen. Wenn ich damit fertig bin, dürftet ihr nun keine weiteren Probleme mehr an Flughäfen haben."

Xenia braute ein Gemisch aus verschiedensten Flüssigkeiten zusammen. Sie mixte in einer grausig aussehenden Schale, die Ähnlichkeit mit einem Menschenschädel aufwies, ein blaues Wässerchen mit einem gelben zusammen. Dann zog sie einen Dolch aus ihrem Strumpfband und schnitt sich in die Hand. Sie ballte ihre Hand zu einer Faust, sodass sich ein Blutstropfen bildete und in die Schale fiel, während sie anfing, in einer seltsamen Sprache die Schutzgeister zu beschwören. Dann rührte sie die verschiedenen Flüssigkeiten durch, bis es einen lauten Knall gab und San und Mina von den Stühlen schreckten. Rauch verzog sich über dem neu geborenen Elixier. Nun sah die Flüssigkeit smaragdgrün aus und Xenia füllte es in eine silberne Phiole. „Das werde ich aber auf gar keinen Fall trinken!", ekelte sich Mina und schüttelte sich angewidert.

Doch Xenia beruhigte sie. „Mit diesem Elixier könnt ihr die Kette von nun an für eine geraume Zeit verschwinden lassen. Beträufelt die Kette mit nur einem Tropfen und sie verschwindet kurzzeitig. Das wird aber nicht lange anhalten, daher fülle ich euch die Phiole bis zum Rand. Der Schutzzauber wirkt jedoch nur ungefähr fünfzehn Minuten. Aber das dürfte für eure Zwecke reichen." Mina sah die Phiole an und kam auf eine Idee. „Warum kann man die Kette nicht dauerhaft verschwinden lassen? Was, wenn ich die ganze Phiole draufkippe?" Die Alchemistin erklärte ihr, dass der Fluch stärker sei, als alle Bannzauber der Welt. „Egal wie viel Elixier du über die Kette schüttest, der Schutzzauber hält immer nur eine viertel Stunde an. Das wäre also nur Verschwendung. Die Phiole ist übrigens so konzipiert, dass immer nur ein Tropfen gebildet wird. Mehr brauchst du ohnehin nicht. Das reicht, um die ganze Kette verschwinden zu lassen." Enttäuscht über ihre Antwort, betrachtete Mina die Phiole. „Kann ich mich auch selbst verschwinden lassen?", fragte sie neugierig und wusste nicht, was sie von dem ganzen halten sollte.

„Egal was du beträufelst, es gelangt nach *Musima*. Aber nur, wenn es Gegenstände oder Wesen sind, die nicht irdischen, beziehungsweise menschlichen Ursprungs sind oder, so wie wir beide, mit der Totenwelt in Verbindung stehen. In *Musima* können nur Götter, göttliche Helfer, *Nichtirdische* und - *Lischa* wie wir, existieren. Normal Sterbliche würden daher keine Wirkung an sich feststellen." San und Mina konnten sich über den Begriff *Lischa* überhaupt nichts vorstellen, also hakten sie nach. „*Lischa* sind Licht- und Schattenmenschen. Um ein Gleichgewicht zwischen Göttern und Menschen zu schaffen, ist es den Göttern möglich, sich den *Lischa* zu zeigen. Zu ihnen gehören Wahrsagerinnen wie ich, aber auch Hexen und

Zauberer." Mina und San kamen aus dem Staunen nicht mehr heraus und blickten sich fragend an. „Hexen und Zauberer?" Doch Xenia machte keine Anstalten, denn sie existierten ja wirklich. „Ja ganz recht, Hexen und Zauberer. Nur wir *Lischa* haben als einzige Menschen eine Verbindung in die Astralwelt der Götter, das ein Paralleluniversum zu unserem darstellt und unsichtbar für menschliche Augen ist. Wir stehen essentiell mit einem oder mehreren Göttern in Verbindung und dienen ihnen unter anderem als Propheten. Aber es gibt auch viele Scharlatane, denen du nicht ein Wort glauben darfst, Kleines. Durch das Tragen der Kette bist du nun selbst zu einem *Lischa* geworden, denn durch sie, stehst du nun in Verbindung mit der Götterwelt. Aber zurück zum Wesentlichen. Mit der Phiole habt ihr nun ein Werkzeug, das euch bei eurer weiteren Reise behilflich sein wird. Also wählt weise, wie ihr sie einsetzt."

Xenia übergab San die Phiole. „Danke für alles. Ich passe darauf auf und werde Mina helfen, wo ich nur kann. Wir werden das Elixier auf jeden Fall vor jedem Flug nutzen, so viel steht fest. Drum, setzen wir die Segel!"

Mina und San verließen die Hellseherin, während sie Dankesgesänge auf sie hielten. Sie suchten ein kleines, unauffälliges Hotel auf und verbrachten dort noch einen weiteren Tag und eine weitere Nacht auf dem Zimmer, ehe ihr Flug nach Brasilien startete. Dank Sans üppigem Bankkonto, brauchten sie sich zumindest in finanzieller Hinsicht keine Sorgen zu machen. Aber bald manövrierten sie sich in eine Lage, wo ihnen kein Geld der Welt mehr helfen konnte.

-Kapitel 8-

Die Nationalbibliothek Rio de Janeiros

Als Mina und Onkel San nach zwölf Stunden Flug und viel Grübelei über das was Xenia ihnen berichtet hatte, völlig erschöpft am Flughafen in Rio de Janeiro ankamen, dachte sich Mina, dass sie sich besser hierhin gewünscht hätten. Ganz gleich welche Konsequenzen das gehabt hätte. Schließlich ging das etwas schneller und selbst das Schattenraubtier vermochte nicht, ihr größere Beinschmerzen zuzufügen, wie es die zu engen Sitze im Flugzeug vollbrachten.

Als sie aus dem Flugzeug stiegen, erwartete sie ein angenehmes Klima. Die Sonne färbte den wolkenlosen Himmel in ein tiefes orange. Es dämmerte bereits. Kaum gelandet, ließ San auch gleich den Lehrer raushängen. „Wusstest du, dass Rio de Janeiro die zweitgrößte Stadt Brasiliens ist? Und sie ist, entgegen vieler Meinungen, nicht die Hauptstadt des Landes." Mina war aber gerade nicht nach Schulstunde. Und das ließ sie ihrem Onkel auch mit einem desinteressierten Blick wissen. Sie entgegnete ihm forsch: „Und wusstest du, dass mein Haaransatz langsam herauswächst und ich dringend blaue Farbe benötige?" Sie grinste frech, da ihr überaus bewusst war, dass ihren Onkel derlei Mädchenkram nicht im Geringsten interessierte. Doch der ließ sich nicht beirren und erzählte einfach weiter: „Das

Land wurde im fünfzehnten Jahrhundert durch die Europäer entdeckt und die Portugiesen erhoben Anspruch darauf. Deswegen ist auch portugiesisch die Landessprache und nicht wie oft irrtümlicherweise angenommen, spanisch. Na egal, ich spreche keine der beiden Sprachen." Schulfrei, dachte Mina, sah doch irgendwie anders aus. Sie wollte einfach nur noch zur Nationalbibliothek, das „X" finden und den ersten Kristall mit nach Hause nehmen. Aber so leicht, wie sie es sich in ihren Gedanken ausmalte, sollte es nicht verlaufen. Beide wägten sich fast am Ziel zu sein, doch in Wirklichkeit ging ihre Reise und die Schnitzeljagd nach Hinweisen gerade erst richtig los.

Onkel San pfiff, kaum aus dem Flughafen geschlüpft, gleich nach einem Taxi. „Nationalbibliothek!", erklärte er dem Taxifahrer. Doch der sah ihn nur verdutzt an. Er verstand kein Wort. „National Library!", versuchte es Onkel San auf Englisch. Plötzlich raste der Taxifahrer los, als ob sein Leben davon abhinge. „Hast du dir gewünscht, dass der so schnell rast?", wollte er erstaunt von seiner Nichte wissen. „Nein, ich glaub die rasen hier immer so", zitterte Mina und beide hielten sich die Hände und beteten, dass es nicht ihre letzte Taxifahrt sein würde.

Nach einer halben Stunde Todesangst im Taxi kamen sie endlich heil an der Nationalbibliothek an, doch leider außerhalb der Öffnungszeiten. „Wir sollten noch etwas warten, bis es ganz dunkel geworden ist und einen Einbruch wagen.", meinte Onkel San, der nicht gerade dafür bekannt war, Diebstähle oder Einbrüche minutiös und punktgenau zu planen. Er checkte die Gegend mit einem Rundblick ab. „Zu viele bewaffnete Polizisten", meinte er schließlich. „Das können wir vergessen Mina. Was meinst du, sollen wir bis morgen warten?"

Plötzlich hörten sie in der Ferne ein paar Gewehrsalven, dann lautes Geschrei und zum Schluss heulten Sirenen durch die Stadt. „Ich glaube nicht, dass ich hier länger als nötig bleiben möchte.", vermittelte sie ihm eindringlich. San nickte zustimmend und auch wenn er es vor seiner Nichte nicht zugeben wollte, ihm war diese Gegend auch nicht ganz geheuer.

Beide sahen auf das Amulett. „Sollen wir das wirklich riskieren? Ich meine, dann weiß dieses Schattenraubtier über unseren Standpunkt Bescheid. Vielleicht weiß Osiris dann auch, was wir vorhaben?", folgerte Mina. Sie zögerte mit ihrem Wunsch, unbemerkt in die Nationalbibliothek zu kommen. Doch dann fing sie an: „Ich wünschte …", als San ihr ins Wort fiel. „Tu es nicht Mina! Ich weiß, wie wir hier reinkommen!"

Ganz lässig spazierte er auf den schwer bewaffneten Polizisten am Eingang der Bibliothek zu, drückte ihm ein paar Geldscheine in die Hand und gab ihm mit Händen und Füßen zu verstehen, dass er in die Nationalbibliothek rein wollte. Aber entweder verstand der Polizist dies als Drohgebärden, oder er war, hingegen Sans Bücherwissen, das gerade die brasilianische Polizei als eine der korruptesten der Welt überhaupt galt, einfach nicht bestechlich. Denn kurz darauf fanden sich die beiden mit weiteren unliebsamen Genossen in einer Gefängniszelle wieder. „Ich glaube, es lag einfach an der falschen Währung San. Mit Euros können die hier vermutlich nicht viel anfangen.", belehrte Mina zur Abwechslung mal ihren Onkel. San seufzte laut über sein eigenes Versagen, das sie hinter brasilianische Gardinen gebracht hatte. Nach zehn Minuten in der stinkigen Gemeinschaftzelle, wo auch noch andere Häftlinge saßen, stieg ihr Drang abzuhauen, ins Unermessliche. Vor allem Onkel San wollte so schnell es ging verschwinden. Und das hatte einen Grund. „Wir sollten es mit einem Wunsch riskieren Mina. Der übelriechende, muskulöse Kerl mit den verfaulten Zähnen neben mir, muss wohl schon länger hier inhaftiert sein. Er hat mir gerade einen Luftkuss zugeschickt und grinst mich so dämlich an. Lass uns hier verschwinden. Jetzt! Hörst du! Auf der Stelle!" Mina erkannte den flehenden Ausdruck in Sans Gesicht. „Bitte.", meinte er seinen Kopf zu ihr gewandt und mit schwacher Stimme, während sein krimineller Sitznachbar, dieser Koloss von einem Mensch seine dicke Hand über Sans Oberschenkel streichelte. Gesagt, getan. Mina wünschte sich und ihren Onkel in die Nationalbibliothek. Das Amulett leuchtete einen kurzen Moment auf und schon waren die beiden in der geschlossenen Bibliothek. Zurück blieben die verdutzt dreinsehenden Gefängnisinsassen.

„Unter einem X.", murmelte San ständig vor sich hin, während er die weiten Gänge ablief. Er starrte die ganze Zeit auf den Boden, in der Hoffnung dort ein „X" zu entdecken. Er und Mina mussten sich leise fortbewegen, da die schwer bewaffneten Polizisten in kleinen Einheiten vor dem Gebäude herum patrouillierten. Auch die hereinbrechende Dunkelheit erschwerte ihre Suche enorm, da kaum Licht durch die Fenster schien. „Wir müssen uns aufteilen Mina, du gehst diesen Gang entlang, und ich versuch es mit diesem hier!", befahl San in lautem Flüsterton. „X, wo bist du?", tuschelte

Mina.

Sie ging ein Weilchen den Gang hinab, als plötzlich ihr Amulett anfing zu leuchten. Es strahlte so hell, dass Onkel San am anderen Ende raunte: „Mach das Feuerzeug aus, die Polizei könnte uns entdecken!" „Ich kann nichts dafür, das ist das Amulett!"

„Bleib da stehen!", rief er und rannte schnell zu ihr hinüber. „Vielleicht hilft uns das Amulett den Hinweis zu finden?", meinte er und suchte den Boden und das Regal nach Hinweisen ab. „Da!", rief seine Nichte hibbelig. „Ein X"!

Onkel San traute seinen Augen kaum. Tatsächlich. „X" war die Bezeichnung für das Regal. Es war das zehnte Regal des Korridors! „Liegt unter dem X…", brabbelte er vor sich hin. „Also unter dem Regal!", schlussfolgerte er und freute sich wie ein kleines Kind vor dem Süßigkeitenschrank. Seine Augen leuchteten jetzt fast greller als das Amulett.

„Policia!", rief plötzlich jemand in der Halle. „Oh nein, jetzt müssen wir uns aber beeilen Onkel!" San versuchte vergeblich, das schwere Bücherregal umzuschubsen. Er stemmte sich mit vollem Körpereinsatz dagegen. Doch es rührte sich keinen Zentimeter. Es half auch nichts, dass Mina dagegen trat. Ihr Onkel erinnerte sich daran, dass er bei seinen zahlreichen Expeditionen oft mit Hilfe eines versteckten Mechanismus, meist ein Hebel, zum gewünschten Erfolg kam. Er tastete das Bücherregal ab, während er seine Nichte darum bat, jedes Buch gründlich zu untersuchen. Mina warf daraufhin jedes Buch hastig aus dem Regal. San riskierte einen Blick in den Korridor, wo seine Nichte stark beschäftig war. „Auch gut!"

„Policia! Ficar Parado!" rief der Polizeibeamte, der sich noch immer am anderen Ende der riesigen Halle befand. San und Mina beeilten sich. Die Anspannung wuchs, bis Mina alle Bücher aus dem langen Regal auf den Flur geworfen hatte - bis auf eines. Dieses ließ sich nicht herausziehen. „Das muss der Hebel sein!", rief Onkel San aufgeregt. Mina griff nach dem Buch, das sich nach vorne kippen ließ und löste damit einen Mechanismus aus. Das Regal setzte sich in Bewegung und eine Treppe, die in einen Keller führte, wurde frei gelegt. Im selben Moment erlosch das Licht des Amuletts.

Plötzlich fiel ein erster Schuss. „Schnell rein da!", befahl San. Sie rannten die Treppen hinunter und ein schwaches Licht, das aus dem Keller schien, geleitete sie. Unten angekommen erstreckte sich ein langer, dunkler, Korridor vor ihren Augen und etwas abgelegen warf eine einzelne Fackel, die links an der Wand angebracht war, ihr fahles Licht an die Wände. Sie konnten das Ende des Korridors nur schemenhaft erkennen und daher malte sich insbesondere Mina allerhand Schreckliches aus. Was würde sie wohl am anderen Ende erwarten? Als die beiden vorsichtig einen Fuß vor den anderen setzten und San auf halber Strecke die Fackel aus der Halterung nahm, um mehr Licht ins Dunkel zu bringen, bewegte sich das Regal wieder zu seinem Ausgangspunkt. „Jetzt sind wir eingeschlossen!", schrie Mina ihren Onkel panisch an. „Besser eingeschlossen, als erschossen!", erwiderte er seiner Nichte in der Hoffnung, sie könne seine eigene Panik nicht heraushören.

Während beide durch den schmalen Korridor wanderten, wurde ihnen schnell klar, dass es sich hier um eine Grabkammer handeln musste. „Die Bibliothek...", vermutete San, „... war in vergangenen Zeiten eine Kathedrale gewesen und der Keller wurde wohl als Totenstätte genutzt". Diese Erfahrung hatte er schon einmal in Portugal gemacht, versicherte er ihr.

Am Ende des Weges wurde Sans Vermutung pure Gewissheit. Eine Grabstätte aus Stein gehauen, offenbarte sich den beiden. Auf dem Deckel des Monuments zeichneten sich die Umrisse eines Ritters ab. Er hielt einen Schild und ein Schwert vor seinem Brustkorb. Ein seltsam geformtes Kreuz zierte sein Schild, eines das Mina aus den zahlreichen Symbolbüchern ihres Onkels sehr gut kannte. San war ganz erregt: „Das meine Kleine, muss ein Tempelritter gewesen sein." Er deutete auf das in Stein gemeißelte Kreuz des Sargs. „Das ist das Symbol der Tempelritter, das Templerkreuz." Auf seinem Schild stand etwas in portugiesischer Sprache. Onkel San las die ersten Worte: „Aqui jaz...". Doch schon gab er resigniert auf. „Ich kann leider kein portugiesisch, Mina. Gib mir mal bitte dein Handy, dann mache ich ein Foto von der Steintafel und wir suchen uns später einen Übersetzer." Mina zog ihr Handy aus der Hosentasche und übergab es ihrem Onkel. Er versuchte ein paar Bilder von der Steintafel aufzunehmen, doch der Akku war bereits so schwach, dass er keine Fotos mehr schießen konnte. Dann sah er seine Nichte mit einem Dackelblick an: „Kannst du nicht doch ein bisschen hexen?"

„Erinnere mich bloß nicht an Bibi Blocksberg. Oder sehe ich etwa wie diese Mainstream-Tussi aus?" San drängte sie mit einem Hundeblick dazu. „Na gut! Ich wünschte, dass Onkel San die portugiesische Sprache perfekt beherrscht." Das Amulett leuchtete auf und kurz darauf übersetzte Onkel San die Inschrift des Grabmals.

„*Hier ruht der heilige Tempelritter Sir Gualdem Pais. Wer nach purer Liebe suchet, der suchet die heiligste Stelle des Landes auf. In den Händen unseres Schöpfers liegt der Beginn unserer Bruderschaft. Er zeigt uns den richtigen Weg und wenn wir seinem Herzen folgen, sind wir alle erlöst. Der Tod ist nicht das Ende, denn er führt uns in die Unsterblichkeit.*"

Mina wurde von der Aufregung ihres Onkels infiziert. Sie war ganz angespannt und löcherte ihren Onkel: „Liegt der Kristall jetzt in dem Sarg oder wie?" Doch San las sich noch einmal in Ruhe die Inschrift durch und meinte schließlich voller Stolz: „Wir müssen zur Cristo Redentor, die Jesusstatue auf dem Berg Corcovado. Das ist die heiligste Stelle dieses Landes." „Aber wie kommen wir hier heraus?", fragte Mina. „Jetzt ist es eh schon egal Mina. Die Kreatur des Osiris wird bald hier sein, also wünsche uns hier raus zur Jesusstatue.", erwiderte er in der Hoffnung die Bestie würde sich noch etwas Zeit lassen. Gesagt, gewünscht.

-Kapitel 9-

Die Jesusstatue

Nur einen Wunsch später, standen beide vor der Christusstatue. Mina und San blickten sich um. Sie konnten zu dieser späten Stunde, zu ihrem Glück, keine weiteren Touristen ausmachen. Ehrwürdig betrachteten sie das riesige Denkmal aus Stein, das Jesus Christus darstellte. Die Figur war über 30 Meter hoch und sah so aus, als wachte sie mit ihren ausgebreiteten Armen über seine Einwohner. Scheinwerfer beleuchteten sie zu dieser späten Abendstunde gut aus, sodass beide ungehindert mit ihrer Suche nach dem Kristall anfangen konnten.

Die Statue selbst stand auf einem hohen Betonsockel in dem sich eine kleine Kapelle befand, die zu den Hauptzeiten eifrig von Touristen besucht wurde. „Boah ist die riesig.", bewunderte Mina das architektonische Meisterwerk und fragte weiter: „Und wieso sollte sich dieser Kristall hier befinden?" San rief sich noch einmal den Text des Templergrabes in Erinnerung. „Nun. Laut Grabinschrift liegt die pure Liebe, nach meiner Interpretation der Kristall, in der heiligsten Stelle dieses Landes. Und das ist für die Tempelritter nun mal Jesus. Er muss irgendwo in seinen Händen liegen. Irgendwie werden wir da schon rauf kommen, lass mich überlegen." Er umrundete einmal den Sockel, auf dem die Statue stand und suchte nach einem Weg nach oben. Doch er kam schnell zu der Überzeugung, dass ihnen nur das Amulett mal wieder weiterhelfen konnte: „Wie wäre es mit einem weiteren Wunsch? Irgendwie müssen wir da ja hoch."

Doch kaum hatte Onkel San den letzten Satz ausgesprochen, fing das Amulett ein weiteres Mal zu leuchten an und ein Tor zu einer anderen Welt öffnete sich abermals. Überrascht blickte diesmal auch Onkel San durch das Tor. Es war der alte Mann Amicus und er sah etwas grimmig aus. „Habe ich dich nicht vor so viel Wünscherei gewarnt? Das Schattenraubtier weiß jetzt wo du dich aufhältst. Es ist bereits auf dem Weg, um dich zu holen. Osiris` Bestie wird dich töten und deine Seele zu Anubis bringen und keine Gnade kennen. Beeile dich und verschwinde von dort sonst wirst du das Jenseits niemals lebendig betreten."

So plötzlich wie das Tor sich wie aus dem Nichts öffnete, so schnell verschwand es auch wieder. „Besser als ein 3D-Fernseher", staunte Onkel San nicht schlecht, doch er wurde durch das Räuspern seiner Nichte gleich wieder daran erinnert, wie ernst die Lage war. „Wer bitte ist Anubis, Onkel? Bitte kläre mich auf."

„Nun, Anubis war der uneheliche Sohn und Untergebener Osiris. Dargestellt wird er in der ägyptischen Mythologie als Mensch mit Hundekopf. Er galt seit dem alten Reich als Totenrichter. Er urteilte sozusagen über die Verstorbenen. Wog das Herz eines Verstorbenen mehr als seine guten Taten, so wurde er der Bestie Ammit, einem Wesen mit dem Kopf eines Krokodils, den Rumpf eines Löwen und der Rest eines Nilpferdes gleichend, zum Fraße vorgeworfen. Na guten Appetit." Onkel San verzog seine Mundwinkel.

Mina zitterte wie Espenlaub. „Keine Bange Kleines, wir schaffen das schon!", versuchte er sie wieder aufzumuntern. Er ging mit seinem Kopf die Statue auf und ab und tippte sich dabei immer wieder mit dem Zeigefinger gegen seine Lippen. Er überlegte laut. „Wie kommen wir da bloß rauf? Sollen wir noch einen Wunsch riskieren?", zermürbte er sich den Kopf. „Ja Onkel, das Schattenraubtier weiß ja sowieso schon über unseren Standort Bescheid und wir dürfen keine Zeit vergeuden!"

Mina wünschte sich, dass sie beide fliegen konnten. Als sie den Wunsch laut äußerte und das Amulett kurz aufleuchtete, wuchsen beiden Flügel aus den Schuhsohlen, genau wie bei dem Götterboten Hermes, der auf Xenias Gemälde zu sehen war. Onkel San sprang in die Luft und die Flügel begannen zu flattern. Doch er stellte sich sehr ungeschickt an, sodass er kaum einen Meter über den Boden schwebend, rückwärts und ganz knapp am Sockel der Statue vorbeischrammte. „Hilfe Mina! Wie bekomme ich die Schuhe unter Kontrolle?", rief er, doch sie kannte auch keine Antwort und zuckte nur mit ihren Schultern. Sie kam nicht umher laut zu lachen, so lustig sah die Unbeholfenheit ihres Onkels aus. „Versuchs mal mit Körperverlagerung!", rief sie ihm zu.

Er stemmte sich mit vollem Gewicht nach vorne und voila, die Schuhe trugen ihn nach vorn. Langsam bekam San ein Gefühl dafür, wie die Schuhe funktionierten. Er blickte nach oben, zu den ausgebreiteten Händen der Christusstatue und flog Meter für Meter auf die linke Hand zu. Er erinnerte sich, dass die Grabinschrift die Hände der Jesusstatue, als Beginn der Bruderschaft, erwähnte, weswegen er dort seine akribische Suche nach dem Kristall begann.

Mina beobachtete das ganze Spektakel von unten. Sie

traute sich noch nicht recht, die geflügelten Schuhe selbst zu nutzen. Als ihr Onkel die Hand erreichte, rief er nach unten: „Ich kann leider nichts entdecken!" „Dann versuch es bei der anderen Hand!", entgegnete Mina. San flog etwas hubbelig zur rechten hinüber. Doch auch dort konnte er nach penibler Untersuchung nichts finden. Jetzt wurde er doch etwas ungeduldig. Er betrachtete das Gesicht der Statue genauer. Irgendetwas kam ihm seltsam vor. Etwas, das nicht recht ins Bild passte. Er flog etwas weiter vom Gesicht weg, um sich ein Gesamtbild zu machen.

Plötzlich wurde es totenstill um die beiden. Die Geräusche aus der Stadt und das Zwitschern der Vögel aus dem Dschungel, das noch bis vor kurzem die Hintergrundmusik des Szenarios bildete, verstummten von einer Sekunde auf die andere. San und Mina kreuzten kurz ihre Blicke. Alles deutete daraufhin, dass das Schattenraubtier *Inam* ganz in ihrer Nähe sein musste. Im selben Moment kündigte es sich auch schon mit einem ekelerregenden und ohrenbetäubenden Gekreische an. Seine Anwesenheit hatte die Zeit eingefroren. Diesmal bewegte es sich sehr schnell. Das Schattenraubtier wollte nicht mehr denselben Fauxpas wie im Flughafen begehen. Mit zähnefletschendem Maul sprang es, hunderte Meter überbrückend, geradewegs auf Mina zu.

„Onkel San beeil dich bitte!", rief sie ihrem Onkel zu, der noch immer vor des Rätsels Lösung stand. Mina lief panisch um die Statue herum und sprang während des Laufens in die Luft. Die Flügel ihrer Schuhe begannen zu schlagen und sie fing an, ein paar Zentimeter über dem Boden zu schweben. Dabei stellte sie sich noch schlimmer an, als ihr noch kurz zuvor belächelter Onkel. Ungeschickt ruderte sie wie wild mit ihren beiden Armen, mal nach vorne, mal nach hinten, um ja die Balance zu halten.

Das Schattenraubtier, das nur ein Ziel kannte, und zwar Mina zu vernichten und die Kette zu seinem Herrn zu bringen, setzte zum finalen Sprung an. Während es sich durch die Luft schwang, haschte es mit seinen riesigen Klauen nach ihr. Doch Minas Glück war zugleich ihre Ungeschicklichkeit, denn als die Kreatur nach ihr schnappte, schlug sie unbeabsichtigt einen Rückwärtssalto und traf Osiris' Schöpfung mit voller Wucht in die Schnauze. Beide flogen in entgegengesetzter Richtung ein paar Meter weit zurück. Die Bestie schlug hart auf den Boden auf und blieb einige Sekunden lang reglos liegen. Dann richtete sie sich wieder auf und taumelte los, stieß einen gefährlichen Laut aus und als sie sich vollends gefangen hatte, sprintete sie erneut mit mächtigen Sätzen auf Mina zu, die mittlerweile komplett aufgerichtet, wenige Zentimeter über dem Boden schwebte.

„Mina, ich helfe dir!", schrie San. „Nein, löse das Rätsel. Ich lenke das Biest solange ab!" Sie beugte sich mit ihrem Körpergewicht nach vorn und fing an, die Jesusstatue immer schneller zu umkreisen. Das Schattenraubtier folgte ihr vehement, schnappte nach ihr und verfehlte Mina jedes Mal um Haaresbreite. Es sprintete immer schneller, um auch noch die letzten Millimeter zu überwinden, die zwischen seinen messerscharfen Zähnen und ihr klafften. Mina wusste, dass sie nicht mehr viel Zeit hatte, diese Bestie schwindelig zu machen, denn der einzigen, der sich der Magen und der Kopf drehten, war sie selbst. Nach einigen Umrundungen verlor sie daher die Kontrolle und schleuderte aus der

Umlaufbahn. Unsanft und orientierungslos landete sie auf dem harten Boden. *Inam* schnaubte und riss sein mächtiges Maul auf, während es auf sie zu hechtete. Mina sah nur noch das riesige Maul auf sich zukommen. „Das wars jetzt wohl.", dachte sie sich und hoffte, dass es wenigstens schnell gehen würde.

Doch unverhofft und aus heiterem Himmel schoss plötzlich San herab und stürzte sich wie ein Bomberpilot auf das Schattenraubtier. Er öffnete die Phiole des Schutzelixiers und traf *Inam* noch im Sprung mit einem Tropfen. Das Biest verschwand augenblicklich in die Dimension *Musima*.

San flog zu seiner Nichte herab, die noch immer auf ihrem Hosenboden saß. Er reichte ihr dienlich die Hand und half ihr auf die Beine. Beide umarmten sich herzlich. Sie konnten es nicht so recht glauben, was da eben geschehen war. Aber ihr Onkel strotzte nur so vor Stolz und Mina war überglücklich, dass sie diesen Angriff überlebte. Dann bemerkte San: „Ich bin sehr stolz auf dich. Du stellst dich deinen Dämonen und das schaffen nicht einmal viele Erwachsene. Ich glaube von nun an ist es mir nicht mehr gestattet, dich „Kleines" zu necken."

Seine Nichte grinste und spürte ihre neu gewonnene Stärke durch ihren Körper rauschen. Tatsächlich hatte sie sich jetzt schon ein klein wenig verändert. Sie war viel mutiger geworden. Selbstbewusst meinte sie zu ihrem Onkel: „Lass uns den Kristall finden." San klopfte auf seine altmodische Analogarmbanduhr und erinnerte sich an Xenias Worte über den Wundertrank. „Das Wesen wird in etwa fünfzehn Minuten zurückkehren! Wir sollten uns tunlichst beeilen."

Mina deutete mit ihrem Zeigefinger auf die Statue, so

als ob sie ihm damit sagen wollte, dass sie gerade keine große Lust aufs Fliegen verspürte und er alleine nach dem Kristall suchen sollte, was angesichts ihres trieseligen Zustands nicht weiter verwerflich war. „Kann ich dich auch wirklich kurz alleine lassen Mina?", erkundigte sich ihr Onkel besorgt.

Sie erstickte seine Besorgnis mit einem Nicken. Also flog San wieder zum Kopf der Christusstatue hinauf. Als er auf Brusthöhe angelangt war, entdeckte er ein eingraviertes Herzsymbol. Er klopfte und zerrte an dem in Stein gemeißelten Herzen, doch nichts tat sich. Dann flog er noch einmal auf das Gesicht zu. Er betrachtete die Nase genauer, die schon zuvor aus einem unerfindlichen Grund seine Aufmerksamkeit erregte und entdeckte einen kleinen Umriss am rechten Nasenflügel. Es sah so aus, als konnte man diesen Umriss eindrücken und genau das tat er auch. Tatsächlich, ein Mechanismus setzte sich in Gang. Es hörte sich so an, als hätte sich eine Steintafel verschoben, aber San konnte vorerst nichts erkennen. Er blickte nach oben und nach unten, aber so sehr er es sich auch gewünscht hatte, er sah nur dumm aus der Wäsche.

„Onkel, sie doch!", rief Mina vom Boden aus und deutete in Höhe des Brustkorbs der Statue, wo sich das Herzsymbol befand. Dort musste sich irgendetwas geöffnet haben, wenn San die Zeichensprache seiner Nichte richtig deutete. Er flog auf das Herz zu und wahrhaftig, es stellte sich als Geheimversteck heraus. San zitierte eine weitere Stelle der Grabinschrift und flüsterte zu sich selbst: „Wenn wir seinem Herzen folgen, sind wir alle erlöst."

Vorsichtig griff er hinein und zog eine rote Papyrusrolle heraus. Dann verschob sich die Steinplatte wieder und verschloss das Geheimversteck. „Was ist das?", rief seine Nichte. „Wie ein Kristall sieht das aber nicht aus." „Es ist eine Papyrusrolle!", stellte San verwundert fest und flog zu Mina herab. Beide betrachteten ganz hibbelig ihren neuen Schatz. „Bevor wir die Rolle öffnen, sollten wir lieber weg von hier. Das Schattenraubtier könnte jede Sekunde wieder auftauchen. Komm, fliegen wir zum Strand." Beide fassten sich an den Händen und flogen bei sternenklarer Nacht dem hell leuchtenden Vollmond entgegen, in Richtung Copacabana, neugierig, was die Papyrusrolle wohl als neues Rätsel mit sich brachte.

-Kapitel 10-
Die Papyrusrolle

An einem fast menschenleeren Strandabschnitt der Copacabana angekommen, setzten sich beide gemeinsam auf einen der zahlreichen Liegestühle. Da es bereits mitten in der Nacht war, konnten sie dort unbemerkt, im hellen Mondschein, einen Blick auf die rotschimmernde Papyrusrolle werfen. San versuchte sie behutsam zu öffnen. Doch dies gestaltete sich schwieriger als gedacht. Irgendetwas blockierte das Aufrollen.

An beiden Enden befanden sich zwei rote, mysteriöse Scheiben, an denen das Papyrus aufgewickelt war. Sie hielten das besondere Schriftstück verschlossen.

San bemerkte, dass man eine der beiden Scheiben drehen konnte. An ihr war das gesamte Alphabet aufgezeichnet. Es musste sich also um eine Art Codeschloss handeln. Er übergab Mina die Papyrusrolle und sie musterte noch einmal die Antiquität. Auf der anderen Scheibe stand der merkwürdige Satz: „Ab Nil echte Seen."

Mina grübelte. „Was soll dieser komische Satz bedeuten?" Ihr Onkel runzelte ebenfalls die Stirn. „Hm, der Nil ist der größte Fluss auf der Welt und mündet ins Mittelmeer. Es kann sein, dass es irgendetwas mit Ägypten zu tun hat. Aber welche Seen gibt es um den Nil in Ägypten herum?" San überlegte, während Mina derweil ihr Handy aus ihrer Jeanshose zückte um enttäuscht festzustellen, dass ihr Akku jetzt vollständig leer war.

„Verdammt, und was machen wir jetzt?", stöhnte sie. Doch ihr Onkel blieb ganz gelassen und in sich gekehrt. Er schien seiner Nichte nicht einmal zuzuhören, so gedankenversunken war er. Durch sein geistiges Auge betrachtete er die Mündung des Nils, das Nildelta, flussabwärts bis in den Sudan. Er versuchte sich an alle Seen zu erinnern, die auf der Landkarte eingezeichnet waren, die er bei seiner letzten Expedition nach Ägypten (beim Auffinden der Zauberkette) vorher akribisch studiert hatte. Er zählte alle ihm bekannten Seen auf.

„Der größte See Ägyptens ist der Nasser Stausee. Er gehört sogar zu den zehn größten Stauseen der Welt. Aber ich glaube nicht, dass er gemeint ist!" Seiner Nichte stand ein großes Fragezeichen im Gesicht. San erklärte weiter: „Ein Stausee ist ein von Menschen geschaffener See, also ein künstliches Produkt. Wenn ich den Satz richtig interpretiere, dann ist aber ein „echter" See gemeint. Ein echter See kann demnach kein Stausee sein. Der Nasser See ist daher ausgeschlossen."

Mina fand es ganz erstaunlich, was ihr Onkel alles wusste. Heimlich fasste sie den Entschluss, mehr für die Schule zu lernen, falls sie dieses Abenteuer heil überstehen würde. Ihr Interesse an Geschichte und Geographie erreichte jedenfalls gerade in diesem Moment ihren Höhepunkt und sie wünschte sich beinahe in den Unterricht von Herrn Mott, ihrem Geschichts- und Erdkundelehrer. San konzentrierte sich indes weiter auf die Seen.

„Der Karunsee liegt Kairo am nächsten. Aber gerade fallen mir noch weitere ein. Da wären Maryut, Idku, Burullus und Manzilahand. Das sind aber alles Seen, die vom Nil gespeist werden. Also auch keine „echten" Seen. Auf der Sinai-Halbinsel gibt es noch einen See, den ich mir persönlich sogar schon einmal angeguckt habe – den Bardawil. Er ist ein von Sanddünen umgebener See und soweit ich weiß, ein natürlich entstandenes Ökosystem. Sein Wasser glitzert, je nach Tageszeit, in den verschiedensten Farben, von braun in den frühen Morgenstunden, über gelb zur Mittagszeit, bis rosa bei Sonnenuntergang. Ein wirklich hübscher See, sollte man eigentlich mal gesehen haben. Aber lass mich nicht abschweifen. Das ist mit Sicherheit der gesuchte See und das Codewort, weil er nach meinem Verständnis der einzige echte See Ägyptens ist."

San nahm die Papyrusrolle in die Hand und drehte siegesgewiss an der Scheibe des Alphabets. Wie bei einem Safe drehte er die Scheibe einmal nach rechts zum Buchstaben „B", dann wieder nach links zum „A" und so weiter, bis er das Wort „Bardawil" eingegeben hatte. Nichts passierte.

„Hast du das Wort auch richtig eingegeben?", fragte Mina etwas ernüchtert. „Aber selbstverständlich!", grunzte San. Trotzdem probierte er es erneut. Doch auch dieses Mal ohne Ergebnis.

Nun versuchte er die Scheibe immer in eine Richtung zu drehen und nicht mehr abwechselnd nach links oder rechts, aber auch das blieb ohne Effekt. Resigniert stellte er fest: „Vielleicht hat es gar nichts mit dem See zu tun."

Plötzlich fiel es ihm wie Schuppen von den Augen. „Das muss ein Anagramm sein!" Doch seine Nichte verstand nur Bahnhof. „Was bitte ist ein Anagramm?"

Ihr Onkel erklärte ihr, dass das Wort Anagramm aus

dem griechischen stamme und so viel bedeute wie „Umschreiben". Nur, dass die Anagramme an sich oftmals überhaupt keinen Sinn ergaben, weil die Buchstaben, die das eigentliche Wort oder den Text, darstellen sollten, durcheinander gewürfelt wurden. Um es ihr zu verdeutlichen stellte er einen Vergleich.

„Das Wort „Abenteuer" könnte als ein Anagramm folgendermaßen dargestellt werden: „Bea Teuren". Nun würden viele denken, dass Bea Teuren ein Name für eine Frau sei. Dem ist aber nicht so. Die Buchstaben wurden einfach durcheinander geschüttelt." Mina ging bei diesem Beispiel ein Licht auf. Sofort hielt sie sich die Papyrusrolle vor die Augen „Ab Nil echte Seen!" Was konnte das nur bedeuten?

San forschte weiter. „Vielleicht steht dieses Anagramm irgendwie in Verbindung mit seinem Fundort? Das wäre in dem Fall die Jesusstatue oder sogar Jesus selbst." Mina erinnerte ihn daran, dass Amicus von den drei Kristallen der Liebe erzählt hatte. Wie konnten sie das Anagramm entschlüsseln? Stand es mit Jesus in Verbindung und wenn ja, wie?

Als ihr Onkel die Papyrusrolle an sich nahm, um noch einmal den Satz zu lesen, veränderte er überraschend seinen Text – nun stand da urplötzlich „Sir Acta!". Verwundert sahen sich die beiden an. San reichte seiner Nichte die Papyrusrolle und als sie diese wiederum berührte, stand der ursprüngliche Text da – „Ab Nil echte Seen". Verblüfft von so viel Magie, tauschten sie noch einmal die Rolle, um zu sehen, ob das nur ein Zufall war. Aber als sie San wieder in den Händen hielt, veränderte sich der Text abermals in „Sir Acta!". Beide stellten das Offensichtliche fest, nämlich, dass sich das Anagramm immer dann veränderte, wenn die Papyrusrolle von jemand anderen getragen wurde.

„Erstaunlich!", merkte San an. „Es kann sein, dass das Anagramm sich dem jeweiligen Intellekt des Trägers anpasst. Ich will es nicht verschreien Mina, aber ich glaube ich habe die Lösung gefunden. Sir Acta ist bestimmt kein Ritter, so viel steht fest. Wir müssen drei Kristalle der Liebe finden und Jesus größte Botschaft war die Nächstenliebe. Sir Acta bedeutet in meinem Anagramm nur eins: Caritas! Und Caritas ist das lateinische Wort für Nächstenliebe. Das Erscheinen deines Anagramms muss daher Nächstenliebe bedeuten.

Er holte einen Notizblock aus seiner Umhängetasche und schrieb den Satz „Ab Nil echte Seen" darauf. Er fing an das Wort Nächstenliebe darauf zu kritzeln. „Das Ä wird hier wohl durch AE ersetzt, denn an dem Alphabet der Scheibe sind keine Umlaute vorhanden." Und voila – das Wort „Naechstenliebe" kam zum Vorschein.

San hielt die Papyrusrolle in seinen Händen und löste sein Anagramm „Sir Acta" mit dem Wort „Caritas". Kaum hatte er das Wort über das Rädchen eingegeben, fielen die beiden Scheiben blitzartig von der Rolle und sie konnten doch noch das Papyrus abwickeln. Nun war endlich die Zeit gekommen, sie zu studieren.

Vorsichtig rollte San das Papyrus auf. Ein Kristall, der darin eingewickelt war, kam zum Vorschein. Er schimmerte rot und hatte die Form eines kleinen Herzens. Mit einem „Wow!", begegnete Mina dem Kristall und hielt ihn gegen das Mondlicht. „Das ist also unser erster Kristall. Ganz schön viel Aufwand für so ein winziges Ding. Wäre auch ein schöner Ohrring geworden. Was sollen wir jetzt damit anfangen?"

„Ich les mal unsere Verpackungsbeilage, vielleicht gibt die ja Aufschluss." San blickte auf die Hieroglyphen des Papyrus, die sich vor seinen Augen ins Deutsche übersetzten. Verblüfft las er die ersten Sätze laut vor: „Ihr habt das Anagramm der Scheiben, den Hinweisgebern, richtig entschlüsselt." Dann überflog er den weiteren Text und stellte fest, dass es sich hier um ein neun strophiges Gedicht handelte, das gespickt mit vielen, mehr oder weniger, hilfreichen Hinweisen war. Er gab nur Bruchstücke des Inhalts wieder: „... *Land der unbegrenzten Möglichkeiten ... Stäbe der Erleuchtung... vier eiserne Turmspitzen ... Fackel der Freiheit, umklammert von eiserner Hand.* Die Schrift gibt uns Aufschluss über den Aufenthaltsort des nächsten Kristalls. Es steht aber nichts darin, wie man den Kristall benutzen soll oder kann."

Mina forderte San auf, noch einmal die Begriffe zu wiederholen. Als er die Worte *Land der unbegrenzten Möglichkeiten* vorlas, stoppte sie ihren Onkel und meinte: „Ich kenne nur ein Land, worauf diese Umschreibung passen würde, und das sind die USA." „Genau Mina, und *Fackel der Freiheit* wäre ja dann ein Hinweis auf...", doch seine Nichte fiel ihm ins Wort: „Die Freiheitsstatue!" „Genau! Super.", lobte San seine Nichte. Die vielen Stunden, die Mina gemeinsam mit ihrem Onkel in so mancher Bibliothek verbracht hatten, schienen nicht vergebens gewesen zu sein – trotz einiger Rauswürfe wegen Ruhestörung.

„Dann führen uns die Hinweise nach New York. Hoffentlich haben wir sie richtig entschlüsselt, aber so wie ich das sehe, gibt es keinen Zweifel. Der zweite Kristall kann nur dort versteckt sein.", verkündete San voller Stolz über das Erreichte.

Freudig betrachtete er den Herzkristall und wurde etwas melancholisch. „Jesus hatte wahrlich viele wichtige Botschaften, aber seine bedeutendste Botschaft lautete, *Liebe deinen Nächsten wie dich selbst*. Und nun haben wir den Hinweis auf den nächsten Kristall decodiert. Und das, liebe Mina, ist ein Kristall - ein Symbol, für die Liebe - die Liebe zur Freiheit!"

In diesem Augenblick wurde seiner Nichte erst so richtig bewusst, was es mit den sogenannten Kristallen der Liebe auf sich hatte. Jeder stand symbolisch für eine Art zu lieben. Es gab nicht nur die Liebe zu seinen Kindern oder zu seinem Partner. Nein. Es gab außerdem die Liebe für Ideale und Tugenden. Und viele weitere Arten.

Selbst Osiris, der sonst nicht gerade für seine romantische Seite oder herausragenden Liebesfähigkeiten bekannt war, musste eine unglaublich tiefe Liebe für Aphrodite verspüren. Die ganze Sache hier geschah eigentlich nur aus diesem einen Grund - Liebe.

Mina kullerten einige Tränen über die Wange. Sie ging für einige Sekunden in sich. Zweifellos, sie wollte nicht sterben. Aber jetzt wollte sie sogar noch mehr. Sie war bestrebt Osiris und Aphrodite wieder zusammen bringen. Denn wenn sie eines nicht leiden konnte, waren das Geschichten ohne Happy End, so wie es leider im wirklichen Leben oft der Fall war. Gewiss dachte sie dabei auch an ihr eigenes zerrüttetes Familienleben. Eine Mutter, die nur noch für ihren Beruf lebte. Einen Vater, den sie nie kennengelernt hat, der sich nie bei ihr meldete, sich nicht für ihr Leben interessierte und nicht mal an Geburtstagen anrief, um *Happy Birthday* zu sagen. Ihre Familie trennte kein Amulett, das sie wiedervereinen konnte, wie im Falle von Osiris und seiner Geliebten. Sie konnte sich jetzt viel besser in die göttliche Liebesgeschichte hineinversetzen, denn sie selbst würde alles dransetzen, ihre Eltern wieder zu vereinen. Osiris hatte wenigsten ein Mittel dazu.

Onkel San wischte die Tränen aus Minas Gesicht. „Es wird alles gut Kleines, ähm Große.", versprach er ihr. „Ist schon gut, Onkel. Ich will das einfach nur noch so schnell wie möglich hinter mich bringen.", schniefte sie. San nickte. „Ab jetzt bekomme ich aber Kilometergeld!", lachte er optimistisch, um Mina etwas zu erheitern. „Wir sollten besser keinen Wunsch mehr riskieren, damit wir dieser Bestie nicht mehr begegnen. Die Geschichte mit dem Schattenraubtier am Berg Corcovado gerade eben ging ziemlich knapp für uns aus.", schlug Mina vor. „Du hast Recht. Es sollte auch mir eine Lehre sein. Wir wären beinahe draufgegangen. Die Kette bleibt bis auf Weiteres unantastbar. Ich buche gleich morgen Früh den Flug, vielleicht können wir ja noch etwas den Strand und das Meer genießen", freute sich San. „Und vielleicht sollten wir mal ein paar neue Klamotten einkaufen", schlug Mina vor. Sie sah hinauf zu den Sternen, wo gerade eine Sternschnuppe den Himmel streifte. Sie schloss ihre Augen und dachte an ihre Eltern.

Doch zu diesem Zeitpunkt wussten Mina und San noch nicht, dass jemand die Geschehnisse bei der Christusstatue beobachtet hatte und ihnen zum Strand gefolgt war.

-Kapitel 11-

Pitty - Der Helfer des Hermes

Pitty, ein junger, geflügelter Helferbote des Hermes, hatte das ganze Treiben aus sicherer Entfernung beobachtet und war ihnen zum Strand gefolgt. Das Einfrieren der Zeit auf der Erde hatten die Boten des Hermes mitbekommen, die ja ständig zwischen den Welten verkehrten. Und wie es sich für loyale Mitarbeiter gehörte, berichteten sie Hermes, ihrem obersten Herrn, darüber. Daher schickte er seinen liebsten und getreusten Helfer Pitty los, der nach dem Rechten sehen sollte.

Pitty, gerissen wie er war, hatte sich daraufhin auf die Fährte des Schattenwesens gelegt, da ihm von einer verschlagenen Quelle zu Ohren gekommen war, dass nur dieses Wesen die Fähigkeit besaß, die Zeit auf Erden einzufrieren. Die anderen Götter des Olymps bekamen die Vorkommnisse auf der Erde nicht mit. So auch Aphrodite.

Pitty erkannte sofort Minas Kette. Warum sollte er auch nicht? Hermes hatte über Jahrhunderte von nichts anderem gesprochen. Bis zum heutigen Tage hatte er zuweilen kein anderes Gesprächsthema. Zu tief saß die Enttäuschung über das eigene Versagen. Diese Kette, diese Überlieferung, war der einzige nicht erfüllte Auftrag in Hermes` Bilanz. Sein Scheitern kostete ihm seine Ehre als Götterbote, entzogen von Osiris höchstpersönlich und dieser Umstand lastete schwer auf ihm. Seine Wut auf sich selbst und auf den Herrn der Unterwelt war ungebrochen.

Über Jahrhunderte hatte er diese Kette gesucht und von seinen Helfern suchen lassen. Aber niemand, auch er nicht, konnte sie je wiederfinden. Trotz seiner Anstrengungen, die er dafür auf sich nahm. Er hatte sich deshalb sogar einer der schmerzhaftesten Prozeduren unterzogen, die es in der Götterwelt gab. Er ließ sich seine Erinnerungen an die Kette in eine Gedankenblase transferieren, die in der Aula der Botenschule, einer prunkvollen Halle, auf einen Sockel gestellt und in die Mitte gerückt wurde, sodass sie alle zukünftigen Helferboten sehen konnten. Somit gab es praktisch keinen Hermesschüler, der nicht schon einmal diese Kette in der Gedankenblase umherschweben hat sehen. Überdies hatte er sogar eigens dafür Boten, deren einzige Aufgabe darin bestand nach diesem Schmuckstück zu suchen, ausgebildet, die sogar in Waffenkunde unterrichtet wurden und schwer bewaffnet waren. Eine Elitetruppe, die mehr einem Militär glich. Mit Rängen und starken Hierarchien.

Aber Pitty gehörte nicht dazu. Er gehörte zu den *Reinen*, das hieß, er war ein reines Wesen göttlichen Ursprungs. Sein Schöpfer, Vater wäre zu viel, war tatsächlich Hermes – und man muss nicht viel über Hermes sagen. Seine leichtfüßige Art, seine Unbekümmertheit und sein verführerisches Aussehen hatten ihm schon immer zahlreiche Affären diesseits und jenseits des Olymps eingehandelt. Und auch heute noch, obwohl ihm nur noch das verführerische Aussehen geblieben ist. Die *Reinen* Boten entstanden durch derlei Liebelei, aber daneben gab es auch noch die sogenannten *Gezeichneten*. Sie stammten ursprünglich aus dem Menschengeschlecht und waren in Hermes Augen oftmals nur Mittel zum Zweck. Er scherte sich nicht viel um ihre Leben, warum er auch sie zu Eliteeinheiten ausbilden ließ und in Kriege schickte. Sie alle trugen magische Zeichen auf den Stirnen, die grün leuchteten und sie von den *Reinen* abhoben. Hermes sah es nicht gerne, wenn sich *Reine* mit *Gezeichneten* einließen und so waren sie auch an der Botenschule voneinander getrennt. Was Pitty aber nicht davon abhielt, sich mit einem *Gezeichneten* zu befreunden, der längst zu seinem besten Freund aufgestiegen war. Seth war sein Name und er erzählte ihm von seinen großen Abenteuern, an denen Pitty so gerne einmal teilhaben wollte. Nur in diesem speziellen Fall konnte Pitty seinem Herrn durch geschickte Inszenierung seiner Vorzüge begreiflich machen, warum er ihn anstelle eines *Gezeichneten* auf die Erde losschicken sollte. Und was sollte ihm dabei schon passieren, versicherte er seinem Herrn.

Hermes bevorzugte immer seine eigene Schöpfung. Sie bekam von ihm, schon alleine aus dem Grund der reinen Abstammung, die Wertschätzung, wonach sich die *Gezeichneten* so sehnten, aber wenn überhaupt, nur durch harte Arbeit und Loyalität erlangten. Und das ließ er die *Gezeichneten*, den Helfern zweiter Klasse, auch spüren. Sie konnten ihn nur mit unabdingbarer Opferbereitschaft beeindrucken und nur die größten Heldentaten konnten ihnen den Respekt sichern, der den *Reinen* bereits durch ihr bloßes Geburtsrecht gewiss war.

Darum bemühten sich die *Gezeichneten* stets um die Gunst ihres Herrn. Jeder von ihnen war bestrebt, sich für die Erfüllung der Wünsche ihres Herrn mehr als nur zu engagieren. Blindlings befolgten sie jeden seiner Befehle. Niemals widersprachen sie ihm, so absurd seine Forderungen auch waren. Immer wollten sie sich – mussten sie sich - vor ihm beweisen und profilieren. Der Hass zwischen den *Reinen* und den *Gezeichneten* war vorprogrammiert. Aber ein schöner Nebeneffekt stellte sich dadurch ein, der ganz im Sinne von Hermes war. So sicherte er sich einerseits die Höchststufe an Motivation, die seine Krieger, beziehungsweise Sucher, an jedem Tag bewiesen und andererseits setzte er seine Eigenkreation, die für die eigentlichen Botengänge zuständig waren, keinen unnötigen Gefahren aus, die ihn dafür umso mehr liebten.

Er tat wirklich alles, um die Kette wieder zu erlangen. Er war regelrecht besessen von ihr, sie wieder zu finden und an Aphrodite auszuliefern. Aber der alte Hermes war seit dem Vorfall nicht mehr derselbe leichtfüßige, sondern ein von Selbsthass zerfressener Gott. Die Kette des Osiris genoss mittlerweile seit Jahrhunderten oberste Priorität. Nur so war er in der Lage, seine vollständige Ehre wieder zu erlangen. Sie zu finden war sein ausdrücklichstes Ziel. Doch für ihn schien sie für immer verloren zu sein, bis zu diesem Augenblick.

Pitty widersetzte sich gegen die Anweisungen seines Herrn und flog wider besseren Wissens nicht gleich zurück zu ihm, um über den Fund der Kette zu berichten. Er wusste, dass dies eigentlich nun seine oberste Pflicht gewesen wäre. Dennoch war er neugierig wie ein kleines Kätzchen und war erpicht darauf zu wissen, wer dieses wunderschöne Mädchen und ihr seltsamer Begleiter wohl waren. Noch nie zuvor hatte er Interesse an den Menschen gezeigt. Sie waren ihm im Grunde egal, denn er war ja nur ein kleiner Gotteshelfer.

Aus unerklärlichem Grund verübte insbesondere Mina

eine sehr starke Anziehungskraft auf ihn. Niemals zuvor war ihm so ein junges, mutiges Herz begegnet. Er selbst war in Menschenjahren vielleicht ein klein wenig älter als sie. Er musste um die sechzehn Jahre gewesen sein, wobei ein Götterjahr acht Menschenjahre umfasste, demnach er nach den Göttern gerade einmal zwei war. Seine eigentlichen Aufgaben, die Botengänge, empfand er eher als langweilig und eintönig. Er brachte Nachrichten an die Götter. Und nicht einmal besonders wertvolle oder interessante Nachrichten. Nein, die waren nur seinem Herrn oder den Dienstältesten vorbehalten. Er musste sich eingestehen, dass ihn seine Arbeit als Bote nicht befriedigen konnte. Er bevorzugte es sogar, viel lieber mit Seth und den *Gezeichneten* in den Krieg zu ziehen, als weiterhin so ein monotones Leben zu fristen.

Mina hingegen erlebte ein nervenaufreibendes Abenteuer nach dem anderen. Sie kämpfte um ihr Leben, löste verschlüsselte Rätsel und hatte einen Gefährten, der unermüdlich an ihrer Seite stand. Das gefiel Pitty so sehr, dass er seine Pflichten voller Enthusiasmus vergaß und ein Teil ihres Abenteuers sein wollte. Er konnte sich der Anziehungskraft dieser schönen, jungen Frau mit blauem Haar, was ihm nebenbei erwähnt, sehr gut gefiel und der Aussicht auf ein richtiges Abenteuer einfach nicht erwehren. Und darum beschloss er die beiden still und heimlich auf Schritt und Tritt zu begleiten und sie aus sicherer Distanz und mit Argusaugen zu beobachten – vorerst zumindest. Doch seine Entscheidung sollte schon bald weitreichende Konsequenzen haben.

-Kapitel 12-

New York – Eine unverhoffte Mitfahrgelegenheit

Achtundvierzig Stunden und ein komplett neues Outfit später, traten beide aus dem Flughafen auf den Taxistand, in eine Stadt, die schon viele Künstler als die schönste der Welt besungen hatten - New York. Da die Mutter von Mina in den kommenden Ferien ihren Urlaub in den USA verbringen wollte, hatte sie für ihre Tochter lange vorher einen elektronischen Reisepass beantragt. So konnte sie, ohne ein Visum zu beantragen, ins Land der unbegrenzten Möglichkeiten einreisen. Sie verdankten es aber auch dem glücklichen Zufall, dass San den amerikanischen Zollbeamten von seinen etlichen Besuchen her kannte. Er winkte die beiden einfach durch, ohne groß Fragen zu stellen.

Andernfalls hätten sie womöglich viele Wochen warten müssen, Zeit, die sie im Grunde aber nicht mehr hatten. Ihr Onkel reiste ohnehin so viel auf dem Planeten herum, dass er immer seinen Reisepass am Mann hatte, auch wenn er Zuhause nur ein paar Frühstücksbrötchen beim Bäcker um die Ecke holte. Man konnte ja schließlich nie wissen, wann einen gerade die Reiselust packte. Er pflegte oft zu sagen, dass nur *Reisen leben* bedeute, wie umgekehrt *Leben reisen* und zitierte dabei gerne einen seiner Lieblingsschriftsteller aus dem 18. Jahrhundert, Johann Paul

Friedrich Richter, der mehr Bekanntheit unter seinem Pseudonym Jean Paul erlangte. Wenn San nicht immer mal zwischendurch solche schlauen Sprüche von sich gäbe, würde man nie im Leben darauf kommen, dass er ein Lehrer, geschweige denn ein Professor war.

„Warum müssen die Kristalle eigentlich auf jedem Kontinent verstreut sein?", wunderte sich Mina. „Das Fliegen ist so anstrengend!", knurrte sie. Mit verschlafenem Blick bemerkte sie das Meer voller gelber Taxiwagen vor ihrer Nase, einer der vielen Wahrzeichen New Yorks. Ihr Onkel versuchte gerade verzweifelt eines dieser berühmten Wahrzeichen herbeizurufen, doch immer wenn er es geschafft hatte die Aufmerksamkeit eines Fahrers auf sich zu lenken, kam auch schon irgendein unfreundlicher Mensch von hinten angerannt, schubste ihn zur Seite und stibitzte ihm das Taxi vor der Nase weg. Die Leute am Flughafen benahmen sich alle so unhöflich. Ausgerechnet San hatten sie zu ihrem Opfer auserkoren, die seine herbeigerufenen Mietautos auf rüdeste Weise für sich beanspruchten. Das hieß, die Taxiklauer nutzten ihre Hände und Füße, um ihre Interessen durchzusetzen.

„In diesem Land geht die Menschlichkeit schon am Taxistand vor die Hunde.", stöhnte er und fasste sich verwundert an die Stirn. Seine Nichte war darüber sehr ungehalten und dachte sich, dass die Reise bestimmt nicht am New Yorker Taxistand endete. Sie krempelte ihre Ärmel hoch und ging geradewegs auf einen Passanten zu, der gerade erfolgreich ein Taxi herbeigerufen hatte. Er sah aus wie einer dieser typischen Börsenmakler, feiner Zwirn, teure Uhr, geleckte Frisur. Als dieser gerade einsteigen wollte, zwängte sich Mina zwischen den vermeintlichen Fahrgast und die Autotüre. Dann schrie sie ihn sekundenlang mit einem entschiedenen „Nein!" an und schnappte immer wieder mit ihren Zähnen nach ihm, als er sich an ihr vorbeidrücken wollte. Zunächst glotzte er verdutzt aus der Wäsche, um dann ein Auge zu riskieren, in der Hoffnung ein Kamerateam würde hinter ihm stehen und ihn gerade dabei filmen, wie er auf einen Streich der versteckten Kamera hereinfiel. Leidlich stellte er fest, dass dies jedoch nicht der Fall war. Er sah tatsächlich eine schnappende Jugendliche zwischen ihm und dem Taxi stehen, die seinen Weg zur heiligen Mitfahrgelegenheit versperrte.

Während Mina ihre Aktion wie eine Besessene durchzog, winkte sie Onkel San mit versteckter Hand zu sich her. Er verstand den Wink mit dem Zaunpfahl und quetschte sich an Mina vorbei auf den Rücksitz. Dabei fing er an, die Verhaltensweisen seiner Nichte zu kopieren und bellte den Mann ebenfalls an. Dieser war nun völlig perplex und zog resigniert ab.

Nachdem der Amerikaner ungläubig von Dannen gezogen war, nahm Mina neben ihrem Onkel Platz. „So kenne ich dich ja gar nicht.", fand Onkel San und merkte an: „Das war zwar nicht gerade konventionell, aber dafür sehr originell und effektiv. Ich glaube du hast gerade gut demonstriert, warum ich mir demnächst einen Hund besorgen sollte." Mina lächelte und konterte: „Wieso einen Hund kaufen? Du hast doch mich!"

Der Taxifahrer, der das unüberhörbare Treiben der beiden unwillkürlich im Rückspiegel beobachten musste, drehte sich blitzschnell mit vorgehaltener Pistole um und schrie die beiden lauthals an: „Get the hell out of my car!" Er deutete mit seiner Waffe auf die Wagentüre. San und seine Nichte verstanden, dass sie dieses Taxi nirgendwo hinfahren würde und sprangen schnell aus dem Fahrzeug heraus, wo bereits der nächste Fahrgast in der Wagentüre stand. Dieser stieg ungehindert in das Taxi ein und es brauste davon.

Mit quietschenden Reifen bog zeitgleich ein anderes Taxi urplötzlich in die frei gewordene Parknische. Der Wagen schien etwas heruntergekommen zu sein und darum lehnten die beiden das Taxi von vornherein mit händeschwenkender Geste ab. Der Fahrer des Wagens ließ sich davon aber nicht beeindrucken und hupte ihnen zu. Er bat sie mit einer Kopfbewegung ins Taxi. Der Chauffeur schien ziemlich hartnäckig zu sein, machte aber nach seinem äußerlichen Zustand eher keinen vertrauenswürdigen Eindruck.

Als Mina und ihr Onkel weitergehen wollten, um einen neuen fahrbaren Untersatz zu organisieren, öffnete der Fahrer unerwartet die Beifahrerseite und rief: „Wenn Osiris euch nicht töten soll, dann steigt jetzt bitte in dieses gottverdammte Auto!" Beide konnten es kaum glauben. Der Fremde sprach deutsch und kannte wohl ihr Schicksal. Er schien ihnen zudem, als einziger Amerikaner, wohlgesonnen zu sein. San befragte seine Nichte: „Sollen wir es wagen?" Mina horchte kurz in sich. „Haben wir eine andere Wahl?"

Mit unwohlen Gefühlen setzten sie sich auf die Rückbank des Fahrzeugs. Dabei betrachtete Mina argwöhnisch ein dünnes Sicherheitsglas, das den Fahrer von ihnen abgrenzte. „Solche Schutzmaßnahmen sind in amerikanischen Taxis üblich und schützen die Lenker vor

Übergriffen. Nichts Ungewöhnliches also.", belehrte sie ihr Onkel. Mit rauchenden Reifen schoss das Fahrzeug aus der Parklücke und fuhr im Schnellmodus davon. Doch wer war dieser mysteriöse Fahrer?

-Kapitel 13-

Der geheimnisvolle Fahrer

Der Fahrer raste durch die Straßen, als würde jemand oder irgendetwas hinter ihm her sein. Mina fragte, ob es nicht langsamer ginge, doch der Fahrer entgegnete ihr nur forsch: „Vertraut mir!", und fuhr weiter seinen steilen Zahn. San guckte zu seiner Nichte hinüber und flüsterte: „Das nächste Mal nehmen wir lieber den Bus. Irgendwie verbindet die Raserei und der Wunsch frühzeitig zu sterben wohl jeden Taxifahrer auf der ganzen Welt!"

Mina hätte bestimmt geschmunzelt, doch sie war gerade nicht für Scherze empfänglich. Irgendetwas roch faul an der Sache. „Wo fahren wir überhaupt hin?", wollte sie gerne wissen. „Zum Ziel!", gab der Fahrer mit einem überzeugten Unterton an. Nach dieser Antwort war ihr jedenfalls noch unwohler, als zum Zeitpunkt, als sie in das Taxi eingestiegen waren. San klinkte sich in die knappe Unterhaltung mit ein.

„Und wo soll sich dieses Ziel befinden?" Der Fahrer blinzelte in seinen Rückspiegel und blickte die beiden mit überraschter Miene an. „Wollt ihr mich verarschen? Wir fahren natürlich zum *Metropolitan Museum of Art!*" Mina und San tauschten verwirrte blicke und zuckten ihre Schultern. Sie hatten keine Ahnung wovon der geheimnisvolle Fahrer sprach. Minas Onkel räusperte sich. „Wir müssten eigentlich zur Freiheitsstatue!"

Der Fahrer befragte seine Fahrgäste: „Ihr seid doch

Mina und San?" Die beiden nickten bejahend. „Na dann hat das schon seine Richtigkeit! Ich bin übrigens Chris und bitte keine weiteren Fragen mehr."

Mina bemerkte, dass die Taxiuhr gar nicht eingeschaltet war. Sie stieß ihren Onkel mit dem Ellenbogen an und deutete mit ihrer Nasenspitze darauf. San machte sich dezent bemerkbar. „Sie sind aber schon ein richtiger Taxifahrer, oder?" Chris lachte teuflisch. „Ich meine ja nur, da ihre Taxiuhr nicht eingeschaltet ist." Sein Lachen verstummte abrupt. Mina schrie: „Halten sie sofort das Taxi an!" Doch Chris betätigte die Zentralverriegelung des Wagens und fuhr unbeirrt weiter. Nun waren die beiden im Auto gefangen.

San trat sogleich mit seinen Füßen permanent gegen das Sicherheitsglas, doch es fing die Stöße unbeeindruckt ab. „Anhalten!", schrie er, immer und immer wieder. Doch Chris reagierte nicht, im Gegenteil, er fuhr sogar noch schneller.

San zog aus seiner archäologischen Tasche die Phiole mit dem Zauberelixier. Er öffnete sie und hielt sie so, dass sich ein Tropfen daraus bildete. Dann bespritzte er das Sicherheitsglas damit. Mina war skeptisch, denn nur magische Gegenstände und jene, die mit dem Totenreich in Verbindung standen, würden für eine Viertelstunde nach *Musima* verschwinden. Nichts geschah. Enttäuscht steckte er die Phiole wieder weg: „Ein Versuch war es wert."

Doch dann sah San den Kristall in seiner Tasche liegen. Er wusste, dass Diamanten Glas schneiden konnten. In der Hoffnung, dass der Kristall ebenfalls Glas schneiden konnte, legte er diesen an die Sicherheitsscheibe an und schnitt mit der spitzen Seite des Herzens ein Loch hinein.

Dann griff er mit seinen Händen durch die neu gewonnene Freiheit und umklammerte mit seinen Armen den Hals des Fahrers. Er würgte ihn immer fester und schrie: „Anhalten!"

Aber Chris wehrte sich vehement. Er zog an Sans Armen und ließ dabei das Lenkrad los. Der Wagen befand sich gerade auf einer Brücke über dem East River und prallte mit voller Wucht an der Betonabsperrung ab, die den Gegenverkehr voneinander trennte. Dann schoss der Wagen im spitzen Winkel unkontrolliert auf die rechte Absperrung zu, die den Verkehr vorm Hineinstürzen in den East River bewahren sollte. Der Wagen hob ab, überschlug sich ein Mal und landete auf dem Dach. Die Scheiben zerplatzten auf der Stelle und das Auto schlitterte funkensprühend einige Meter über den Asphalt. Der Wagen schoss abermals auf die Betonabsperrung in der Mitte der Fahrbahn zu, prallte dagegen und flog noch einmal in hohem Bogen durch die Luft, machte dabei einen spektakulären Salto und landete so unglücklich, dass es mit dem Dach auf die spitze Betonabsperrung der Gegenfahrbahn knallte und das Auto genau in der Mitte zerteilte.

Die hintere Hälfte, in der sich Mina und San befanden, hing über die Brücke und drohte in den East River zu stürzen. Nur ein rissiges Stück Bodenblech des Wagens hielt sie davon ab. Das Dach war so heftig in der Mitte eingedrückt worden, dass für sie nur ein Ausstieg über die hinteren Türen möglich war.

Chris' Bein schien gebrochen zu sein. Die vielen Glassplitter und der gewaltige Aufprall hatten sein Gesicht verunstaltet. Er kämpfte sich mit Mühe und Not aus dem vorderen Teil des Wracks, verließ das Auto über die

Motorhaube und humpelte so schnell es ihm möglich war, von der Unfallstelle weg. Seine Fahrgäste, die bewusstlos im hinteren Teil des Wagens lagen, schienen ihn nicht mehr zu interessieren.

-Kapitel 14-

Der Retter in der Not

Auf Windesflügeln jagte plötzlich Pitty, Hermes´ Helfer, vom Himmel herab und schlug Chris beim Vorbeifliegen mit seinem ausgestreckten Arm KO. Er beeilte sich zum hinteren Teil des Autowracks. Es blieben ihm nur noch wenige Augenblicke die beiden aus dem Wagen zu retten. Das spröde Bodenblech hielt den Kräften, die darauf wirkten, kaum noch stand. Es riss an einigen Stellen immer weiter ein, sodass das hintere Autoteil, indem die beiden gefangen waren, auf holprige Weise, immer weiter in Richtung Fluss rutschte.

Pitty flog zum überhängenden Teil auf Minas Seite. Als er versuchte, vorsichtig die Türe zu öffnen, musste er leider feststellen, dass die Zentralverriegelung noch immer aktiv war und jede unnötige Erschütterung den Wagen herabfallen lies. Deshalb flog er vorsichtig mit seinem Oberkörper durch die zersprungene Scheibe, um Mina behutsam vor dem kurz bevorstehenden Absturz zu retten. Er durfte das Auto jedoch in keinster Weise berühren, denn das würde den Sturz nur beschleunigen und wäre das sichere Ende für die beiden Bewusstlosen gewesen.

Er griff nach ihren Händen und zog sie achtsam bis an die kaputte Scheibe. Es knarzte bei jeder Bewegung und Pitty wusste, dass er selbst gerade dabei war, sein Leben zu riskieren. Dennoch musste er sie retten. Es war fast so, als ob es ihm eine innere Stimme befahl.

Als er sie bis an die zerbrochene Scheibe gezogen hatte, legte er ihre Arme um seine Schultern. Klar hätte er einfach die Autotüre herausreißen können, denn er hatte übermenschliche Kräfte, aber er wollte nicht riskieren, dass das Wrack dann in den Fluss stürzte und San mit sich begrub.

Behutsam zog er Mina aus der Todesfalle und flog sie auf die Brücke in Sicherheit. Während sie vor ihm lag, erwachte sie mit gleichmäßigen Wimpernschlägen aus ihrem kurzen Koma. Pitty blickte ihr zum ersten Mal in die Augen und ihn überkamen schöne Gefühle, die er noch nie zuvor gespürt hatte. Mina hingegen konnte ihren Retter anfangs nur schemenhaft erkennen, doch als sich ihr Blick wieder schärfte, hatte sie nur noch ihren Onkel im Sinn. Mit geschwächter Stimme rief sie „Onkel San!" und verlor im gleichen Moment wieder ihr Bewusstsein.

Pitty flog noch einmal zur Unfallstelle, um San zu retten. Minas treuer Weggefährte lag bereits unmittelbar im Inneren des Wagens neben der Autotüre, mit dem Körper nach hinten gekippt. Pitty griff vorsichtig nach seinen Händen, als das Wrack schlagartig von seinem letzten Halt abriss und in die Tiefe stürzte. Blitzschnell flog er zum Kofferraum hinab und stemmte sich mit vollem Körpereinsatz dagegen. Doch trotz der Stärke Pittys bahnte sich das Auto Meter um Meter den Weg in sein nasses Grab. Kurz vor dem Aufprall ließ Pitty den Wagen los, damit er nicht selbst in die kalten Fluten hineinstürzte. Eine mächtige Wasserfontäne erhob sich und zerfiel in unzählige kleine Wassertropfen, als das Auto die Wasseroberfläche mit voller Wucht traf.

Pitty konnte nur noch mit ansehen, wie das

abgebrochene Autoteil von den Wassermassen in die Tiefe gerissen wurde. Er kreiste noch ein, zwei Mal über der Absturzstelle, doch er konnte nichts mehr für San machen. Nur noch einige Luftblasen, die an der Wasseroberfläche zerplatzten, zeugten von dem schrecklichen Ereignis. Von San war keine Spur mehr.

Der geflügelte Helfer, der vielen wie ein Engel erschien, flog mit gesenktem Haupt zu Mina zurück. Sie lag noch immer auf dem kalten Boden der Brücke. Viele Autos stauten sich bereits an der Unfallstelle, aber aus Angst vor dem unbekannten Wesen legten einige den Rückwärtsgang ein und rammten dabei andere stehende Fahrzeuge. Langsam machte sich große Panik unter den Menschen breit, während wiederum einige andere aus ihren Fahrzeugen stiegen und wissen wollten, was da vor sich ging. Als sie Pitty sahen, der engelsgleich das junge Mädchen in seinen Händen trug, konnten sie es kaum fassen, dass sie Zeugen einer vermeintlichen Engelserscheinung wurden. Viele zückten ihre Handys und nahmen das Geschehene mit der Kamera auf, andere riefen den Notruf, aber niemand traute sich ihm zu nähern.

Als er ihre Arme um seine Schultern legte, um mit ihr diesen tragischen Ort zu verlassen, sah er, dass Chris ein paar Meter weiter gerade wieder zu sich kam und davon hinken wollte. Doch er hatte nicht mit dem kleinen Hermeshelfer gerechnet. Er machte zwei, drei starke Flügelschläge und Chris purzelte durch den aufgewirbelten Wind gegen ein stehendes Fahrzeug und stieß sich böse den Kopf. Blut ran aus einer Platzwunde auf seiner Stirn. Die umstehenden Personen wollten Chris gerade aufhelfen, als der Engel sich seiner annahm. Er packte ihn am Hals und drohte ihm: „Dich Abschaum nehme ich mit, damit das Mädchen den Tod ihres Gefährten an dir rächen kann!" Dann schlug er ihm so kräftig ins Gesicht, dass seine Nase mit einem lauten Knacken brach. Besinnungslos fiel Chris in seine Arme.

Pitty nahm Mina und Chris unter seine starken Arme und flog mit einem kräftigen Flügelschlag den Schaulustigen davon, bis er nicht mehr zu sehen war.

-Kapitel 15-
Gedächtnisverlust

Der engelsgleiche Helfer flog mit rasender Geschwindigkeit aus der Stadt hinaus. Er hielt Ausschau nach einem großen Waldstück, um dort unbemerkt zu landen. Nach kurzer Zeit konnte er ein passendes Gebiet ausfindig machen und begann seinen Sinkflug. Mina war noch immer nicht ansprechbar, während Chris langsam wieder sein Bewusstsein erlangte. Seine Nase blutete stark. Er fuhr mit seiner Zunge über die Lippen und kostete sein eigenes Blut. Langsam bemerkte er, dass er einige Meter über der Erde schwebte und fing an sich zu wehren. Doch irgendetwas umklammerte ihn und in Anbetracht der Höhe hielt er es für besser, ruhig zu bleiben. Er schwenkte seinen Kopf und bemerkte erst jetzt, dass er von Pitty gehalten wurde und der Waldboden langsam immer näher rückte. Chris blickte über ein Meer voller Bäume und die Baumkronen zischten knapp unter seinen Füßen vorbei. Ein diabolisches Lachen kam Chris über die Lippen.

„Was bist du überhaupt für ein Arschloch?", fuhr er den Götterboten an. Pitty schwieg. Doch sobald er den sicheren Waldboden berührte, schmiss er Chris in hohem Bogen durch die Luft. Der flog harsch gegen einen Baumstamm und krümmte sich vor Schmerzen. Mit verzerrter Stimme schrie Chris seinen Peiniger an: „Aah und was hast du jetzt vor? Mich umbringen?"

Pitty legte Mina liebevoll auf ein Stück weichem

Moosboden ab. Dann wandte er sich Chris zu. „Nein, ich werde dich hier nur solange festhalten, bis sie mit dir fertig ist. Und danach bringe ich dich um, wenn du dann immer noch leben solltest!" Chris schluckte und versuchte sich am Baumstamm aufzurichten. Er humpelte mit seinem gebrochenen Bein ein paar Meter weit, bis er schließlich völlig entkräftet gegen die Erde knallte. Diesmal musste Pitty lachen. Er ging mit langsamen Schritten auf Chris zu, der mit der Bauchseite auf dem Boden lag. Pitty gab ihm einen kräftigen Tritt mit, sodass sich Chris schmerzvoll in Rückenlage drehte. Dann beugte er sich über sein Opfer und schrie so laut er konnte: „Als ob du mir entkommen könntest!"

Die Worte hallten durch den Wald und Chris wurde klar, dass die nächste Ortschaft kilometerweit weg sein musste. Mit seinen Verletzungen inmitten eines Nationalparks, desorientiert und total erschöpft, schien ihm eine Flucht völlig aussichtslos. Pitty kannte seine Vormachtstellung ganz genau und weil er nichts von Chris zu befürchten hatte, widmete er seine ganze Aufmerksamkeit Mina. Er umschloss sie eng mit seinen Flügeln, damit ihr nicht kalt wurde.

Sekunden vergingen und wurden zu Minuten. Die Minuten dehnten sich zu Stunden und als die Abenddämmerung über das Land hereinbrach, erwachte sie langsam aus ihrem Koma. Sie erblickte Pitty, das schönste Geschöpf, das ihre Augen jemals sahen.

Mit weiß ausgebreiteten Flügeln stand er vor ihr, etwas größer als sie. Er besaß einen muskulösen Körperbau, der zu ihrem Entzücken von keiner Kleidung bedeckt war. Einzig einen weißen Lendenschutz trug er und blaue Stiefel, die am Rand einen golden Streifen eingearbeitet hatten und ebenfalls Flügel besaßen.

„Bin ich tot?", erkundigte sie sich bei dem vermeintlichen Engel. „Nein, du lebst! Ich habe dich vor ihm gerettet!" Pitty deutete mit seinem Finger auf Chris, der ein paar Meter weiter, sitzend an einem Baum lehnte und vor Erschöpfung eingeschlafen war. Mina wollte wissen, wer Pitty war und warum der Mann, der völlig fertig am Boden lag, ihr nach dem Leben trachtete. Und überhaupt wollte sie wissen, wo sie sich gerade befand.

Pitty erzählte ihr, was auf der Brücke passiert war, ließ aber zunächst den Teil mit ihrem Begleiter aus. Sie starrte ihn ungläubig an. „Sag, kannst du dich denn an überhaupt nichts mehr erinnern? Auch nicht an die Kette des Osiris?", wollte Pitty wissen. Mina blickte auf ihre Brust und betrachtete das Amulett, als wäre es das erste Mal. Sie schüttelte zaghaft ihren Kopf: „Ich kann mich an gar nichts erinnern." Pitty wusste nicht, ob er ihr vielleicht doch von ihrem Weggefährten erzählen sollte, der in dem Autowrack ertrank. Aus Rücksicht auf ihre Gefühle konnte er sich jedoch nicht dazu durchringen. Er war guter Dinge, dass ihre Amnesie nur von kurzer Dauer sein würde und sie sich bald wieder an alles erinnern konnte. Daher widmete er sich nun Chris.

Pitty flog zuerst zu einem nebenstehenden Baum hinauf und klopfte eine Handbreit große Rinde am höchsten Punkt auf, die er, an einem Stück, den ganzen Stamm hinab zum Erdboden riss. Da er jetzt einige Meter an Rinde in den Händen hielt, die noch am anderen Ende mit dem Baum verbunden war, drehte er sich so schnell um die eigene Achse, dass sich daraus ein festes Seil bildete. Dann stellte er Chris auf die schwachen Beine und wickelte es um ihn und den Baumstamm. Er zurrte es so fest, dass Chris einen kurzen Moment die Luft wegblieb. Nun stand sein Gefangener gefesselt am Baum. Vor lauter Erschöpfung war er noch immer nicht aufgewacht und ließ seinen Kopf herunterbaumeln.

„Was soll das werden?", rätselte Mina und ahnte keine schöne Szene. „Wir müssen herausfinden, wohin er euch bringen wollte und warum?", entgegnete ihr Lebensretter. „Euch?", stellte sie entsetzt fest. Pitty biss sich auf die Zunge. Er hielt kurz inne und holte einen tiefen Atemzug: „Ja, dich und deinen Weggefährten!" Er erzählte ihr nun bereitwillig die ganze Wahrheit - was auf der Brücke passiert war, dass er ihren Begleiter nicht retten konnte und dieser im Fluss ertrank. Leider konnte sich Mina noch immer an gar nichts erinnern. Sie rätselte, wer wohl dieser Begleiter gewesen war.

Nichtsdestotrotz begann Pitty mit seinem Verhör. Zuerst schlug er den Gefangenen mit der blanken Hand ins Gesicht, damit dieser wieder zu Besinnung kam. Chris blickte seinen Peiniger voller Schmerzen an, während Mina dieser Methode nicht viel abgewinnen konnte. Sie wollte gerade eingreifen, als der Gefangene plötzlich zu sprechen begann. „Von mir erfährst du nichts! Lieber sterbe ich, als ein Verräter zu sein!" Chris spuckte vor seinem Schinder auf den Waldboden, als Zeichen seiner Verachtung. Doch Pitty ließ das kalt. Kaltblütig drückte er ihm mit dem Knie gegen sein gebrochenes Bein. Der Schmerz ging Chris so tief durch Mark und Bein, dass er wie am Spieß schrie.

„Aufhören!", befahl Mina. Pitty, erschrocken von der

Reaktion der Geretteten, ließ kurz von seinem Opfer ab. „Was passiert hier bloß?", wunderte sie sich. Dann ergriff sie die Initiative und stellte sich vor Chris. „Bitte sag mir wo du mich und meinen Begleiter hinbringen wolltest. Dann kannst du auch wieder gehen, das verspreche ich dir." Chris verzog keine Miene. „Ich bin doch sowieso schon am Arsch! Dieser durchgeknallte Typ hier mit den Flügeln lässt mich eh nicht am Leben, ob ich dir was sage oder nicht." Mina war entsetzt. „Du glaubst doch nicht wirklich, dass ich bei einem Mord an einem wehrlosen Menschen einfach so zusehen würde?"

Pitty klinkte sich mit ruhiger Stimme in das Gespräch mit ein. „Er kann dich täuschen, weil du ein Mensch bist. Aber nicht einen Gotteshelfer wie mich. Wir sehen die Dinge, wie sie sind. Er trägt einen *Pareidolring*, der Menschen das in ihm sehen lässt, was Menschen in ihm sehen wollen. Nimm ihm den Ring vom Finger und er wird dir sein wahres Gesicht zeigen!"

Mina war sich unsicher was er damit meinte. Aber Pitty hatte durch sein Erscheinungsbild etwas sehr vertrauenswürdiges an sich, daher zog sie Chris den Ring vom Finger ab. Was sich dann allerdings vor ihren Augen abspielte, ließ sie zurückschrecken. Angewidert stolperte sie über eine dicke Baumwurzel, die aus dem Boden ragte. Sie fiel unsanft auf ihren Hintern und geriet zunehmend in Panik. Dabei schaffte sie es nicht, sich gleich wieder auf ihre Beine zu stellen. Panisch wirbelte sie mit ihren Füßen den Waldboden auf und schob sich dabei einige Meter zurück. Erst ihr geflügelter Freund konnte sie beruhigen, indem er ihr aufhalf und sie fest in die Arme schloss. „Was um Himmels willen ist das?"

-Kapitel 16-

Der Pakt mit dem Teufel

Mit dem Ring verschwand auch Chris´ Menschenerscheinung vor ihren Augen und es stand stattdessen ein grausiges, buckeliges Wesen am Baum. Es war ganz in Schwarz gehüllt und ihr fielen sofort die langen, ungepflegten Fingernägel auf. Es besaß sehr viele scharfe Zähne, die in zwei Reihen übereinander angeordnet waren. Ungewollt wurde sie an einen Hai erinnert.

Im nächsten Moment wurde sie Zeuge, wie das Wesen seine schwarze, spitze Zunge, die nur so von Warzen überwuchert war, an seinen hässlichen Zähnen wetzte. Seine Augen quollen hervor und waren so groß und weiß wie Tischtennisbälle, doch sie wiesen keine Pupillen auf. Nur ein paar einzelne lange Haare, die unter seiner Kapuze hervorlugten, zierten seinen unförmigen Kopf. Da wo vorher Blut aus seiner Nase und der Platzwunde an der Stirn herunter floss, rann nun eine dickflüssige, schwarze Substanz über sein Gesicht.

Mina drückte vor Ekel ihren Kopf gegen Pittys harte Brust, schloss ihre Augen und wiederhole einige Male immer wieder den Satz: „Das ist nicht wahr! Das kann einfach nicht wahr sein. Wach auf! Wach endlich auf!" Doch Pitty versicherte ihr, dass sie nicht träumte und sie, alle wie sie vor ihr standen, real waren. Zögerlich riskierte sie einen weiteren Blick.

„Was ist dieses - Ding?", fragte Mina und deutete

angewidert zu dem am Baum gefesselten Wesen. „Das ist ein *Furandi*, wie man unschwer erkennen kann. Eine Kreatur der übelsten Sorte. Selbst Osiris meidet diese Dinger. Sie stehlen alles was nicht niet- und nagelfest ist und stecken alle mit ihren Krankheiten an. Sie belügen alles und jeden und man muss höllisch aufpassen, was man zu ihnen sagt. Sie würden sogar ihre eigene Mutter an den Höchstbietenden verkaufen!", belehrte sie Pitty und in jedem Wort kam seine Verachtung gegenüber dieser Kreatur deutlich zum Vorschein. „Was? Von diesen Dingern gibt es noch mehr?", erschrak Mina.

Chris oder das, was sie für Chris gehalten hatte, mischte sich knurrend mit ein. „Wir sind Tausende, wenn nicht Millionen. Wir leben zwischen der Erde und der Unterwelt in unseren selbst geschaffenen Stollen. Viele beschimpfen uns zu Unrecht als Ratten der Schattenwelt, so wie dieser bessere Truthahn. Aber er versteht überhaupt nicht, wovon er da spricht. Wir sind die wahren Könige der Unterwelt und eines Tages werden wir die Herrschaft über die Unterwelt und diesen gottverdammten Planeten übernehmen." Pitty nahm Mina fest an die Hand und sagte mit bestimmendem Unterton: „Solange ich lebe, wird das niemals passieren!"

Mina ging einen kurzen Moment in sich. Sie konnte sich keinen Reim darauf machen, was das Schauspiel zu bedeuten hatte und wie das alles nur im Entferntesten mit ihr zu tun haben konnte. Das gefesselte Wesen erzählte ihr, dass ihnen ihr Schicksal mit der Kette zu Ohren kam. Er prahlte damit, dass es fast keine Geheimnisse vor ihnen in der Unterwelt gab: „Kein Geheimnis ist je vor uns sicher musst du wissen. Alles was in der Unterwelt oder auf der Erde passiert, alle Geheimnisse, Nachrichten, verschlüsselten Botschaften sind dem einen oder anderen unserer Bruderschaft schon lange vorher zu Ohren gekommen, als an denjenigen, an den es adressiert war. Wir wandeln und schleichen zwischen den Welten und sammeln Informationen, um uns damit Vorteile oder die Möglichkeiten auf gute Geschäfte zu verschaffen." „Und was bin ich?", schrie ihn Mina verständnislos an. „Vorteil oder Geschäft?"

Das Wesen blickte sich um und betrachtete sich selbst, wie es verletzt an einem Baum gefesselt war und sprach: „Weder das eine, noch das andere. So wie es scheint bist du wohl mein Ende!" Pitty ging auf das Wesen zu und quetschte ihn aus. „Wo wolltest du mit den beiden hin? Jetzt kannst du zum ersten Mal etwas Gutes tun, bevor du in die ewigen Jagdgründe eingehst!" Das Wesen aber lachte nur spöttisch, woraufhin Pitty seinen silbernen Dolch aus der Hüfttasche zog und ihm die scharfe Klinge an den Hals legte. „Rede!", schrie er. „Und was springt für mich dabei heraus?", fragte der *Furandi* unbeirrt. Mina ging mit wackeligen Beinen zwischen die beiden und versicherte ihm, dass er am Leben bleiben dürfe, wenn er bereit wäre mit ihr zusammenzuarbeiten. Auf diesen Vorschlag ging das Wesen bereitwillig ein. Es erzählte ihnen alles, was es wusste, auch wenn Pitty dieser Handel überhaupt nicht gefiel. Widerwillig band er ihn vom Baum los.

„Damit ihr wisst, wem ihr das Leben gerettet habt, möchte ich euch meinen Namen verraten - ich bin Axim." Pitty fuhr ihm forsch ins Wort und sprach herablassend: „Schön, dass wir das nun auch geklärt hätten." Axim fuhr unbekümmert fort. „Im *Metropolitan*

Museum of Art befindet sich der *Handspiegel der Berührung*. Er steht in einer Glasvitrine, die durch einen Schutzzauber abgesichert ist. Kein Wesen kann diesen Zauberbann durchbrechen. Und meine Wenigkeit ist hinter diesem Spiegel her. Aber wie es das Schicksal so will, braucht ihr diesen Spiegel auch, um an den nächsten Kristall zu kommen. Wenn ihr mir also helft, den Spiegel zu bekommen, dann helfe ich euch im Gegenzug den Kristall zu finden. Es gibt nämlich noch eine Reliquie, die man benötigt um das zu finden, was dein Schicksal besiegelt." Axim deutete auf Mina.

Beide sahen sich tief in die Augen und Mina brachte es nicht fertig, sich von ihm abzuwenden. Seinem hypnotisierenden Blick, konnte sie sich nur schwer entziehen. Pitty, der davon nichts mitbekam, war außer sich vor Wut. „Du willst uns also benutzen, um in den Besitz des Spiegels zu gelangen? Vergiss es!" Er schimpfte weiter, während Mina noch immer wie verhext in die hässliche Fratze des Wesens starrte. Seine großen weißen Augen, die kalt dreinsahen, zogen sie immer tiefer in seinen Bann. Mina bekam gar nicht mehr mit, was ihr geflügelter Held alles von sich gab. Dann unterbrach sie abrupt ihren redeschwingenden Freund, der sich, wie es schien, gerade erst warm gesprochen hatte.

„Okay, du bekommst den *Handspiegel der Berührung*, wenn du mir hilfst, den Kristall zu finden." Mina wusste zwar nichts mehr von ihrem bisherigen Abenteuer, aber tief in ihrem Inneren ahnte sie, dass sie auf Axim angewiesen war. Er schien viel zu wissen und machte auf Mina den Eindruck, als verstünde er haargenau, worüber er sprach. Wenn er in der Lage war, sie weiterzubringen, und danach sah es für sie aus, so musste sie diese Gelegenheit am Schopf packen. Und Pitty wusste, dass alles Protestieren nichts helfen würde. Er nahm Mina bei der Hand und flüsterte ihr zu: „Ich bin an deiner Seite, egal was passiert."

-Kapitel 17-

Der Handspiegel der Berührung

Mina übergab Axim wieder seinen *Pareidolring*, doch als dieser ihn erneut an seinen Finger steckte geschah etwas Merkwürdiges. Er verwandelte sich nicht mehr in einen Menschen zurück. „Ich glaube der Ring ist kaputt.", folgerte Mina. Doch Pitty erzählte ihr, dass der Ring nur die Unwissenden blendete. „Da du seine wahre Gestalt bereits kennst, hat der *Pareidolring* keine Wirkung mehr auf dich. Die anderen Menschen werden aber weiterhin das in ihm sehen, was die Menschen eben sehen wollen, nur nicht seine wahre Gestalt. So, wie auch du vorher geblendet wurdest."

Pitty nahm Mina und Axim unter seine Arme und flog im sicheren Schein der Dunkelheit wieder zurück nach New York, in den Stadtbezirk Manhattan, wo ihr nächstes Ziel auf sie wartete. Als sie eine Weile am Nachthimmel flatterten rief Axim schlagartig: „Da ist es ja!" Er zeigte auf ein gewaltiges Gebäude, das am Rande des Central Parks stand und so riesig war, dass es sich über vier Häuserblocks erstreckte.

Pitty landete unbemerkt auf dem Dach, nahe am Eingang des Metropolitan Museums. Es war bereits geschlossen. Um keine versteckten Alarmmechanismen zu aktivieren, entschieden die drei, dass sie am nächsten Morgen ganz normal als Touristen in das Museum hineinspazieren würden, um den Spiegel aus der magischen Vitrine zu stehlen.

„Wie sieht der Handspiegel überhaupt aus?", wollte Mina von dem *Furandi* wissen. „Es gibt nur einen ausgestellten Handspiegel im gesamten Museum. Und der befindet sich im ägyptischen Teil der Ausstellung.", erklärte er.

Ruhig und unauffällig blieb das Trio die Nacht über in dem neuen Versteck. Damit seiner Freundin nicht kalt wurde, umschloss sie Pitty mit seinen Flügeln. Er genoss ganz offensichtlich ihre Nähe, denn sein Lächeln strahlte über beide Ohren. Axim konnte gar nicht anders, als das tiefe Sympathiegefühl zwischen den beiden mitzubekommen. Angewidert, drehte er seinen Blick von ihnen. Geschunden vom Tag, schliefen sie alle bald ein.

Am nächsten Morgen wurden die drei unsanft vom Getümmel der vielen Touristen geweckt. Im Halbschlaf rieb sich Mina die Augen wach. Die Sonne erstrahlte im tiefsten Gelb und spendete ihr eine wohlige Wärme ins Gesicht. Keine Wolke trübte den hellblauen Himmel. Sie spreizte vorsichtig Pittys Flügel auseinander, der noch immer friedlich vor sich hin schlummerte, und schlurfte langsam an den Rand des Dachs, um einen Blick nach unten zu riskieren. Fünf vollgeladene Touristenbusse waren gerade angekommen und ihre Insassen stürmten wie die Ameisen das beliebte Museum. „Hat eigentlich jemand ein paar Dollar in den Hosen stecken?", fragte Mina ihre beiden Begleiter. „Sonst endet unsere Reise bevor sie begonnen hat."

Axim griff in seine Taschen und zog ein Bündel amerikanischer Dollarnoten heraus. „Ihr wisst ja gar nicht, wie viel Trinkgeld ich von den ungebetenen, sich aufdrängenden Fahrgästen erhalten habe, bevor ich dich am Flughafen abgeholt habe.", merkte er scherzend an. Doch niemand lachte darüber. Verdrossen meinte Axim: „Bringt mir wenigstens einen Kaffee mit, schwarz ohne Zucker."

Mina nahm das Geld an sich, bedankte sich und bat um den *Pareidolring*. „Der ist für Pitty, damit wir unerkannt ins Museum kommen. Du bleibst hier auf dem Dach. Mit deinen Verletzungen wärst du ohnehin nur ein Hindernis. Nimms nicht persönlich und keine Widerrede, klar! Ansonsten kannst du dir den Spiegel an die Wand malen."

Anstandslos übergab Axim seinen Ring und Pitty streifte ihn sich gleich über seinen Finger. „Ich hoffe, dass dich die Menschen jetzt nicht mehr als einen Engel wahrnehmen.", gab Mina zu bedenken. Pitty ergriff, völlig überraschend und nur so vor Tatendrang strotzend, Minas Hand. Er war sehr aufgeregt und konnte es kaum mehr erwarten, sich unter die Menschen zu mischen: „Tja, da hilft nur eins. Lass es uns gemeinsam herausfinden!"

Dann flog er mit ihr still und heimlich auf der Rückseite des Museums herunter, während Axim ihnen noch hinterherrief, ja nicht seinen Kaffee zu vergessen, um sich wenige Augenblicke später mit ihr in einer nicht enden wollenden Warteschlange wiederzufinden. Mina erwartete staunende bis beängstigende Reaktionen von den aberhunderten Touristen, die sich dort tummelten. Doch sie blieben aus. Niemand guckte die beiden ungläubig an. Keiner kramte hektisch sein Handy aus der Tasche, um sie mit weit geöffnetem Mund zu filmen. „Cool, du bist jetzt ein Mensch!", stellte sie zufrieden fest.

Sie fand es jedoch interessant, dass sie Pitty weiterhin als einen Engel wahrnahm, der mit ihr inmitten des Touristenstaus feststeckte. Lauter Unwissende, dachte sie sich und fühlte sich als etwas Besonderes, als jemand, der endlich die Wahrheit erkannt hatte. Es war diesmal nicht ihre blühende Fantasie, die sie aus dem Alltag in eine schönere, aufregendere Welt riss, sondern es passierte gerade wirklich - hier und jetzt. Mit erhobenem Hauptes und einem völlig neuen Bewusstsein für ihre Umwelt, stand sie mit ihrem göttlichen Freund in der Schlange.

Als sie bis zur Kasse vorangekommen waren, gab ihnen die Kassiererin den Hinweis, dass der Eintritt frei wäre, weil das Museum staatlich finanziert würde. Trotzdem seien Gelder in Spendenform herzlich willkommen. Mina ließ sich nicht lumpen und bezahlte den empfohlenen Eintrittspreis für zwei Jugendliche. Niemand schöpfte auch nur den leisesten Verdacht, als beide das völlig überlaufene Museum betraten. Axim war wohl noch nie selbst hier gewesen, dachte sich Mina, da er ansonsten gewusst hätte, dass der Eintritt frei war. Oder, so dachte sie, er war ein Gönner des Museums, der freiwillig Eintritt bezahlte, um die Arbeit der Angestellten und Archäologen zu würdigen. Aber das wiederum schien selbst für Mina und ihrer ausgeprägten Fantasie zu viel des Guten zu sein. Sie beließ es dabei und dachte sich, dass er eben einfach nur doof war.

Gelassen gingen sie zur Information, die mittig in der Eingangshalle stand. Dort bekamen sie eine Karte des Museums, in der alle Epochen und Ausstellungsräume eingezeichnet waren. Plötzlich spürte Mina, wie sie vom Ehrgeiz gepackt wurde und sich selbst das Ziel setzte, den Spiegel so schnell wie möglich zu finden. Energisch suchte sie auf der Karte die Ausstellungshallen des ägyptischen Zeitalters. Schnell wurde sie fündig und zog Pitty hinter sich her.

Sie liefen die weiten Gänge ab. Überall hingen wunderschöne Gemälde an den Wänden und Marmorbüsten von ihr unbekannten Persönlichkeiten säumten die hellen Flure. Erwartungsvoll betraten sie die ägyptischen Räume. Blitzartig musterte Mina die vielen frühzeitlichen Gegenstände, bis ihr der Handspiegel in einer Vitrine auffiel. Die übrigen Touristen schenkten dem Spiegel keine besondere Beachtung, so als wollten sie sagen, dass sie ganz bestimmt nicht den weiten Weg über den Ozean geflogen wären, um so einen kleinen, hässlichen Handspiegel zu bestaunen. Mina hingegen freute sich innerlich sehr und trat gemeinsam mit Pitty, der ganz vertieft in die vielen kostbaren Menschenschätze versunken war und vor Reizüberflutung kaum ansprechbar war, vor das Glas der Vitrine.

Der ovale Spiegel war in einen verzierten Silberrahmen eingefasst und obwohl er stark abgenutzt war, empfand ihn Mina als sehr hübsch. Sie fühlte auf Anhieb eine starke Verbindung zu dem sonderbaren Accessoires. Nur wusste sie nicht, wie sie den Spiegel unbemerkt aus der Vitrine stehlen konnte. Überall stand Wachpersonal herum. Hinzu kamen die etlichen „Hobby-Schatzjäger", die die Ausstellung durchquerten. Fürs Erste setzte sich Mina daher auf eine Sitzbank, die am anderen Ende des Raumes stand. Amüsiert beobachtete sie Pitty, wie er unterdessen die anderen, zahlreichen, ägyptischen Kunstschätze betrachtete. Es machte ihr eine Heidenfreude, ihn so wissbegierig zu sehen.

Plötzlich nahm eine ältere Dame unaufgefordert neben ihr Platz. Sie trug ein auffälliges braunes Kleid und hatte blond gefärbtes Haar, das ihr bis zum Kinn hing. Doch an ihrem Ansatz konnte man bereits die grauen Haare erkennen. Einen Moment lang schwieg die Frau, dann aber sprach sie das nachdenkliche Mädchen an: „Bist du die Freundin von dem Engel dort drüben?" Erschrocken blickte Mina die Dame an. „Du musst keine Angst haben Kleines! Ich bin eine Freundin." Die alte Frau erhob sich so überraschend, wie sie gekommen war und verschwand unerwartet, um im selben Moment mit einem nahen Verwandten wieder aufzutauchen - es war Onkel San. Als Mina ihn mit großen Schritten auf sich zukommen sah, kamen ihr plötzlich Erinnerungsfetzen hoch. Allmählich konnte sie sich wieder an alles erinnern - an die Zauberkette, den Fluch, die Hellseherin Xenia, das bestialische Schattenraubtier, die Jesusstatue, Osiris` und Aphrodites Liebesgeschichte und vor allem an die gemeinsame Zeit mit ihrem besten und loyalsten Gefährten – Onkel San.

    Mit Tränen in den Augen umarmten sich die beiden. „Du lebst!", schienen beide zeitgleich und aus voller Herzensfreude von sich zu geben. „Was machst du denn hier?", fragte Mina ihren Onkel. „Und wer ist diese Frau?" San drückte sanft seinen Zeigefinger gegen ihre Lippen und flüsterte: „Alles zu seiner Zeit. Aber jetzt sollten wir den *Handspiegel der Berührung* mitnehmen und von hier verschwinden."

    Seine Nichte sah ihn verdutzt an. Sie fragte sich, woher er das mit dem Spiegel wusste und vor allem, wie er es schaffen wollte, das Schmuckstück, das ja unter einem Schutzzauber stand, zu stehlen, ohne erwischt zu werden oder dabei den Alarm auszulösen. Oder hatte ihr Onkel in der kurzen Zeit der Trennung magische Fähigkeiten erworben, von denen sie nichts wusste? Doch alles Spekulieren war nur vergebene Mühe. Denn San ging bereits unerschrocken auf die Glasvitrine zu. Die alte Dame verwickelte den Wachmann währenddessen in ein Gespräch ala „Dusselige Oma versteht nur Bahnhof". Dann zog ihr Onkel die Phiole aus seiner archäologischen Umhängetasche und gab einen Tropfen auf das Glas. Im selben Moment verschwand das verzauberte Glas und San griff rasch nach dem Handspiegel. Niemand hatte etwas mitbekommen und es ging auch kein Alarm los. Unauffällig versteckte er ihn, zusammen mit der Phiole, in seiner Umhängetasche. Dann nahm er seine Nichte bei der Hand und wollte mit ihr und der Dame geradewegs das Museum verlassen. Doch Mina wehrte sich dagegen und rannte zu Pitty, der von all dem nichts mitbekommen hatte und gerade ein Modell einer ägyptischen Gartenanlage aus dem Grab des Meketre betrachtete. Sie packte ihn am Arm und lief gemeinsam mit ihm zurück zu ihrem Onkel. „Wer ist dieser Junge?", staunte San mit verdächtigem Blick, ganz wie man es von einem Vater erwarten würde, der zum ersten Mal dem Freund seiner Tochter vorgestellt wird. Doch Mina drückte nur ihren Zeigefinger gegen Sans Lippen und meinte: „Alles zu seiner Zeit."

-Kapitel 18-
Ein Wiedersehen mit Folgen

Als die vier zurück auf der viel befahrenen 5th Avenue standen, über die sich das gesamte Metropolitan Museum erstreckte, schlug Mina als allererstes einen Restaurantbesuch vor. „Bevor wir weitermachen, sollten wir etwas essen. Wir hatten noch kein Frühstück und ich habe solchen Hunger!" San konnte sich ihrer Idee nur anschließen. „Gute Idee. Ich kenne einen ausgezeichneten Biergarten, in dem man sehr gut Speisen kann und von wo aus wir schon mal einen guten Blick auf die Freiheitsstatue werfen können. Dort werden wir neue Kraft tanken, bevor wir uns weitere Gedanken machen, wie die nächsten Schritte auszusehen haben. Und ich glaube, es wäre nicht schlecht, wenn du mir dann deinen neuen Begleiter etwas näher vorstellen würdest. Aber jetzt lasst uns hier verschwinden, bevor die Leute im Museum mitbekommen, dass etwas fehlt."

San und seine Frauenbegleitung schritten zügig voran, um so schnell wie möglich aus der Sichtweite des Museums zu gelangen. Pitty und Mina folgten ihnen in einem großzügigen Abstand. Die beiden betrachteten gespannt das Treiben der vielen Menschen, denen sie auf ihrem Weg begegneten, denn auch für Mina war eine so riesige Stadt im Grunde völliges Neuland.

Nach einer Weile zog Pitty an Minas Ärmel und fragte sie interessiert: „Was ist Hunger?" Sie lächelte überrascht und erklärte es ihm. „Wir Menschen müssen etwas Essen, um nicht zu sterben und um uns zu stärken. Hast du noch nie etwas gegessen?" Pitty sah sie fast schon vorwurfsvoll an und schilderte ihr mit einer Selbstverständlichkeit in der Stimme, wie es bei Dienern der Götter ist. „Meine Kraft bekomme ich aus Helios, unserem Sonnengott, so wie alle griechischen Gotteshelfer." Mina war sehr erstaunt darüber und löcherte ihn weiter. „Was, es gibt noch mehr Gotteshelfer?" Pitty erzählte ihr, dass es etliche von Gotteshelfern gab und alle ihrem jeweiligen Herrn dienten. Sie alle mussten weder Hunger leiden, noch waren sie jemals durstig, zumindest solange sie ihrem Herrn gute Dienste erwiesen. Und bisher tanzte noch keiner aus der Reihe. Außer einem - er selbst. Aber das behielt er einstweilen besser für sich.

Während des längeren Fußmarsches zum Restaurant, knisterte es gewaltig zwischen den beiden. Immer wieder tauschten sie verstohlene Blicke miteinander aus. Romantik lag in der Luft. Pitty gefiel Mina ebenso, wie umgekehrt. Das stand unmissverständlich fest. Zur Beunruhigung ihres Onkels, der sich immer mal wieder nach den beiden umdrehte, um nach dem Rechten zu sehen. Ganz geheuer war ihm diese Situation jedenfalls nicht. San wusste nicht, ob er sich für seine Nichte freuen oder, ob er sich große Sorgen um sie machen sollte. Er beschloss mit viel Willenskraft, dem fremden Jungen eine faire Chance zu geben. Schließlich musste er ihn erst besser kennen lernen, um zu entscheiden, ob der Umgang mit dem Jugendlichen eine Gefahr für Mina darstellte. Diesen unbeschwerten Moment wollte er ihr jedenfalls nicht kaputt machen, indem er den Jungen jetzt schon in der Luft zerfetzte. Also beobachtete er sie hin und wieder mit einem sorgsamen Blick und überließ sie den

Schmetterlingen in ihrem Bauch, die sie bereits auf Wolke 7 empor trugen.

Nach dreißigminütigem Großstadtwandern pfiff die alte Dame plötzlich ein Taxi her. Ihre Füße schmerzten und sie hatte keine Lust mehr weiterzugehen. „In diesem Schneckentempo kommen wir nie im Restaurant an.", beschwerte sie sich. San erklärte ihr, dass er eigentlich Taxifahrten vermeiden wollte, da diese für ihn und seine Nichte fast immer tödlich endeten. Doch die alte Frau winkte ab. „Papperlapapp, jetzt sind wir zu viert. Und wenn etwas mit dem Taxifahrer nicht stimmt, dann sprühe ich ihm mein Pfefferspray ins Gesicht!" Sie griff in ihre Jackentasche und zeigte ihnen vollen Stolzes das Spray. „Geh niemals ohne Pfefferspray aus dem Haus!", riet sie Mina. Vor so viel Courage der alten Dame hatte sogar San großen Respekt. Was blieb ihm also anderes übrig, als die Taxiphobie hinter sich zu lassen.

Kurz darauf stiegen die vier in ein herbeigerufenes Taxi und fuhren zum Battery Gardens, das am anderen Ende von Manhatten lag. San setzte sich demonstrativ zwischen Mina und Pitty auf den hinteren Sitzen. Die ältere Dame nahm vorne neben dem Taxifahrer Platz. Sie guckte sich während der Fahrt immer mal wieder zu den dreien um und klopfte ihre Hand gegen das Pfefferspray in ihrer Jackentasche. Dabei lächelte sie mit einem verschmitzten Gesichtsausdruck und signalisierte insbesondere San, dass er nichts zu befürchten hätte und sie für alle Fälle gewappnet sei. Obwohl der Fahrer des Taxis die ganze Strecke über „Highway to Hell" von ACDC hörte, kam in keiner Minute ein beklemmendes Gefühl auf. Im Gegenteil, sie scherzten sogar mit dem aus Indien stammenden Fahrer und headbangten gemeinsam zu dem Song. Als sie am Restaurant ankamen und aus dem Auto stiegen, bedankte sich San innig dafür, dass sie ohne Zwischenfall, heil am Zielort ankamen. Beim Abschied gab er dem Inder ein ordentliches Trinkgeld, das, zu seiner Verwunderung, den gesamten Fahrpreis überbot. Überraschenderweise küsste San auch noch mehrfach seinen Handrücken, was bei dem Taxifahrer aber gar nicht gut ankam. Der Inder zuckte seine Hand zurück, guckte ziemlich verstört und kratzte sich am Kopf. Noch nie zuvor – und er war sich sicher, danach auch nie mehr - hatte sich ein Fahrgast auf so seltsame Weise verabschiedet. Es schien, als hätte San in diesem Moment wieder seinen Frieden mit den Taxifahrern dieser Welt geschlossen.

Nachdem Mina dem Taxi hinterher sah, wie es langsam um die Ecke bog, fiel ihr schlagartig wieder Axim ein, den sie bei dem ganzen Begrüßungswirrwarr ganz vergessen hatte und der noch immer verletzt auf dem Dach des Museums lag. „Pitty, wir haben Axim vergessen. Flieg uns schnell zu ihm!" San schaute seine Nichte überrascht an. „Wen habt ihr vergessen und wohin wollt ihr fliegen? Fliegen, habe ich fliegen verstanden?" Doch Mina meinte nur in knappen Worten: „Keine Zeit für Erklärungen!"

Pitty trug Mina auf Händen und flog auf Windesflügeln davon. „Suche uns einen freien Platz, wir sind gleich zurück!", rief sie San nach, der baff seinen Kopf gegen den Himmel streckte und seine Nichte mit dem Jungen davonfliegen sah. „Superman, na klar, wer sonst. Alles andere wäre auch irgendwie enttäuschend gewesen.", gestand San ironisch. Der Biergarten war allerdings völlig leer und er und seine Begleiterin hatten freie Platzwahl.

Pitty wollte Mina, wegen seinen überschwänglichen Gefühlen für sie, beweisen, dass er schneller fliegen konnte, als alle Flugzeuge dieser Welt. Deshalb beschleunigte er so stark, dass die Gesichtszüge der beiden im aufkommenden Gegenwind hin und her schlabberten und die Haare völlig zerzausten. Nach wenigen Sekunden landeten sie auf dem Dach. Doch von Axim war nichts mehr zu sehen. Viele Versteckmöglichkeiten hatte er nicht und obwohl sie gründlich überall nach ihm guckten, blieb er verschwunden.

Plötzlich bemerkte Mina etwas am Boden. „Schau, da ist eine schwarze, ölige Spur!" Pitty untersuchte sie genauer. „Das ist Axims Blut. Er muss schlimmer verletzt sein, als ich dachte." Die beiden folgten der Spur, die über das hintere Dachende des Museums in den Central Park führte. „Da muss er hinunter gesprungen sein, trotz seines gebrochenen Beins.", stellte Pitty fest. Mina versetzte sich in Axims Lage und bekam allmählich Mitleid mit ihm. Irgendwie hatte sie ein verdammt schlechtes Gewissen ihm gegenüber. Vielleicht hatte er sie beobachtet, wie sie mit Pitty das Museum verlassen hatte und einfach davon gegangen waren. Er fühlte sich bestimmt mehr als von ihr hintergangen. Vor allem, weil sie ihm den Spiegel hoch und heilig versprochen hatte. Und zu allem Überfluss hatten sie ihn auch noch mit seinen Verletzungen auf einem sehr hohen Dach zurück gelassen. Mina war so wütend auf sich selbst, dass sie Pitty ohne Vorwarnung anschrie. „Wir müssen ihn finden, hörst du!"

Der geflügelte Freund war sehr erstaunt über ihren emotionalen Ausbruch. Axim war schließlich nur ein unliebsames Wesen, das man am besten mied, wo man nur konnte. Doch er stand Mina gefühlsmäßig so nah, dass er sie augenblicklich in seine Arme nahm und an die Stelle des Central Parks flog, wo Axim vom Museumsdach abgesprungen sein musste. Mina hielt einen frustrierenden Monolog und flüsterte zu sich selbst: „Ich halte meine Versprechen Axim." Sie sah sich selbst als jemand, der keine Spielchen trieb, mit niemandem, nicht einmal mit einer Bestie wie ihm. Sie hatte tatsächlich vorgehabt ihm den *Spiegel der Berührung* zu übergeben, nachdem sie ihn selbst nicht mehr gebraucht hätte.

Am Boden verlief Axims Blutspur tröpfchenweise in kleinen Abständen durch den Park, vorbei an vielen Bäumen und Gebüschen, über eine große Wiese. Dann endete die Spur abrupt in einer großen, pechschwarzen Blutlache vor einer großen, alten Ulme. Das Blut spiegelte Minas Gesicht wider, als sie einen kurzen Moment hineinblickte. Allerdings konnte sie ihr Spiegelbild voller Schuldgefühle kaum ertragen. Energisch umlief sie den altehrwürdigen Baum, doch ihr letztes bisschen Hoffnung ihn aufzuspüren verschwand mit dem in der Ferne aufheulenden Alarm des Museums.

„Ich glaube jetzt wäre es an der Zeit zu den anderen beiden zurückzukehren", sagte Pitty mit beunruhigender Stimme. Von Axim war weit und breit keine Spur mehr. Sie hatten keinerlei Anhaltspunkte, wo er sich aufhalten konnte und jetzt saß ihnen auch noch das New York Police Department im Genick. Sie hörten bereits die Sirenen der Polizeiautos, die sich dem Museum immer schneller näherten. Mina war innerlich sehr aufgewühlt, doch sie wusste, dass sie unbedingt zurück zu ihrem Onkel musste. Traurig sah sie der Ulme nach, als die beiden auf Windesflügeln zurückflogen, vorahnend, dass diese Aktion noch ein böses Nachspiel haben wird.

-Kapitel 19-

Die traurige Wahrheit

Im Biergarten angekommen, wo noch immer keine fremde Menschenseele saß, wartete schon San mit böser Miene. „Was habt ihr euch nur dabei gedacht?", wütete er zur Begrüßung. Seine Nichte versuchte sich zu rechtfertigen, doch ihr Onkel hielt ihr aufgebracht eine Zeitung vors Gesicht mit der englischen Schlagzeile *„Engel in Manhatten rettet zwei Menschen das Leben und fliegt mit ihnen davon"*, die er seiner Nichte zornig übersetzte. Dann nahm er ihr Smartphone aus der Jeanshose und googelte die Schlagzeile. Mehr als ein Dutzend Videos wurden auf YouTube hochgeladen, die Pitty dem Anschein nach in seiner wahren Gestalt und seine Rettungsaktion zeigte. Außer sich, präsentierte er seiner Nichte das Ergebnis seiner Recherche. Sie betrachtete die Videos und bemerkte, dass bereits mehr als eine Millionen Menschen die Aufnahmen angesehen hatten. Die digitale Aufnahme schien sich wie ein Virus im Internet zu verbreiten, aber nicht nur im Netz, wie Mina feststellen musste. Auch in den Fernsehnachrichten wurde bereits darüber berichtet und das stündlich. Allerdings waren die Aufnahmen dermaßen verwackelt, dass man Pitty kaum erkennen konnte und falls er doch ins Bild gerutscht war, nahm man ihn nur sehr verschwommen war.

Pitty beruhigte den völlig aufgebrachten San. „Man kann uns nicht wirklich filmen. Seit Jahrzehnten wollen uns die Menschen mit ihren Kameras einfangen, aber wir erscheinen bei Aufnahmen jeglicher Art immer stark verschwommen. Das dient zu unserem Schutz, dem wir einem unanfechtbaren Gesetz des kosmischen Gleichgewichts verdanken." Doch alles Gutreden half wenig und San strafte Pitty, der ihm immer noch als Mensch erschien, mit einem scharfen Blick ab. „Das auf dem Video bist also du, nicht wahr?!" Pitty nickte und stellte sich in beschützender Geste vor Mina. Selbstbewusst sprach er zu San: „Hätte ich sie sterben lassen sollen? Wäre das in Eurem Sinne gewesen? Ihr lagt bewusstlos in dieser motorisierten Kutsche und wärt beinahe im Fluss ertrunken. Mina konnte ich noch retten." Pitty hielt kurz Inne. „Das Einzige für was ich mich entschuldige ist, dass ich Sie, trotz meiner guten Absichten, nicht mehr retten konnte! Und genau das beweist dieses Video. Sehen Sie es sich genau an." Hinter Pittys Rücken ertönte plötzlich Minas Stimme. „Außerdem habe ich gerade die Kommentare zu den Videos auf YouTube gecheckt. Über die Hälfte der User stempeln es sowieso als Fake ab. Also kein Grund zur Sorge!"

  San atmete tief durch. Er wusste, dass der Junge recht hatte und entschuldigte sich aufrichtig bei ihm. „Es tut mir leid. Du hast meine Nichte gerettet und dafür stehe ich in deiner Schuld. Und bitte „Siets" mich nicht, wir sind nicht im Unterricht. Doch wie kommt es, dass in der Schlagzeile von einem Engel die Rede ist, du aber als Mensch vor mir stehst?" Pitty nahm für eine Sekunde seinen *Pareidolring* ab, um sich ganz kurz zu zeigen. Es dauerte nur einen Wimpernschlag und Pitty streifte sich den Ring wieder über den Finger. Von nun an sah ihn Minas Onkel stets in seiner wahren Gestalt. Mina erklärte ihrem Onkel die Wirkung des

Rings.

Demütig warf sich San vor Pittys Füße. Erstaunt stellte er fest: „Ich habe nie an Engel geglaubt. In was für einer fantastischen Welt leben wir eigentlich?" Seine Nichte erzählte ihm, dass der Engel eigentlich nur ein Gotteshelfer war und Pitty hieß. San stellte sich augenblicklich wieder auf die Beine und kam sich etwas veräppelt vor. Er horchte skeptisch auf. „So so, du bist also ein Gotteshelfer?! Fragt sich nur für welchen Gott und auf welcher Seite du stehst!" Diese Frage hatte sich Mina in der ganzen Hektik noch zu keiner Zeit gestellt. Dazu hatte sie auch eigentlich keinen Grund gehabt. Trotzdem sah sie Pitty erwartungsvoll in die Augen.

„Was spielt das für eine Rolle? Ich habe Minas Leben gerettet und damit mehr als bewiesen, dass ich auf ihrer Seite stehe." Doch da kannte er das Benotungssystem von San nicht, der diese Antwort mit „ungenügend" benoten würde. Unzufrieden hakte er nach. „Es kann gut möglich sein, dass du Mina mit deiner Anwesenheit in Gefahr bringst! Dein Herr, wer immer das auch sein möge, wird dich vermutlich schon vermissen und überall nach dir suchen. Du kannst unser ganzes Unterfangen gefährden und was noch schlimmer ist, Mina durch deine bloße Anwesenheit in Lebensgefahr bringen. Also sag uns, welchem Gott du unterworfen bist!"

Pitty überlegte einen Augenblick und hielt es dann doch für angemessen, mit der Wahrheit herauszurücken. „Ich bin ein Gotteshelfer des Hermes!" Der Schock saß tief – besonders bei Mina.

Doch bevor San ihm an die Gurgel sprang, berichtete er ihnen von seinem Auftrag, den er von Hermes erbettelt hatte, um seinem tristen Leben neue Würze zu verleihen, über die aufgenommene Fährte des Schattenraubtiers, und darüber, dass er San und Mina schon seit Brasilien gefolgt war. „Ich hätte Hermes schon längst von der Kette berichten müssen. Er ist nämlich schon seit Jahrtausenden hinter ihr her, um sie an Aphrodite auszuliefern. Aber ich brachte es einfach nicht übers Herz. Ich weiß auch nicht was mit mir los ist. Ich setze meine Existenz aufs Spiel und verstoße gegen ein halbes Dutzend kosmischer Gesetze, nur um dir nahe zu sein."

Verlegen sah Pitty zu Mina hinüber. Sie konnte ihre Freude über die Worte ihres Retters nicht zurückhalten und rannte stürmisch auf ihn zu. Sie umarmte ihn und küsste ihn zärtlich auf die Lippen. Pittys Knie wurden ganz weich. So fühlte sich also ein Kuss an, dachte er. Doch auch für Mina war es der erste Kuss ihres Lebens und ihre Gefühle überwältigten sie. Zärtlich flüsterte sie voller Freude in sein Ohr: „Du bist mein Engel und ich will dich nicht verlieren. Bitte bleib an meiner Seite." Pitty konnte seinen Ohren kaum trauen, doch er freute sich wahnsinnig über die gleichen Gefühle, die ihm Mina entgegenbrachte.

Aber im nächsten Augenblick war er wie ausgewechselt. Er schien sehr bedrückt und missmutig. Mit gesenktem Haupt streichelte er sanft über Minas Hände. „Dein Onkel hat recht. Ich bring dich mit meiner Anwesenheit in Lebensgefahr. Hermes oder seine Eliten sind wahrscheinlich schon längst auf der Suche nach mir. Ich muss hier weg, um ihn auf eine falsche Fährte zu führen." Mina spürte tief in ihrem Herzen, was Pitty ihr mit diesen Worten mitteilen wollte. Vielleicht ein Abschied für immer.

Tränen bildeten sich in ihren Augen und flossen über ihre Wangen. Ein letztes Mal küsste er sie auf die Stirn, dann schoss er ohne weitere Worte zu verlieren in die Lüfte. Mina versuchte ihn noch an seinen Beinen zu fassen, aber sie schlitterten einfach ab. Verzweifelt rief sie ihm nach, er solle bei ihr bleiben. Zwar vernahm Pitty ihre Rufe und wurde einen kurzen Augenblick langsamer in seinem Flug, aber er konnte sich nicht von Sentimentalitäten ausbremsen lassen. Nichtsdestotrotz tat es ihm höllisch weh, sie so niedergeschlagen zu hören. Doch er zwang sich selbst dazu, sich nicht mehr nach ihr umzublicken. Er wäre sonst zurückgekehrt, hätte sie in die Arme geschlossen und sich nie mehr von ihr getrennt. Aber ihm war klar geworden, dass er sie alleine durch seine Anwesenheit in Todesgefahr brachte. Und es gab nur einen Weg, seine Geliebte zu beschützen – indem er sie verließ. Hermes, sein Schöpfer, war nun sein neues Ziel. Mit diesem Gedanken schnitt er jetzt noch schneller durch die Lüfte. Kein Blick mehr zurück.

Mina sank kraftlos zu Boden. Das war einfach zu viel für sie. Bitterlich schluchzte sie vor sich hin. San und die unbekannte Fremde umarmten Mina trostspendend und blickten gemeinsam mit ihr Pittys Schweif hinterher, der schon bald hinter dem Horizont verschwand. Würde sie ihn jemals wiedersehen?

-Kapitel 20-

Die fremde Frau

Nachdem von Pitty nichts mehr zu sehen war, setzten sich die drei an einen Tisch. Mina kullerten unaufhörlich die Tränen über das Gesicht. Sie war sehr niedergeschlagen und ihr Onkel wusste, dass sie nur ein gutes Essen wieder einigermaßen besser fühlen ließ. Zumindest vermutete er das. „Ich gehe dann mal unser Frühstück bestellen.", meinte er und ging in das Wirtshaus. Mina lag in den Armen von Sans Begleiterin, die ihr tröstend über den Kopf streichelte und gegen die Männerwelt wütete. „Männer! Immer das Gleiche mit ihnen, egal ob Gotteshelfer, Halbgötter, Götter oder Normalsterbliche. Erst verführen sie dich mit ihrem blendenden Aussehen, versprechen dir, für immer für dich da zu sein und wenn es darauf ankommt, fliegen sie einfach davon. Und dann wachsen komischerweise auch Männern wie deinem Onkel plötzlich Flügel."

Trotz Minas depressiver Verstimmung zauberte die Fremde mit ihrer komischen Bemerkung ein kurzzeitiges Lächeln auf ihr Antlitz. „Wer bist du eigentlich?", schniefte Mina. „Oh ich muss wohl vergessen haben mich in den Wirren dieses Abenteuers vorzustellen. Ich bin Rita. Und ich sag's gleich vorne weg – ich bin eine weiße Hexe." Mina richtete sich wieder auf. „Eine weiße Hexe? Was soll das bedeuten?"

Rita öffnete ihre Hand und plötzlich schwebte eine durchsichtige Blase voller Rauch über ihrer Handfläche.

Erstaunt blickte Mina darauf. „Es gibt dunkle Hexen, die die Macht des Bösen zelebrieren.", erklärte Rita und in der Blase verwandelte sich der Rauch in eine kleine, schwarze Hexe mit Hakennase. „Und es gibt gute Hexen wie mich, die sogenannten weißen Hexen." Die hässliche schwarze Hexe in der Blase, verwandelte sich in das Ebenbild von Rita. Nur sah sie dort etwas jünger aus, stellte Mina fest, aber das behielt sie für sich. Anschließend verschwand die Blase wieder in ihrer Hand. „Also hast du gerade ziemliches Glück, dass ich keine böse Hexe bin.", scherzte Rita.

Mina fragte sie zögerlich: „Konntest du deswegen Pittys wahre Gestalt im Museum erkennen?" Rita lächelte. „Ach Kindchen, weißt du wie lange ich schon auf diesem Planeten umherwandere? Mir macht doch keiner mehr etwas vor – *Pareidolring* hin oder her. Aber um ehrlich zu sein, ich habe Pitty auf der Brücke beobachtet." Mina wurde skeptisch. Schließlich konnte sie sich ja auch nur als gute Hexe ausgeben, die eigentlich böse Absichten hatte. „Wie, du warst an der Unfallstelle? Zufällig oder was?" Rita blieb gelassen.

„Du musst noch viel lernen Kindchen. Es gibt keine Zufälle, ergo war ich auch nicht zufällig an der Unfallstelle." Mina war nun völlig irritiert: „Warum warst du dann da? Und woher kennst du überhaupt meinen Onkel?" Die weiße Hexe berührte Minas Hände, um ihr zu signalisieren, dass sie nichts zu befürchten hatte. „Du musst wissen, dass ich mit der Hellseherin Xenia im medialen Kontakt stehe. Sie hatte den Tod deines Onkels vorhergesehen und glaube mir, sie kann sehr gut weissagen. Sie übermittelte mir Ort und Zeitpunkt des Geschehens. Ich wartete auf den Unfall unter der Brücke in einem Ruderboot.

Auf die Sekunde genau passierte die Tragödie dann auch. Als dich Pitty gerettet hatte und das Wrack in den East River stürzte, konnte ich deinen Onkel unbemerkt mit einem Zauberspruch aus dem Taxi holen. Ich weiß, dass Pitty deinen Onkel genauso retten wollte wie dich. Ich habe alles mit meinen eigenen Augen beobachtet. Er hat wirklich alles gegeben und sogar sein eigenes Leben aufs Spiel gesetzt. Er benahm sich ungewöhnlich ritterlich. Normalerweise mischen sich Gotteshelfer niemals in Menschendingen ein, also sei nicht traurig, denn er muss dich schon sehr in sein Herz geschlossen haben."

Als Mina diese Worte hörte, brach auch gleich wieder ihre Schwermut aus. Sie legte ihren Kopf auf den Tisch und verschränkte ihre Arme darüber. Leise wimmerte sie wie ein Hundewelpe. Da trat San aus der Terrassentüre des Wirtshauses. Nachdem er seine Nichte so niedergeschlagen aus der Ferne betrachtete, war ihm klar, dass selbst ein üppiges Essen wohl kaum in der Lage war, sie aufzuheitern. Fast geräuschlos ging er zu ihr hinüber und streichelte über ihren Rücken. „Gleich gibt es gutes amerikanisches Essen. Wenn du einmal was im Magen hast, sieht die Welt schon wieder anders aus.", wollte er seiner Kleinen glaubhaft machen. Mina erhob langsam ihren Kopf und wischte sich die Tränen aus dem Gesicht. „Du hast recht!", meinte sie schluchzend. Ihr Onkel freute sich über den Zuspruch. „Natürlich habe ich recht!" Doch seine Nichte konterte: „Nicht du! Rita." Verwirrt zuckte San seine Schultern.

„Er muss mich wahnsinnig gern haben. Er führt sogar seinen Herrn auf eine falsche Fährte und das macht er alles nur für mich. Ich darf mich jetzt nicht meiner Traurigkeit hingeben. Wenn er für mich kämpft, dann muss ich ja wohl auch für mich selbst kämpfen!" Die weiße Hexe applaudierte mit drei Handschlägen. „Bravo! Das ist die beste Basis um unseren Kampf weiterzuführen.", meinte die weiße Hexe. Dennoch drängte sich Mina noch eine weitere Frage auf. „Woher wusstest du eigentlich das mit dem *Spiegel der Berührung*?" Rita grinste. „Ich habe Pitty mit dir und dem *Furandi* unter den Armen wegfliegen sehen. Und als dein Onkel mir, nachdem er erwacht war, erzählte, wo der vermeintliche Taxifahrer mit euch hinfahren wollte, nämlich ins Metropolitan Museum, da wusste ich schon was er vorhatte. Ich kenne mittlerweile sogar seinen Namen - Axim, nicht wahr? Er versucht schon seit Jahren den *Spiegel der Berührung* zu stehlen. Schleicht sich immer wieder mit dem *Pareidolring* ins Museum. Ich habe mir oft einen Spaß daraus gemacht und ihn über die ägyptische Ausstellung befragt. In verschiedenen Verkleidungen bin ich aufgetreten. Hach war das ein herrliches Vergnügen. Ich wusste, er hatte keine Chance gegen meinen Schutzzauber. Ich selbst bin schließlich die Hüterin über den *Spiegel der Berührung*."

Jetzt wollte es Mina aber genauer wissen. Sie löcherte die weiße Hexe ein weiteres Mal und fragte, was den mysteriösen *Spiegel der Berührung* wohl so wertvoll machte, dass ihn anscheinend jeder besitzen wollte und, dass er sogar eine Hüterin brauchte, um beschützt zu werden.

Rita ließ sich nicht lumpen und beantwortete ihre Frage prompt. Sie erzählte ihr, dass derjenige, der den Spiegel in den Händen hielt, die Fähigkeit besaß, durch das Spiegelglas greifen zu können. Der Arm würde dann genau dort erscheinen, wo der Blick hingerichtet ist. Aber das war nicht alles. Wer diesen Spiegel benutzte, konnte auch durch Wände oder Metalle greifen, sofern dieser Jemand es sich nur vorstellte es zu können. „Ein böses Werkzeug, für böse Absichten.", befand Rita. Aber es gab ja auch noch die Menschen, die ihn in guter Absicht benutzen wollten oder sogar mussten. So wie in diesem besonderen Fall. Darum half ihnen Rita ja auch. Sie wollte Leben retten und sie sollte schon bald ihre Chance dazu bekommen.

-Kapitel 21-
Ein schneller Umweg

Allmählich fügte sich das Bild über Rita, das Mina in ihrem Kopf trug, zu einem Ganzen. Die Zweifel an ihrer Person waren wie weggeblasen und San erweckte den Eindruck, dass er ihr ohnehin blindlings vertraute. Rita hatte das Leben ihres Onkels gerettet, wozu sollte gerade sie also noch an ihr zweifeln?

Nachdem für Mina die wichtigsten Fragen geklärt waren, schien sie aus der Begegnung mit der weißen Hexe neue Kraft zu schöpfen. Sie war erleichtert, nun wo Rita als neue Verbündete an ihrer Seite stand. „Ich glaube, wir sollten jetzt unsere Reise fortsetzen!", meinte sie. Ihr Onkel sah sie verwundert an. Es stand ja noch kein Essen auf dem Tisch. Aber dieser Umstand ließ Mina völlig kalt, denn sie hatte auch allen Grund zu hetzen. „Ach ja, bevor ich es vergesse. Das Museum hat bereits Alarm geschlagen und die Polizei ist auch schon unterwegs. Außerdem ist Axim verschwunden und der ist, wie wir nun alle wissen, sehr besessen von dem Spiegel. Wer weiß, was er vorhat und wo er zuschlagen wird." Ihr Onkel nickte zustimmend. Dann stand er wortlos auf und ging zurück ins Wirtshaus um seine Bestellung zu stornieren. Nach wenigen Minuten kam er wieder zurück zum Tisch. In der einen Hand hielt er drei gut belegte Sandwiches und in der anderen drei Erfrischungsgetränke. Er verteilte das Fastfood und bemerkte: „Es ist zwar kein Sternemenü, aber Hauptsache wir haben etwas im Magen und können gleich weiterziehen. Auf geht's."

Die drei verließen den Biergarten des Battery Gardens, während sie sich an ihrer Mahlzeit stärkten. Der Plan stand und das Ziel war klar ins Auge gefasst. Zumindest für Mina und ihren Onkel. Sie würden mit der nächsten Fähre, eine Anlegestelle lag unweit des Biergartens, einfach nach Liberty Island schippern, wo die Freiheitsstatue schon seit Jahrzehnten vielen Menschen als Symbol der Freiheit galt. Dort würden sie mit der Hilfe von Rita und des *Spiegels der Berührung* den zweiten Kristall finden.

Als San drei Tickets für eine Fähre zur Liberty Island kaufen wollte, hielt ihn die weiße Hexe am Ärmel seiner Jacke zurück. Sie musste die beiden enttäuschen. „Nicht so schnell. Wir müssen zuerst auf die Träneninsel." Mina und ihr Onkel guckten verblüfft aus der Wäsche. „Was zum Henker ist die Träneninsel?", fragte Mina entgeistert. Rita stibitzte sich die Papyrusrolle aus Sans Umhängetasche, rollte sie auf und las ihnen das neun strophige Gedicht vor. (Die weiße Hexe hatte die Papyrusrolle aus Sans Tasche vorblitzen sehen und sie kurzerhand durchgelesen, als San, wenige Augenblicke nach seiner Errettung aus dem East River, bewusstlos mit ihr im Boot trieb.) Mina sollte das, was auf der Papyrusrolle stand, nun zum ersten Mal in seiner Vollständigkeit hören:

„In einem Land der unbegrenzten Möglichkeiten,
offenbaren sich euch Lügen, aber auch Wahrheiten.

Auf der Insel der Tränen sind sie gefangen,
die Stäbe der Erleuchtung können kein Licht mehr

empfangen.

*An die vier eisernen Turmspitzen sind sie gekettet,
der Spiegel der Berührung ist der einzige, der sie errettet.*

*Doch der Spiegel liegt im Schutze eines Zauberbannes,
ihn zu beschützen obliegt einer Frau und keines Mannes.*

*Die Hüterin wird den Spiegel vor so manch böser Absicht beschützen müssen,
in einem alten Gebäude wo sich Artefakte und Reliquien aus der ganzen Welt küssen.*

*Und ist der Zauberbann dann erst einmal gebannt,
dann habt ihr die Wahrheit bereits erkannt.*

*Aus allen vier Himmelsrichtungen muss das Licht der Erleuchtung erstrahlen,
sonst könnt ihr euch das Geheimnis der eisernen Frau,
nur auf einem Blatt Papyrus ausmalen.*

*Dabei muss die Sonne den Menschen schmeicheln,
wenn sie hoch oben steht im Zenit,
erst dann bekommt ihr ein Teil zum Öffnen des Weges in die Unterwelt, als Kredit.*

*Denn eines sei gewiss, die Fackel der Freiheit,
umklammert von eiserner Hand,*

verbirgt das große Geheimnis, den Menschen als Pfand."

Nachdem sie die Strophen vorgelesen hatte, nahm San die Papyrusrolle wieder an sich und klopfte sich mit der Hand gegen die Stirn. „Aber natürlich. Das Gedicht hatte ich ja schon ganz vergessen." Er las sich noch einmal die Strophen durch. „Auf der Insel der Tränen müssen sich die *Stäbe der Erleuchtung* befinden. Ich zitiere nochmals aus dem Gedicht.

Auf der Insel der Tränen sind sie gefangen,
die Stäbe der Erleuchtung können kein Licht mehr empfangen.

An die vier eisernen Turmspitzen sind sie gekettet,
der Spiegel der Berührung ist der einzige, der sie errettet.

Wir haben also erst den ersten Teil des Puzzles gelöst und der zweite Teil befindet sich auf der Träneninsel. Mit der Hilfe des Spiegels können wir die *Stäbe der Erleuchtung* befreien.", schlussfolgerte San folgerichtig und verstaute die Papyrusrolle wieder sicher in seiner Umhängetasche. „Richtig. Und deshalb ist das unser nächstes Ziel.", antwortete ihm Rita.

Mina stieß einen Seufzer der Erleichterung aus und freute sich über die gute Zusammenarbeit. „Aber wo befindet sich die Träneninsel?", fragte sie. San war ehrlich, er hatte noch nie von einer Träneninsel gehört. Doch Rita lebte schon seit Jahrzehnten in New York. Sie wusste auf Anhieb, welche

Insel gemeint war und erklärte den beiden, dass mit der Träneninsel *Ellis Island* gemeint war, die wenige hundert Meter vor Liberty Island, also sozusagen gleich neben der Freiheitsstatue, lag.

„Ellis Island war vor mehr als einhundert Jahren eine notwendige Sammelstelle für Leute, die in das Land einwandern wollten. Und weil die amerikanischen Behörden oft nicht mehr als zwei Minuten dafür benötigten, um zu entscheiden, ob jemand einwandern durfte oder nicht, galt sie bei den Einwanderern als die Insel der Tränen. Man muss sich vorstellen, wie die Leute damals alle ihre Hoffnungen in dieses Land setzten. Sie kamen von der anderen Seite des Globus, um der eigenen Armut und Perspektivlosigkeit zu entfliehen. Also verkauften sie das Wenige, das sie besaßen und kauften sich und ihren Familienangehörigen Tickets für eine Überfahrt auf unsicheren Dampfern. Manche Familien kamen mit nichts weiter an, als einem Koffer voller Wäsche." Ritas Augen wurden feucht. Sie wischte sich mit der Hand über die Nase und fasste sich wieder. Dann erzählte sie weiter. „Heute ist die Insel ein Touristenmagnet, da unter anderem ein Museum darauf errichtet worden ist, welche die Geschichte der Einwanderer erzählt. Selbst ein elektronisches Archiv gibt es dort, woraus man die Namen der Einwanderer erfahren kann. Hier beginnt oft die Ahnenforschung so manch junger Amerikaner und deshalb ist der Ort auch so beliebt."

Mina konnte sich dem Gedanken nicht erwehren, dass Rita selbst über Ellis Island nach Amerika eingewandert war. Sie erzählte das alles so lebendig, als hätte sie die ganze Prozedur selbst über sich ergehen lassen müssen. Auch San staunte. „Man lernt wirklich nie aus.", stellte er fest. Mina wurde immer bewusster, wie kostbar und aufregend Wissen sein konnte und sogar, wie in ihrem Fall, Leben rettend.

    San kaufte drei Tickets für die Überfahrt. Die drei betraten frohen Mutes die Fähre und schipperten über den Hudson River hinüber zur Träneninsel. Das Schiff sah eher aus wie ein kleines luxuriöses Restaurant, als wie eine Fähre. Der Essensraum für die Passagiere war großzügig gestaltet. Er war an den Seiten und an der Decke verglast und bot ihnen einen sehr beeindruckenden Panoramablick auf Manhatten. Erst jetzt wurde San bewusst, dass er nicht wirklich für eine gewöhnliche Fähre bezahlt hatte, sondern für ein Luxusschiff mit Sternerestaurant, das verliebten Paaren die schönsten Plätze New Yorks zeigte. San vergewisserte sich bei einem Kellner, ob sie trotzdem auch auf Ellis Island anlegten und dieser bejahte seine Antwort. Was San zu diesem Zeitpunkt jedoch nicht wissen konnte, war der Umstand, dass dieses Missgeschick, vierhundertfünfzig US Dollar für eine Luxusüberfahrt zu bezahlen, später sein Leben retten würde.

    Die drei gingen ganz nach vorne in den Bug des Schiffs, der nicht verglast war, sondern frei unter dem Himmel lag. Sie wollten sich den Fahrtwind um die Nase wehen lassen. Die Reise dauerte zwar nur wenige Minuten, aber sie war trotzdem erholsam. Keiner sprach auch nur ein Wort während der Überfahrt. Sie blickten still und in sich gekehrt über den ruhigen, in der Sonne schimmernden Fluss und genossen die tolle Aussicht. Vor ihnen lag Ellis Island und dahinter konnten sie bereits die Freiheitsstatue aus der Ferne betrachten, die sich immer deutlicher abzeichnete. Doch in der trügerischen Ruhe ahnten sie nicht, wer sich noch mit an Bord geschlichen hatte.

-Kapitel 22-
Ellis Island – Die Insel der Tränen

Als das Schiff sicher an einem Steg anlegte und sie die ersten Schritte auf die Insel wagten, bemerkte Mina, dass Rita plötzlich eine Träne über die Wange lief. Sie musste den Ort mit einem sehr emotionalen Ereignis verbinden. Doch sie traute sich nicht, die weiße Hexe danach zu fragen, was ihr hier so Schlimmes widerfahren war. Eine so intime Frage zu stellen, gehörte sich einfach nicht, obwohl es sie brennend interessierte.

Stattdessen griff Mina nach ihrer Hand und fortan gingen sie Seite an Seite in Richtung des Museumseingangs, der sich unweit des Stegs befand. Sie reihten sich geduldig als Letzte in die endlose Kolonie der Touristen ein. Es ging nur zögerlich voran, doch während Mina Ritas Hand hielt, spürte sie eine ungeheure, wohltuende und zugleich schmerzende Energie durch ihren Körper fließen. Dann veränderte sich auf einmal das Geschehen vor Minas Augen.

Plötzlich wurde es dunkel und kalt. Sie sah keine fröhlichen Touristen mit Fotoapparaten mehr vor sich, sondern aberhunderte von Menschen, die sich drängelnd und schreiend auf der Insel in einem Unwetter fortbewegten. Der Wind peitschte den Regen gegen die vielen Gesichter. Außer, dass sie dicht aneinander gereiht, die Köpfe hinter den Rücken des jeweiligen Vordermannes versteckten, hatten sie kaum andere Möglichkeiten sich vor dem Unwetter zu schützen. Viele von ihnen hielten Koffer oder zugeschnürrte

Säcke in ihren Händen. Die Männer trugen ausnahmslos Hüte oder Baskenmützen. Einige von ihnen wurden aber durch den starken Wind von den Köpfen geweht, sodass sich mancher Mann genötigt fühlte, sich aus der Kolonie zu reihen, um nach seinem Hut zu suchen. So wichtig waren sie ihnen, dass sie sich sogar wieder von vorne anstellen mussten, ob sie ihn nun wieder gefunden hatten oder nicht.

Die Frauen, die Mina sah, trugen weiße Tücher um den Kopf und hielten ihre in Decken eingehüllten, schreienden Babys im Arm, während sie mit ihren verbliebenen Ehemännern, dem Unwetter strotzend, wie ein Heer von Soldaten weitermarschierten. Es stürmte so fürchterlich, dass einige Frauen ihre Männer und Kinder in dem unheilvollen Durcheinander suchten. Sie riefen verzweifelt die Namen ihrer Männer oder Kinder, die sie während des Gedränges aus den Augen verloren hatten, und umgekehrt. Viele Kinder standen allein und ganz durchnässt am Wegesrand umher und weinten bitterlich vor Angst. Doch von den hunderten von Menschen, die an ihnen vorbeizogen, schien es keinen zu kümmern. Sie marschierten wie herzlose Maschinen einfach an ihnen vorbei.

Dann fiel Mina eine junge Mutter auf, die zwei Babys in ihren Armen hielt. Sie wollte gerade aus einem völlig überfüllten Dampfer auf den Steg treten, da wurde sie von hinten durch die heranrückenden Menschenmassen in den meterhohen, wellenschlagenden Hudson River gestoßen. Das eiskalte Wasser verschlang sie und ihre zwei Babys sofort. Einige Männer, die diese Tragödie mitbekamen, beugten sich über die Reling des Dampfers, um mit ihren Armen nach ihnen zu greifen. Doch sie waren einfach zu kurz. Keiner der

Männer traute sich in die reißenden Fluten zu springen, um sie zu retten. Da. Für einen kurzen Moment tauchte die Frau auf, schrie verzweifelt nach ihren Säuglingen, um im selben Moment wieder von einer riesigen Welle verschluckt zu werden. Die Kraft des Wassers trieb sie immer weiter von der Insel hinfort. Chancenlos kämpfte sie gegen die Wassermassen an. Ihre Kleidung war so durchnässt, dass sie schon bald völlig entkräftet davon trieb.

Es dauerte einige Minuten, bis der erste Offizier des Dampfers auf das Dilemma aufmerksam wurde, das Rettungsbot fierte und in den tosenden Fluss abließ. Er ruderte mit zwei weiteren Crewmitgliedern im Boot zu der hilflosen Frau, die mittlerweile regungslos von den Wellen hin- und hergetragen wurde. Der Offizier beugte sich über das Rettungsboot und hievte sie mit Hilfe eines Ruderers in Sicherheit. Er legte sie auf den Rücken und begann sofort, mit seinen Fäusten gegen ihren Brustkorb zu schlagen. Nach ein paar heftigen Schlägen fing sie plötzlich das Husten an und spukte einen Schwall Wasser aus ihrem Mund. „Wo sind meine Kinder?", schrie sie den Offizier an. Doch der sah sie nur mit einem beschämten und traurigen Blick an. Sie sollte ihre Kinder nie wieder sehen.

Die Ruderer kämpften derweil gegen die Wellen an, doch sie trieben immer weiter nach Liberty Island ab, dem Zuhause der Freiheitsstatue.

Als sie es schafften, sicher auf Liberty Island anzulegen, suchte der Offizier nach dem Inselwärter. Sie brachten die vor Kälte zitternde Frau in die Hütte des Aufsehers, wo ein Holzofen wohlige Wärme spendete. Die Ehefrau des Inselwärters zog die durchnässte Mutter im

Schlafzimmer aus, um ihr trockene Kleider aus dem eigenen Schrank anzuziehen. Dann legte sie die völlig erschöpfte Frau in das Bett und deckte sie zu. Die Frau des Inselwärters wollte noch ihren Namen wissen, bevor sie ihr einen heißen Tee aufgoss. Mit zittriger Stimme flüsterte sie: „R i t a."

Plötzlich verschwanden die Bilder aus Minas Augen und sie stand wieder in der Schlange voller Touristen. Sie konnte ihre Tränen nicht mehr zurückhalten. „Das sind meine quälenden Erinnerungen an diesen Ort, Kleines.", hörte sie Ritas Stimme in ihrem Kopf. „Das alles hat sich im Juli 1912 zugetragen. Mein Mann, der ein paar Monate zuvor alleine nach New York gereist war, um mich und unsere Kinder nachzuholen, wenn er das neu erworbene Haus fertig renoviert hatte, ist am 12. April 1912 als Passagier der Titanic ertrunken. Versteh doch, ich wollte doch nur das Land sehen, das mein Ehemann mit dem gelobten Land verglich. Er wollte uns eine Zukunft schenken, mit einem neuen Job und dem neu erworbenen Haus eine Lebensgrundlage schaffen. Ich wollte wissen, wofür mein Mann gestorben war. Ich wollte dieses Land mit meinen eigenen Augen sehen und meinen Kindern ein Besseres Leben bieten. Stattdessen nahm es mir nicht nur meinen geliebten Ehemann, sondern auch meine Kinder – meine Engel."

San bekam die traurige Stimmung der beiden zwar am Rande mit, aber er konnte sich keinen Reim darauf machen. Wortlos nahm er beide in seine Arme. „Alles ist gut.", versicherte ihm Rita und auch seine Nichte signalisierte ihm, dass sie okay war. Nun standen sie kurz davor, Zeuge der magischen Kräfte des Spiegels zu werden.

-Kapitel 23-

Die vier Stäbe der Erleuchtung

Endlich standen sie vor dem Museum, einem imposanten und geschichtsträchtigen Bauwerk. Auch wenn es schon über einhundert Jahre alt war, so erstrahlte das Backsteinhaus dennoch in frischen weiß und rot Tönen. Die vier Türme, einer in jeder der Ecken stehend, bildeten einen Rahmen um das Hauptgebäude. Die ersten beiden Türme ragten unweit links und rechts des Haupteingangs in den Himmel empor, dessen Turmspitzen aus Metall gegossen waren und grünlich schimmerten. Es erinnerte im ersten Moment eher an eine Festung oder ein Gefängnis, als an ein Museum. Ehrfürchtig betrachteten sie die majestätischen Türme. San zitierte erneut zwei Strophen des Gedichts:

„Auf der Insel der Tränen sind sie gefangen,
die Stäbe der Erleuchtung können kein Licht mehr empfangen.

An die vier eisernen Turmspitzen sind sie gekettet,
der Spiegel der Berührung ist der einzige, der sie errettet."

Er nahm den Spiegel aus seiner Umhängetasche und umfasste den Griff mit einer Hand. „Und wie soll das Ding jetzt funktionieren?", murrte er zappelnd, wie ein Kind, das kurz davor war sein Geburtstagsgeschenk auszupacken.

Rita sah sich bedächtig um, um sicherzugehen, dass sie nicht beobachtet wurden. Alle Touristen waren zu ihrem Glück bereits im Innern des Museums verschwunden. Dann erklärte sie ihm erneut, dass derjenige, der den Spiegelgriff fest umklammere, die Macht besäße, mit der freien Hand durch den Spiegel zu greifen. Sie würde dann dorthin greifen, worauf sich der Spiegelträger mit seinen Augen konzentriere.

San hielt das magische Artefakt vor sich, checkte noch einmal die Umgebung mit einem Rundblick ab, ob auch wirklich niemand mehr zu sehen war und bereitete sich dann vor, durch das Spiegelglas zu greifen. Mina und Rita sahen ihm gebannt zu.

San streckte langsam seine Finger aus und berührte vorsichtig den Spiegel. Als sein Mittelfinger das Spiegelglas berührte, fing es an zu schimmern und Wellen zu schlagen, genauso, wie wenn jemand einen Stein auf eine glatte Wasseroberfläche warf.

Sans Finger tauchten immer weiter in den Spiegel ein. „Es fühlt sich kalt an.", ließ er die beiden wissen. Doch die weiße Hexe schlug ihn seicht auf den Hinterkopf und ermahnte ihn, sich mit seinem Blick auf einer der beiden Turmspitzen zu konzentrieren, was er dann auch tat - er fixierte zunächst die linke. Ungläubig sahen er und Mina, wie seine Hand scheinbar aus dem Nichts neben der Turmspitze erschien.

San griff vorsichtig nach der metallenen Turmspitze und seine Hand durchdrang sie tatsächlich. Er schien etwas zu umklammern. Es musste etwas Größeres sein, denn als er sie wieder aus dem Spiegel ziehen wollte, blieb sie stecken. Panisch fing er an, daran zu zerren, doch Rita beruhigte ihn sogleich wieder, indem sie ihm erklärte, dass die *Stäbe der Erleuchtung* etwas sperrig wären und er sich besser konzentrieren müsse.

San atmete daraufhin tief durch und schloss seine Augen. Er schüttelte kurz seinen Körper durch, während sein halber Arm einen Augenblick lang im Spiegelglas ruhte. Mina fragte sich, ob er sich wegen der Kälte des Spiegels schütteln musste oder, weil er gerade dabei war, seine Kräfte zu mobilisieren, um den schweren Stab hinaus zu ziehen.

Nach dieser kleinen Verschnaufpause zog San, der vor lauter Anstrengung seine Augen zukniff und dessen Gesicht rot wie ein Krebs angelaufen war, den Stab mit einem Ruck aus dem Spiegel. Dieser ähnelte fast dem Handspiegel. Der Griff war nur um einiges länger und er bestand aus purem Gold. Auch ihn zierten komische Zeichen, die wie Hieroglyphen aussahen. An der Spitze des Stabes war ein kleiner Spiegel angebracht, den man in verschiedene Richtungen drehen konnte. Als San ihn in Augenschein nahm, meinte er zu seinen Begleiterinnen: „Ich hoffe, er ist noch ganz." Die weiße Hexe warf einen kurzen Blick darauf und gab ihm einen Daumen nach oben. San übergab ihr freudvoll den ersten der vier Stäbe, während Mina es sich nicht verkneifen konnte, leise ihrem Onkel zu applaudieren. „Sehr gut gemacht, Onkel. Nur noch drei weitere und danach hast du Oberarme wie Arnold Schwarzenegger.", scherzte sie.

Doch der kleine Triumph des Trios währte nicht lange und fand ein jähes Ende, als urplötzlich eine uniformierte Person hinter den dreien auftauchte. „Ich glaube dieser Spiegel ist gerade zur Fahndung herausgegeben worden, wenn mich nicht alles täuscht.", stellte der Polizist des New

York Police Departments mit einem überheblichen Unterton fest. „Übergebt mir den Spiegel und ich lasse euch gehen. Es wäre doch wirklich zu schade, für so ein unbedeutendes Schmuckstück, jahrelang hinter Gittern zu wandern."

Was Mina, San und Rita gleich auffiel, war der Umstand, dass der Gesetzeshüter einwandfreies deutsch mit ihnen sprach, ohne amerikanischen Akzent. Irgendetwas stimmte nicht mit dem Beamten, da waren sich die drei, durch ihren unscheinbaren Blickkontakt untereinander, sicher. Alle blieben vorerst ruhig und San behielt den Spiegel fest umschlossen in seiner Hand. Der Beamte hatte wohl mit einer kooperativeren Reaktion der Gruppe gerechnet, denn als nichts weiter passierte, wurde er immer gereizter.

„Wir können das auch auf die schmerzvolle Tour zu Ende bringen." Der Beamte öffnete den Verschluss seines Pistolenhalfters, als Rita blitzschnell reagierte und den *Stab der Erleuchtung* über dessen Kopf schlug. Der Polizist taumelte mit einer leichten Platzwunde auf der Stirn zu Boden. Als er bewusstlos am Boden lag, sprang Mina durch einen unkontrollierten Anflug von Adrenalin, mit voller Wucht auf ihn. Sie nahm ihm die Waffe ab und warf sie ihrem Onkel zu.

„Was machen wir hier bloß?", fragte San erschrocken. „Wir schlagen einen Staatsbediensteten und entwenden seine Waffe? Das kann weder richtig sein, noch kann es gut für uns ausgehen.", stellte er bedauernd fest. „Da wäre ich mir aber nicht so sicher, dass dieser Typ ein Bulle ist, geschweige denn ein Mensch!", befand seine Nichte und ihr Onkel wunderte sich über ihre nicht gekannte Ausdrucksweise.

Sie tastete nach seinem Ehering und zog ihn langsam

vom Finger. Augenblicklich verschwand die menschliche Gestalt. „Ein *Furandi*!", identifizierte Rita mit trockener Stimme das hässliche Wesen. „Seit wann verkleiden die sich als Polizisten?", wollte Mina von der weißen Hexe wissen. „Keine Ahnung, aber sie wollen unbedingt diesen Spiegel. Die schrecken anscheinend vor nichts mehr zurück. Wir sollten uns mit den anderen drei Stäben beeilen und diesen *Furandi* verstecken. Die nächsten Touristen werden bald anlegen."

Mina betrachtete den *Furandi* genauer. Obwohl, wie es schien, alle *Furandi* eine gewisse Ähnlichkeit vorwiesen, schloss sie nach wenigen Sekunden aus, dass es sich hierbei um Axim handelte. Seine Verletzungen waren auch viel zu gravierend, als dass er jetzt schon wieder rumhüpfen könnte, war sie sich sicher. Wie sie sich da irren konnte, würde sie jedoch schon bald herausfinden.

Sie dachte einen kurzen Augenblick an Axim und fragte sich, ob es ihm gut ginge. Es war wirklich ironisch, dass sie sich gerade um ihn sorgte, der ebenfalls ein *Furandi* war, genau wie derjenige, der gerade bewusstlos zu ihren Füßen lag. Die drei zerrten ihn an den Füßen in einen nebenstehenden Busch. „Hier sollte er fürs Erste gut versteckt sein.", meinte Rita. „Vielleicht sollte einer von uns auf das Ding aufpassen, falls es wieder erwacht?", gab San zu bedenken. „Einverstanden. Ich passe auf!", bot sich Rita an und zog kampfbereit ihren Zauberstock unter ihrem Kleid hervor.

Dann widmeten sich San und Mina wieder den Turmspitzen, in denen noch immer drei weitere *Stäbe der Erleuchtung* versteckt waren. „Jetzt ist die rechte Turmspitze dran!", brannte San vor der bevorstehenden Aufgabe. Er fixierte den Turm mit seinen Augen und griff durch den Spiegel. Da er nun wusste, wie sich der Spiegel anfühlte und wie man den *Stab der Erleuchtung* anpacken musste, ging es diesmal ratzfatz. Er zog den zweiten Stab heraus und übergab ihn seiner Nichte.

„Jetzt benötigen wir noch die anderen beiden. Die Türme befinden sich aber auf der Rückseite des Museums. Ihr solltet nicht direkt durch das Museum gehen, um kein Aufsehen zu erregen. Es wäre vorteilhafter das Gebäude einfach zu umgehen.", schlug Rita vor.

Gesagt, getan. Mina und ihr Onkel schlichen um das Backsteinhaus, während die weiße Hexe über den bewusstlosen *Furandi* wachte. Als die beiden die Rückseite erreicht hatten, standen sie in einer kleinen, kreisförmig angelegten Grünanlage, mit Sitzbänken, Gebüschen, Bäumen und einer großen Wiese in der Mitte. Am äußeren Rand des Trottoirs standen, aneinandergereiht, dutzende von Steintafeln, auf denen unzählige Namen eingraviert waren. Mina war sich sicher, dass das bestimmt die Namen von den ersten Einwanderern waren und sinnierte darüber, dass jeder von ihnen seine eigene Geschichte zu erzählen hatte.

Der Park war gerade nicht von Touristen besucht. Sie hielten sich alle in den Haupt- und Nebengebäuden des Museums auf. Mina und ihr Onkel mussten sich dennoch beeilen, denn bald würden die Touristen, wenn sie alles besichtigt hatten, wie Käse aus der Mikrowelle in alle Richtungen zerlaufen und dann auch die Grünanlage unsicher machen.

Mina und San stellten sich mitten auf die Wiese der

Anlage, denn von hier aus hatten sie die weiteren zwei Turmspitzen am besten im Blickfeld. Als sich San gerade ans Werk machen wollte, raschelte es plötzlich in einem Dickicht hinter ihnen. Sie erschraken und drehten sich in die Richtung der aufkommenden Geräuschkulisse. „Ist da jemand?", fragte San. Doch er bekam keine Antwort. Mina musste einen Augenblick an David, den Nachbarsjungen, denken, der ihr oft derlei Streiche gespielt hatte. Aber der war viele, viele Kilometer weg in Deutschland und schied somit aus.

Langsam ging sie auf das Gewächs zu, als hinter ihr ein Schatten vorbeihuschte. „Sieh doch Mina!", rief San ihr zu. Pfeilschnell drehte sie sich um, konnte aber nicht mehr viel erkennen. „Was hat das zu bedeuten?", fragte sie ihren Onkel angespannt. „Ich glaube das werden wir noch früh genug herausfinden Mina." Im selben Moment hörten sie auch schon unheimliche Laute, die sich ihnen immer schneller näherten. Es waren keine menschlichen, soviel stand fest. Es hörte sich vielmehr wie ein geflüstertes Fauchen an, das von allen Seiten auf sie zuzusteuern schien. Panisch checkten Mina und San die Umgebung in alle Richtungen ab. Da sahen sie, wie unter einer Sitzbank langsam ein *Furandi* hervorkroch. Zwei weitere traten aus dem Gebüsch vor ihnen, aus dem sie vorher das Rascheln gehört hatten. Und von der gegenüberliegenden Seite des kleinen Parks sprangen zwei weitere *Furandi* von Baumkronen herunter. Keiner von ihnen trug einen *Pareidolring*. Sie alle standen in ihrer wahren, hässlichen und furchteinflößenden Gestalt vor ihnen. „Jetzt machen sie sich nicht mal mehr die Mühe sich zu verkleiden.", zischte Mina.

Die Wesen reihten sich links und rechts auf gleicher

Höhe ein, zogen ihre Dolche und bildeten gemeinsam eine geschlossene Front. Im Gleichschritt marschierten sie immer näher auf die beiden zu, während sie ihre Klingen aneinander wetzten. Ein widerliches, monotones Geräusch erklang dabei und ließ Mina und San vor Schrecken erschaudern. Sie drängten die zwei immer weiter nach hinten, bis sie mit dem Rücken zur Wand standen. Die Lage war sehr beklemmend und aussichtslos. Um seine Nichte zu beschützen, nahm San sie hinter seinen Rücken und plusterte sich selbstbewusst auf. Er ballte seine Hände zu Fäusten und gestikulierte entschlossen wie ein Profiboxer. Dabei schlug er immer wieder in die Luft. „Kommt nur her, ihr Ausgeburten der Hölle, ich mach euch alle fertig!", schrie er die herannahenden *Furandi* an. „Ich wusste gar nicht, dass du boxen kannst", flüsterte Mina hinter seinem Rücken hervor. „Ich auch nicht! Aber ich habe „Rocky" gesehen!", versicherte er ihr und schlug weiter in die Luft.

Schlagartig löste sich der mittlere *Furandi* aus der Front und lief blitzschnell auf die beiden zu. Die übrigen vier liefen nun auseinander und versuchten einen Halbkreis um Mina und San zu bilden, sodass sie keine Möglichkeit mehr hatten, auszubrechen. Doch soweit kamen sie nicht, denn Mina sah die Pistole, die sie ihrem Onkel kurz zuvor zugeschmissen hatte, aus seiner Gesäßtasche hervor blitzen. Sie nahm die Waffe und gab einen Warnschuss in die Luft ab. Dann stellte sie sich vor ihren Onkel und richtete die Waffe auf die heranstürmenden Bestien. Die *Furandi* blieben auf der Stelle stehen. Sie fauchten und kreischten fürchterlich, während Mina ganz nervös mit der Pistole herumfuchtelte und mal auf den einen, mal auf den anderen zielte. „Ich wusste gar nicht, dass du eine Schießausbildung hast.", flüsterte San hinter ihrem Rücken hervor. „Habe ich auch nicht, aber ich habe „Rambo" gesehen!", versicherte sie ihm.

Wiederholt versuchten die *Furandi*, die sich nicht unmittelbar im Schussfeld befanden, los zu hechten, um schließlich doch von Mina in die Schranken gewiesen zu werden, indem sie im letzten Moment die Waffe auf sie schwenkte. Trotz der geladenen Waffe in Minas Händen, wagten sie immer wieder einen Angriff. Lange konnte sie mit dieser Taktik die Wesen nicht mehr in Schach halten. Sie überlegte ernsthaft, entweder die Zauberkette zu benutzen oder die Wesen einfach über den Haufen zu knallen. Aber egal wie sie das Problem zu lösen versuchte, ihr war ziemlich unwohl dabei.

Während sich die *Furandi* Zentimeter um Zentimeter näherten, zwar immer wieder abgeschreckt durch die vorgehaltene Pistole, aber trotzdem unaufhaltsam näher rückend, wurde die Anspannung in Mina zu groß und sie gab noch einen weiteren Warnschuss in die Luft ab. Doch dieses Mal schien es nur der Startschuss für die *Furandi* gewesen zu sein, die plötzlich aus allen Seiten gleichzeitig auf sie zu sprinteten.

Indes hörten auch die Touristen im Museum die Schüsse und verfielen in Panik. Sie verließen schreiend das Museum und rannten auf das anlegende Schiff, das sie hierher gebracht hatte. Einige riefen, dass es sich um einen terroristischen Anschlag handle und zückten ihre Handys, um die Polizei zu alarmieren. Keiner ahnte auch nur, was sich wirklich hinter dem Museum zutrug.

Die *Furandi* fletschten ihre Zähne und einer von

ihnen, der schon nahe genug an die beiden herangekommen war, sprang auf sie zu und holte mit seinem Dolch aus. Mina und ihr Onkel fielen zu Boden. Menschenblut spritzte an die Wand. San wurde von der messerscharfen Klinge schwer am Oberarm verwundet. Er krümmte sich vor lauter Schmerzen. „Es brennt wie die Hölle!", schrie er. Der wundenschlagende *Furandi* setzte sich auf Minas Brustkorb, denn von San musste er vorerst nichts mehr befürchten. Mina zappelte wie wild und versuchte mit allen Windungskünsten, ihren Peiniger abzuschütteln. Aber er war einfach zu schwer für sie. Das Wesen zielte mit seiner Klinge auf eines ihrer Augen, bereit zuzustoßen. Doch Mina konnte im letzten Moment seine tödlichen Absichten vereiteln, indem sie den Dolch mit beiden Händen von sich wegdrückte. Daraufhin stemmte sich der *Furandi* mit vollem Körpergewicht gegen seine Waffe. Mina spürte, wie ihre Kräfte mit jeder Sekunde zur Neige gingen und die blutverschmierte Klinge langsam immer näher rückte. Im selben Moment, als sie erschöpft aufgeben musste, spürte sie nur noch Eiseskälte. Der *Furandi* verwandelte sich vor ihren Augen in einen Eisblock und erstarrte, knapp dem Todesstoß verpassend, zu einer Eisstatue.

Hinter ihnen stand überraschend die weiße Hexe Rita. Sie richtete ihren unscheinbaren Zauberstock auf die übrigen Bestien und zögerte nicht lange. Sie schleuderte einen weiteren Eiszauber auf einen *Furandi*, der ebenfalls zu einer Eisstatue erfror. Daraufhin rannten zwei der drei übrig gebliebenen Bestien auf Rita zu. Doch sie blieb ganz gelassen und zeichnete mit ihrem Zauberstock mystische Symbole vor sich auf den Boden. Im selben Augenblick streckte sie ihre Hände aus und eine mächtige Druckwelle entlud sich, die einen metertiefen Graben aufriss. Die beiden Angreifer wurden in die Tiefe gerissen. Man hörte nur noch ihre verzweifelten Schreie, als sich der verwüstete Erdboden wieder zu verschließen begann und nichts mehr an den Zauber erinnerte.

Der letzte *Furandi* hatte es derweil geschafft, sich den verletzten San als Geisel zu krallen. Er benutzte ihn als Schutzschild und drückte ihm seinen Dolch gegen die Halsschlagader. San hielt noch immer den *Spiegel der Berührung* in seiner Hand. Seine Nichte zielte mit zittriger Hand auf den Kopf des *Furandi*, doch San bat sie, die Waffe herunterzunehmen, denn er hatte die Befürchtung von seiner eigenen Nichte getroffen zu werden: „Rambo war nicht gerade berühmt für seine Treffsicherheit. Bitte nimm die Waffe herunter!" Der Geiselnehmer riet ihr das Gleiche „Hör lieber auf diesen weisen Mann oder er stirbt qualvoll! Du willst doch nicht für seinen Tod verantwortlich sein? Und jetzt runter mit der Pistole!" Mina nahm die Waffe mit zweifelhaften Gefühlen herunter. Dabei bemerkte San, wie seine Nichte abwechselnd den *Spiegel der Berührung* in seiner Hand einerseits und die Waffe in ihrer Hand andererseits anstarrte. Er hatte die Andeutung verstanden und griff nun mit seiner freien Hand durch den Spiegel. Er konzentrierte sich mit seinem Blick auf die Pistole. Dann zog er die Waffe langsam aus dem Spiegel, die er nun mit seinen Fingern fest umschloss. Der *Furandi* hatte davon nichts mitbekommen, da er auf die weiße Hexe fokussiert war, die langsamen Schrittes zu Mina aufschloss.

San hielt die Waffe so, dass sie senkrecht auf den Boden zielte. Dann drückte er ab, ohne zu wissen worauf er eigentlich zielte. Die Kugel traf glücklicherweise direkt den Fuß der Bestie, die vor Schmerzen ihre Geisel von sich wegschleuderte und zu schreien anfing. Dabei flog die Waffe aus Sans Hand, direkt vor die Füße des *Furandis*. Dieser hob geistesgegenwärtig die Schusswaffe auf und richtete sie auf San, als sich auch er mit einem Mal zu einer Eisskulptur verwandelte. Einen kurzen Augenblick vergewisserten sich die drei, ob noch andere Wesen auf sie lauerten. Doch sie konnten keine weiteren Angreifer mehr ausfindig machen. Der Kampf hatte fürs Erste sein Ende gefunden. Das Trio nahm sich, erleichtert darüber, dass sie das Scharmützel ohne größeren Schaden überstanden hatten, in die Arme.

Nachdem die Anspannung verflogen war, bemerkte Rita die schlotternden Knie von Mina und San. Die Schrecken des Kampfes lasteten schwer auf ihnen. Sie standen offensichtlich unter Schock und ohne Valium schienen sie sich kaum beruhigen zu können. Während sich die drei in den Armen hielten, huschte plötzlich abermals ein Schatten über ihre Köpfe. Sie blickten nach oben auf das Dach. Dort stand ein weiterer *Furandi* – es war Axim. Er schien keine Blessuren oder Verletzungen mehr zu haben. Doch wie war das möglich? Noch vor ein paar Stunden war er dem Tod näher als dem Leben.

Anscheinend hatte er die ganze Zeit über den Kampf beobachtet, denn er sah nicht gerade erfreut über das Ergebnis aus. Er deutete auf Mina und machte dann eine üble Geste, die ihr zeigen sollte, dass sie bald ihren Kopf verlieren würde.

„Lass uns doch darüber reden! Es war doch alles nur ein Missverständnis Axim!", rief Mina ihm zu. „Du kennst diese hässliche Fratze?", fragte ihr Onkel gequält, während sich der Schmerz seiner Verletzung langsam überall in seinem Körper ausbreitete. „Lange Geschichte.", erwiderte seine Nichte, Axim nicht aus den Augen lassend. Aber der wollte nichts mehr von ihr wissen. „Das nächste Mal kommen wir zu tausenden Mina und dann wird es mir eine wahre Freude sein, dein verlogenes Gesicht aufzuschlitzen!", drohte er.

Rita erhob ihren Zauberstock und zielte auf den *Furandi*, der sich auf dem Museumsdach in Sicherheit wägte, doch Mina, die neben ihr stand, hielt ihren Arm dagegen. Der *Furandi* ergriff das Wort. „Ach ja, bevor ich diese Bühne verlasse, ein kleiner Tipp. Wir versetzen unsere Dolche immer mit einem tödlichen Gift. Und wie ich sehe ist dein Gefährte verletzt. Viel Spaß beim Sterben." Im selben Moment als San das hörte, sackte er auch schon zusammen, so als wäre das Gift gerade dabei zu wirken. Mina kümmerte sich sofort um ihren Onkel und Rita zerschlug vor lauter Zorn einen eingefrorenen *Furandi*, der in eine Millionen Teile zersplitterte. „Das Axim, wird deine Zukunft sein!", schwor ihm die weiße Hexe. Doch Axim war längst verschwunden.

Es blieb ihnen keine Zeit zum Verschnaufen. Rita nahm ihren Zauberstock und benutzte einen mächtigen Feuerzauber, um die eingefrorenen *Furandi* oder das, was von ihnen übrig war, zu zerstören. Es blieb von ihnen nichts weiter übrig, als ein Häuflein Asche. Niemand sollte wissen, was hier geschehen war. Mina nahm derweil ihren am Boden liegenden Onkel in den Schoß und streichelte sanft über seinen Kopf. Während sie ihm durch die Haare streifte, fiel ihr auf, dass er stark zu schwitzen anfing und sich fiebrig anfühlte. Er zitterte am ganzen Leib. Mina lag der Versuchung nah, ihn mit einem Zauberwunsch zu heilen, doch Rita ahnte es bereits und fuhr ihr dazwischen. „Nein tu das lieber nicht. Ansonsten haben wir noch viel mehr Ärger am Hals, als jetzt schon. Wir werden einen Weg finden, um deinen Onkel zu heilen, das verspreche ich dir. Lass uns schnell die anderen beiden Stäbe aus ihren Gefängnissen befreien und von hier verschwinden."

Die weiße Hexe nahm den Spiegel aus Sans Hand, den er immer noch fest umklammerte, als wäre er der heilige Gral. Anschließend benutzte sie ihn selbst bei den weiteren zwei Turmspitzen. Wenige Minuten später waren sie im Besitz aller vier Stäbe. Rita übergab zwei davon Mina, damit sie eine Hand frei hatte, um San mit Hilfe von Mina unter die Arme zu greifen.

Er konnte kaum noch aufrecht stehen. Immer wieder durchzuckte ihn ein unglaublich intensiver Schmerz, den er mit einem unerträglichen Schrei entgegnete. Seine Füße schliffen kraftlos über den Untergrund. Er selbst hatte keinen Antrieb mehr, um auch nur einen Schritt zu tun.

Nun lastete sein ganzes Körpergewicht auf Rita und Mina. Sie beeilten sich so schnell es seine Verletzungen und ihre Kräfte zuließen. Doch insbesondere Mina brachte kaum mehr die nötige Energie auf, ihren Onkel zu stemmen. Zu ausgelaugt war ihr Körper von der Schlacht. Immer wieder glitt er ihr nach ein paar Metern aus der Hand, kippte auf die Seite und knallte unsanft auf den Untergrund. Rita konnte sich das nicht länger mit ansehen und übergab Mina die anderen beiden Stäbe, um San alleine zu Schultern. Doch sie musste leidlich feststellen, dass auch sie nicht mehr den nötigen Elan aufbrachte. Daher packte sie ihn an den Armen und zerrte seinen Körper über den Boden. Erschöpft schafften sie es in die Nähe des Schiffs, das von Angstschreien der Touristen geplagt wurde und mit jedem kräftezerrenden Schritt immer lauter zu ihnen vordrang. Aus der Ferne konnte man bereits Polizeihubschrauber hören, die sich Ellis Island näherten. San liefen vor Schmerzen die Tränen über die Wangen. Sie perlten auf den Boden und machten der Träneninsel alle Ehre.

-Kapitel 24-
San und der Kampf gegen das Gift

Als das Schiff kurz davor war abzulegen, sah ein Steward, der sich auf dem Steg um den sicheren Einstieg der letzten Passagiere kümmerte, die drei von Weitem herannahen. Er winkte ihnen zu und gab ihnen zu verstehen, dass sie sich beeilen sollten. Der Motor war bereits angesprungen und das Schiff stand kurz vor der Abfahrt. Der Steward erkannte schemenhaft aus der Distanz, dass jemand von ihnen verletzt sein musste und verließ daraufhin seinen Posten. Er rannte auf sie zu, um die nötige Hilfe zu leisten. Bei ihnen angekommen, sprang ihm Sans Verwundung förmlich ins Gesicht. Ohne mit der Wimper zu zucken, schulterte er San und sprintete mit den anderen beiden zum rettenden Wasserfahrzeug zurück. Zwischen Steg und Schiff klaffte bereits ein halber Meter. Mit allerletzter Kraft sprangen sie über die Lücke in das Passagierboot. Der Steward betrachtete Sans Gesundheitszustand mit einem besorgten Blick und trug ihn sofort in seine Privatunterkunft. Mina und Rita folgten ihm.

Überall standen die Touristen mit panischen Gesichtsausdrücken herum und versperrten ihnen den Weg zur Kajüte. „Auf die Seite, wir haben einen Verletzten!", schrie der Steward auf Englisch. Daraufhin bildeten die Passagiere eine Art Rettungsgasse, in der sich die vier zügig bewegten. Auf dem Weg zur Kabine musste sich San plötzlich mehrmals übergeben. Überall auf Deck war sein

Blut auf den Schiffsboden getropft und verwischte mit seinem Erbrochenen. Selbst Mina und Rita wurden bei dem Anblick speiübel, trotz allem Mitgefühl, das sie ihren Onkel und Weggefährten entgegenbrachten.

Mehr tot als lebendig lag Minas Onkel in den Armen des Stewards, während sie sich den Weg durch die Menschenmassen bahnten. Einige von ihnen schrien vor Entsetzen beim Anblick von Sans lebensgefährlichem Zustand. Andere konnten seine Verletzungen kaum ertragen und drückten ihre weinenden Köpfe gegen fremde Schultern. Wiederholt riefen mehrere Touristen das Wort „Terroranschlag". Sie hatten noch immer keine Ahnung, was wirklich geschehen war. Aber diese Erkenntnis hätte sie womöglich noch mehr beunruhigt.

Als sie endlich die Kajüte erreichten, betteten sie Minas Onkel auf eine schmale Koje. Er sprach wirres Zeug im Fieberwahn. „Was ist passiert?", wollte der Steward wissen. Der Schiffsangestellte sprach kein Wort Deutsch, also trat Rita mit ihm in einen Dialog. Doch sie forderte zunächst ein Glas Wasser von ihm und ignorierte seine Frage fürs Erste komplett. Ohne weiter nachzuhaken erfüllte er ihren Wunsch. „Und jetzt lassen sie uns bitte alleine. Ich bin Ärztin und ich möchte das Risiko einer Infektion so gering wie möglich halten. Ich bin mir sicher, dass ihre Person an anderer Stelle dringender gebraucht wird. Danke für ihre Kooperation." Der Steward zeigte vollstes Verständnis. „Falls sie noch irgendetwas brauchen, lassen sie es mich bitte wissen." Dann verließ er die Kabine.

San rang nach Luft. Sein Verlangen nach Luft schien ins Unermessliche zu steigen. Die beiden konnten kaum mehr die Auf und Abs seines Brustkorb zählen, so schnell atmete er. „Er hat nicht mehr viel Zeit!", diagnostizierte Rita. „Was wirst du als Nächstes unternehmen?", fragte Mina voller Sorge. „Ich trete in medialen Kontakt mit Xenia. Sie ist nicht nur eine Hellseherin und Alchemistin, sondern auch eine Heilerin. Sie weiß ganz sicher was zu tun ist!" Die weiße Hexe setzte sich im Schneidersitz auf den Boden, schloss ihre Augen und verfiel in Trance. Sans Gesundheitszustand verschlimmerte sich von Sekunde zu Sekunde. Er fing zu röcheln an und atmete immer schwerer. Mina tröpfelte ihrem völlig weggetretenen Onkel ein paar Wassertropfen auf seine ausgetrockneten Lippen. Doch er zeigte keinerlei Reaktion mehr. „Beeil dich!", rief sie der weißen Hexe zu. „Er macht es nicht mehr lange!"

Nach einer gefühlten Ewigkeit erwachte Rita wieder aus ihrem medialen Dialog mit Xenia. Ohne Worte riss sie auf einmal die Decke von Sans Körper, holte ihren Zauberstock unter ihrem Rock hervor und begann ihn langsam von den Füßen einzufrieren, bis nur noch sein Kopf und die beiden Arme aus dem Eisblock ragten. Mina war geschockt und schrie sie an: „Was zum Teufel machst du da?" Aber Rita blieb ihr eine Antwort schuldig. Stattdessen rannte sie hektisch aus der Kabine und suchte die Kombüse des Schiffs auf. Sans Nichte folgte ihr im Eiltempo. Die weiße Hexe benahm sich wie ausgewechselt, fand Mina. Von ihrer ausstrahlenden Gelassenheit und inneren Ruhe war auf einmal nichts mehr zu spüren. Sie war wie von der Tarantel gestochen und zudem hatte es ihr wohl auch noch die Sprache verschlagen, dachte sie sich. Was hatte ihr Xenia wohl mitgeteilt? Doch trotz ihres sonderbaren Verhaltens wusste Mina innerlich, dass Rita gerade dabei war, ihrem Onkel das Leben zu retten. Mitten unterm Laufen erklärte ihr die weiße Hexe, ganz außer Atem, was sie von der Hellseherin wusste.

„Das Gift, das die *Furandi* auf ihre Klingen schmieren ist eine Substanz, die sie selbst aus ihren Körperdrüsen herstellen können. Wer mit diesem Gift in Berührung kommt, verbrennt innerlich ganz langsam. Aber nicht durch Feuer. Der Hypothalamus, eine kleine Region in unserem Gehirn, der unter anderem für die Steuerung der Körpertemperatur und des Blutdrucks zuständig ist, versagt allmählich. Das Fieber und der Blutdruck werden solange ansteigen, bis seine Körperfunktionen aufhören und er stirbt. Deswegen habe ich ihn erst mal auf Eis gelegt, um dem Fieber entgegenzuwirken und um seinen Puls runterzufahren. Ich hoffe auch, dass sich dadurch das Gift nicht so schnell in seinem Körper ausbreiten kann. Das sollte uns etwas Zeit verschaffen. Wir brauchen aber laut Xenia das Knochenmark von zwei Froschschenkeln, ein Dutzend Weinbergschnecken, das Koffein aus Kaffee, Salbei- und Pfefferminzextrakt. Ich hoffe die haben das alles irgendwo in der Küche, ansonsten wird dein Onkel nur noch eine halbe Stunde zu leben haben, wenn überhaupt!"

Auf ihrer Suche nach der Kombüse stießen sie zufällig auf den netten Steward, der ihnen sein Privatgemach zur Verfügung gestellt hatte. „Wir suchen die Küche!", keuchte Rita. „Immer den Gang entlang und dann die Treppe hinunter. Dann der Beschilderung folgen. Der Zutritt ist für Passagiere allerdings verboten, aber ich garantiere ihnen, egal was sie benötigen, ich werde es ihnen besorgen.", bot der

Steward an, doch die beiden rannten bereits wie die Windhunde davon.

Die Kochcrew staunte nicht schlecht, als plötzlich mitten im Raum eine junge Frau im Schlepptau einer alten Dame auftauchte, und sie dabei waren, alle Zutatenschränke aufzureißen und ein Heidendurcheinander zu hinterlassen. „Verschwinden sie augenblicklich aus meiner Küche!", rief der Chefkoch auf Englisch mit stark französischem Akzent und zeigte bedrohlich mit dem Kochlöffel auf die beiden. Abermals gab sich Rita als Ärztin aus und erzählte knapp von den Vergiftungserscheinungen eines Passagiers an Bord. „Non, ich verbitte mir mein Kochtalent in Frage zu stellen.", meinte der Chefkoch beleidigt. Rita jedoch konnte ihm plausibel erklären, dass dieser Fall rein gar nichts mit seinen Kochkünsten zu tun hatte. Geschickt konnte sie so die Mithilfe des gesamten Kochstabes für sich gewinnen. „Sie haben wahnsinniges Glück, dass sie sich auf einem Luxusliner wie diesem hier befinden, non. Ich habe nur die allerbesten Lebensmittel für meine anspruchsvollen Gäste eingekauft.", gab der Chefkoch an, während er sich selbstverliebt mit dem Daumen über die Finger strich.

„Selbstverständlich haben wir Froschschenkel und Weinbergschnecken für sie. So etwas darf ja in keinem Gourmettempel fehlen. Aber richtiges Salbei und Pfefferminz haben wir nicht mehr an Bord!", wusste der Chefkoch, auch ohne erst danach suchen zu müssen. „Wie wäre es stattdessen mit Salbei- und Pfefferminzteebeutel, non?" Rita wusste nicht, ob die Inhalte der Teebeutel dieselben heilenden Eigenschaften besaßen, wie die eigentlichen Pflanzen. Aber ihr blieb keine andere Wahl. Sie nahm ein

Froschschenkelpaar, ein Dutzend Weinbergschnecken, eine Dose Kaffeepulver und jeweils zwei Salbei- und Pfefferminzteebeutel mit auf die Kabine. Mina hatte derweil in der Küche für eine Pfanne und ein scharfes Messer gesorgt.

Die weiße Hexe warf alle Weinbergschnecken in die Pfanne. Mit dem Messer schnitt sie die Knochen der Froschschenkel auf und puhlte mit der Spitze das Knochenmark heraus, das sie ebenfalls mit in die Pfanne gab. Anschließend öffnete sie mit einer Schere, die auf dem Nachtkästchen neben der Koje lag, alle Teebeutel und mischte den Inhalt zusammen mit dem Kaffeepulver in das volle Glas Wasser. Dann verrührte sie es mit einem Löffel und goss es über den Inhalt der Pfanne. Anschließend nahm sie ihren Zauberstock zur Hand und hielt ihn darunter. Eine blaue Flamme schoss aus der Spitze des Stabes und lies das Wasser in Sekundenschnelle verdampfen. Für einen kurzen Moment wurde es richtig heiß in der Kabine. Zurück blieb ein Klumpen Weinbergschnecken-Knochenmark-Kaffee-Pfefferminz-Salbei-Mix, den Rita vorsichtig mit einem Geschirrtuch aus der Pfanne holte. Dann breitete sie den Batzen vor sich aus und sprach einen Hexenspruch aus: „Helix Pomatia Medulla Ossium Curare!" Nachdem sie die heilenden Worte aussprach, umgab den Brocken auf dem Geschirrtuch plötzlich eine sichtbar weiße Aura.

„Mina, öffne seinen Mund", bat die weiße Hexe. Daraufhin griff sie mit ihren Fingern zwischen die leicht geöffneten Lippen ihres Onkels, die mittlerweile vor Kälte leicht bläulich angelaufen waren und spreizte sie auseinander.

Rita presste mit ihrer Faust eine zähe Flüssigkeit aus dem Klumpen, die sie ihm gleich in den Rachen tröpfeln ließ.

Nachdem aus dem Mix nichts mehr zu gewinnen war, drückte Mina seine Kiefer wieder zusammen und hob seinen Kopf leicht an. Keiner der beiden bemerkte ein Schlucken oder eine ähnliche Reaktion. Sie mussten hoffen, dass der heilende Saft ganz von alleine seinen Weg in Sans Magen fand. Im Anschluss daran verrieb Rita den Klumpen auf seiner Einschnittwunde und legte am Oberarm einen Verband an, den Mina aus einem Erste-Hilfe-Kasten an der Wand besorgt hatte.

Als sie Minas Onkel so gut wie möglich versorgt hatten, zog die weiße Hexe erneut ihren Zauberstock unter ihrem Kleid hervor und fing an, den Eisblock zu schmelzen. Sie stellte sich dabei so gewandt an, dass San wenige Augenblicke später völlig trocken im Bett lag.

Und dann begann das lange Warten und Bangen. Schweigend beobachteten sie Sans Zustand. Seine wenigen Atemzüge wurden akribisch mitverfolgt. Jede Minute fühlte sich wie eine Stunde an. „Wenn er in 20 Minuten immer noch lebt, dann hat er eine Chance.", flüsterte Rita und drückte Mina ganz fest an sich. Jetzt strahlte die weiße Hexe wieder ihre innere Ruhe aus, die Mina in ihrer Anwesenheit gewohnt war und sich wie Balsam auf sie auswirkte. Auch wenn sich die Situation surreal anfühlte, ihr Onkel mit dem Tod haderte und sie ihn dabei anstarrten; Mina war heilfroh Rita an ihrer Seite zu wissen. Trotzdem machte sie sich schreckliche Vorwürfe. Sie fragte sich immer wieder, warum sie den Angriff der *Furandi* zugelassen hatte. Sie hielt schließlich eine geladene Pistole in den Händen. Wie leicht hätte sie ihnen den Garaus machen können?

Traurig betrachtete sie ihren Onkel in dem schmalen

Bett, wie er reg- und hilflos einfach nur so da lag. Höllische Schmerzen hatte er wegen ihr erfahren müssen, machte sich Mina zum Vorwurf. Sie fragte sich ständig, warum sie nicht einfach diese Bestien über den Haufen geschossen hatte und konnte ihren Kummer darüber kaum mehr verbergen.

Die beiden setzten sich vor Sans Bett und hielten abwechselnd seine Hand. Nichts geschah, außer dass das Schiff leicht von den Wellen hin und her geschaukelt wurde und es sich so anfühlte, als ob das gesamte Boot zu einer Babywiege mutiert worden war, nur um San leichter in den Tod einschlafen zu lassen.

Mina blinzelte auf das Amulett. Sie fing an, alles in Frage zu stellen und dachte sich: „Ist der Preis nicht doch zu hoch? Ich will niemanden verletzen, schon gar nicht San, meinen Lieblingsonkel." Jetzt lag er vor ihr, in einem kleinen Bett und rang mit dem Tod. Sollte ihr Onkel unter solch erbärmlichen Umständen sterben? Oder lieber in vierzig Jahren, in einer vertrauten Umgebung, Zuhause in seinem großen, gemütlichen Bett, umsorgt von seiner liebevollen Ehefrau. San war zwar nicht verheiratet, aber er sollte es sein, war sich Mina in diesem Moment sicher. Er wäre ein toller Ehemann und Vater. Wenn er wieder gesunden würde, versprach sie sich selbst gegenüber, würde sie ihm so viele Dates verschaffen, bis die Richtige dabei wäre. Und dann würde sie seine Hochzeit arrangieren. Nicht so eine kleine, standesamtliche, ohne Charme - nein, sie würde die pompöseste Hochzeit feiern, die Menschen jemals gesehen hätten. Unter dem Motto *„Schönste Hochzeit seit Menschengedenken"*, würde sie ihr Herzblut geben, damit alles perfekter als perfekt wäre. Das Motto sollte jedem Gast hinausposaunen, was man von diesem Event erwarten konnte, nämlich die aller allerschönste Hochzeit, die Menschenaugen je erblickten. Sie wollte, dass San alt und mit einem zerzausten Bart in seinem Bett Zuhause sterben durfte, im Kreise seiner Liebsten, darunter zwei der liebevollsten und dankbarsten Kinder der Welt, geküsst von der besten Ehefrau des Universums. Und nicht heute und schon gar nicht unter diesen Umständen.

Und auch Rita machte schon so Vieles wegen ihr durch. Sie hat ihre Pflicht als Spiegelhüterin vernachlässigt und sich dadurch selbst in Lebensgefahr gebracht, nur um ihr zu helfen. Außerdem wurde sie an ihren bitteren Verlust erinnert – den Tod ihres Ehemanns und ihrer beiden Kinder. Wie viel konnte diese alte Seele noch ertragen? Sie kämpfte an Minas Seite, als wäre es ihr eigener Kampf. Aber das war er nicht! Und was war mit Pitty? Er hat seine gesamte Existenz aufs Spiel gesetzt, als er ihr das Leben rettete. Und jetzt wollte er auch noch seinen eigenen Schöpfer aufs Glatteis führen - das konnte nicht gut gehen.

Mina fasste einen folgenschweren Entschluss. Sie wollte sich zurück in die Zeit wünschen, zu dem Augenblick, als sie gerade im Begriff war die Kette um ihren Hals zu legen. Somit würde sie ihren Onkel und die anderen nicht durch ihr Schicksal gefährden. Denn nur so konnte sie den Kampf alleine bestreiten und niemanden unnötig in Gefahr bringen. Sie wusste aber auch, dass dies bedeuten würde, Xenia, Rita und vor allem Pitty niemals kennengelernt zu haben. Den Wunsch auszusprechen, fiel ihr daher sehr schwer, denn sie hatte die drei sehr liebgewonnen - besonders Pitty. Dennoch presste sie kurz ihre Lippen zusammen um sie zu befeuchten, gab Rita einen Kuss auf die Wange und sprach ihren Wunsch aus. Doch die Kette leuchtete nicht auf. Als Mina ihren Wunsch noch einmal formulieren wollte, wurde sie von Rita umarmt, die sie zu beruhigen versuchte. „Deine Absichten sind sehr nobel. Du hast wahrlich ein reines Herz, Kleines. Aber selbst die Kette kann die Gesetze des Kosmos nicht umgehen. Zeitreisen sind in diesem Universum nur möglich, wenn es der *Wächter der Zeit* zulässt. Aber den Gefallen wird er uns wohl kaum tun – somit gibt es leider keinen Schmetterlingseffekt, den wir nutzen könnten! Außerdem wäre es zu verfrüht, jetzt schon die Hoffnung aufzugeben."

Ungeachtet dessen, was die weiße Hexe gerade versuchte zu erklären, war es auch gar nicht mehr notwendig in die Zeit zurückzuspringen, denn San machte sich auf einmal mit einem leisen Stöhnen bemerkbar. Langsam öffnete er seine Augen und flüsterte geschwächt: „Bitte, ein Glas Wasser." Mina und Rita freuten sich so sehr darüber, dass San die Giftattacke der *Furandi* lebendig überstanden hatte, dass sie auf ihn zustürmten und ihn mit allerlei Küsschen überschütteten. Voller Überschwang stießen sie einen Seufzer der Erleichterung aus und seine Nichte tat, worum er sie gebeten hatte. Doch schon tappten sie in die nächste brenzlige Situation. Abrupt stoppten die Schiffsmotoren und sie hörten die Sirenen der Küstenwache aufheulen.

-Kapitel 25-

Die Flucht vor der Polizei

Sans Gesundheitszustand schien trotz der offensichtlichen Verbesserung immer noch akut. Er war total ausgelaugt und als er seine ersten Gehversuche wagte, sackte er wieder in die Koje zurück. „Ich habe keine Kontrolle über meine Beine.", jammerte er. Das Gift hatte seine letzten Kraftreserven aufgezerrt.

Plötzlich ertönte eine Durchsage des Schiffskapitäns. „Achtung! Achtung! Liebe Fahrgäste, aufgrund der Ereignisse auf Ellis Island hat uns die Küstenwache aus Sicherheitsgründen angehalten. Beamte des New York Police Departments sind gerade dabei, das Schiff zu durchsuchen. Wir bitten sie um absolute Ruhe und Kooperation. Bitte bleiben sie auf ihren Plätzen, bis weitere Anweisungen folgen." Minas Englischkenntnisse reichten leider nicht aus, um den Schwall an Informationen zu übersetzen, aber Dank Rita wurde auch sie eingeweiht, worüber der Kapitän sprach. Außerdem fügte sie dem hinzu: „Ein sagbar unpassender Zeitpunkt. Wir sollten sofort von hier verschwinden. Wenn die uns hier mit Sans Verletzungen finden, dann ist es vorbei mit unserer Reise."

Rita schlich sich aus der Kabine hinaus auf das Deck, um sich einen Überblick über ihre Situation zu verschaffen. Mehrere Beamte waren gerade dabei, einige Passagiere zu durchsuchen. Nicht weit von ihr stand ein Polizist, der soeben einen Funkspruch von einem Kollegen erhielt. Da der Beamte sie nur am Rande wahrnahm, konnte sie aufmerksam mitlauschen. „Hey Johnny, wir haben hier auf der Rückseite des Museums eine Waffe gefunden, 9 mal 19 mm, vom Typ „Glock 19", so wie wir sie benutzen. Der Täter könnte sich auf dem Schiff versteckt halten und noch bewaffnet sein. Komischerweise sind unweit vom Fundort der Pistole einige Aschehäuflein aufgefunden worden. Außerdem sind hier Blutspritzer an der Wand. Es muss also einen Verletzten oder Toten geben. Möglicherweise unsere gesuchte Person. Kein Passagier darf das Schiff verlassen, hörst du. Wir lassen jetzt die Fingerabdrücke der Tatwaffe und die DNA der Blutspritzer analysieren. Ich wiederhole noch einmal, niemand verlässt das Schiff, bis wir eingetroffen sind. Over."

Rita erschrak sich fürchterlich, denn sie wusste, dass jeder ihrer Weggefährten die Waffe abgefeuert hatte. Ihre Fingerabdrücke konnte man sicher leicht feststellen. Und das Blut konnte die Polizei schnell San zuordnen. Ihnen da eine plausible Geschichte vorzugaukeln, war unmöglich. Sie mussten so schnell wie möglich von hier verschwinden. Aber wie?

Rita ging schnellen Schrittes zurück zur Kabine. Doch das lenkte nur die Wachsamkeit des Beamten zunächst auf sie und dann auf Sans Blutspur am Boden. Er folgte der Spur bis zur Kabine, die seltsamerweise auch den gleichen Weg der Hexe markierte und sie so blitzschnell zur Hauptverdächtigen machte. Kurz nachdem die weiße Hexe darin verschwand, rief der Polizist leise über Funk noch einen weiteren Kollegen hinzu. Dort musste sich nach seinem Verständnis der oder die Schützen versteckt halten. Als der zweite Beamte eintraf, polterte er mit der flachen Hand gegen die Türe, während sein Kollege bereits mit vorgehaltener Waffe darauf zielte und angespannt abwartete, was als Nächstes passieren würde. „NYPD, öffnen sie die Türe!", befahl er lautstark. „Verdammt, das sind die Bullen.", flüsterte Mina und meinte verzweifelt: „Was machen wir den jetzt?"

Die weiße Hexe zielte mit ihrem Zauberstock auf die Türe und vereiste sie so stark, dass sie niemand mehr von außen eintreten konnte. Plötzlich hörten sie die Stimme des Stewards, der ihnen seine Kajüte zur Verfügung gestellt hatte, mit den Polizeibeamten reden. „Es befinden sich ein verletzter Mann, eine ältere Dame, die sich als Ärztin ausgegeben hat und eine Jugendliche in meiner Kabine.", ließ er die Polizisten wissen. Ob sie bewaffnet waren, wollte einer von ihnen wissen. Der Steward verneinte die Frage, war sich dann aber doch nicht mehr hundert prozentig sicher. Daraufhin versuchte einer der Beamten die Türe mit einem heftigen Fußtritt aufzutreten. Doch er musste mit Bedauern feststellen, dass ihm das nicht möglich war. Sein Kollege versuchte ebenso sein Glück, doch auch er wurde in die Schranken gewiesen. „Aufsperren!", schrie er den Steward an. Aber seine Hände zitterten so stark vor Nervosität, er kannte so eine brutale Herangehensweise einfach nicht, dass er vor lauter Schreck erst einmal seinen Schlüssel auf den Boden fallen ließ. Genervt schnappte ihm der Polizeibeamte einfach den Schlüssel vor der Nase weg und steckte ihn selbst in das Schloss. Vergeblich versuchte er das Schloss aufzusperren. „Die ist gar nicht abgeschlossen.", informierte er seinen Kollegen ungläubig. Beide sahen sich im ersten Moment verdutzt an, bis sie schließlich gemeinsam gegen die Türe traten. Doch es war wie verhext und sie scheiterten abermals.

Dann nahm einer der beiden Beamten die Füße in die Hand und lief zur Besatzung der Küstenwache, die unweit auf einem Patrouillenboot ihren Dienst verrichteten. Ihre Aufgabe oblag es, dem Luxusschiff keinerlei Fluchtmöglichkeiten zu bieten. Der Beamte wollte einen kleinen Rammbock organisieren, den Polizisten zur See immer auf ihrem Schiff verstaut hatten – das gehörte zu ihrer Standardausrüstung. Sein Kollege behielt derweil die Kabine fest im Auge.

Jeder Tritt gegen die Türe ließ eine kleine Eisschicht von der Türe purzeln. Doch die drei, die sich durch ihr unvorsichtiges Verhalten selbst in diese Sackgasse manövriert hatten, nahmen es kaum zur Kenntnis. Sie waren zu sehr damit beschäftigt, einen geeigneten Ausweg aus der heiklen Situation zu finden. Jede noch so kleine Idee zogen sie in Erwägung, bedachten sie in Lichtgeschwindigkeit, bis sich alle ihre Blicke auf das Bullauge richteten. Doch Rita und San passten da auf gar keinen Fall durch, das ließ ihre füllige Figur einfach nicht zu, geschweige denn San, der ja kaum selber stehen konnte und noch immer mit den Vergiftungserscheinungen zu kämpfen hatte. Einzig Mina konnte daraus verschwinden.

Im selben Moment kam ihr eine unausgesprochene Idee. Sie stibitzte den *Spiegel der Berührung* von Rita, die von ihrer Aktion sehr überrascht war und stieg dann über das Bullauge nach oben an Deck. „Tu das nicht!", rief ihr die Hexe im Flüsterton nach. Doch Mina überhörte sie einfach.

Sie kletterte an der Seite des Schiffs hinauf auf die obere Etage. Dort hielt sie Ausschau nach dem Patrouillenboot der Küstenwache. Als sie sich bis an die

Spitze des Bugs durchgeschlängelt hatte, ohne von den Polizisten bemerkt zu werden, lag das Boot fast direkt vor ihrer Nase. Dort war ein Maschinengewehr fest auf dem Rumpf installiert, das sie durch das Bullauge bemerkt hatte, als das Patrouillenboot ein Mal um den Luxusliner kreiste. Es war nicht besetzt, also nahm Mina den *Spiegel der Berührung* und fokussierte ihren Blick auf den Abzug. Als sie durch das Spiegelglas hindurchgriff zuckte sie kurz zusammen, wie einst ihr Onkel. Jetzt erfuhr sie die Kälte am eigenen Leib, was sie nicht davon abhielt, ihren Arm weiter unerschütterlich hindurch zu schieben. Als ihr Arm fast bis zur Hälfte im Spiegel versunken war, wurde sie plötzlich von einem Polizisten entdeckt, der ihr aus ein paar Metern Entfernung zuschrie, dass sie sich sofort mit erhobenen Händen zu ihm umdrehen solle. Auch wenn Mina verstanden hatte, was er von ihr wollte, so war es ihr doch unmöglich. Schließlich hielt sie San und Ritas Leben in den Händen und das konnte keinerlei Aufschub mehr dulden.

Den Polizisten ignorierend, konzentrierte sie sich nun umso stärker auf den Abzug des Maschinengewehrs. Aber irgendwie wollte es ihr nicht gelingen, ihn abzudrücken. Sie griff immer wieder daneben. Es war ja auch ein befremdliches Gefühl, ihre eigene Hand zehn Meter weiter weg von ihrem eigenen Körper rumfuchteln zu sehen. Und mit dem Polizisten in ihrem Genick, wurde die Sache auch nicht leichter.

Mina störte sich zunehmend an dem ständig, immer heftiger werdenden Gebrüll des Polizisten. So unter Druck gesetzt, wandte sie sich ihm schlussendlich doch noch zu. Währenddessen zog sie ihre Hand aus dem Spiegel. Als sie dem Polizisten, der sich schussbereit in einiger Entfernung zu ihr befand, so ins Gesicht starrte und er noch immer nichts Besseres vorhatte, als sie die ganze Zeit über wüst zu beschimpfen, wurde sie so wütend, dass sie ihre Hand zu einer Faust ballte, mit voller Wucht ausholte und so schnell sie konnte durch den Spiegel schlug – mit Blick auf seine Nase. Kurz darauf hörte sie ein lautes Knacken. Der Beamte wusste nicht wie ihm geschah und hielt sich im nächsten Moment sein blutunterlaufenes Riechorgan vor Schmerzen.

Mina zog fingerschüttelnd ihre Hand aus dem Spiegel. Der Schlag hatte nicht nur dem Beamten einen höllischen Schmerz beschert. Aber im Gegensatz zu dem Polizisten, schien bei ihr nichts gebrochen zu sein. Der Polizist hingegen ging in die Hocke und schrie nach seinen Kollegen. Den hatte sie wohl außer Gefecht gesetzt. Mina nutzte die Gelegenheit, sich schnell wieder dem Maschinengewehr des Küstenboots zu widmen. Sie konzentrierte sich erneut auf den Abzug, doch diesmal konnte sie den Griff umgreifen. Sie hob das Maschinengewehr etwas an, sodass es auf den Boden des Patrolienbootes zielte und betätigte den Abzug. Sie gab zwei Feuerstöße ab. Glücklicherweise war sie durchgeladen und entsichert, ansonsten hätte sie sich schleunigst etwas Anderes überlegen müssen.

Nach dieser Aktion dauerte es nicht lange, da heulten auch schon die Sirenen auf. Mina sprintete im Zick-Zack-Kurs durch die Beamten, die nun alle, aufgeschreckt von den Gewehrsalven, zum Bug des Luxusschiffes stürmten, um zu sehen, was da vor sich ging. Nur der Polizist, dem sie eine blutige Nase geschlagen hatte, nahm ihre Fährte auf und verfolgte sie beharrlich. Wenn auch nicht mehr ganz so taufrisch.

Mina versuchte, ihren Verfolger abzuschütteln. Immer wieder blickte sie sich zu ihm um. Auch wenn sie noch schnell rannte, einen richtigen Vorsprung konnte sie nicht herausholen. Als sie um eine Ecke huschte, die der Polizist nicht einsehen konnte, schnappte sie sich eine Kapuzenjacke eines Passagiers, die unbeaufsichtigt auf einer Stuhllehne herumlag und streifte sie sich unter dem Laufen über. Dann stülpte sie sich die Kapuze über den Kopf und steckte sich den *Pareidolring* an, den sie, von dem bewusstlosen *Furandi* auf der Träneninsel, noch immer in ihrer Hosentasche mit sich trug. Seelenruhig stellte sie sich an die Reling und versuchte, sich nichts anmerken zu lassen. Aber ihr Puls raste wie verrückt. Krampfhaft kämpfte sie gegen das Keuchen an und hoffte darauf, dass der *Pareidolring* noch immer dieselbe manipulative Kraft auf den Polizisten ausübte, auch wenn er sie bereits ohne gesehen hatte. Ansonsten wäre sie geliefert gewesen.

Der Beamte bog völlig außer Atem und seine Nase haltend um die Ecke und sah Mina von hinten. Da sie jedoch nicht mehr ihre eigene Jacke trug, fiel sie ihm zunächst gar nicht weiter auf. Er rannte einfach an ihr vorbei. Mina beobachtete ihn aus der Kapuze heraus durch ihre Augenwickel. Auf halber Strecke blieb er jedoch ohne Vorwarnung stehen und machte kehrt. Jetzt war Mina doch etwas mulmig zu Mute. Ihre Beine wurden immer ungeduldiger, bereit los zu laufen. Jede Zelle ihres Körpers war aufs Äußerste angespannt, denn er steuerte geradewegs auf sie zu. Doch sie behielt die Nerven und tat weiterhin so, als ob sie aufs offene Meer blickte. All ihre Hoffnungen fußten nun auf dem *Pareidolring*.

Der Polizist kam immer näher auf sie zu und beschleunigte mit jedem Schritt ein wenig mehr. Bei ihr angekommen, riss er ihre Kapuze vom Kopf und sah ihr genau zwischen die Augen. Einige schreckhafte Sekunden blickte Mina ihrem Verfolger ins Gesicht. Dann entschuldigte er sich und ging an ihr vorbei. Ihr Plan war aufgegangen. Vielleicht funktionierte der *Pareidolring*, weil der Polizist noch immer ein Unwissender war – nichts von Göttern, Hermeshelfern und *Furandi* wusste – und auch nicht um die magischen Kräfte eines *Pareidolrings*. Aber genau wusste sie es nicht. Im Nachhinein hätte es auch böse für sie enden können und aus dieser mutigen Entscheidung wurde nach reiflicher Überlegung, eher eine dumme Idee. Aber sei es drum. Sie hatte ihn abgehängt und dieses Mal, wie so oft im Leben, heiligte der Zweck die Mittel – auch wenn es vielleicht etwas unbedacht gewesen sein möge.

Schnell verzog sie sich zurück zur Kajüte. Die Polizisten, die sich noch Augenblicke zuvor vor der Türe positioniert hatten, waren verschwunden. Jeder Einzelne von ihnen war in Alarmbereitschaft versetzt worden und ging zurück an Bord des Patrouillenschiffs. Dort suchten sie vergeblich nach dem Schützen.

Diese Zeit nutzte Mina, um sich, vor der Türe der Kajüte, mit einem heftigen Klopfen bemerkbar zu machen. Sie rief der weißen Hexe zu: „Ich bin`s, Mina. Die Polizisten sind abgelenkt. Los verschwinden wir!" Rita schmolz sogleich das Eis an der Türe mit ihrem Feuerzauber und öffnete sie. Mina hechtete hinein, zog die Kapuzenjacke aus und nahm den *Pareidolring* ab, den sie sodann ihrem Onkel über den Finger streifte. Sie hoffte dadurch, dass die Leute nicht mehr in der Lage waren, seinen verwundeten und geschundenen Körper wahrzunehmen. Und vielleicht auch in ihm jemand anderes sahen.

Ihr Onkel benötigte indes immer noch Hilfe beim Gehen und so stützten die weiße Hexe und seine Nichte ihn bei den Schritten in die Freiheit. „Wo sind die *Stäbe der Erleuchtung?*", erkundigte sich Mina verwundert bei Rita. „Ich habe hier eine hölzerne Truhe gefunden, in der ich die Stäbe und die Umhängetasche deines Onkels versteckt habe. Wenn wir mit denen gesehen werden, werden sie sicher beschlagnahmt. Und wir brauchen sie noch. Besser du versteckst auch den *Handspiegel* dort, sonst wandern wir auch noch wegen Diebstahls hinter schwedische Gardinen. Hinterher können wir sie ja wieder holen.", riet ihr die weiße Hexe mit besorgter Mine. Mina war erneut sehr von ihr beeindruckt, denn sie war der Situation wieder einmal einen Schritt voraus. Sie ging zur Truhe und legte dort ebenfalls den *Handspiegel* zu den Stäben. Dann tauchten sie vorerst in der Menge der Passagiere unter. Ein junger Mann fragte, ob er Mina mit ihrem Opa behilflich sein konnte. Sie bedankte sich zwar für die Hilfsbereitschaft, schlug das Angebot aber höflich aus. In diesem Moment fiel ihr jedoch ein Stein vom Herzen, denn das Hilfsangebot war der ultimative Beweis dafür, dass ihr Onkel von den *Unwissenden* glücklicherweise nunmehr als ein gebrechlicher, alter Tattergreis wahrgenommen wurde. Und das erhöhte ihre Chancen erheblich, unbemerkt aus den herrschenden Gegebenheiten zu verschwinden.

Zwar waren die meisten Polizisten von Bord

gegangen, darunter auch der naseblutende, der sich auf dem Patrouillenboot verarzten ließ. Trotzdem blieben drei bis vier von ihnen auf der Luxusfähre zurück. Die ersten Touristen wurden schon unsanft von ihnen durchsucht. Das Schiff steuerte geradewegs den Hafen an, wo schon einige Polizeieinheiten darauf warteten, die Passagiere zu verhören. „Wir müssen hier weg!", flüsterte Mina. „Nun, wir könnten vom Schiff springen und ans Ufer schwimmen, aber ob das San in seiner körperlichen Verfassung schaffen würde, ist fraglich. Wenn wir erwischt werden - und das werden wir - sind wir schneller im Gefängnis, als wir „hinter Gitter" sagen können.", verdeutlichte ihr Rita. San stand immer noch wackelig auf den Beinen. Er lauschte zwar ihrem Gespräch mit, aber er war nicht in der Verfassung, sich mit Lösungsvorschlägen daran zu beteiligen. Zu sehr war er noch von den Vergiftungserscheinungen gezeichnet. Müde und schlapp wirkte er.

„Du könntest die Polizisten vereisen oder das Boot in Flammen legen!", schlug Mina vor und weiter, „Oder ich wünsche uns hier weg!" Rita verschnaufte kurz, um dann eine kurze, aber eindringliche Rede zu halten. „Den Teufel werde ich tun! Ich werde weder jemanden verletzen, der unschuldig ist, noch fremdes Eigentum beschädigen. Dieses Risiko kann und will ich nicht eingehen. Daher scheiden die ersten beiden Vorschläge definitiv aus. Und was deinen letzten Wunsch betrifft - du weißt ja wie wir alle darüber denken. Ich kann nicht glauben, dass du unseren Vorteil gegenüber Osiris und seinem Schattenraubtier so einfach verspielen willst. Bis wir in der Unterwelt angelangt sind, wünscht du dir besser nichts mehr. Wir haben ohnehin verdammt großes Glück, dass selbst Osiris nicht weiß, wo die *Hinweisgeber* mit den Kristallen verborgen sind." Mina war zwar von den hexerischen Qualitäten etwas enttäuscht, wie gerne hätte sie etwas Spektakuläres gesehen, aber im Grunde wusste sie ja, dass Rita Recht behielt. Und so blieben weitere Wünsche – von der Kette UND von den magischen Fähigkeiten der weißen Hexe – tabu.

Erst mussten sie von dem Schiff verschwinden und das am besten, ohne Spuren zu hinterlassen. „Du hast ja recht Rita. Wir könnten uns ja irgendwo auf dem Schiff verstecken!", erwägte Mina fast schon euphorisch. Allerdings hatte die weiße Hexe nicht viel übrig für diesen Plan. „Irgendwann finden sie uns ja doch. Und dann sitzen wir ihnen noch wie auf dem Präsentierteller. Wenn die von einem terroristischen Anschlag ausgehen, dann durchsuchen die das Schiff mehr als gründlich. Ich denke, wir hätten bei diesem Versteckspiel sehr schlechte Karten."

Mina war ratlos. „Und was sollen wir deiner Meinung nach jetzt unternehmen?" Doch ehe Rita antworten konnte, legte das Schiff bereits am Hafen an und eine Durchsage ertönte. „Liebe Fahrgäste, ich bin Jay D. Eisenhower vom New York Police Department. Bitte kommen sie alle an Deck und verlassen sie das Schiff in Zweierreihe. Am Ausgang befinden sich weitere Polizeibeamte, denen in jedem Fall Folge zu leisten ist. Ich wiederhole..." Rita übersetzte Sans Nichte sinngemäß, was die Durchsage zu bedeuten hatte. „Und jetzt? Kannst du uns nicht wegzaubern oder wegfliegen? Ich dachte du wärst eine Hexe. Du willst es doch nur spannend machen, oder?", raunte Mina in ihrer Erregung, obwohl sie ihr gar keine Hexvorschriften mehr machen wollte. Rita sah sie erbost an. „Jap. Ich hole jetzt meinen Hexenbesen, benenne ihn nach einem Nachtschattengewächs und fliege davon. Kindchen erwache, richtige Hexen sind anders als die aus deinen Hörspielen. Wahrhaftige Hexen spezialisieren sich auf zwei, drei Fähigkeiten. Diese Anwendungsmagie zu erarbeiten erfordert jahrelange Übung, Willenskraft und Geduld. Ich bin hauptsächlich eine Eis- und Feuerhexe, mit medialen Kräften. Außerdem konnte ich auf Ellis Island zum ersten Mal erfolgreich einen Erdzauber ausprobieren, an dem ich schon sehr lange getüftelt habe und der mir glücklicherweise gelungen ist. Ich kann aber weder fliegen, noch kann ich mich wegzaubern. Es gibt jedoch Hexen, die das können. Sie beherrschen dann das Element der Luft. Aber selbst wer das Element Luft beherrscht, muss nicht zwangsläufig fliegen können. Diejenigen können dann unter Umständen einen Windzauber anwenden, aber keinen Flugzauber. Du musst wissen, es gibt viele verschiedene unserer Art und jedes der vier Elemente, Feuer, Wasser, Luft und Erde zerfällt wiederum in so viele möglichen Anwendungszauber, dass selbst ich den Überblick darüber verloren habe. Ich beherrsche die Elemente Feuer, Wasser und im Anfangsstadium Erde. Aber ich kann kein Wasser herbei zaubern, sondern unter diesem Element beherrsche ich eben nur den Eiszauber. Ich hoffe du verstehst, dass es im realen Leben oftmals komplizierter ist, als du dir vorstellen magst."

Mina spürte, wie ein Stück ihrer Kindheit in ihr verödete. All ihr Wissen über Hexen hatte sie aus Kinderbüchern, Horrorstreifen oder Hörspielen erlangt. Wahrlich keine seriöse Quelle, wie sie nun wusste, wenn es um derartige Sachen ging.

Sie entschuldigte sich zutiefst bei ihr. Wie konnte sie sich bei dieser erbärmlichen Vorbildung nur Anmaßen, ihr Vorschriften zu machen? Kleinlaut gab Mina ihr zu verstehen, keine Ahnung von wirklichen Hexen zu haben. Aber auch ihre Unwissenheit löste ihr Problem nicht, dem sie sich konfrontiert sahen.

„Fürs Erste wäre es hilfreich, abzuwarten bis sich alle Passagiere eingereiht haben. Dann gehen wir als Letztes. Ich nehme an, dass es lange dauern wird, bis wir von den Polizisten verhört werden. Bis dahin fällt mir schon noch etwas ein Mina. Ansonsten ist Schweigen gegenüber den Polizisten angesagt.", wies Rita sie an. Doch auch dieser Plan sollte nicht aufgehen, denn als erstes wurde nämlich die Schiffscrew verhört. Und es ließ nicht lange auf sich warten, da marschierte der höfliche Steward im Beisein eines Polizeibeamten durch die Reihen, um sie zu identifizieren. „Wohl der neue Hilfssheriff.", meinte die Hexe sarkastisch. Die Polizisten schienen jedenfalls sehr interessiert an einem Verwundeten zu sein, wo sie doch eine Tatwaffe gefunden hatten. Rita erkannte sofort die nahende Bedrohung und spitzte schon ihren Zauberstock, als dann doch etwas völlig Unerwartetes geschah.

-Kapitel 26-

Ein unerwartetes Ereignis

Plötzlich donnerte es so laut über der Stadt New York, dass das Panoramadach des Luxusschiffs in etliche, winzige Scherben zerbrach und einige Passagiere von den herunterfallenden Glassplittern verletzt wurden. Auch einige große Fenster von Wolkenkratzern wurden bei dem lauten Knall zerstört, fielen auf die Straße und begruben vorbeifahrende und geparkte Autos unter sich. In der Ferne hörte man die Alarmanlagen von hunderten Fahrzeugen aufheulen. Der Verkehr kam völlig zum Erliegen. Ein Hupkonzert jagte das andere. Panische Rufe erklangen aus der gesamten Stadt und flößten den Passagieren Angst ein. Chaos breitete sich aus.

Auch Rita und Mina waren von dem Gekreische der aufgebrachten Menge unangenehm berührt. Doch bevor sie es ihren hysterischen Mitmenschen gleich taten, suchten sie lieber die Ursache für den ohrenbetäubenden Knall und die heftigen Erdvibrationen. San hingegen hatte noch immer mit der Bewusstseinstrübung zu kämpfen und zeigte kein besonderes Interesse an dem Ereignis.

Mina tastete sich mit ihren Augen durch die Menschenmassen und bemerkte, wie einige Polizisten am Ufer ihre Köpfe starr in den Himmel reckten. Neugierig erhob auch sie ihren Blick auf das Firmament und war von dem Naturschauspiel, das sich ihr bot, fasziniert und entsetzt zugleich. Ein undefinierbares Objekt, das einen kilometerweiten Feuerschweif hinter sich herzog, war gerade dabei, in die Erdatmosphäre, einzudringen. Es glühte zeitweise heller als die Sonne, daher betrachteten viele das Spektakel durch vorgehaltene Hände. Einige riefen, dass es sich um einen Kometen handelte. Wiederrum andere waren der Meinung, es wäre ein herabstürzender Satellit oder eine fehlgeleitete Rakete. Doch im Grunde wusste keiner genau, was sich da gerade auf Kollisionskurs mit der Erde befand. Mina ahnte Schlimmes.

Das herabfallende Objekt deutete an, direkt in New York einzuschlagen. In dem Moment, als die Passagiere sich darüber allmählich bewusst wurden, wie ihnen geschah, wichen ihren anfänglich begeisterten Blicke, todesängstliche Gesichter. Sie liefen von Panik ergriffen völlig verstört an das rettende Festland, nach einem sicheren Ort suchend, an den Polizisten vorbei, die kläglich versuchten, sie einzufangen. „Das ist unsere Chance!", rief Mina. Zuerst versuchten sie, wie die anderen Menschen, einfach davon zu laufen. Aber San, das „Humpelstilzchen", hielt sie auf. Er war noch immer auf ihre Hilfe angewiesen und ihn einfach zurückzulassen stand gar nicht zur Debatte.

Als nur noch wenige Sekunden bis zum Einschlag blieben, entschieden sie sich an Bord des Schiffs zu bleiben. Nun standen sie alleine an Deck, da auch die Polizisten, die sich dort zuvor positioniert hatten, mit beklemmten Gesichtsausdrücken über die Anlegestelle ans Ufer rannten und mit Blaulicht und Sireneneinsatz davonbrausten.

Die drei versuchten hektisch, zurück in die Kajüte zu gelangen, doch da war es bereits zu spät. Das Objekt schlug mit rasender Geschwindigkeit direkt durch das

Patrouillenboot in den Fluss und zerfetzte es in einer gigantischen Explosion. Aberdutzende Trümmerteile flogen wild durch die Lüfte, als hätte das Boot nur aus Legosteinen bestanden. Zeitgleich entlud sich eine gewaltige Welle von zwanzig Metern Höhe über dem Einschlagspunkt. Sie breitete sich rasend schnell in alle Richtungen aus und trug das Luxusschiff binnen Sekunden auf offene See hinaus.

Mina, San und Rita wurden durch die enorme Wucht zu Boden geschleudert. An jeder Stelle brach das Wasser über das Deck hinein. Verzweifelt versuchten sie sich an der Reling festzuklammern, doch San konnte den einbrechenden Wassermassen nicht länger standhalten und verlor den Halt. Mina streckte gerade noch rechtzeitig ihre Hand nach ihm aus und wie durch ein Wunder bekam sie ihr Onkel zu fassen. Doch seine Nichte spürte schnell, dass ihre Kräfte nicht ausreichten um ihn zu halten. Ihre rechte Hand, die einen Eisenstab der Reling fest umschloss, verlor durch das Gewicht, das nun auf ihr lastete und das unaufhaltsam eindringende Wasser, immer mehr an Griffigkeit. Sie fühlte, wie sich ihre Finger Millimeter für Millimeter auseinanderspreizten. „Nein, nein, nein!", rief sie, als beiden drohte, in den aufgepeitschten Fluss zu fallen. „Lass mich los!", schrie San sie an. „Niemals!", schrie Mina zurück. Doch dann öffnete San seine Hand. Er wollte sie nicht mit in den sicheren Tod reißen. Mina konnte ihn nicht mehr länger festhalten. „Nein Onkel, tu das nicht!", flehte sie ihn an. Doch er wollte seinen Entschluss nicht mehr rückgängig machen und die nächste Welle, die nicht lange auf sich warten ließ, riss ihn von ihr los. Vor ihren Augen verschwand er in das tosende Meer. Geschockt starrte sie seiner ausgestreckten Hand hinterher, bis sie nicht mehr zu sehen war. Dabei spürte sie den *Pareidolring* in ihrer Hand, der wohl bei seinem Sturz in die Fluten in ihre Hand geglitten sein musste. Schnell steckte sie die letzte Erinnerung an ihren Onkel in ihre Hosentasche, denn eine weitere Welle kündigte sich bereits an und ergoss sich über das Schiff. Noch blieb ihr keine Zeit, lange darüber zu Sinnieren, was ihr da gerade Schreckliches widerfahren war, denn sie schaffte es selbst nur mit knapper Not, sich wieder mit beiden Händen festzuklammern.

Wild schaukelte das Schiff von der einen zur anderen Seite. In diesem Augenblick konnte selbst Mina, bei der so taffen Rita, die Todesangst in ihren Augen erkennen. Und es kam noch schlimmer, denn plötzlich und ohne Vorwarnung, geriet das Schiff Schräglage, sodass ihre Körper durch die Schwerkraft zur Mitte des Schiffs hingen. Immer mehr Wasser drang über die Steuerbootseite und das zerstörte Panoramadach ein. Doch es gab kein Rettungsboot, in das sie sich flüchten können. „Wir sinken!", schlug Rita Alarm, die unwillkürlich an ihren verstorbenen Ehemann denken musste, dem ein ähnliches, weitaus schrecklicheres Schicksal auf der Titanic widerfahren war.

Mina überlegte angestrengt, wie sie der Katastrophe entkommen konnten. Sie erinnerte sich an den *Spiegel der Berührung*, der hoffentlich noch immer sicher in der Holzkiste verstaut war und in der Kabine des Stewards auf sie wartete. „Ich habe eine Idee! Komm mit, ich brauche deine Hilfe!", rief sie der Hexe zu. Gemeinsam kletterten sie behutsam an der Reling hinunter zum unteren Deck, wo sich die Kajüte befand. Das Wasser stand ihnen bereits bis zum

Hals. Die Kabinentüre hatte es durch die Kraft der eindringenden Wassermassen ausgehebelt und trieb gespenstisch auf der Wasseroberfläche im fast völlig gefluteten Flur umher.

Mina schwamm vorsichtig in die Kabine, wo allerlei Zeug herumschwappte und sah die hölzerne Truhe am anderen Ende des Zimmers treiben. Sie kraulte zu ihr hinüber und öffnete sie fix. Dann schnappte sie sich den *Spiegel der Berührung* und bat Rita ein Loch durch die Zimmerdecke zu brennen. Das Schiff hatte mittlerweile solch eine Schieflage, dass die Zimmerdecke zur Seitenwand transformierte, an der man ein Bild hätte aufhängen können. Rita wusste zwar im ersten Moment nicht genau, warum sie das tun sollte, aber sie ließ sich nicht lumpen und vertraute auf Mina. Sie griff in das eiskalte Meerwasser, holte ihren Zauberstock aus ihrem vollgesogenen Rock hervor und schoss einen großen, konzentrierten Feuerstrahl durch die Wand. Es dauerte keine zwei Sekunden, da war ein rundes Loch durchgebrannt, so groß wie ein Bullauge. Mina konnte daraus die inzwischen in weite Ferne gerückte Freiheitsstatue sehen. Da sie den Griff des Spiegels bereits fest umklammerte, konzentrierte sie sich nun mit ihrem Blick auf die mittlerweile klitzekleine Freiheitsstatue. Dann tauchte sie den Spiegel in das Meerwasser ein und das Wunder geschah. Tausende Liter von Meerwasser flossen blitzschnell durch das Spiegelglas und prasselten auf das Symbol der Freiheit nieder. Mina musste sich mit dem immer schneller sinkenden Wasserpegel mitbewegen, durfte aber gleichzeitig den Fokus auf die Freiheitsstatue nicht verlieren. Doch genau das drohte ihr, denn das Loch, durch das sie aus dem Schiff sehen konnte, war weggerückt und viel zu klein. Deswegen geriet ihr Blickfeld unbeabsichtigt auf die Innenwände der Kabine. Dadurch wurde das Wasser zu ihren Ungunsten wieder in die Kabine zurückgeleitet.

Minas Gesicht stand bereits bis zur Oberlippe unter Wasser. Nur noch wenige Augenblicke trennte sie, das Meerwasser einzuatmen und daran zu ersticken. Sie versuchte vergeblich, den Spiegel aus dem Wasser zu heben, hoch in die Luft. Aber sie scheiterte an den schier unendlichen Wassermassen, die durch den Spiegel flossen und ihn nach unten drückten. Blitzartig suchte sie mit ihren Augen nach einem Ort außerhalb der Kajüte, um das Wasser irgendwie doch noch umzuleiten. Doch die Wände und Decken bildeten einen undurchdringlichen Käfig, der drohte, zu ihren nassen Gräbern zu werden.

Rita schoss daraufhin blitzschnell mit ihrem Feuerzauber einen großen Korridor durch die gesamte Wand, sodass Mina in letzter Sekunde doch noch freien Blick hatte. Gerade rechtzeitig, denn es hätte nicht mehr viel gefehlt und sie wäre ganz von dem Wasser verschluckt worden. Nun aber schossen Tonnen von Meerwasser durch den *Spiegel der Berührung* und regnete weit draußen über dem offenen Ozean nieder. Das Schiff drehte sich langsam wieder in seine normale Position zurück, bis nur noch ein winziger Wasserteppich auf dem Boden übrig blieb. Die Gefahr war gebannt. Ohne Minas Ideenreichtum und ohne Ritas magisch, beherztem Eingreifen, wären sie wahrscheinlich auf Grund gelaufen. In Teamarbeit jedoch, vollbrachten sie das Unmögliche.

Völlig erschöpft und durchnässt vielen sie sich in die

Arme. Wie ein Geisterschiff trieb ihre rettende Zuflucht auf offene See. Die Trauer über Sans Verlust war allgegenwärtig.

-Kapitel 27-
Ein Versuch weiterzumachen

Als sich das Meer wieder beruhigt und das Schiff stabilisiert hatte, liefen Mina und Rita sofort zurück an Deck. Von jeder Bootsseite hielten sie nach San Ausschau. In Endlosschleifen riefen sie seinen Namen, bis sie heiser wurden und ihre Stimmen versagten. Doch es blieb stumm.

Die Welle hinterließ eine Schneise der Verwüstung. Überall schwammen Trümmerteile auf dem Ozean herum. Mina ging sorgenvoll zur Brücke des Schiffs und begann nach einem Fernglas zu suchen. Zwischen einem Haufen durchnässter Karten und Dingen, die sie nicht ansatzweise kannte, lag glücklicherweise eines herum. Sie wischte die beiden Gläser mit ihrem Ärmel trocken und suchte die Gegend nach San ab. Ihr Schiff trieb bereits einige Kilometer vor New Yorks Küsten herum, aber je mehr ihr sich das Ausmaß der Welle durch den Feldstecher offenbarte, desto geringer schätzte sie die Überlebenschancen ihres Onkels ein. Eigentlich, war sie sich mittlerweile ziemlich sicher, konnte er das nicht überlebt haben. Besonders nicht in seiner körperlichen Verfassung. Doch tief in ihrem Herzen war sie noch nicht bereit, ihn aufzugeben. Akribisch suchte sie nach ihm weiter. Als sie das Fernglas auf die Stadt richtete, konnte sie erkennen, dass einige Autos ins Meer gespült wurden und an der Wasseroberfläche trieben. Der Aufprall des Objekts hatte so viel Meerwasser in die Stadt geschleudert, dass sie an einigen Stellen unpassierbar war. Eigentlich wollte sie gar nicht wissen, wie es in der Innenstadt aussah. Deshalb nahm sie das Fernglas ab und wandte erschrocken ihren Blick von der Kulisse. Hoffentlich wurde niemand verletzt oder getötet, dachte sie sich.

„Was ist nur mit San passiert?", fragte Mina mit Blick auf das Meer gerichtet, als sie Ritas Gegenwart auf der Brücke spürte. Stille erfüllte den Raum. Rita trat von hinten an Mina heran und umschloss sie mit ihren Armen. Auch wenn die Sonne schien und den Himmel erstrahlen ließ, bildeten sich in ihren Herzen große Trauerwolken. Gemeinsam schauten sie nun auf das Meer, das ihnen ein grauenhaftes Bild bot.

„War es das alles wert?", flüsterte Mina. Sie stellte sich all die tragischen Szenen vor, die durch dieses Ereignis ausgelöst wurden. Wie ihr Onkel vergeblich gegen die Fluten ankämpfte, um letztlich doch nur den Tod gefunden zu haben, wie schier endlose Wassermassen Autos mit ganzen Familien darin, ins Meer spülte. Vor ihrem geistigen Auge sah sie überall das Leid und die toten Menschen, für die sie sich die Schuld gab. Tränen bildeten sich in ihren Augen. Schwermut überkam sie. Dann schrie sie lauthals: „Ich will das alles nicht mehr. Ich will sterben, hörst du Osiris! Hol mich und beende diese Odyssee. Nimm deine beschissene Kette und lass mich in Frieden ruhen."

Rita hatte Schwierigkeiten Mina wieder zu beruhigen. Während sie ihren Schmerz herausschrie, kauerte sie am Boden und wehrte sich gegen jeden Annäherungsversuch der Hexe. Plötzlich stieß Mina einen unüberlegten Wunsch aus. „Ich wünschte, ich wäre tot!" Doch die Kette versagte ihr den Wunsch. Verzweifelt fiel sie Rita in die Arme. „Was mach ich bloß falsch?", fragte sie die weiße Hexe unter Tränen. „Gar nichts Kleines. Aber du musst dein Schicksal annehmen – dich seinen Wegen, egal wie schmerzlich sie sein mögen, verpflichten. Nur du allein kannst es erfüllen. Die Kette ist nicht in der Lage, dich zu töten. Selbstmord ist wider die Natur, musst du wissen. Es ist also deine heilige Pflicht, die anderen beiden Kristalle zu finden, um Osiris zu beweisen, dass du es wert bist, lebendig von ihm angehört zu werden. Wenn du tot bist, gehört nicht nur die Kette ihm, sondern er kann auch über deine Seele frei verfügen und du hast keine Möglichkeit mehr Gehör bei ihm zu finden. Und glaube mir, wenn er im Besitz deiner Seele ist, wird er dich auf ewig im *Seelenfeuer* brennen lassen. Also kämpfe weiter. Bleib am Leben oder die unvorstellbarsten Höllenqualen werden dich ereilen. Nimm die Prüfungen an, die dir das Schicksal aufgezwungen hat. Für ihre Erfüllung musst du bereit sein, alles zu geben. Auch Opfer!" Mina schniefte. Sie wollte die Hexe einfach nicht verstehen. „Ich will das alles aber nicht mehr!", klagte sie.

Mit sanfter Stimme ging Rita auf sie ein und offenbarte sich ihr. „Ich wollte auch nicht, dass meine Kinder sterben oder mein Ehemann. Ich hatte genau die gleiche Sehnsucht nach dem Tode wie du jetzt. Nur ich hatte wirklich alles verloren, wofür es sich zu leben lohnte! Die Entscheidung stand also. Ich wollte mich umbringen. Nur wusste ich noch nicht, wie ich es am besten anstellen würde. Ich hätte mich vor einen Zug schmeißen können, aber ich wollte nicht, dass der Lokführer oder die Fahrgäste zu Schaden kamen. Von der Brücke springen ja, aber ich wollte niemanden zumuten, meinen matschigen Körper zu entfernen.

Also habe ich mich dazu entschieden, langsam und qualvoll zu sterben. Ich hatte es ja auch nicht anders verdient, schließlich klebte das Blut meiner Kinder, meiner Engel, an meinen Händen." Rita hielt für einen kurzen Moment eine Andacht. Unentwegt liefen Tränen über ihre Wangen. „Darum hungerte ich. Aber glaube mir, das ist kein leichter Tod. Ich schottete mich in dem halb fertigen Haus, das mein Ehemann mit unseren letzten Ersparnissen gekauft hatte, völlig von der Außenwelt ab. Ein Leben in völliger Isolation schien mir gerade recht für meinen eigenen Tod. Mit jedem Tag verlor ich mehr und mehr an Gewicht und mit jedem Gramm, das mich meinem Wunsch näher brachte, büßte ich auch mehr und mehr von meinem Verstand ein. Zeitgleich aber schärften sich alle meine Sinne. Ich konnte besser riechen, besser hören, besser sehen, auch nachts, da ich nächtelang, in völlig abgemagertem Zustand, durch die Flure des Hauses wanderte. Wie eine lebende Leiche kam ich mir vor. Wie ein Zombie, würdet ihr jungen Dinger heute wohl dazu sagen. Irgendwann fiel ich völlig entkräftet vor den Kamin. Ich wusste, jetzt hatte mein letztes Stündlein geschlagen. Du kannst dir gar nicht vorstellen, wie wahnsinnig ich mich darüber freute, den Schmerz bald für immer los zu sein. Doch dann passierte etwas, das mein weiteres Leben für immer verändern und prägen sollte. Ein Wesen, ganz gehüllt in einer dunkelroten Robe, erschien mir. Ich konnte sein Gesicht nicht erkennen, denn durch seine Kapuze schien kein Licht auf sein Antlitz. Er erzählte mir, dass er der *Schicksalswächter* sei, einer der *Sieben Wächter des kosmischen Gleichgewichts* und befahl mir, nicht zu sterben, sondern mein Schicksal anzunehmen. Ansonsten würde ich umsonst gelebt haben und dafür hart im Jenseits bestraft werden. Zunächst dachte ich mir, dass die Erscheinung eine Halluzination sei. Doch als er mich aufrichtete und mich ins Bett legte, wusste ich, dass mir meine Sinne keinen Streich gespielt hatten.

Er überreichte mir ein Schälchen mit einer Suppe. Zumindest dachte ich, dass es sich um eine handelte. Dann sprach er zu mir: „Es liegt an dir, ob du meinen Heilsaft trinkst, der dich die nächsten einhundertfünfzig Jahre am Leben erhält, damit du dein Schicksal erfüllen kannst oder ob du feige aus dem Leben scheidest, dein Schicksal nicht besiegelst und im Jenseits dafür büßen musst." Ich fragte ihn mit letzter Kraft wie mein Schicksal aussehen würde und er sprach: „In über einhundert Jahren wird ein junges Mädchen die Welt retten. Dazu braucht sie diesen Spiegel, über den du wachen wirst." Er zeigte mir den *Spiegel der Berührung* und sprach: „Um ihn für das Mädchen zu schützen, wirst du in die Zauberkünste eingewiesen. Und nun keine weiteren Fragen mehr, alles wird sich dir offenbaren, wenn du dein Schicksal annimmst!" Ich überlegte nicht lange und trank aus der Schale. Dann schlief ich ein.

Als ich wieder zu mir kam, war ich wieder wohlgenährt. Ich sah wieder wie eine hübsche, gesunde Frau aus. Beiläufig erwähnt - von diesem Zeitpunkt an, alterte ich nicht mehr so schnell.

An einem von Wasserdampf beschlagenen Wandspiegel im Badezimmer hinterließ der *Wächter* eine Nachricht für mich. Eine Adresse und eine Anweisung waren darauf gekritzelt: „*Levington Street - 3. Baum links - 3 Klopfzeichen bei Vollmond.*" Als ich gerade dabei war, mir diese Nachricht zu notieren, verschwand sie auch schon spurlos vor meinen Augen. Ungläubig starrte ich den Spiegel an. Ich hegte aber keine Selbstzweifel, die mich plagen konnten, das Geschehene als unwirklich abzustempeln. Schließlich betrachtete ich meinen neu erstarkten Körper im Spiegelbild, was mir Beweis genug war.

Daher suchte ich in der Stadtkarte nach besagter Straße und beim nächsten Vollmond machte ich mich auf den Weg dorthin. Obwohl die Straße auch offiziell im Kartenverzeichnis stand, fand ich sie in einem miserablen Zustand vor. Sie verlief über mehrere Kilometer weit aus der Stadt hinaus und ich musste stundenlang auf dem Pfad gewandert sein, bis ich an dessen Ende kam. Keine Häuser oder Laternen säumten den Wegesrand und obgleich es schon dunkel war und nur das fahle Licht des Vollmonds auf die Erde schien, fielen mir sofort die drei Bäume auf. Sie standen mitten im Weg. Eine Sackgasse eben. Hinter ihnen lag eine riesige Wiese, wo auf der anderen Seite ein kleiner Hügelhang anfing, der in einen düsteren Wald mündete.

Ich klopfte also, wie angewiesen, drei Mal gegen den dritten Baum von links. Und dann geschah es. Eine Tür zeigte sich am Baum da, wo vorher nur alte Rinde war. Ich trat ein und es stellte sich heraus, dass es ein Aufzug war, der mich einige Meter unter Tage führte. Als ich aus dem Aufzug stieg, erwartete mich bereits ein alter Magier. Sein Name war Spitzbart Bert. Er trug, wie es sein Name bereits verriet, einen mächtigen, weißen Spitzbart. Ich erzählte ihm von meiner Begegnung mit dem *Schicksalswächter*, doch er stand nur mit einem breiten Grinsen im Raum und hielt mir den *Spiegel der Berührung* unter die Nase, so als ob er bereits auf mich gewartet hatte. Er war es schließlich, der mich über die Jahrzehnte in die Künste der Zauberei einwies. Im Hauptfach bildete er mich zu einer Eis- und Feuerhexe aus, im Nebenfach brachte er mir bei, die medialen Kräfte zu nutzen. Und er war es auch, der den Spiegel unter einen Zauberschutz gestellt hatte, den nur ich und er imstande sind aufzuheben.

Die *Furandi* hatten uns immer wieder wegen des Spiegels angegriffen und auch andere Ungeheuer versuchten ihr Glück. Doch als Hüterin des Spiegels wusste ich mein Schicksal zu erfüllen und konnte alle Angriffe bis zum heutigen Tage erfolgreich abwehren. Jedoch bereits bei unserer ersten Begegnung stellte der alte Magier unmissverständlich fest, dass einst ein junges Mädchen und ich bei der Errettung der Welt eine tragende Rolle spielen würden.

Und das geschieht in diesem Augenblick Mina. Du rettest die Welt! Dein Schicksal besiegelt das Schicksal aller." Mina konnte das alles nicht so recht glauben. „Wie soll ich bitteschön die ganze Welt retten? Ich kann ja noch nicht mal das Leben meines Onkels retten!" Rita ließ nicht los. „Ich kenne die Zukunft nicht, aber ich werde an deiner Seite kämpfen, damit du dein Schicksal erfüllst. Das Überleben dieser Welt hängt von deinen Entscheidungen ab. Also fälle jetzt die richtige und reich mir deine Hand. Zusammen schaffen wir das Unmögliche, so wie wir das Schiff vor dem sicheren Untergang bewahrt haben. Und wenn wir scheitern sollten, dann können wir uns und dieser Welt nichts vorwerfen. Denn das Jenseits wird uns in dem Fall wohlgesonnen im Schoße unserer Liebsten aufnehmen!"

Rita streckte die Hand nach Mina aus. Angetan von

den Worten der Hexe, reichte sie schließlich auch ihre Hand entgegen. Als sie sich gegenseitig zu packen bekamen und ihr Rita auf die Beine half, meinte Mina: „Ich verspreche mein Schicksal zu ertragen, so hart es auch sein möge. Ich werde genauso mutig für die Erfüllung kämpfen, wie du! Seite an Seite."

Sie sollte schon bald die Gelegenheit dazu bekommen, ihren Mut zu beweisen.

-Kapitel 28-
Die Hoffnung stirbt zuletzt

Irgendwann traten die beiden wieder an Deck des Schiffs. Mina sah noch einmal mit einem nachdenklichen Blick über den Ozean. Sie erwies ihrem Onkel die letzte Ehre, indem sie ihre Lippen ganz fest gegen ihre Handinnenseite presste und einen Luftkuss auf die offene See blies. „Ich werde dich nie vergessen.", flüsterte sie. Rita gesellte sich zu ihr und senkte andächtig ihr Haupt. Sanft berührte die Hexe Minas Hand. Die Sonne strahlte kräftig vom Himmel herab. Eigentlich war es der perfekte Tag für den Strand, um sich faul in den Liegen umher zu wälzen und in Büchern zu versinken. Kein Tag jedenfalls, um von einer geliebten Person Abschied zu nehmen.

Da wo keine Trümmerteile im Wasser umher lagen, glitzerte das Meerwasser wie Diamanten. Eine leichte Brise wehte ihnen durch das Haar. Fast umgab die beiden eine friedvolle Stille.

Einen Augenblick lang hielten sie inne. Mina fing an, wiederholt mit ihrer Hand über das Amulett zu streichen. Ihre Gedanken kreisten hauptsächlich um ihren Onkel, denn das schlechte Gewissen, ihn voreilig aufgegeben zu haben, überkam sie. Vielleicht lebte er ja doch noch? Vielleicht kämpfte er gerade irgendwo da draußen um sein Leben? Auch wenn das Schattenraubtier nach einem Wunsch ihren Standort wüsste, sie konnte die Ungewissheit um ihren Onkel nicht länger ertragen. Als sie gerade dabei war den Wunsch in ihrem Kopf zu formulieren, der ihr ihren Onkel wieder zurückbringen konnte, wurden sie und Rita auf ein starkes Funkeln aus weiter Ferne aufmerksam. Mina rannte sofort zur Brücke zurück und schnappte sich erneut das Fernglas. Sie blickte hindurch und konnte nur schemenhaft eine Person wahrnehmen, die mitten im Meer auf einem Stück Holz herumtrieb. Dieser Jemand musste mit einer Art Glas das Sonnenlicht reflektieren. Immer wieder blitzte ein konzentrierter Sonnenstrahl in ihre Richtung. Konnte das Onkel San sein? Stürmisch fragte sie die weiße Hexe: „Weißt du wie man ein Schiff steuert?"

Rita sah sich die vielen Bedienknöpfe, die großen Hebel und das Steuerrad an. Schließlich meinte sie: „Nein, aber ich hatte schon immer ein sicheres Auftreten bei völliger Ahnungslosigkeit. Und so schwer kann das ja nicht sein!" Sie fand auch gleich den Startknopf. Sofort und ohne zu murren sprang der Motor an. Wie ein Kätzchen schnurrte er vor sich hin und schien nach dem ganzen Drama keine Schwierigkeiten zu bereiten. Dann drückte sie langsam den Hebel, der sich neben dem Steuerrad befand, nach vorn. Das Schiff fing an zu ruckeln. Geschmeidig bewegte es sich durch den Ozean. „Schneller!", befahl Mina und rannte an die Spitze des Schiffs. Voller Hoffnung fuhr sie dem Lichtblitz entgegen. Sie wollte die Erste sein, die ihren Onkel zu sehen bekam, so sicher war sie sich, dass es sich hierbei um ihn handelte.

Das Schiff bahnte sich vorsichtig den Weg durch die unzähligen Trümmerteile. Mit beeindruckender Sorgfalt umschiffte die weiße Hexe große oder spitze Gegenstände, die dem Schiff gefährlich werden konnten. Rita gab einen vorzüglichen Steuermann ab, obwohl sie noch nie zuvor ein motorisiertes Boot gesteuert hatte. Und schon gar nicht so ein großes.

Es dauerte eine Weile bis sie den Hilfesuchenden erreichten, aber als sich das Schiff einige Meter vor ihm befand, erkannte Mina bereits an der Kleidung ihren Onkel. Er klammerte sich völlig erschöpft mit einem Arm an einem Stück Treibholz fest und winkte ihr kraftlos mit der anderen Hand zu, in der er seine Brille hielt. Seine Lippen waren ganz ausgetrocknet und porös. Dafür schien die Wunde am Oberarm, dank Ritas exzellenter Versorgung, gut zu verheilen.

Seine Lesebrille, die er immer bei sich trug, war es, die sie am Ende zu ihm führte. Komischerweise hatte ihr Onkel Zuhause immer wieder betont, das Lesen eines Tages sein Leben retten würde. Und irgendwie stimmte es ja auch. Ein feiner Schachzug ihres Onkels, wie seine Nichte fand. Sie war heilfroh darüber ihn, zwar nicht in dem besten Zustand seines Lebens zu sehen, aber dennoch, sicher unter den Lebenden zu wissen.

Zu ihrem Erstaunen erkannte sie aber noch jemanden Bekanntes neben ihrem Onkel auf dem Wasser treiben. Es war ihr geflügelter Freund Pitty. Sein Kopf lag regungslos und mit verschlossenen Augen auf demselben Treibholz, gut versteckt hinter Sans Körper. Immer wieder schwappte eine kleine Menge Wasser in sein Gesicht. Seine Flügel waren total durchnässt. Dutzende seiner Federn schwammen auf dem Wasser, einige andere schienen geknickt zu sein. Sein Oberkörper war von Schürfwunden und blauen Flecken gekennzeichnet. Mina traute es sich gar nicht auszusprechen, welcher Gedanke ihr zuallererst durch den Kopf schoss.

Schließlich formulierte sie vorsichtig die Frage: „Ist er tot?" Doch San wusste die Antwort darauf auch nicht. Mit schwacher Stimme flüsterte er zu seiner Nichte: „Ich habe ihn so auf diesem Stück Holz vorgefunden, ehe ich mich selbst daran festklammern konnte. Bisher zeigte er noch keinerlei Reaktion auf Ansprache oder Antippen. Und jetzt helft mir bitte raus hier, ich kann nicht mehr."

Gemeinsam hievten sie ihn aus dem Wasser. „Wie geht es dir?", wollte seine Nichte wissen. Doch der umarmte sie und Rita erst einmal vor Freude, sie wiederzusehen. Überschwänglich küsste er Ritas Hände und bedankte sich von ganzem Herzen, dass sie ihm das Leben gerettet hatte. Er zeigte auf seine Giftwunde und fragte demütig: „Wie kann ich mich jemals dafür revangieren?". Rita entgegnete ihm mit ganzer Weisheit: „Nun, ich selbst bin keine Heilerin. Wenn sie jemandem danken wollen, dann Xenia. Sie war es, die mir per Gedankenübertragung die richtigen Gegenmaßnahmen mit dem dazugehörigen Zauberspruch übermittelte. Ihr großes Glück war zudem, dass sie die überteuerten Tickets für ein Luxusschiff gekauft hatten, mit einem ziemlich eingebildeten, aber sehr peniblen französischen Chefkoch. Keine Küche der Welt hätte sonst die Zutaten gehabt, die für ihre Errettung nötig gewesen wäre. Revangieren können sie sich nur, indem sie weiterhin an Minas Seite bleiben und mit ihr die Welt retten!" Auch wenn San nicht recht verstand, was sie damit meinte, als sie sagte „die Welt retten", wuschelte er Mina durchs Haar und drückte Rita einen Kuss auf die Wange. „Das werde ich!", versprach er.

Die drei schafften es mit Hilfe einer Leiter, die es irgendwie vollbracht hatte, trotz des heftigen Hin- und

Herschunkelns an Bord zu bleiben, Pittys Körper aus dem Wasser zu ziehen. „Am besten bringen wir ihn in die Kajüte und legen ihn ins Bett.", schlug Rita vor. Doch Mina erinnerte sich daran, was ihr der Gotteshelfer erzählte hatte. „Nein! Legt ihn in die blanke Sonne. Gotteshelfer ziehen ihre Lebenskraft aus der Sonnenenergie. Wenn ihm eines hilft, dann das."

Es verstrich wieder einmal viel Zeit mit Warten. Sie hatten Pitty mitten auf dem sonnigen Schiffsdeck in Rückenlage gebracht und seine Flügel ausgebreitet. Mina wollte sichergehen, dass auch wirklich jeder Sonnenstrahl seinen Körper traf. San hatte sich derweil bis auf die Unterhose ausgezogen und seine nassen Klamotten über die Reling gehangen, um sie zu trocknen. Die Sonne knallte an diesem Tag erbarmungslos vom Himmel, weshalb die drei Schutz an einem schattigeren Plätzchen suchten – der Schiffsbrücke, die das Ganze zu ihrem Glück, heil überstanden hatte. Angespannt beobachtete Mina den gefallenen Engel durch die Fenster. Sie ließ ihn keine Sekunde aus den Augen.

Rita hatte während des Wartens die Zeit genutzt, um die Küche des Luxusliners aufzusuchen. Knöcheltief stand sie im Wasser vor einem Gasherd und machte sich daran, für sich selbst und das leibliche Wohl der anderen zu sorgen. Sie kramte einen Wok aus gefühlten tausend Geschirrteilen heraus, die wild auf dem Boden verstreut lagen. Dann suchte sie nach gebrauchsfähigen, essbaren Materialien, denn nicht alle Lebensmittel, die sich auch zum Teil im Meerwasser tummelten, waren noch genießbar. Sie hatte Glück. Sie fand einen Kühlschrank, der nicht umgekippt und reichlich voller hervorragender Nahrungsmittel vollgestopft war. Im Gefrierfach lag zartes Kalbsfilet vom Feinsten. Im Kühlteil waren gesundes Gemüse, Kräuterbaguettes, Kaviar auf Keks und Champagnerflaschen gelagert. Daraus zauberte die weiße Hexe ein kleines Sternemenü. Da der Gasherd seinen Geist aufgegeben hatte, hielt sie kurzerhand einfach ihren Zauberstock unter den Wok und schuf mit ihrem Feuerzauber das wohl schmackhafteste Essen, dass die hungrigen Bäuche der drei jemals zuvor vorgesetzt bekamen.

Sie betrat die Schiffsbrücke mit dem wohlduftenden Wok, einer geköpften Champagnerflasche unter ihrer Achselhöhle geklemmt und mit drei Gabeln bewaffnet. Minas feiner Nase entging nicht der herrliche Duft, der sich um sie gelegt hatte. Jetzt erst bemerkte sie überhaupt, wie groß ihr Hunger doch eigentlich war und wich nun doch mit ihrem behütenden Blick von Pitty und richtete ihre Augen auf das gute Essen. Rita übergab San und Mina jeweils eine Gabel und stellte den Wok und die Champagnerflasche mitten auf den Navigationstisch. „Bon appétit!" Hastig schlugen sie sich ihre Bäuche voll und bemerkten dabei nicht, wie Pitty, der noch immer in der wärmenden Sonne am Boden lag, langsam zu sich kam.

Langsam öffnete er seine Augen und blickte in den strahlend blauen Himmel. Erstaunt stellte er fest, dass er noch am Leben war. Doch wie konnte das sein, dachte er sich. Das Letzte, an das er sich erinnern konnte, war der heftige Schlag seines Herrn, der ihn vom Himmel stürzen ließ. Plötzlich kam ihm Mina in den Sinn und er war wieder hellwach. „Ich muss Mina finden.", flüsterte er geschwächt zu sich selbst. Angetrieben, sie schnellstens zu finden, wollte er flink aufstehen, was zur Folge hatte, dass er nur umso schneller wieder zu Boden sackte und sich qualvoll seinen Brustkorb hielt. Skeptisch betrachtete er seinen geschundenen Körper und stützte sich gegen die Reling. „Autsch!", stöhnte er und zog schmerzergriffen seine Finger zurück. Die Reling war für seine Verhältnisse unangenehm von der Sonne aufgeheizt worden.

Noch nie zuvor hatte er Hitze gespürt, war doch die Sonne sein Lebensmotor. Die Haut auf seinem Brustkorb war schon leicht gerötet und tat ihm höllisch weh. Schweiß tropfte ihm von der Stirn. Alle Anzeichen schienen sehr untypisch für einen Gotteshelfer zu sein. Doch Pitty nahm es als gegeben hin. Er fragte sich vielmehr, wie er nur auf dieses Schiff gelangt war und wo sich die Besatzung versteckt hielt? Angeschlagen ging er einige Schritte über das Schiffsdeck entlang, ohne die drei auf der Brücke zu bemerken oder von ihnen bemerkt zu werden. Niemand war zu sehen oder zu hören. Als er schließlich zu dem Entschluss kam, er würde völlig alleine, mitten im Ozean, auf einem Geisterschiff dahintreiben, spreizte er seine Flügel aus und wollte gerade in Richtung Land davonfliegen, als ihn eine fremde Hand am Arm packte. Erschrocken drehte er sich um und konnte seinen Augen nicht trauen. Mina, Rita und San standen abgekämpft, aber mit zufriedenen Gesichtern, vor ihm. „Welch unerwarteter Besuch.", begrüßte ihn San schließlich. „Was ist passiert? Du wolltest doch Hermes auf eine falsche Fährte locken!", fragte Rita besorgt. Nur Mina schwieg und sah ihm nur tief in seine wunderschönen, leuchtenden Augen, die das Sonnenlicht in einer kristallblauen Farbe reflektierte.

Pitty machte kein großes Geheimnis daraus und

erzählte ihnen, was geschehen war. „Hermes wartete schon voller Ungeduld auf mich. Er wusste, dass irgendetwas nicht stimmen konnte. War ich doch verpflichtet, ihm schnell eine Nachricht zukommen zu lassen, nachdem ich zu euch aufgebrochen war. Die aber, blieb ja bekanntlich aus, weil ich es für nötig gehalten hatte, euch zu helfen. Während ich ihm mitteilte, dass ich nichts Außergewöhnliches zu berichten hätte und nur von Gerüchten gehört hatte, beschwor ich seinen unbändigen Zorn. Bedauerlicherweise hatte er nicht nur mich auf die Erde geschickt um nach dem Rechten zu sehen. Jemand musste mir also gefolgt sein und mich bitterlich verraten haben. Es tut mir so leid. Ich weiß ja, dass Hermes von dieser Kette besessen ist, aber ich wusste nicht, dass er sogar über Leichen in seinen eigenen Reihen gehen würde! Hermes wollte alles, wirklich alles, über euch wissen. Doch von mir bekam er nichts heraus. Um euch zu schützen, schwieg ich wie ein Grab. Daraufhin folterte er mich mit den schlimmsten Methoden, die man sich nur vorstellen kann. Ich hätte nie gedacht, dass er zu so etwas fähig wäre. Als ich halbtot vor ihm in Ketten lag, ließ er auf einmal von mir ab, öffnete die Handfesseln und verbannte mich aus dem Olymp mit einem mächtigen Schlag. Dabei entriss er mir die Sonnenglut aus meinem Brustkorb, die ich zum Überleben brauche. Dann warf er mich, mit den Worten *„Wenn du den Aufprall überlebst, sollst du sterben wie ein Mensch!"*, vom Himmel. Noch während ich auf die Erde zuraste, korrigierte ich mit meiner letzten Kraft die Flugbahn so, dass ich auf New York zusteuerte. An mehr kann ich mich nicht erinnern. Und jetzt stehe ich vor euch mit der schlimmsten Nachricht, die ich jemals übermitteln musste. Hermes hat alle seine

Helferboten, selbst die *Reinen*, bewaffnen lassen, um euch zu suchen. Sie werden überall auf der ganzen Welt Ausschau nach euch halten. Besonders nach dir Mina. Und er hat seinen Untertanen befohlen, keine Gefangenen zu machen. Er will unter jeden Umständen die Kette besitzen und nimmt dabei euer aller Tod billigend in Kauf. Die einzige gute Nachricht ist, dass ich bis zum Schluss euren Aufenthaltsort nicht verraten habe und wir dadurch einen gewissen Zeitvorsprung haben."

Betroffen blickten die drei in Pittys Gesicht und über das schreckliche Ausmaß seines geschundenen Körpers. Was musste er nicht alles über sich ergehen lassen? Mina ging auf ihn zu und strich sanft über seine zahlreichen Verletzungen. Er zuckte kurz zusammen. „Ist es das erste Mal, dass du Schmerzen empfindest?", fragte sie ihn beunruhigt. Pitty nickte. Noch nie zuvor hatte er Schmerzen gespürt. Nun aber trug er keine Sonnenglut mehr in seinem Körper und dieser Umstand schwächte ihn zunehmend. Während Pitty ihnen erzählte, dass Gotteshelfer üblicherweise gegenüber irdischen Ereignissen schmerzresistent waren, machten die drei eine erschreckende Beobachtung. Sein einst so prachtvolles Federkleid schrumpfte. Feder über Feder stapelte sich auf dem Boden unter ihm. Alle fragten sich, ob er überhaupt noch imstande war, zu fliegen. Dann knurrte Pittys Magen überraschend. „Autsch, was tut da so höllisch weh in meinem Körper?", fragte er entsetzt. Auch Hunger hatte er noch nie gespürt. „So fühlt sich Hunger an.", entgegnete ihm Rita und überreichte ihm den halbleeren Wok. „Greif zu!", diktierte sie ihm.

Der Götterbote griff nach einem Stück saftig

gebratenem Fleisch und Mina führte ihm ganz mütterlich die Hand zum Mund. „Iss!", sagte sie und machte ihm dabei vor, wie man zu kauen hat. Er biss in das Fleisch. Zum ersten Mal in seinem Leben schmeckte er etwas. Seine Zunge hatte in diesem Augenblick eine weitere, erfüllendere Aufgabe übernommen, außer beim Bilden der Worte mitzuwirken. Eine Geschmacksexplosion entlud sich in seinem Mund. Gierig griff er nach dem nächsten Stück Fleisch und biss beherzt hinein. „Das ist großartig!", stellte er schmatzend fest, wobei ihm die Hälfte wieder herausfiel. Mina, Rita und San hatten großen Spaß, während sie Pitty beim Essen zusahen. Sie witzelten sogar herum. „Immer schön kauen und schlucken, und dann erst sprechen, mein Junge.", gab die weiße Hexe zum Besten. Die Stimmung war, trotz der Hiobsbotschaft, sehr heiter und entspannt. Auch, weil sie alle einfach nur froh darüber waren, dass sie in diesen schweren Stunden wieder vereint waren. Doch ihr Lachen sollte ihnen schon bald vergehen.

-Kapitel 29-
Trügerische Nacht auf hoher See

Nachdem Pitty wieder einigermaßen zu Kräften gekommen war, setzten sich die vier an den Navigationstisch auf der Brücke. Bevor sie jedoch ihre Reise fortsetzten, beschafften Rita und Mina noch die *Stäbe der Erleuchtung* und Sans Umhängetasche (die sich San sofort um seine Schulter legte) aus der Holztruhe in der Kajüte. „Lasst uns noch einmal einen Blick auf das Gedicht werfen. Die Strophen geben wichtige Hinweise auf den nächsten Kristall und wie wir ihn aus der Freiheitsstatue bekommen können.", schlug Mina vor. Sie breitete die Papyrusrolle aus und las sogleich die entsprechenden Zeilen vor:

„Aus allen vier Himmelsrichtungen muss das Licht
der Erleuchtung erstrahlen,
sonst könnt ihr euch das Geheimnis der eisernen Frau,
nur auf einem Blatt Papyrus ausmalen.

Dabei muss die Sonne den Menschen schmeicheln,
wenn sie hoch oben steht im Zenit,
erst dann bekommt ihr ein Teil zum Öffnen des Weges
in die Unterwelt, als Kredit.

Denn eines sei gewiss, die Fackel der Freiheit,
umklammert von eiserner Hand,
verbirgt das große Geheimnis, den Menschen als

Pfand."

Minas Blick schweifte ratsuchend in die Runde, bis sie schließlich voller Erwartung in die Augen der weißen Hexe sah. Rita legte daraufhin ganz besonnen die Stäbe auf den Tisch und sprach: „Wir haben hier die vier *Stäbe der Erleuchtung*. Sie müssen wohl aus allen vier Himmelsrichtungen erstrahlen." Voller Enthusiasmus entgegnete ihr Mina: „Dabei muss die Sonne im Zenit stehen, oder? Aber was genau soll das bedeuten?" Ihr Onkel klärte sie darüber auf, dass die Sonne dabei auf dem höchsten Punkt ihrer Wanderung stehen musste und das war täglich um zwölf Uhr mittags. San blickte auf seine alte, wasserdichte Analogarmbanduhr. Durch die turbulenten Ereignisse hatte er jegliches Zeitgefühl verloren. Der Sekundenzeiger tickte noch leise vor sich hin und auch die anderen Zeiger schienen in tadellosem Zustand zu sein. Seine Uhr hatte den ganzen Trubel und die hereinbrechenden Wassermassen heil überstanden.

Beim Anblick des Chronometers musste San komischerweise kurz an den Verkäufer denken, der ihm diese Uhr empfahl. Damals wollte er keinen Mehrpreis für die Wasserfestigkeit bezahlen und sah sich lieber nach einer günstigeren Uhr um, die diese technische Raffinesse nicht besaß. Trotzdem hatte ihn der Verkäufer anno dazumal überzeugen können, genau diesen Zeitmesser zu kaufen. Er hörte noch die Worte des Verkäufers in seinen Ohren hallen: „Diese Investition werden sie nicht bereuen!" Und er sollte recht behalten. Jetzt, zwanzig Jahre später, bedankte er sich noch einmal im Stillen bei ihm. Dann meinte San zu den anderen: „Wir können erst morgen zur Freiheitsstatue schippern, für heute ist es bereits viel zu spät. Vielleicht sollten wir die Nacht auf dem Schiff verbringen und morgen in alter Frische unsere Reise fortsetzen."

Mina fragte sich, ob sich die vier überhaupt eine so lange Auszeit gönnen konnten, gerade weil Hermes und alle seine Helfer in diesem Moment nach ihnen suchten. Und als wäre das nicht schon genug Übel, saßen ihnen überdies auch noch die *Furandi* im Genick. Auf der anderen Seite, dachte sie sich, was blieb ihnen anderes übrig. Sie waren auf die Sonne angewiesen und die steht eben nur ein Mal am Tag auf ihrem höchsten Punkt.

Mina guckte verlegen zu Pitty hinüber, der noch immer sehr begeistert vom Essen war und gar nicht genug zu futtern bekam. Er war gerade dabei in einen mit Kaviar belegten Keks hineinzubeißen, als er im nächsten Augenblick schon wieder alles ausspuckte. „Das Zeug schmeckt ja ekelhaft!", knurrte er und verzog angewidert sein Gesicht. Rita und San amüsierten sich köstlich darüber, denn einige Kaviarreste klebten noch in seinen Mundwinkeln. Mina rückte mit ihrem Stuhl zu Pitty auf und wischte ihm mit ihren Daumen die Reste aus dem Gesicht. Dann fragte sie ihn voller Sorge: „Sollen wir wirklich die Nacht hier verbringen oder ist das zu gefährlich? Ich meine, vielleicht sind dir die Hermeshelfer bei deinem Sturz gefolgt." Doch Pitty schüttelte nur den Kopf und meinte mit voller Gewissheit: „Mir ist sicher niemand gefolgt. Als mir Hermes den finalen Schlag versetzte, war er fest davon überzeugt, dass ich nicht einmal den Aufprall überlebe. Außerdem hat er mir meine Sonnenglut geraubt. Weißt du was das für ihn und alle

Gotteshelfer heißt? Für ihn und sie bin ich jetzt nichts weiter als ein Stück Dreck, das zum Sterben verurteilt ist. Du brauchst dir also keine Gedanken zu machen. Ich denke, wir können die Nacht ganz beruhigt hier verbringen." Mina war sehr ergriffen von den Worten ihres Freundes und das Opfer, das er für sie erbracht hatte. Voller Mitgefühl streichelte sie ihm über den Kopf und ließ ihn wissen, dass er besser als Hermes selbst war.

Trotzdem war sie noch immer nicht davon überzeugt, sicher auf dem Schiff zu sein und forderte die anderen auf, Vorkehrungen für einen eventuellen Angriff zu treffen. Ihr Onkel schloss sich ihr an. „Mina, du hast recht. Wenn die uns hier angreifen, egal ob *Furandi*, Hermes oder wer auch immer, dann haben wir hier so gut wie keine Fluchtmöglichkeiten. Ich korrigiere, überhaupt keine Fluchtmöglichkeiten. Aus diesem Grund sollten wir uns bewaffnen. Ich glaube in der Küche finden wir einige scharfe Messer und Gegenstände, die uns als Waffen dienlich sein könnten. Außerdem sollten wir abwechselnd Wache halten, denn große Vorbereitungen können wir hier nicht treffen. Ich werde die erste Wache übernehmen. Ach ja und bitte mache dir keine schlafraubenden Sorgen Mina, denn da wäre ja auch noch Rita hier, du weißt schon, die Frau, die dir Essen heiß machen kann, während sie ein paar *Furandi* kalt stellt." Mina deutete ein leichtes Grinsen an. „Na also, geht doch.", meinte ihr Onkel und stupste sie leicht auf die Nase, wie bei einem kleinen Kind.

San bewaffnete seine Nichte mit einem scharfen Messer aus der Kombüse, aber nur unter der Bedingung, dass sie nicht leichtfertig damit rumhantieren und gut auf sich aufpassen sollte. Er selbst trug ein Hackbeil mit sich und die Phiole, die sicher verwahrt in seiner Umhängetasche lag. Rita besaß ihren Zauberstock und Pitty seinen Dolch. Jeder war so gut ausgerüstet, wie es ihre Lage zuließ. Bei dem ganzen Thema um Sicherheit vergaßen sie jedoch völlig, die letzte Strophe des Gedichts zu analysieren, auf die es jedoch besonders ankam.

Langsam brach die Dämmerung herein und die Sonne färbte das Meer in ein tiefes Orange. Mina und Pitty lagen nebeneinander auf Deck und betrachteten gemeinsam den Sonnenuntergang. Rita schlummerte bereits auf einer der drei Matratzen, die Pitty und San zuvor aus den Kabinen auf die Brücke verfrachtet hatten. Minas Onkel, der die erste Wache übernommen hatte, ging derweil eine weitere Runde das Schiffsdeck ab, um die Lage zu checken und nach potentiellen Gefahren Ausschau zu halten. Als er bei seinem Rundgang Pitty und Mina passierte, meinte er schließlich: „Legt euch jetzt schlafen. Morgen wird ein langer und harter Tag werden." Die beiden befolgten Sans Anweisung und verließen ihren Platz mit einem „Gute Nacht.". Während sich Pitty erhob, musste Mina besorgt feststellen, dass der gefallene Engel noch immer vereinzelt Federn verlor. Vielleicht, so hoffte sie, waren das die Letzten, die geknickt und unbrauchbar geworden waren. Sie wollte sich gar nicht ausmalen, wie schlimm es für ihn sein musste, wenn er wirklich alle verlieren würde. Aber noch waren sie zahlreich und erstrahlten in hellem Weiß, bis auf die, die am Boden verwelkten. Sie verloren ihr strahlendes Weiß und verblassten zu einem hässlichen Grauton.

Die weiße Hexe schnarchte so laut, dass die beiden

anfangs Schwierigkeiten hatten einzuschlafen. Erst als sich Pitty und Mina die Kissen über ihre Köpfe stülpten, schlummerten sie allmählich ein. Als die Sonne dann hinter dem Horizont verschwand, schliefen die drei tief und fest. Nur San hielt noch immer Wache. Die See lag ruhig und der Himmel war glasklar, bis auf ein paar vereinzelte Wolken, die einsam am Firmament ihre Runden zogen. Noch nie in seinem Leben, hatte San einen schöneren Sternenhimmel beobachtet. Abertausende Sterne und Galaxien, die er niemals zuvor so intensiv wahrgenommen hatte, erhellten den Nachtimmel. Die kalte und salzige Meeresluft, durchströmte seine Lungen. Er genoss den Augenblick mit sich allein und lauschte den Wellen, die leicht gegen den Schiffsrumpf platschten. Tief atmete er ein, als wären es die letzten friedlichen Momente in seinem Leben. Aber auch er musste bald gegen die Müdigkeit ankämpfen, denn schon bald knickte sein Kopf immer wieder in kurzen Abständen ein. Nachdem er sich eingestehen musste, dass er viel zu müde war, um weiterhin das Schiff zu bewachen, verließ er gähnend den Bug des Schiffs und ging in Richtung Brücke, um eine Mütze wohlverdienten Schlafes zu nehmen. Was sich aber zu diesem Zeitpunkt auf der anderen Seite des Schiffs zutrug, konnte er nicht ahnen. Im Mantel der Dunkelheit schlichen sich bereits einige *Furandi* über das Heck auf das Schiff. Aus mehreren Ruderbooten heraus, warfen sie besonders gepolsterte Enterhaken über die Reling, die sich lautlos in die eisernen Stäbe der Reling verkeilten. Mit diesem Trick gelangten ihre Feinde unbemerkt auf das Schiff. Sie alle waren schwer bewaffnet und trugen große Säbel bei sich.

Während sich die Ruderboote nach und nach lehrten, betrat ihr Anführer, im Schutze seiner beiden Leibgardisten, das Schiff. Es war Axim. Diesmal trug er eine Art leichte Kampfrüstung, die silbern im Mondlicht schimmerte. Sein Kopf war unter einem Helm versteckt, der denen der antiken spartanischen Kämpfer glich. Kalt lugten seine weißen Augen hervor. Eine Brise Wind ließ seinen Umhang leicht umherflattern. Diesmal sollte ihn nichts aufhalten. Er war bereit, Mina und ihre Gefolgschaft auszulöschen und den *Spiegel der Berührung* an sich zu reißen. Mit einem zähnefletschenden Knurren signalisierte er seinen Kämpfern, dass sie ausschwärmen sollten. Wie die Ameisen verteilten sie sich in alle Richtungen. Einige von ihnen pirschten lautlos in die unteren Etagen, während die anderen auf Deck blieben und die Vorhut von Axim bildeten. Er ging mit seinen schwer bewaffneten Leibwächtern, die riesige Speere bei sich trugen, geradewegs auf die Brücke zu.

Im selben Moment leuchtete das Amulett Minas so stark auf, dass alle drei aus dem Schlaf gerissen wurden. „Was ist los?", fragte sie schlaftrunken, als sie ihren Onkel vor sich stehen sah, der sie gerade zur Übernahme der zweiten Wache wecken wollte und ebenfalls durch das grelle Licht geblendet wurde. Ein alter Bekannter wurde aus Minas Amulett in den Raum projiziert. Es war Amicus mit einer Warnung. „Vorsicht Mina, die *Furandi* sind gerade dabei dich anzugreifen. Macht euch bereit zu kämpfen. Inzwischen werde ich euch einen Helfer vorbeischicken." Dann erlosch das Licht wieder und mit ihm auch Amicus.

Nach dieser Ansage waren mit einem Male alle hellwach. Pitty und San verbarrikadierten daraufhin auf der

Stelle den Eingang zur Schiffsbrücke mit dem schweren Navigationstisch und anderen Dingen, die herumlagen, während sich Rita die Papyrusrolle krallte, die immer noch ausgebreitete darauf lag und unter ihrem Rock versteckte. Außerdem verbarg sie die vier *Stäbe der Erleuchtung* unter den Matratzen und ging mit ihrem Zauberstock in Kampfstellung. Mina spitzte derweil aus dem Fenster. Sie konnte aber in der Dunkelheit nichts Auffälliges erkennen. Noch nicht.

Axim hatte das grelle Licht ebenfalls aus der Brücke blitzen sehen und befahl seinen Kämpfern nun, die Kommandozentrale zu umzustellen. Einige von ihnen kletterten unbemerkt auf das Dach der Brücke und warteten auf weitere Anweisungen ihres Oberhauptes. Wie aus dem Nichts tauchte Axim plötzlich vor dem Fenster auf, aus dem Mina herausblickte. Bedrohlich stand er mit seinen Leibgardisten an Deck. „Da kommt er!", rief sie und zückte erregt ihr Messer das, verglichen zu den Waffen ihrer Feinde, wie spitze Speere und scharfe Krummsäbel, nicht besonders angsteinflößend auf sie wirkte.

Um Axim scharrten sich etliche seiner Kämpfer. Sie blieben jedoch auf seiner Höhe stehen. Die *Furandi* fauchten und keiften und wetzten ihre Säbel. Bis auf einen - Axim. Er blieb fast regungslos stehen und starrte durch die Fenster der Brücke. „Worauf warten die?", fragte Pitty, der demonstrativ seine Flügel ausgebreitet hatte und seinen Dolch von einer Hand in die andere warf, um seine Kampfbereitschaft zu demonstrieren. „Keine Ahnung, aber das macht mich ganz kirre!", antwortete ihm Mina.

Einige zähe Sekunden vergingen, bis Axim das Wort

ergriff. „Kommt heraus und sterbt ehrenvoll!", befahl er. Doch Mina antwortete in jugendlichem Leichtsinn, indem sie ihm provokativ einen Klaps durch den begehrten *Spiegel der Berührung* gab. „Was sollte das?", raunte sie ihr Onkel an. Doch da war es für Verhandlungen bereits zu spät.

Erbost über diese Geste, ließ Axim die erste Kämpferwelle los. Sie sollten die Fenster einschlagen und sie dann attackieren. Mit tosendem Gebrüll liefen die ersten *Furandi* auf die Steuerzentrale los und schlugen mit den Griffen ihrer Säbel gegen das Fensterglas. Aber wie sich schon bald herausstellen sollte, bestanden die Fenster aus Sicherheitsglas und waren somit bruchsicher. Daraufhin signalisierte Axim seinen Kämpfern auf dem Dach, mittlerweile in ziemlicher Rage, ebenfalls anzugreifen. Sie hatten zur Freude ihres Anführers einen Weg durch den Belüftungsschacht gefunden und drangen nun unaufhörlich ins Innere der Brücke ein.

Die vier überraschend, sprang gleich der Erste direkt auf Sans Rücken und versuchte ihm die Kehle durchzubeißen. Aber Rita hielt dem Angreifer ihren Eiszauber entgegen. Vereist schleuderte er gegen die Wand und zerbrach. Ein weiterer schwang seinen Säbel und verfehlte nur knapp Pittys Oberkörper, der dem Schlag geschickt ausweichen konnte und mit einem Fußtritt in den Bauch konterte, sodass sein Widersacher vornüber auf den Boden fiel. In der gleichen Sekunde trat Pitty mit voller Wucht auf die säbelhaltende Hand des *Furandis*, der vor Schmerzen aufheulte und den Säbel losließ. Dann nahm der gefallene Engel die Waffe an sich und trat noch einmal mit aller Gewalt auf dessen Schädel, der dabei, ähnlich wie eine Wassermelone, aufbrach.

Schwarzes, stinkendes, Blut trat aus seiner Wunde am Kopf heraus und umspülte seinen Stiefel.

Während die *Furandi* auf dem Dach alle in der Steuerzentrale eingedrungen waren, zerschlugen zwei von ihnen den Navigationstisch mit ihren Säbeln und kickten die Trümmerteile von der Türe weg. Immer mehr *Furandi* stürmten nun in die Kommandozentrale. Von außen hörte man Axim rufen: „Das Mädchen will ich lebendig haben. Tötet die anderen!" Als Pitty diesen Befehl hörte, wirbelte er mit seinen Flügeln so viel Wind auf, dass einige tausend seiner Federn nur so durch den Raum flogen und nicht nur den Angreifern die Sicht nahmen, sondern auch seinen drei Verbündeten. Nur um Pitty bildete sich eine Art Luftblase, sodass er weitestgehend den Durchblick behielt. Wie wild drosch er mit seinem Säbel auf jeden *Furandi* ein, der sich traute ihm entgegenzutreten. Während er sich einen Weg zum Ausgang bahnte, gabelte er nacheinander Rita, Mina und San auf, die sich vor den herumwirbelnden Federn, genauso wie die *Furandi*, die Hände vor die Augen hielten.

Als Pitty sich und seine Freunde unverletzt aus der Brücke geschafft hatte, standen die vier direkt vor Axim und seinen beiden Leibwächtern. Rita, Mina und San spuckten einige Federn aus ihren Mündern und rieben sich die Augen klar. Hinter Axim scharrten sich weitere seiner Kämpfer, die nun Unterdecks hervorkamen. Die *Furandi* in der Steuerzentrale hingegen, lagen allesamt tot in einem Meer aus weißen Federn, die sich bald alle im schwarzen Blut der Bestien verfärbten. Pittys Flügel waren restlos verschwunden und mit ihnen seine Fähigkeit zu fliegen. Da, wo sie vorher aus seinem Rücken herausragten, klafften nun zwei große, dunkle Kreise. Nichts erinnerte mehr an die engelhafte Erscheinung. Fast menschlich wirkte er.

Die Leibwächter griffen sofort an. Sie stachen unaufgefordert mit ihren langen Sperren auf sie ein. Rita schoss mit ihrem Eiszauber um sich, doch gerade die persönliche Garde Axims waren viel zu flink und sprangen gekonnt auf die Seite. Dabei schlug ihr einer mit dem Sperr den Zauberstock aus der Hand, der bis zum Rande des Schiffs schlitterte und drohte, in das Meer zu stürzen. Rita lief aufgebracht ihrem Zauberstock hinterher, während die anderen drei die beiden Leibwächter, mehr schlecht als recht, in Schach hielten. Als die weiße Hexe gerade dabei war, ihren magischen Stock aufzuheben, trat ihr Axim mit voller Wucht in den Rücken. Hart schlug die alte Dame auf den Boden auf. Wimmernd drehte sie sich um und sah gerade noch, wie Axim mit seinem Säbel ausholte. Doch kurz bevor er auf sie einstechen konnte, standen bereits San und die anderen beiden hinter ihm. Pitty schlug Axims Helm, noch ehe er seinen tödlichen Stoß an der Hexe ausführen konnte, mit einem Speer, den er sich kurz zuvor von einem der Leibgardisten abgeluchst hatte, vom Kopf. Erschrocken wandte sich ihr Anführer zu ihnen um. Seine Leibwächter waren spurlos verschwunden. Ungläubig fragte Axim: „Wie ist das möglich?" San träufelte ihm einen Tropfen aus seiner Phiole über den Kopf und meinte winkend: „Genau so!" Augenblicklich verschwand das Oberhaupt dieser Ratten in die Zwischenwelt *Musima*. Mina und Pitty rannten besorgt zu Rita und halfen ihr wieder auf die Beine, während San derweil ihren Zauberstock sicherte, der bereits gefährlich weit über die Reling ragte. Als die weiße Hexe wieder auf ihren Beinen stand, röchelte sie: „Ich bin zu alt für diesen Mist!" Doch es gab keine Möglichkeit sich auszuruhen. Die übrigen *Furandi* waren zahlenmäßig bei Weitem überlegen und griffen die vier von allen Seiten an. Rita schoss in alle Richtungen und traf den einen oder anderen Kämpfer. Doch sie waren einfach zu zahlreich und wenn einer von ihnen von der Bildfläche verschwand, tauchten stattdessen zwei weitere auf und bahnten sich ihren Weg immer weiter zu ihnen vor. So in die Enge getrieben, standen die vier bald am obersten Zipfel des Bugs. Nun saßen sie in der Todesfalle. Nur ein Sprung in das Meer konnte sie von dieser aussichtslosen Situation bewahren. Doch wie lange würden sie in dem kalten Nass überleben? Und überhaupt, im Wasser wären sie ein leichtes Ziel für die *Furandi*, die ja auch Speere bei sich trugen und sich sicherlich nicht scheuten, sie auf sie zu schleudern. Hingegen aller Bedenken schien sie der ungleiche Kampf trotzdem zu diesem Schritt zu nötigen. Pitty schwang seinen Speer im Halbkreis vor sich her, um die angriffslustige Meute fern zu halten. Hinter ihm standen Rita, San und Mina, die den ersten Schritt auf die Reling wagte, bereit sich in den Ozean zu stürzen.

Plötzlich bebte die See unter ihren Füßen und schleuderte alle zu Boden. Einige *Furandi* fielen durch die Wucht über Bord. „Was zur Hölle ist hier los?", rief San verwundert. Als sich die vier wieder aufgerappelt hatten, nutzten sie die Situation aus, um sich einige Meter vom Bug wegzuschleichen. Doch weit kamen sie nicht, denn der Boden begann auf einmal stark zu vibrieren. Sie merkten, wie das Schiff leicht nach unten gezogen wurde. „Irgendetwas Schweres muss sich an das Schiff angedockt haben.", stellte

San fest. „Ein U-Boot?", fragte Mina etwas irritiert. Doch die *Furandi* ließen ihnen keine Möglichkeit ihre Konversation fortzusetzen und trieben sie unbeirrt zum Bug des Schiffs zurück. Vierzig oder fünfzig Kämpfer drängten sich zu ihnen und hätten es beinahe geschafft sie allesamt zu töten, als das Schiff noch einmal unerwartet und immer stärker zu ruckeln anfing. Ein *Furandi* kümmerte sich jedoch nicht darum und sprang mit vorgehaltenem Säbel auf die vier zu. Aber im selben Moment umklammerte etwas seinen Körper und riss ihn in die Tiefe des Meeres. Dann tauchten sie überall auf – riesige Tentakel mit tellergroßen Saugnäpfen. Sie umgriffen die *Furandi* von allen Seiten, die nun panisch auf dem Schiff herumliefen und zurück auf ihre Boote wollten. Doch sie hatten keine Chance. Mina, San, Rita und Pitty nutzten das Chaos, um in die Kajüte des Stewards unter Deck zu flüchten. Dabei liefen sie an ihren Angreifern vorbei, die, falls sie in deren Reichweite waren, mit ihren Säbeln nach ihnen schlugen. Pitty wehrte jeden dieser Schläge ab und verletzte einige von den Bestien, als er sich den Weg durch die Masse bahnte. Auch San und Mina stachen immer wieder auf die vorbeilaufenden *Furandi* ein und Rita vereiste mehrere mit ihrem Zauberstock, während sie davonliefen.

Als sie sicher das untere Deck erreicht hatten und in die Kabine traten, schoss ein riesiges Tentakel über das Bullauge in die Kajüte und schnappte sich Pitty. Der Fangarm schleuderte ihn quer durch den ganzen Raum und drückte ihn anschließend gegen das Bullauge. Er drohte zerquetscht zu werden. San hackte mehrmals mit seinem Beil auf das dicke Tentakel ein, während Rita einen Feuerball darauf schoss und dabei Pitty nur knapp verfehlte. Schließlich ließ das Tentakel von Pitty ab und verschwand.

Dann hörten sie aus dem Korridor ein lautes Gekreische. Rita, Pitty und San blickten sich im Zimmer um, doch in der ganzen Hektik war von Mina plötzlich keine Spur mehr. Die drei rannten blitzschnell auf den Gang hinaus und sahen, wie ein *Furandi*, im Rückwärtsschritt, gerade dabei war, Mina unsanft an ihren Haaren über den Boden zu schleifen. Rita schoss augenblicklich einen Eiszauber ab, der die Bestie jedoch verfehlte. Die Gefahr Mina zu vereisen, wäre, bei dem Unterfangen den *Furandi* direkt zu treffen, viel zu groß gewesen. Aber der Fehlschuss war auch ganz im Sinne der weißen Hexe, denn damit hatte sie ein kleines Fleckchen Boden hinter ihm vereist. Da der *Furandi* rückwärts ging, konnte er die Falle nicht sehen, die sie ihm gestellt hatte.

Die Bestie hatte die drei fest im Blick und lachte frech, als der Eiszauber neben ihm vorbeizischte. „Keinen Schritt weiter oder die Kleine ist tot!", schrie er sie an und schwang drohend seinen Säbel. Mina wehrte sich sehr heftig gegen ihren Peiniger. Sie zappelte mit ihren Füßen und schlug ihm immer wieder mit ihren Händen gegen seine Faust, die fest ihren Haarschopf umgriff. Fast hätte er sie skalpiert. Doch ihre Bemühungen konnten nur wenig ausrichten, außer, dass der *Furandi* sich nur etwas langsamer fortbewegte und ihre Schmerzen durch das Rumgehampel immer größer wurden. Da hörte sie auf wundersamer Weise die Stimme von Rita in ihrem Kopf. „Wehre dich nicht. Schieb den *Furandi* mit deinen Füßen an, er muss schneller werden. Ich habe ihm eine Falle gestellt, die hinter ihm lauert. Vertrau mir. Alles wird gut." Mina blickte Rita in die Augen, die ihr zuversichtlich zuzwinkerte. Daraufhin drückte sich Mina mit ihren Beinen absichtlich immer fester vom Boden ab, sodass der *Furandi* dadurch immer mehr an Fahrt aufnahm. „Du hast es kapiert. Wehren hat keinen Sinn.", höhnte er spöttisch und sabberte Mina dabei auf den Kopf. Doch dann trat er auf die vereiste Fläche, verlor das Gleichgewicht und fiel rückwärts auf die Eisscholle, die zweimal so groß war, wie er. Während seines Sturzes ließ er die Haare seines Opfers los und schlitterte bis zur Mitte der Eisfläche. Mina, die sich augenblicklich vom Boden erhob, lief ihren Freunden entgegen.

Wie ein Käfer in Rückenlage, zappelte der *Furandi*, unfähig sich wieder aufzurappeln. Vollen Zornes ergriff er seinen Säbel, der unweit neben ihm auf dem Eis lag und warf ihn Mina hinterher. Pitty, der die Gefahr erkannte, lief sofort los, sprang gegen die Wand des Flurs und wehrte den vorbeifliegenden Säbel mit seinem Dolch ab, der Mina um Haaresbreite durchbohrt hätte. Die Klinge steckte jetzt stattdessen auf der anderen Seite des Korridors in der Wand fest. Völlig wutentbrannt lief Pitty auf den *Furandi* zu, der nun versuchte, panisch auf dem Eis Halt zu finden. Dabei drehte er sich ungeschickt um einhundertachtzig Grad und lag nun mit seinem Kopf direkt zu seinen Füßen. Pitty wollte gerade auf seinen Kopf einstechen, als ein weiteres, riesiges Tentakel urplötzlich über die Treppe des Korridors auftauchte und sich blitzschnell den *Furandi* am Bein schnappte. Dann wurde er aus dem unteren Deck gezogen, während er mit seinen Händen vergeblich versuchte, sich irgendwo festzukrallen. Nur eine lange Kratzspur, die sich durch das Eis und den Boden zog, ließ erahnen, welchen Kräften der

Furandi ausgesetzt war, bis er für immer in den Tiefen des Meeres verschwand.

Mina fasste sich kurzerhand auf den Kopf und fing an, panisch ihren Onkel anzukreischen, ob sie noch alle Haare auf ihrem Haupt besäße. San warf einen kritischen Blick auf ihre Mähne. „Du musst wirklich ein ausgezeichnetes Shampoo benutzen, eines mit der Furandiformel. Du kannst dir jedenfalls getrost das Geld für eine Perücke sparen, wenn du mich fragst.", versuchte er ihre Befürchtungen auszureden. Mit Erfolg, denn sie grinste schon wieder wie ein Honigkuchenpferd.

Plötzlich wurde die Spitze des Schiffs aus dem Meer herausgehoben, bis es einige Meter über dem Wasser ragte. Viele *Furandi* schlugen Purzelbäume über die Reling, während andere nach irgendetwas zum Festhalten suchten.

Die vier stolperten zurück in die Kajüte und noch während sie gegen die Schwerkraft ankämpften, senkte sich das Schiff so heftig, dass das Meerwasser viele Meter hoch spritzte und sich über das gesamte Deck ergoss. Die vier hielten kurzzeitig den Atem an. Alles was sie dann zu hören bekamen, waren die verzweifelten Schreie der *Furandi* und die dumpfen Geräusche, die darauf folgten.

Vom panischen Schreck gepackt, verbarrikadierten sie die Türe mit dem Bett, verschlossen das Bullauge und warteten ab. Einige Minuten lang wurde das Schiff wild durchgeschaukelt, bis es unerwartet ruhig wurde. Von einem Moment zum nächsten hörten sie weder die Angstschreie der kämpfenden Bestien, noch die schweren Tentakel auf das Schiffsdeck knallen. Eine unheimliche Stille hallte durch die Korridore des Schiffs.

Sie warteten einige Augenblicke ab, ehe sie geschlossen aufs Deck gingen. Ein grausamer Anblick bot sich ihnen als sie es erreichten. Überall lagen tote *Furandi* herum. Zum Teil wurden ihre Körper einfach in der Mitte durchtrennt. Abgetrennte Tentakel zuckten über den Schiffsboden. Überall vermischte sich das schwarze Blut der *Furandi* mit dem roten der Riesenkrake. Der Anblick war schlimmer, als in jedem gut produzierten Horrorfilm aus Hollywood. „Wir wurden wohl von einer Riesenkrake gerettet!", meinte Rita schließlich, als sie angewidert mit ihrem Stiefel ein abgetrenntes Tentakel von sich wegschob. „Danke Amicus!", seufzte Mina vor den anderen.

Rita wollte wissen, wer dieser Amicus überhaupt war. „Er ist wohl ein Menschenfreund.", meinte Mina, als sie sogleich von Pitty unterbrochen wurde. „Habt ihr Axims Leibgardisten kämpfen sehen? Gegen die haben wir keine Chance. Wenn San nicht diese Phiole dabei gehabt hätte, wären wir jetzt wohl alle tot.", fauchte er und bedauerte zugleich, dass er seine übermenschlichen Kräfte verloren habe. „So ein Mist."

In wenigen Minuten würde die Wirkung der Phiole nachlassen und Axim und seine Leibgardisten wieder an Deck erscheinen. San rannte fix zum hinteren Ende des Schiffs, wo er Zeuge von den vielen Enterhaken wurde, die mit den Ruderbooten gekoppelt waren. Er löste zwei Ruderboote, die langsam davon trieben, in der Hoffnung, Axim würde beim Anblick der fehlenden Boote denken, sie hätten damit die Flucht ergriffen. Stattdessen aber, blieben die vier am Schiff. Sie wussten nämlich nicht, ob sich der Kraken noch immer in der Nähe befand und sie nicht versehentlich in die Tiefe mitriss. Oder aber, ob nicht doch irgendwo da draußen einige *Furandi* auf anderen Booten auf sie lauerten. Daher kam es ihnen in den Sinn, sich unter den sterblichen Überresten der *Furandi* zu verstecken, die zu Hauf in der Kommandozentrale herumlagen und warteten erst einmal die Situation ab.

-Kapitel 30-
Bündnis unter Feinden

Mina und Rita ekelten sich dermaßen vor den Leichen, dass sie schwer mit der Übelkeit zu kämpfen hatten. Das Blut roch grausam nach Exkrementen und war zäh wie Teer. Trotzdem kroch jeder von ihnen zum eigenen Schutz unter die Leichname. Hier würden sie Axim und seine Schergen niemals vermuten, so dachten sie jedenfalls.

Plötzlich erhellte ein gleißendes Licht das Schiffsdeck. Wie aus dem Nichts erschien eine kleine, weiße, Spiralgalaxie und spuckte Axims Leibgardisten genau an der Stelle des Schiffs aus, wo sie von San mit der Phiole beträufelt wurden. Entsetzt betrachten sie das Ausmaß des Gemetzels. Von ihren Kameraden war keiner mehr am Leben. Kurz darauf passierte das gleiche Schauspiel, nur an der Stelle wo Axim gegen seinen Willen nach *Musima* geschickt wurde. Auch er musste bei dem grauenhaften Anblick schwer schlucken. Beherrscht trat er an das Außenfenster der Brücke heran und warf einen Blick hinein. So recht wollte er nicht daran glauben, dass dieses Kind seine besten Kämpfer ausgelöscht hat, wenn auch mit Hilfe des Kraken, wie es den Anschein hatte. Mit finsterer Miene betrachtete er seine vielen toten Soldaten. Mina, die sich unter zwei toten *Furandi* versteckt hielt, blinzelte zwischen dessen reglosen Fingern aus dem Fenster und beobachtete akribisch jeden Schritt, den Axim wagte. Kurz stockte ihr der Atem, als er ihr genau zwischen die Augen zu sehen schien. Doch sie hatte sich glücklicherweise geirrt, denn der geknickte Anführer wandte im selben Moment wortlos seinen Blick von der Brücke ab.

Plötzlich klang es, als würden hundert Flügel gleichzeitig schlagen. Und tatsächlich, mehr als zwei Dutzend Hermeshelfer umkreisten das Schiff. Alle trugen magische Zeichen auf den Stirnen, die grünbläulich schimmerten. Einige schwebten über Axim und seinen Leibwächtern, aber nur einer von ihnen, der wie ihr Anführer aussah, weil er als Einziger eine goldene Schärpe trug, bewies den Schneid und landete vor Axims Füßen, während die anderen ihre gezogenen Schwerter direkt auf Axim und seine Leibgardisten zielten.

„Ein besonders hässliches Exemplar von einem *Furandi* haben wir hier.", stellte ihr Anführer fest und seine Kameraden fingen allesamt lauthals zu lachen an. Axim trat daraufhin so dicht vor dessen Gesicht, das nicht mal ein Hauch von Luft zwischen ihnen Platz hatte. Mit einem verschärften Blick knurrte Axim den Fremdling an: „Und wer hat euch Truthähne eingeladen?" Der Schärpenträger wedelte angewidert den fauligen Mundgeruch aus seiner Nase und erwiderte: „Wir sind auf der Suche nach einem Mädchen, die eine auffällige, goldene Kette um den Hals trägt. Diese Kette wollen wir unter allen Umständen wieder besitzen. Sie hat sie unserem Herrn gestohlen. Alle Indizien sprechen dafür, dass sie sich hier auf diesem Schiff befindet. Habt ihr sie gesehen?", entgegnete er ihm mit einem verachtenden Blick. Axim wusste, von wem die Rede war.

„Ihr meint Mina, das Menschenmädchen. Seht, was sie meinen Männern angetan hat. Ich bin ebenfalls hinter ihr her. Sie hat es wohl mit dem Stehlen. Mir hat sie einen kostbaren Handspiegel gestohlen, etwas, das mir gehört! Und das will ich wiederhaben, koste es was es wolle!" Bei der Betrachtung der engelsgleichen Erscheinung seines Gegenübers, kam Axim plötzlich Pitty in den Sinn. „Aber einen Moment. Habe ich da etwas missverstanden?", fragte er mit einem hinterhältigen Lächeln. „Sprich!", forderte ihn der Hermesbote auf. „Ich bin mir sicher, dass einer von eurer Sorte an der Seite dieses Mädchens kämpft!", schrie Axim ihn an und spuckte ihm versehentlich oder eher gewollt, ins Gesicht. Doch sein Gesprächspartner verzog keine Miene und erklärte ihm mit herablassendem Unterton: „Du meinst Pitty! Dieser Abschaum. Ich bin ihm eine Zeit lang gefolgt. Was soll ich sagen, er ist ein Verräter und ohnehin dem Tode geweiht. Mein Herr hat mich reichlich dafür belohnt, als ich seine Machenschaften mit diesem Mädchen aufdeckte. Ich habe ihn nach dem Sturz aus dem Olymp kurzzeitig aus den Augen verloren, aber falls er das überlebt hat, werde ich höchstpersönlich dafür sorgen, dass er ausradiert wird."

Axims weiße Augen blitzten kurz auf. Derlei Ansprachen gefielen ihm, besonders, wenn sie demselben Feind galten. Aus einem Gefühl heraus, das zwischen Schadenfreude und Bedauern lag, informierte er ihn darüber, dass Pitty noch immer am Leben sei. „Noch vor ein paar Minuten hat er das jämmerliche Leben dieses Menschenkinds beschützt. Meine Männer und ich konnten ihn und seine Gefährten leider nicht aufhalten!" Als der Anführer der Botenhorde Axims Worten gelauscht hatte, stieß er einen Ausruf des Entsetzens aus, packte einen seiner umherschwirrenden Kameraden am Fuß und donnerte ihn auf den Boden. Als er seinen Untergebenen, der leichtverletzt und ängstlich am Boden lag, anstarrte, schüttelte er kurz seinen Körper und meinte kalt: „Besser. Jetzt fühle ich mich viel besser."

Nachdem er sich wieder gefasst hatte, schlug er Axim einen Handel vor. „Lasst mich euch kurz vorstellen.", sagte er und kämmte sich selbstverliebt mit seiner Hand durch sein langes, schwarzes Haar. „Ich bin Seth." Als Pitty diesen Namen hörte, denn sehen konnte er ihn ja nicht, da ihm die Sicht von den Leichen versperrt war, wurde ihm ganz schwindelig. „Seth?", flüsterte er wütend. Doch San, der neben ihm lag, hielt ihm den Mund zu. Dann lauschten sie weiter, wie Seth konkreter wurde.

„Wir sollten uns verbünden! Ich meine, seht euch um. Ihr seid nicht in der Lage, ein kleines, verängstigtes, Mädchen zu bekämpfen. Meine Streitmacht hingegen wird sie skrupellos zermalmen. Ihr *Furandi* seid ja dafür bekannt die besten Ratten, pardon, Spitzel, der Welt zu sein. Du abscheuliches Wesen wirst mir daher helfen, das Mädchen und die Kette zu finden. Im Gegenzug bekommt ihr euren Weiberschmuck." Axim überhörte bewusst die Beleidigungen, die auf ihn einprasselten, denn er sah in dem Handel einzig seinen eigenen Vorteil. Diesmal hielt er es für klüger, nicht näher auf die Beschimpfungen einzugehen. Unter anderen Umständen aber, hätte dieser Seth bereits seinen Dolch in der Brust gespürt. Doch in diesem Fall, konnte er von dem Vorschlag eigentlich nur profitieren.

„Es ist nicht das Mädchen Seth, das meine Legionen vernichtet. Es ist die Kette. Ich weiß es ganz bestimmt. Sie verleiht diesem Mädchen und ihren Gefährten unglaubliche

Macht. Die Kette, die sie um ihren Hals trägt, besitzt magische Kräfte ungeahnten Ausmaßes. Nur sie war in der Lage, den Schutzzauber zu brechen, der den *Handspiegel der Berührung* so lange beschützte. Und diesen will ich wieder haben, glaube mir. An der Kette bin ich nicht interessiert. Denn obwohl sie ein mächtiges Werkzeug darstellt, lastet ein Fluch auf ihr."

Seth`s Augen fingen zu funkeln an und ein widerwärtiges Grinsen legte sich auf seine Lippen. „Interessant. Von diesen Mächten wusste ich bisher nichts. Wir sollten uns ausführlich darüber unterhalten. Aber nicht hier, an diesem schändlichen Ort!" Seth blickte ein letztes Mal zu den Leichen, die in der Brücke verstreut lagen, stieg über einige tote *Furandi* die seinen Weg säumten und meinte schließlich mit einem gemeinen Lächeln: „Ich will alles über diese Kette wissen, mein Freund - alles!" Axim nickte und ging dann im Geleitschutz seiner Gardisten das Deck ab. Bevor sie nämlich im Begriff waren, das Schiff zu verlassen, wollte er sichergehen, ob die vier tatsächlich verschwunden waren oder ob sie sich nur irgendwo feige versteckt hielten. Als er die zwei Boote vermisste, die eigentlich am Heck des Schiffs befestigt waren, ging er Sans Trick auf den Leim. „Die sind verschwunden!", schrie er so laut, damit es jeder mitbekam. Dann ging er zu Seth zurück, der daraufhin mit seinen Fingern schnippte. Drei seiner Helfer kamen angeflogen. Sie packten die beiden Leibwächter und ihren Anführer Axim und flogen mit ihnen davon.

Eine Weile hielten sich die vier noch versteckt. Doch schon bald stand Pitty wutentbrannt auf, der seine Emotionen nicht mehr zu unterdrücken vermochte und warf dabei einige tote Körper von sich, die sich auf ihm stapelten.

„Seth ist also derjenige, der mich bei Hermes verraten hat. Bei Zeus, alle, nur er nicht. Wie konnte er mir das nur antun? Lange Zeit waren wir die besten Freunde, obwohl Freundschaften zwischen *Reinen* und *Gezeichneten* verboten sind. Aber jetzt wird mir einiges klar. Oh ja! Er hat mich nur benutzt, um die Gunst unseres Herrn für sich zu gewinnen. Als *Reiner* genoss ich schon immer die bedingungslose Liebe Hermes'. Aber zudem hatte er viel mit mir vor. Er sah weitaus mehr Potential in mir, als in allen anderen. Hermes versprach mir, wenn ich nur die langweilige Ausbildung als Bote hinter mich brächte, hätte er mein Aufgabengebiet erweitert. Als ich, wegen meines persönlichen Verlangens an diesem Abenteuer teilzunehmen, zur Nummer Eins an Hermes' Seite auserkoren wurde, was nur den *Reinen* vorbehalten ist, stieg seine Eifersucht ins Unermessliche. Denn egal wie er sich auch anstrengte, als *Gezeichneter* konnte er niemals beide Positionen bekleiden - Bote und Kämpfer. Ich habe Seth schon damals versucht zu erklären, dass ich meiner Berufung als Helferbote nichts abgewinnen konnte und bis zum heutigen Tage dachte ich, er hätte es kapiert. Doch rückblickend wollte er Hermes immer wieder beweisen, was für ein guter, schneller und loyaler Kämpfer er war, dem man es durchaus auch zugestehen konnte, die Aufgaben eines Boten zu übergeben. Aber Hermes schämt sich für die *Gezeichneten*, die er, mehr oder weniger, nur als Kanonenfutter verwendet. Mehr sind sie ihm nicht wert. Und Nachrichten, auch wenn sie noch so einen niedrigen Stellenwert besitzen, müssen nach Hermes' Willen ausschließlich von *Reinen* überbracht werden, seiner eigenen

Brut sozusagen. Ich war wirklich zu blind, um die Gefahr zu erkennen. Ich kann es nicht fassen, dass er mich verraten hat! So also wurde aus meinem besten Freund, mein ärgster Feind wie es mir scheint!"

Enttäuscht senkte er seinen Kopf. Da trat Mina an seine Seite und legte ihren Arm um seine Schultern. „Nein Pitty, er war nie dein bester Freund. Er war schon immer dein Feind! Aber glaube mir, wir sind deine wahren Freunde." San, Rita und Mina standen geschlossen vor Pitty und jeder redete ihm gut zu.

Die vier blieben die restliche Nacht auf dem Schiff versteckt. In der Morgendämmerung peilten sie die Freiheitsstatue an, wo sich ihnen schon bald die nächste Gelegenheit bot, erneut ihre Freundschaft zu beweisen.

-Kapitel 31-

Die Freiheitsstatue

Als die Sonne langsam am Firmament erschien, waren die vier bereits hellwach. Die Ereignisse, die hinter ihnen lagen, ließen ihnen keine Ruhe und so kreisten ihre Gedanken ständig um die schrecklichen Erfahrungen, die sie durchleben mussten. Bilder des Todes jagten durch ihre Köpfe. Und obwohl Mina, San, Rita und Pitty fest zusammenhielten, blieb, in jener Nacht, doch jeder für sich allein. Und so taten sie sich schwer eine Mütze voll Schlaf zu nehmen, was sie so dringend gebraucht hätten, um neue Kraft zu tanken. Der Gedanke, den nächsten Kristall bald in den Händen zu halten und dem Ende dieses Martyriums ein Stückchen näher zu kommen, gab ihnen jedoch großen Antrieb. Im Morgengrauen blickten sie ein letztes Mal gemeinsam über die ruhige See, ehe sie ihr großes Ziel anpeilten. Jetzt war endlich der richtige Zeitpunkt gekommen, um die Strophen des Gedichts, zur Befreiung des zweiten Kristalls, in die Tat umzusetzen.

Rita holte die vier *Stäbe der Erleuchtung* aus ihrem Versteck unter den Matratzen hervor, die, wie durch ein Wunder, nicht durch die Ereignisse in Mitleidenschaft gezogen wurden. „Die werdet ihr heute brauchen!", sprach die Hexe und übergab sie San. Dann klemmte sie sich wieder hinter das Steuer des Schiffs.

Doch bevor sie losschipperten, schmissen sie alle toten *Furandi* und die abgetrennten Glieder des Kraken über

Bord, denn bis zur Mittagsstunde hatten sie noch viel Zeit übrig. Das zähe Blut der *Furandi* konnte jedoch auch kein Spülwasser beseitigen und auch der beißende Gestank blieb. Alles Schruppen der Welt half da nichts. Außerdem klebten überall noch hunderte Federn an den Wänden und Fenstern der Schiffsbrücke, die eine Weiterfahrt unmöglich machten. Weil sie die Federn so schlecht wegbekamen, das teerartige Blut ließ sie besser kleben als Sekundenkleber, zerstörte Rita kurzerhand die Fenster mit konzentrierten Feuerstrahlen aus ihrem Zauberstock. Nun, da sie wieder freie Sicht hatten, steuerte Rita Liberty Island an. Durch die großen Löcher, die jetzt durch die Fensterrahmen klafften, wehte den vieren eine erfrischende Brise Wind um die Nasen. Einige Federn schwebten wegen des Fahrtwinds durch die Lüfte und legten sich sanft auf die Wasseroberfläche des Ozeans nieder. Ergriffen sah ihnen Pitty hinterher, in der traurigen Gewissheit, nie mehr fliegen zu können.

Als sie nahe genug an die Insel heranfuhren, erkannten sie erst das ganze Ausmaß von Pittys Einschlag ins Meer. Seetang, Trümmerteile und Wasser soweit das Auge reichte. Selbst in der Krone der Freiheitsstatue hing Seetang. Die Insel war von den Behörden nach dem Einschlag vorrübergehend geschlossen worden. Überall waren Pumpen am Werk, die das viele Meerwasser wieder zurück in den Hudson River ableiteten. Die Polizei war an diesem Tag sehr präsent auf Liberty Island. Mehrere uniformierte Beamte patrouillierten schwer bewaffnet am Rande der Insel. Andere sicherten den Steg. Trotzdem steuerte Rita unerschütterlich den Anlegehafen an, als könnte ihnen nach dieser Nacht nichts mehr Schlimmes passieren.

Ein Polizist traute seinen Augen kaum. Und das aus zweierlei Gründen. Zum einen war dieses Schiff als vermisst gemeldet worden und zum anderen schipperte es, trotz der Barrikaden, einfach auf die Insel zu. Wusste Rita etwas, was die anderen nicht wussten. Selbst San protestierte heftig, die Insel anzusteuern. Doch die weiße Hexe war wie in Trance und setzte ihr Manöver unerschrocken fort. „Vertraut mir!", war alles was sie zu sagen hatte.

Und dann legte sie am kleinen Hafen der Insel an. Sofort erhoben die Polizisten am Steg ihre Waffen und zielten auf das Schiff, während zwei Gruppen von je drei bewaffneten Einheiten die Brücke stürmten. Als eine von ihnen die Steuerzentrale erreichte, hielten sich die Polizisten erst einmal ihre Nasen zu und tauschten irritierte Blicke aus. Die Brücke hatte keine Fenster mehr, überall klebten weiße Federn in schwarzen, übelriechenden Farbkleksen und ein beißender, stinkender Geruch, ähnlich wie er in vollen Dixiklos vorherrscht, verbreitete sich im Raum. Zudem sahen sie vier Menschen vor sich, die verwahrloster nicht aussehen konnten; zerrissene Kleidung, schwarze Farbe auf den Körpern und Federn, die an ihnen klebten. Alle vier stanken so, als hätten sie allesamt in einer Kloake gebadet. Die Polizisten fragten sich im ersten Moment, was um Himmels willen da bloß vorgefallen war, doch dann wurde ihr Tonfall rüde und sie schrien Pitty, Mina, Rita und San wie im Kanon an: „Alle auf den Boden und die Arme hinter den Köpfen verschränken." Zwar verstand Mina kaum ein Wort Englisch, aber San und Pitty machten es ihr vor, sodass sie das Verhalten der anderen kopierte und sich ebenfalls flach mit dem Bauch auf den Boden lag, ihre Hände über ihren Kopf verschränkend. Beunruhigt sahen Pitty, Mina und San auf den Boden, während ein Polizist gerade versuchte, sie mit Handschellen zu fesseln.

Nur eine folgte den Anweisungen der Beamten nicht – Rita. Sie war weder verängstigt noch sonst in besorgter Stimmung. Im Gegenteil. Heroisch stand sie vor dem Steuerrad, während sich die anderen voller Beklommenheit nicht hinsehen trauten, was die Polizisten wohl im nächsten Augenblick wegen ihres Ungehorsams mit ihr anstellen würden. Doch die weiße Hexe ließ sich von dem Gebrülle der Beamten nicht einschüchtern und schritt mutig auf den ersten Polizisten zu, der nervös seine Waffe auf sie richtete. Dann sagte sie zu ihm: „Non custodisti nos idem!" Währenddessen fächerte sie mit ihren Händen vor dessen Gesicht herum und plötzlich schossen aus allen ihren Fingern dunkelrote Leitstrahlen, die die Beamten direkt gegen die Stirne trafen. Sie teilten sich so auf, dass nicht nur die Polizisten im Raum, sondern auch diejenigen, die auf der anderen Seite der Insel patrouillierten, in die Stirn getroffen wurden und dort an ihnen hafteten, ähnlich wie Fäden an Marionetten - bis letztlich alle Beamten von der fremden Macht ergriffen wurden.

Es sah fast so aus, als konnte die weiße Hexe sie durch die dunkelroten Strahlen beeinflussen, gar steuern, denn im nächsten Moment öffnete einer von ihnen wieder die Handfesseln von den dreien. Sodann traten die Polizisten mit völlig leeren Gesichtsausdrücken aus der Türe und schenkten den vieren keinerlei Beachtung mehr. Sie zogen von Dannen und egal wie weit sich die Polizisten von der Brücke entfernten, die Leitstrahlen folgten ihnen, durchdrangen die

Wände und passten sich den jeweiligen Distanzen an.

Während sie wie Zombies das Schiff verließen, warfen die Beamten, genau wie ihre Kollegen an Land, ihre Waffen und Funkgeräte ins Meer. Sie zerstörten sogar die fest installierte Kommunikationszentrale ihres Patrouillenboots, ehe auch der Zündschlüssel sein neues Zuhause im kalten Nass fand. Dann sammelten sie sich mit allen anderen Polizisten, die sich auf der Insel befanden, hinter der Freiheitsstatue. Die roten Strahlen folgten ihnen auf Schritt und Tritt. Dort angekommen, bildeten sie allesamt eine geschlossene Gruppe mit drei Reihen zu je fünf Männern. Insgesamt waren fünfzehn Polizisten auf Liberty Island im Einsatz. Willenlos und bewegungsunfähig standen sie, militärisch korrekt, in Reih und Glied.

Wütend rappelten sich Mina, Pitty und San wieder auf und rieben sich ihre Handgelenke, die von Furchen, der zu eng eingestellten Handschellen, durchzogen waren. „Was war denn das bitte für eine Aktion?", fauchte Mina Rita an. Und auch San musste seinen Senf dazu geben: „Normalerweise ist das nicht mein bevorzugtes Vokabular, aber was zur Hölle sollte der Scheiß? Uns ohne Vorwarnung in so eine prekäre Lage zu bringen!"

Erst jetzt bemerkten die drei, dass die weiße Hexe von einer dunkelroten Aura umgeben war und ihre Augen geschlossen hielt. Wie versteinert stand sie mitten im Raum. Ohne ihre Lippen zu bewegen, erklang plötzlich ihre Stimme in einem Echo, wie es nur in den Bergen zu finden ist.

„Genug der Worte. Ich habe uns die nötige Zeit verschafft, damit ihr die Stäbe richtig positionieren könnt." San überlegte kurz, ehe er sich bei Rita entschuldigte.

„Wir haben also nichts mehr von den Polizisten zu befürchten?", fragte er vorsichtig. „Nein! Ich habe gestern noch medialen Kontakt zu meinem ehemaligen Ausbilder und Mentor, dem Zauberer Spitzbart Bert, aufgenommen und ihm alles von unserer Reise berichtet. Er sendet mir gerade in diesem Moment die nötige mediale Kraft, um die Polizisten zu manipulieren. Solange Spitzbart Bert mit mir in Kontakt steht, können uns die Polizisten nichts anhaben. Das kostet mich aber wahnsinnig viel Kraft und aus diesem Grund kann ich euch nicht auf diese Insel folgen." Immerwährend blitzten die dunkelroten Leitstrahlen aus ihren Fingern, die tief in die Stirne der Beamten eindrangen. „Und nun geht ihr drei. Ich weiß nicht wie lange ich das mit Bert durchhalten kann. Geht!"

Mina, San und Pitty nahmen ohne weitere Fragen zu stellen, ihre Beine in die Hand und verließen mit den vier *Stäben der Erleuchtung* das Schiff.

Ihre ersten Schritte auf Liberty Island waren nass. Sie stapften durch knöcheltiefes Wasser hindurch, bis sie die Freiheitsstatue erreichten, die auf einem Sockel stand, der wie ein Stern geformt war. San blickte auf seine wasserdichte Analogarmbanduhr. Es war viertel vor zwölf. Genug Zeit, um die Stäbe auszurichten, dachte er sich. Er holte sich noch einmal die Strophe des Gedichts aus seinem Gedächtnis, die besagte, dass die Sonnenstrahlen aus allen vier Himmelsrichtungen auf die eiserne Lady gelenkt werden mussten, sobald sich die Sonne auf ihrem höchsten Punkt des Tages befindet. Also in knapp einer viertel Stunde.

Er überreichte jeweils einen Stab an Pitty und einen an seine Nichte. Doch dann gab Mina zu bedenken, dass sie nur zu dritt waren. Wer sollte den vierten Stab halten? San kratzte sich am Kopf. Nervös zitterten seine Knie, denn viel Zeit für eine Lösung dieses gravierenden Problems, blieb ihnen nicht mehr. Er ging mit den beiden übriggebliebenen Stäben unter seinen Achseln geklemmt, an die Ostseite des Sterns. Da geschah etwas Merkwürdiges. Als er sich der Spitze am Ende des Sterns näherte, leuchteten die Stäbe unerwartet auf. Plötzlich öffnete sich eine kleine, kreisrunde Plattform am Boden. San überlegte nicht lange und steckte einen der beiden Stäbe mit der Unterseite hinein. Er passte genau und rastete mit einem leisen Klicken ein.

„Ich glaube, das ist so vorgesehen!", freute er sich. Er blickte nochmal auf seine Uhr. Es blieben nur noch neun Minuten bis zur Mittagszeit. Schnell verstreuten sich Pitty, Mina und San in die übrigen Himmelsrichtungen. Überall öffneten sich die kreisrunden Plattformen an den Enden der Spitzen des Sterns und kurz darauf waren alle Stäbe verankert. Es blieben ihnen noch viereinhalb Minuten, bis die Sonne in ihrem Zenit stand. Da man die Spiegel am oberen Ende der Stäbe drehen und wenden konnte, fragte sich Mina, ob sie diese wohl richtig ausgerichtet hatten. Die letzte Strophe des Gedichts hätte hierüber Auskunft gegeben, aber diese hatten sie komplett übersehen, als sie über die Sicherheitsvorkehrungen am Schiff debattierten.

„Haben wir auch nichts vergessen? Ich meine, müssen wir die Spiegel nicht auf einen bestimmten Punkt auf die Freiheitsstatue lenken?", fragte Mina besorgt. San gab ihr recht. „Wir haben die letzte Strophe des Gedichts vergessen! Ich meine mich erinnern zu können, dass dort diesbezüglich exakte Hinweise versteckt waren. Weiß noch jemand wie sie gelautet hat?" Alle versuchten sich krampfhaft daran zu entsinnen, doch ihre Mühe war vergeblich. Stattdessen erinnerte sich Pitty daran, dass Rita die Papyrusrolle unter ihrem Rock versteckt hielt. „Ich beschaffe uns die Rolle.", rief er und wollte gerade loslaufen, als San ihn vehement anschrie:„ Nein! Die Zeit reicht nicht mehr aus, um sie zu holen!" Er meinte, dass er sich an die Worte „eiserne Hand" und „Pfand" erinnern konnte. Da seine Nichte, sowie auch Pitty, dem nichts weiter hinzuzufügen hatten, liefen sie schnell zu den Spiegeln der *Stäbe der Erleuchtung* und stellten sie so ein, dass sie auf die hochgehaltene Hand der Freiheitsstatue gerichtet waren.

Dann stand die Sonne auf dem höchsten Punkt ihrer Wanderung. Vier gebündelte Sonnenstrahlen fielen auf die Spiegel der Stäbe. Zuweilen leuchteten sie so stark, dass die drei kurzzeitig ihren Blick abwenden mussten, um nicht zu erblinden. Dann guckten sie eine Weile auf die Hand der Statue, die aus allen Himmelsrichtungen beleuchtet wurde. Doch nichts geschah. Mit jeder Sekunde, die verstrich, wuchs ihre Nervosität. Irgendetwas schien schief zu laufen. Da kam Mina ein Gedankenblitz. „Nicht die Hand muss bestrahlt werden, sondern die Flamme!", schrie sie, als hinge ihr Leben davon ab. Was es in gewisser Weise auch tat. Ob die Zeit, ihren Fehler zu korrigieren, noch ausreichen würde, wussten sie nicht, geschweige denn, ob Minas Vermutung überhaupt richtig lag. Doch angesichts ihres offensichtlichen Scheiterns, so wie die Stäbe gegenwärtig ausgerichtet waren, hatten sie nichts zu verlieren. Daher sprinteten alle wie abgesprochen an die Stäbe, die sie selbst aufgestellt hatten und leiteten die Sonnenstrahlen auf die Flamme um.

Als San den letzten Strahl umgestellt hatte, erleuchtete die Flamme der Freiheitsstatue so stark, dass sie einen mächtigen Lichtstrahl in den Himmel schoss, der noch kilometerweit zu sehen war. Wolken, die sich ihm näherten, verdampften sofort und lösten sich vollständig auf. Kurz darauf übertrat die Sonne ihren Zenit und die Strahlen versiegten. Es wurde wieder dunkel. Ob die Zeit ausgereicht hatte, etwas zu bewirken, wussten sie nicht. Doch als San die Flamme der Freiheitsstatue genauer in Augenschein nahm, glühte sie in kräftigem Sonnengelb. Sie hatte sich in der Mitte zweigeteilt und stand weit offen. „Dort oben muss der Kristall versteckt sein!", rief er freudig den anderen beiden zu, die ihm gerade völlig außer Atem entgegenliefen. „Und ich weiß auch schon, wie wir dort hinauf kommen.", meinte Mina und blickte auf Sans und ihre geflügelten Schuhe.

Pitty betrachtete eifersüchtig das Schuhwerk der beiden, woraufhin San seine Treter auszog und sie ihm übergab. „Ich hoffe sie passen. Du kannst ohnehin viel besser damit umgehen." Pitty nahm die Schuhe mit überschwänglicher Begeisterung entgegen und zog sie sich gleich über seine Füße. Doch sie waren ihm zu klein. Die Vorfreude Pittys, endlich wieder fliegen zu können, wechselte in herbe Enttäuschung.

Kurzerhand bat San um seinen Dolch und schnitt die vorderen Kappen der Schuhe weg. Zwar ragten nun seine Zehen um einiges über die Schuhe hinaus, aber das konnte Pitty nicht davon abhalten, sofort einen Probeflug zu starten. Und wie er davon flog.

Wie ein Kunstpilot schoss er in den Himmel und drehte dabei eine Pirouette nach der anderen, bis er schließlich sanft neben Mina und San landete. „Ich besorge den Kristall.", versprach er den beiden, die ihm verwundert hinterher sahen und sich fragten, wie er es schaffte, bei so vielen Kreisen nicht schwindelig zu werden. Überhaupt war Mina überrascht darüber, dass die Schuhe noch so tadellos funktionierten, nach all dem was sie durchstehen mussten.

Pitty flog vorsichtig an die geöffnete Flamme der Freiheitsstatue heran. Drinnen lag eine vergoldete Papyrusrolle mit jeweils einem *Hinweisgeber* an jedem Ende. Er griff vorsichtig nach ihr und flog sie behutsam zu San und Mina, die bereits gespannt darauf warteten. Nachdem Pitty die goldene Papyrusrolle in den Händen hielt, verschloss sich die Flamme wieder, verlor ihre Farbe und die *Stäbe der Erleuchtung* verschwanden ruckartig im Boden der Plattform, wo sie hineingesteckt waren. San und Mina erschraken sich kurz durch das krakelige Geräusch, das dadurch entstand. Dann sah alles wie gehabt aus und nichts erinnerte mehr an die Geschehnisse, die hier noch vor einigen Minuten stattfanden.

Während Pitty sich noch behutsam im Sinkflug befand, meinte Mina: „Ich frage mich, ob wir das nicht auch mit dem *Spiegel der Berührung* geschafft hätten." Kurzerhand stibitzte sie ihn sich aus der Tasche ihres Onkels und griff, mit fokussiertem Blick auf die Flamme durch das Spiegelglas. Doch ihre Hand konnte das Eisen nicht durchdringen, egal wie oft sie es auch versuchen mochte. Es schien so, als ob die Flamme durch einen Zauber geschützt wurde, den nur das Sonnenlicht vorrübergehend außer Kraft setzen konnte. Um eine Erkenntnis reicher, steckte Mina den Spiegel wieder zurück in Sans

Umhängetasche.

Nachdem Pitty wieder gelandet war, übergab er San die Papyrusrolle, der sie fasziniert betrachtete. Er wollte gerade auf die *Hinweisgeber* achten, herausfinden, welches Geheimnis sie umgab, als urplötzlich die dunkelroten Leitstrahlen am Himmel verschwanden, die die Polizisten bisher in Schach gehalten hatten. „Schnell aufs Schiff zurück!", rief San.

-Kapitel 32-
Wohin?

Wenige Sekunden, nachdem die Leitstrahlen aus den Stirnen der Beamten verschwanden, kamen sie wieder zur Besinnung. Verwundert schüttelten sie ihre Köpfe und rieben sich ihre Augen. Alles woran sie sich noch vage erinnern konnten, war der Zeitpunkt, als sie die Brücke gestürmt hatten. Sie konnten nicht glauben, was mit ihnen geschehen war, denn noch immer standen sie zu ihrer Verwunderung, militärisch korrekt, hinter der Freiheitsstatue. Völlig verblüfft fragten sie sich, wie das möglich war.

Die kurzzeitige Verwirrung der Polizisten nutzte das Trio aus, um so schnell wie möglich zum Schiff zu gelangen. Die Beamten waren so perplex von der Situation, dass sie einen Augenblick lang zögerten sie aufzuhalten, ehe einige von ihnen vergeblich in ihre leeren Pistolenhalfter griffen, merkten, dass auch die Funkgeräte spurlos verschwunden waren, um die Küstenwache zu alarmieren, um dann doch pflichtbewusst, wie es sich für Gesetzeshüter gehörte, die Verfolgung zu Fuß aufzunehmen. Aber der Vorsprung war bereits zu groß.

Nachdem die drei auf die Brücke gelangten, fanden sie Rita bewusstlos auf dem Boden vor. Die Papyrusrolle musste ihr beim Sturz aus ihrem Rock gefallen sein, denn diese lag neben ihrem ausgestreckten Arm. San konnte sich nicht sofort um die Hexe kümmern. Erst musste er ihre Verfolger loswerden. Er sprang gekonnt hinters Steuer und setzte den Kahn in Bewegung. Mina hingegen kniete sich vor Rita und legte deren Kopf in ihren Schoß, während Pitty die Papyrusrolle wieder in Sans Umhängetasche verstaute. Dann wagte er einen Blick nach draußen und wurde Zeuge, wie zwei Polizisten über den Steg sprinteten und versuchten, auf das ablegende Schiff zu hechten, jedoch bei dem Unterfangen kläglich versagten und in das kalte Nass stürzten.

„Wo sollen wir hin?", kreischte Mina, der beim Anblick von Rita ganz anders wurde. Die weiße Hexe hatte auf unerklärliche Weise sehr viel Gewicht verloren und schien in kürzester Zeit um fünfzig Jahre gealtert zu sein. Ihre Haut war so blass und dünn wie Pergament, sodass deutlich die Konturen ihrer Knochen hervorschimmerten. Ihr Gesicht war ganz eingefallen und ihr Kopf baumelte leblos an ihrem Hals herunter. Eigentlich sah sie nur noch wie ein mit Haut überzogenes Skelett aus. Vorsichtig griff Mina an Ritas Herz. Ganz langsam und schwach schlug es noch. Aber wie lange noch? Pitty setzte sich trostspendend neben Mina und streichelte sanft über die knochige Hand der weißen Hexe, die sich wie Felsspitzen anfühlten. San erkundigte sich nach Ritas Gesundheitszustand, indem er sich immer wieder nach ihr umblickte, während er das Schiff auf offene See manövrierte und dabei gegen das eine oder andere Treibgut knallte.

„Ich weiß es nicht!", keifte er wiederholend. „Ich weiß es einfach nicht!" Doch dann kam Mina eine Idee. „Sie stand doch mit Spitzbart Bert im medialen Kontakt. Wir sollten ihn aufsuchen. Er kann ihr helfen. Er muss es einfach!"

Sie erzählte ihrem Onkel ausführlich von der

Geschichte, die ihr Rita erzählt hatte. San zweifelte. „Glaubst du wirklich, dass es die Levington Street noch gibt und die drei Bäume dort noch stehen? Das war über einhundert Jahre her, wenn ich dir Glauben schenken darf. Da stehen jetzt wahrscheinlich massig Wolkenkratzer und Schnellrestaurants nebeneinander." Doch Mina blickte ihren Onkel mit scharfer Miene an. „Wenn wir es nicht versuchen, wird sie sterben! Es ist unsere einzige Chance."

San dachte daran, was Rita vor wenigen Stunden alles in Bewegung setzte, um sein Leben zu retten. Nun war er es ihr schuldig, nach dem kleinsten bisschen Hoffnung zu greifen, das sie retten konnte, auch wenn es in seinen Ohren noch so absurd klang. Aber welche Alternativen hatten sie schon? „Sieh mal beim Navigationstisch nach, ob du eine Stadtkarte finden kannst.", forderte er schließlich seine Nichte auf. Mina war sehr erleichtert über die Entscheidung ihres Onkels und wühlte sofort los. Neue Hoffnung keimte in ihr auf, als sie tatsächlich die Levington Street in einer Straßenkarte fand. „Sieh dir das an Onkel! Da müssen wir hin!", rief sie überschwänglich und hielt ihm die Stelle vor die Nase. San überprüfte noch einmal die geographischen Koordinaten. Seine Mimik verzog sich immer mehr zu einem verzweifelten Gesichtsausdruck. Mina sah ihn mit erwartungsvollen Augen an. Die Runzeln in seiner Stirn wurden immer tiefer und ließen nichts Gutes verheißen. „Ganz schön weit weg, Mina. Mit dem Schiff kommen wir da jedenfalls nicht hin. Also müssen wir an Land, mit einem polizeilich gesuchten Schiff. Wir machen uns nur zur Zielscheibe. Und selbst wenn wir es unbemerkt auf amerikanischen Boden schaffen, war es nicht so, dass man den Baum nur in einer Vollmondnacht anklopfen konnte? Der nächste kommt in 28 Tagen!" Er hielt sich seine Hand vor den Mund und schüttelte bedenklich seinen Kopf. Mina setzte ihren mitleidigsten Hundeblick auf, der beste Aussichten auf einen Friedensnobelpreis hätte. San seufzte: „Ach herrje! Ich glaube zwar nicht, dass wir es schaffen, aber wenn wir es nicht versuchen, werden wir es nie herausfinden!"

Dann steuerte er die Küste an. Er fuhr direkt auf einen menschenleeren Strandabschnitt von Conny Island zu, die eigentlich eine Halbinsel ist und den Südzipfel des Brooklyner Stadtbezirks New York City markierte. Er ließ den Kahn mit vollem Tempo auflaufen. Bebend pflügte sich das Schiff seinen Weg durch den feinen Sand, bis es auf halber Länge stecken blieb. Über den Bug sprang zuerst San auf das Festland. Ein Passant, der gerade dabei war, am Strand seinen Hund Gassi zu führen, sah verdutzt drein, als er den halbkaputten, stinkigen, Luxusliner sah. Und noch verstörter, als er Zeuge wurde, wie Pitty und Mina die weiße Hexe mit ihren fliegenden Schuhen auf einer Bahre tragend, herausflogen, die sie in einer Kabine mit den Erste-Hilfe-Utensilien fanden.

San ging zu dem Mann hinüber und sagte im feinsten Englisch: „Wir sind Googlemitarbeiter und probieren hier unsere neueste Technologie aus – fliegende Schuhe. Dazu gehört es auch ein Schiff zu crashen. Also keine Polizei, kein Ärger. Google weiß, wo du wohnst!" Der Mann war so eingeschüchtert, dass er augenblicklich mit seinem Hund verschwand und sich kein einziges Mal nach ihnen umdrehte.

San und Pitty trugen Rita bis zum Straßenrand, während Mina den Strandabschnitt überflog und auf der

Promenade landend, nach einem Taxi Ausschau hielt. Aber es kam so schnell keines. Also kam sie auf die glorreiche Idee, sich mitten auf die Fahrbahn zu stellen, um das nächstbeste Auto anzuhalten. Der Fahrer trat so stark in die Eisen, dass er eine meterlange Bremsspur auf die Straße zeichnete. Wild trommelte er mit seinen Fäusten gegen seine Hupe und schrie unverständliches Kauderwelsch. Doch Mina rührte sich nicht vom Fleck.

Völlig abgehetzt traten Onkel San und Pitty bei ihr ein. Behutsam setzten sie Rita mit der Bahre auf dem Gehsteig ab. Dann ging San ganz aufgelöst zu dem Fahrer und erklärte ihm, dass sie gerade mit dem Schiff aufgelaufen seien und sie eine schwerverletzte Person bei sich hätten, die dringend medizinisch versorgt werden müsse.

Der Mann stieg ungläubig aus seinem Fahrzeug, ging um das Auto herum und betrachtete Rita, die eingehüllt in einer dicken Wolldecke auf der Trage lag. Dann zeigte San mit ausgestreckter Hand auf das Schiff und drängte den Fahrer ein Stück weit von der Fahrbahn hin zum Strand. Nachdem sie einige Meter über den Sand liefen, rief San: „Sehen sie doch!" Er schubste ihn leicht in den Rücken, damit er sich ein Besseres Bild über das gestrandete Schiff machen konnte, was man ja nicht alle Tage zu sehen bekam. Der Mann musste feststellen, dass ihn San nicht belogen hatte und blickte fassungslos zur Unfallstelle. Doch er konnte ja nicht ahnen, dass San sich derweil klangheimlich hinter seinem Rücken absetzte, um ans Steuer seines Autos zu gelangen. Der Autofahrer merkte nämlich davon nichts. Wie auch? Ihm war so, als stünde San die ganze Zeit neben ihm. Schließlich spürte er noch immer seine Hand auf der Schulter liegen. San jedoch, gewieft wie er nun mal war, verhalf sich eines Tricks – er benutzte den *Spiegel der Berührung* hierfür, während er sich im Rückwärtsgang immer weiter von dem Mann entfernte und in das Auto stieg. Dieses Ablenkungsmanöver diente natürlich einzig und alleine dazu, dass sich alle anderen unbemerkt ins Fahrzeug schleichen konnten, was sie auch taten. Aber als San seine Hand aus dem Spiegel nehmen musste, um sich hinters Lenkrad zu klemmen, drehte sich der Autobesitzer auch schon um. Kaum wusste er, wie ihm geschah, da fuhren die vier mit quietschenden Reifen davon. Der Mann lief noch einige Meter hinterher, schimpfte dabei unentwegt und gestikulierte wild mit seinen Armen, bis er keuchend auf der Straße zusammenbrach und einsehen musste, dass er keine Chance hatte. Zurück blieb nur die leere Bahre.

Hinten nahm Pitty Platz, Ritas Kopf auf seinen Beinen ruhend, die quer über die Rücksitze lag. Ihr Anblick beunruhigte ihn zunehmend. Mina saß am Beifahrersitz und tippte das Ziel in das Navigationsgerät, das fest in der Mittelkonsole des Fahrzeugs installiert war. „An der nächsten Kreuzung links abbiegen!", sagte eine weibliche Computerstimme. San lenkte den Wagen zielsicher durch die Gegend. Er fuhr weder hektisch, noch defensiv. Einfach nur angepasst, um nicht aufzufallen. „Aber der Kerl wird doch sicher schon die Polizei alarmiert haben.", meinte Mina überzeugt. „Ich glaube nicht!", dröhnte es von hinten. Pitty hielt ein weißes Handy nach oben. „Sind das nicht die Dinger, die ihr zum Kommunizieren benutzt?", fragte er mit einem breiten Grinsen. „Gehört das dem Kerl?", wollte Mina wissen. „Ich denke ja. Ich habs hier am Fußboden gefunden.", antwortete Pitty. Mina grinste: „Muss ihm wohl aus der Hosentasche gefallen sein. Besser wir schalten es aus, sonst könnte er uns noch über GPS orten." Erstaunt sah ihr Onkel sie an, als ob er mit seinem Blick fragen würde, woher zum Teufel sie so etwas wusste. Doch Mina zog nur ihre Schultern nach oben und lächelte verschmitzt.

Der Stadtverkehr New Yorks lief gerade auf Hochtouren - Rushhour. Nur zögerlich kamen sie voran. Während der Fahrt sprach keiner ein Wort. Sie bestaunten ganze Landschaften, bestehend einzig und allein aus Häuserfassaden, die bis in den Himmel ragten. Wolkenkratzer, Reihenhäuser, Hot-Dog-Stände, Menschenmassen, soweit das Auge reichte. Dieses monotone Stadtbild wollte gar nicht mehr aufhören, bis sie schließlich in die Levington Street einbogen, wo der Fortschritt Amerikas wohl schon am Straßenschild zum Stillstand gekommen war, so heruntergekommen wie es aussah. San hielt kurz den Wagen an. „Sind wir hier auch richtig?", fragte er und blickte zweifelnd auf das Navigationsgerät, dass ihm mit der Pfeilposition unmissverständlich klar machte, dass er da ist, wo er hinwollte. „Sie haben ihr Ziel erreicht.", rieb ihm nochmals die Computerstimme unter die Nase. „Na dann!", seufzte San.

Nicht die Andeutung eines Hauses, ja nicht einmal einer Hütte, war zu sehen. Nicht ein Hauch von Zivilisation säumte die lange Straße, die ins Nichts zu führen schien. Es war, als würde man von jetzt auf gleich, sozusagen mit einem Fingerschnipp, in einer völlig anderen Vegetationszone aufwachen. Diese Straße hatte so gar nichts mit dem urbanen Charme dieser Stadt gemein. Und auch, wenn ihnen ein unheimliches Gefühl hochkam, beim Gedanken, was diese mysteriöse Straße alles für sie bereit hielt, so setzte San den Wagen dennoch langsam in Gang. Immer weiter vorwärts, ständig begleitet von den Sorgen um Rita.

Zunächst begann die hoffnungsvolle Fahrt noch auf einwandfreiem, geteerten Straßenbelag, aber nach einigen Kilometern gesellten sich immer häufiger Schlaglöcher hinzu, die die Stoßdämpfer des Wagens an ihre Leistungsgrenze brachten. Das ständige Geholpere schien anfangs nur Pitty Freude zu bereiten. Aber nach einer Stunde hatte auch er die Nase gestrichen voll davon. Erst jetzt mündete die Straße, zur Freude von Mina, die durch die ständigen Vibrationen sichtbar gereizt war, in unwegsames Gelände. Zum Leidwesen von San. Er hatte viel Mühe, den Wagen auf dem matschigen Untergrund in der Spur zu halten. Einmal wären sie fast die Böschung hinab gerutscht, aber das Glück war auf ihrer Seite, auch wenn San die Verhinderung ihres Fast-Unfalls selbstverständlich nur seinen Fahrküsten zuschrieb. Und es jedem im Auto wissen ließ.

Nach knapp eineinhalb Stunden Fahrzeit, endete die Straße. Oder wie San sie schweißnass während der Reise oft fluchend nannte, den Höllenpfad. Und ob sie es glauben wollten oder nicht, die Sackgasse endete genau so, wie Rita es Mina erzählt hatte.

Drei trutzige Eichen, mit mächtigen Baumstämmen, bildeten das Ende der Straße. Etwas abgelegen dahinter, über eine grüne, saftige Wiese, erstreckte sich ein dunkler Wald auf hügeligen Hochebenen. Die ganze Fahrt über, sahen sie keine Anzeichen von menschlichem Leben. Aber hier draußen, mitten in der Pampa, waren zu ihrem großen

Erstaunen ein paar Straßenlaternen aufgestellt worden. „Hier muss er leben.", behauptete Mina mit einer Selbstverständlichkeit in der Stimme, als hätte sie den Verstand verloren. Die drei stiegen aus dem Fahrzeug aus und bemerkten ein Schild auf einem Pflock, der in der Mitte vor den drei Bäumen in den Boden geschlagen wurde. Darauf stand dick und fett das Wort „Denkmalschutz" und ein kaum zu entziffernder Fließtext darunter, der von Moos überwuchert war. Folgendes stand darauf:

Achtung! Beginn eines Naturschutzgebiets!
Die drei tausendjährigen Eichen Ren, Gentian und Rasco stehen seit 1916 unter Denkmalschutz. Im Jahre des Herrn 1915 stellten sich drei Kinder während eines stürmischen Gewitters unter die Eichen, als sich ein tödlicher Blitz über ihren Köpfen entlud. Die drei Eichen retteten ihnen jedoch das Leben und hielten den Gewalten der Natur stand. Heute zeugen nur noch die Kerben der Bäume von der Kraft des Blitzeinschlages.
Wir sind diesen drei Bäumen zu Dank verpflichtet und stehen in ihrer Schuld, auch ihre Leben zu beschützen.

Dann standen noch die drei Kindernamen darunter, deren Leben an jenem schicksalhaften Tag gerettet wurden: *Ren Graham, Gentian Morrow und Rasco Jackson.* Und der Hinweis ganz zum Schluss: *Das Fällen dieser Bäume und das Betreten des Waldes ist strengstens verboten!*
Erst jetzt fielen ihnen die großen Kerben so richtig auf, die einst der Blitz in die kräftigen Stämme gerissen haben musste. Am schlimmsten hatte es Ren getroffen, den linken,

äußeren Baum. Der Blitz hatte sich so tief in den Baum geschlagen, dass die Kerbe fast wie ein rundes Tor aussah, in das man hineintreten konnte. Und genau auf diese absurde Idee kam Mina auch. Sie ging in die Kerbe und klopfte drei Mal gegen die Rinde. Doch nichts passierte. Dann klopfte sie mehrmals hintereinander an den Baum und rief: „Aufmachen!" Wieder nichts.

Vielleicht, so dachte sie sich, verstand der Zauberer, der unter der Eiche lebte, ja nur die englische Sprache. Trotzdem rief sie dem Baum ein letztes Mal in ihrer Muttersprache zu, ehe sie San darum beten würde, ihr diesen Satz zu übersetzen: „Spitzbart Bert, bitte mach auf, wir haben Rita hier. Sie braucht dringend deine Hilfe!"

Kaum als sie diese Worte ausgesprochen hatte, verwandelte sich die Rinde in eine Türe. Eine fremde Stimme erklang und flüsterte ihnen in deutscher Sprache zu: „Tretet ein!" Die Freude in Minas Gesicht ließ keine Zweifel aufkommen. Sie hatte mit allem Recht, was San, selber Freude strahlend, mit einem Tätscheln über ihren Kopf würdigte.

Pitty und San trugen Rita behutsam aus dem Wagen und betraten gemeinsam mit Mina den Baumstamm. Dann verschloss sich hinter ihnen die Türe, ohne jegliches Dazutun und der Boden fuhr abwärts. Es dauerte eine Weile bis der Fahrstuhl stehen blieb.

Ein alter Mann öffnete ihnen die Aufzugtüre, der allem Anschein nach Spitzbart Bert, Ritas Ausbilder, sein musste. Er betrachtete mitfühlend seine ehemalige Schülerin. Mit größtem Bedauern über ihren Gesundheitszustand stellte er ihr sein Bett zur Verfügung, wo sie Pitty und San ablegten und ihr eine dicke Decke über den Körper warfen.

Spitzbart Bert hatte ein dunkelblaues Samtgewandt an, worauf mehrere gelbe Halbmonde und Sterne eingestickt waren. Das Gewandt erinnerte Mina stark an einen Pyjama, würde er nicht noch zudem einen sehr spitzen, in die Höhe ragenden, Zauberhut tragen. Graue, teils weiße Haare waren in seine Stirn gefallen und verdeckten ein wenig seine alten, grauen Augen. Und wie es sich für einen waschechten Zauberer gehörte, trug er einen großen Zauberstab bei sich, auf dem er sich beim Gehen stützte und den er niemals beiseitelegte. Sein auffälligstes Merkmal war jedoch sein prächtiger weißer Spitzbart, der weit über sein Gesicht herausragte und schon so groß war, dass er bei der kleinsten Kopfbewegung die Wände und Vasen berührte, die auf alten, hölzernen Regalen umherstanden. Der Bart machte seinem Namen alle Ehre, wie Mina fand.

Die Zimmer waren sehr geräumig und hell. Überall loderten Kerzen in Kronleuchtern, die von den Decken hingen. Die kerngeräucherten dunklen Holzdielen an Böden und Wänden verpassten den Räumen ein uriges Aussehen. Alles in allem hielten sie sich in einem angenehmen Wohnambiente auf, das man niemals unter den drei Eichen vermutete.

Spitzbart Bert stand mit Mina, San und Pitty um das Bett herum und starrten gemeinsam auf die weiße Hexe, deren Zustand sich von Minute zu Minute verschlechterte. „Kannst du ihr denn nicht helfen?", fragte Mina den Zauberer mit vorwurfsvoller Miene. Bert zuckte mit seinen Schultern. „Ich weiß es nicht. Sie ist in der Tat sehr schnell gealtert. Ich glaube nicht, dass ich das so schnell wieder in den Griff bekomme. Aber ich werde mein Bestes geben." Doch diese Antwort genügte Mina nicht. „Na dann muss ich das wohl selbst in die Hand nehmen. Ich wünschte ...!" Doch als sie gerade dabei war, ihren Wunsch zu äußern, leuchtete Berts Zauberstab bläulich an der Spitze auf und im selben Moment konnte Mina nicht mehr weitersprechen. Mit breit geöffnetem Mund stand sie nun im Raum und versuchte vergeblich, ihn wieder zu schließen. Aber in diesem Zustand konnte sie nur noch unverständliches Zeugs vor sich hin stammeln. Ihr Onkel mischte sich harsch mit ein. „Hey alter Mann! Was soll denn das? Entzaubern sie auf der Stelle meine Nichte wieder!", forderte er. „Gewiss mein Herr. Aber unter den Eichen wird kein Wunsch ausgesprochen, den die Kette Osiris` erfüllen soll. Ich will hier keinen Ärger haben. Dieses Schattenraubtier würde hier nur ein Heidendurcheinander anstellen. Ich hoffe du verstehst das kleine Lady." Mina nickte bejahend ihren Kopf und war fast schon beleidigt, weil sie sich, nach allem was sie überstanden hatte, nicht mehr als kleine Lady fühlte. Sie wollte den Zauber um ihre Lippen so schnell wie möglich wieder loswerden und sah ihn mit großen Äuglein an. Bert klopfte seinen Zauberstab kräftig auf den Fußboden und der Zauber verflog. Mina überprüfte daraufhin erst einmal die Funktionsfähigkeit ihres Kiefers, indem sie wie wild ihren Unterkiefer auf und ab bewegte, sodass ihre Zähne heftig aufeinander knallten.

„Entweder sie haben den falschen Zauber angewendet, oder meine Nichte hat soeben den Verstand verloren. Ich weiß nicht, was schlimmer ist.", stellte San fest, der damit Pitty zum Schmunzeln brachte, woraufhin Mina, sichtlich beschämt, sofort damit stoppte. San wandte sich dem alten

Zauberer zu. „Eigentlich ganz praktisch dieser Nicht-Sprechen-Trick. Wenn ich nur diesen einen Zauber beherrschen würde, stände dem Wagnis einer Ehe nichts mehr im Wege." Jetzt musste sogar der alte Zauberer lächeln. Doch Mina war nicht nach guter Laune. „Was ist überhaupt aus ihrem medialen Kontakt zu Rita passiert? Sie stehen noch da wie eine Eins und sie ist um ein halbes Jahrhundert gealtert. Was haben sie mit ihr angestellt?", klagte Mina.

Der Zauberer bewegte sich langsam zu seinem Nachtkästchen und holte eine wunderschöne, holzgeschnitzte Pfeife daraus. Sie wies große Ähnlichkeit mit einem Drachen auf. Gemächlich setzte er sich in einen alten Schaukelstuhl, der neben einem Bücherregal vor dem Bett stand und stopfte sie geduldig mit einem Tabak, den er in einer kleinen runden Dose aufbewahrte. Genüsslich steckte er sie an, während er seinen Mund an den weitgeöffneten Drachenschlund führte, zog kräftig daran und blies den Rauch aus seiner Nase. Der Tabak roch angenehm nach Erdbeeren. Dann räusperte er sich.

„Immer, wenn ich mich aufregen sollte, stecke ich mir diese Pfeife an. Das beruhigt mich ungemein und hat mich schon des Öfteren davor bewahrt, einfach unüberlegt zu handeln. Wahrscheinlich hat mir meine Angewohnheit, böse Zungen behaupten sie wäre gar gefährlich, schon das ein oder andere Mal das Leben gerettet. Ich glaube, die Welt wäre ein friedvollerer Ort, wenn alle Menschen Pfeife rauchten."

Dann zog er noch einmal lange an ihr und blies mit völlig zufriedenem Gesichtsausdruck Rauchringe aus seinem Mund. „Du musst wissen Kleines…", fing er an zu sprechen, während Mina die vorbeifliegenden Ringe verfolgte, „ …dass Zauberei und Hexerei viel Substanz kosten. Sowohl körperliche, als auch geistige. Und da braucht es schon eine gewisse Regenerierungszeit, um wieder zu Kräften zu kommen. Vor allem nach einem Manipulationszauber wie Rita ihn, zusammen mit meiner Wenigkeit, noch niemals zuvor angewendet hat." Während er sprach, zog er immer wieder dazwischen an seiner Pfeife und blies den Rauch entweder seitlich aus seinem Mund oder aus seinen Nasenlöchern heraus. Bald war das ganze Zimmer vom Dunst der Pfeife durchräuchert, aber die drei empfanden den Geruch als sehr angenehm und nicht störend.

Der Zauberer blickte auf Rita und hob dann seinen gewaltigen Hut vom Kopf. Unter der Kopfbedeckung verbarg sich ein sehr sympathischer alter Herr, einer von jenen, denen man gerne über die Straße hilft. Er drehte den Zauberhut um und wühlte einige Sekunden lang darin umher, so als würde er etwas Bestimmtes suchen. „Ah, da haben wir sie ja!", meinte er schließlich. Alle starrten gespannt auf seinen Arm und jeder fragte sich, was er da wohl herausziehen würde.

Bert zückte eine alte, noch teils mit Erde bedeckte Wurzel heraus. Dann schnippte er mit seinen Fingern und wie von Geisterhand flog von einem anderen Zimmer eine heiße Tasse Tee herbei. „Den Tee wollte ich mir eigentlich kurz vor eurem Eintreffen selbst einverleiben, aber nun gut.", sagte der alte Zauberer und legte die Wurzel in die heiße Tasse. „Das ist eine Hexenwurzel, aus der Gattung der Hexenlauche, die es nur an einem Ort der Welt gibt und das auch nur an einem ganz bestimmten Fleckchen, wo kein Mensch je weilte. Ein geheimer Ort und ich werde mich hüten euch davon zu berichten. Sie zersetzt sich in heißem Wasser und besitzt heilende Kräfte, allerdings nur bei Hexen. Für Menschen ist sie absolut tödlich. Binnen wenigen Sekunden würdet ihr daran zu Grunde gehen.", erklärte er.

Es dauerte auch nur einen Moment und die Wurzel hatte sich komplett aufgelöst. „Hier, gib ihr das zu trinken!", forderte der alte Zausel Sans Nichte auf, die ihr sofort das Getränk einflößte. Mit beruhigender Stimme meinte Bert schließlich: „Sie wird wieder, versprochen." Mina wusste auch nicht warum, aber als der alte Magier ihr das versprach, fühlte sie sich auf Anhieb viel besser und eine große Last fiel von ihr ab. Bei seinem Anblick, mit den ausdrucksvollen grauen Augen, die schon viel gesehen und erlebt haben mussten, wurde sie irgendwie an ihren Opa erinnert. Und an ihren Großvater hatte sie durchwegs nur gute Erinnerungen, auch wenn er schon viel zu früh von dieser Welt gehen musste.

„Viel wichtiger ist jetzt womöglich, einen Blick auf die Papyrusrolle in Sans Tasche zu werfen.", überraschte Bert die Gruppe mit seinem Wissen. Auf einmal wurde die Truppe hellhörig und San meinte aufgeschreckt: „Woher kennen sie meinen Namen? Und woher wissen sie über die Papyrusrolle Bescheid?" Doch der alte Zauberer ließ sich auch diesmal nicht aus dem Konzept bringen und zog noch einmal kräftig an der Pfeife. „Ich weiß nicht ob ihr es wusstet, aber gestern Nacht stand ich lange mit Rita im medialen Kontakt. Sie hat mir alles, was sie über euch in Erfahrung gebracht hat, erzählt. Und da ich hier nur einen jungen, halbnackten Menschen sehe, der mir, wie es scheint, dringend neue Schuhe benötigt...", er zeigte auf Pitty und nahm noch einmal einen kurzen Zug von der Pfeife, „...du musst Pitty sein...", dann widmete er sich wieder Minas Onkel, „...muss der älteste

Herr der Gruppe zwangsläufig San sein, der Onkel von Mina! Und was die Papyrusrolle betrifft - sie ragt ein Stück weit aus der Tasche. Manche Zauberer und Hexen mögen mich nicht umsonst, Bert den Weisen, nennen. Ich aber denke, dass ich nur eine gute Beobachtungsgabe besitze." Der Zauberer grinste frech in die Runde und San, Pitty und selbst Mina mussten lauthals lachen. „Ja, dann lasst uns doch einmal einen Blick auf die Papyrusrolle werfen.", meinte San und zog sie aus seiner Tasche.

-Kapitel 33-

Das Rätsel um die zweite Papyrusrolle

Golden schimmerte sie - die Papyrusrolle - und wurde, ähnlich wie die aus der Jesusstatue, an beiden Seiten von runden Hinweisgebern umschlossen, sodass man die Rolle nicht gleich ausbreiten konnte. „Ah, es müssen Jahrhunderte vergangen sein, als ich so etwas das letzte Mal gesehen habe.", erzählte der alte Zausel und zwirbelte die Spitzen seines Barts nach oben. Neugierig wollte San von ihm wissen, ob er schon in früheren Jahren den Menschen bei der Entschlüsselung solcher Rollen geholfen hatte. „Gewiss habe ich das. Aber über die Jahrhunderte wurden es immer weniger, bis irgendwann niemand mehr kam.", antwortete Bert und nahm die goldene Papyrusrolle an sich. „Und diese hier scheint mir ein besonderes Exemplar zu sein.", diagnostizierte er. Er stellte die Papyrusrolle auf den Kopf und machte Mina und die anderen der Gruppe auf einen der beiden *Hinweisgeber* aufmerksam. „Seht her, auch wenn ich diese Rolle in meinen Händen halte, offenbart sie uns kein Hinweis!" Mina staunte nicht schlecht und auch die anderen wirkten auf einmal unsicher. Doch San wollte es genauer wissen und versuchte es bei sich. Er nahm Bert die Rolle ab und blickte ebenfalls auf die *Hinweisgeber*. Nichts.

„Und was hat das jetzt zu bedeuten?", wunderte sich Mina. „Das ist mir im Moment auch unerklärlich meine

Teuerste, aber wir werden schon noch dahinter kommen.", versprach Bert zuversichtlich und durchsuchte seine unzähligen alten Bücher, die schön geordnet, neben- und untereinander, in einem riesigen Regal aufbewahrt waren. „Irgendwann habe ich mir einmal die Mühe gemacht, alle Arten von Papyrusrollen, die ich jemals in eigenen Händen trug, zu klassifizieren. Daraus ist dann über die Zeit ein zweibändiges Buch geworden." Es dauerte eine Weile, bis Spitzbart Bert die beiden Bücher gefunden hatte und aus dem Regal zog. Es waren dicke Wälzer von jeweils einer Handbreite.

Sofort schlug er den ersten Band auf dem Nachttisch auf und durchforstete die ersten Seiten. „Das kann ein Weilchen dauern.", verkündete er und stopfte sich erneut die Pfeife, die soeben erlosch. Dann räusperte er sich. „Wie unhöflich von mir. Wenn es euch dürstet oder der Hunger an euch nagt, seid herzlich eingeladen. Wenn ihr den Gang gerade durchgeht erreicht ihr mein Esszimmer. Dort steht ein großer Kessel mit Eintopf. Teller, Becher und Besteck findet ihr im Schrank daneben. Lasst euch ja nicht mein frisch gebackenes Brot entgehen. Ich habe reichlich gekocht, also haltet euch bitte nicht aus falscher Bescheidenheit zurück. Greift zu und fühlt euch ganz wie Zuhause."

Der Zauberer musste Sans und Pittys krachende Mägen gehört haben, die das Angebot dankend annahmen und sich sofort auf den Weg machten. Selbstverständlich wollten sie sich diesen Festschmaus nicht entgehen lassen. Im Esszimmer hing ein großer Kessel über einer lodernden Feuerstelle. Minas Onkel beeilte sich damit, den Tisch zu decken und drückte Pitty zum ersten Mal einen Holzlöffel in die Hand. „Wofür soll das gut sein?", fragte er verwirrt. San erklärte ihm, wie man einen Löffel, anstelle der Hände benutzte. Die Vorfreude auf den herrlich duftenden Eintopf stieg bei beiden dermaßen an, dass ihnen förmlich das Wasser im Munde zusammenlief. San hob den Deckel des Kessels an und schöpfte mit einer Kelle reichlich aus ihm. Für Pitty war es das zweite Essen, das er jemals zu sich nahm. Tollpatschig aber zielsicher dirigierte er den gut gefüllten Löffel, dessen Hälfte bereits auf dem Boden verstreut lag, in seinen Mund. Überwältigt von der Geschmacksintensität, schmolz er dahin. „Wie konnte ich so lange ohne Essen auskommen?", fragte er schmatzend und biss auch gleich genüsslich in das warme Brot.

Während die beiden das köstliche Mahl zu sich nahmen, blieb Mina bei Bert, der noch immer über dem ersten Buch hing und Seite für Seite studierte. „Kann ich mich vielleicht irgendwie nützlich machen?", bot Mina ihre Hilfe an. „In der Tat!", erwiderte er ihr und weiter: „Du kannst den zweiten Band nach dieser Rolle durchsuchen. Ich merke, wie das Lesen meine alten Augen anstrengt und immer müder werden. Vier Augen sehen schließlich besser als zwei." Mina zögerte keine Sekunde und schlug den zweiten Band auf.

Als erstes fiel ihr auf, dass das Buch kein Inhaltsverzeichnis besaß. So konnte sich die Suche allerdings lange ziehen. Aber es half ja nichts, da mussten sie jetzt durch. Sie blätterte Seite für Seite durch und war über den Arbeitsaufwand sehr erstaunt, den sich Spitzbart Bert mit der Einteilung der Rollen gemacht hatte. Überaus detailgetreu hatte er jede Einzelne abgezeichnet und jeweils ihre verborgenen Geheimnisse niedergeschrieben. Da gab es zum Beispiel eine blaue Rolle, die man nur unter Wasser lesen konnte. Aber in keinem Falle in Süßwasser, sondern nur im Meerwasser. Als besonderen Hinweis schrieb er zu dieser Rolle auf, dass da auch nicht „Trick Siebzehn" half, Salz in eine Schale voller Süßwasser zu geben. Es musste schon echtes Meerwasser aus dem Ozean sein.

So viele Rollen gab es zu entdecken; es gab schwarze, grüne, schwarze die grün gestreift waren, blaue, blaue die gelb gestreift waren und so weiter. Und zu jeder Rolle stand ein anderer Text, der verriet, wie sie zu entschlüsseln waren. Mina fragte sich ernsthaft, wie viele Leute die Hilfe Berts über die Jahrhunderte aufgesucht haben mussten, damit er diese beiden Bücher, so dick wie sie waren, fertigstellen konnte. Jede Rolle stand für jemanden, der wegen eines geliebten Menschen vor Osiris treten wollte. Unglaublich, dachte sie sich und kam nicht umher, Bert danach zu fragen, von wie vielen Menschen die Rede war und ob er sich an den Letzten erinnern konnte, dem er beistand. Nach einer kurzen Bedenkzeit antwortete er ihr.

„Sehr, sehr vielen mein Kindchen. Aber die letzten zweitausend Jahre wurde es ruhig. Ich kann mich nicht erinnern, dass mich seitdem jemand diesbezüglich um meine Hilfe gebeten hat. Der Glaube der Menschen an die Götter hat sich in diesem Zeitraum stark verändert. Ich glaube der Letzten, der ich geholfen habe, war Maria Magdalena, die bei Osiris um die Wiederauferstehung Jesus vorsprechen wollte. Und dieses Unterfangen schien von Erfolg gekrönt zu sein, wie wir alle wissen. Schließlich bedeutete dies, die Geburtsstunde des Christentums. Und das war der Grundstein für eine neue Weltreligion, die mehr und mehr den Glauben an die ägyptischen Götter verdrängte. Ich glaube das ist auch der Hauptgrund, warum Osiris nie mehr danach Tote zum Leben erweckt hat. Mag auch sein, dass die Menschen aufgehört haben, aufrichtig zu lieben und jegliche Risiken mieden, die ihnen ihre Verstorbenen näher gebracht hätten. Ich weiß es nicht genau. Jedenfalls wurden viele Papyrusrollen nie mehr von irgendjemanden entdeckt, der ernsthaft in Erwägung zog, die Unterwelt aufzusuchen. Irgendwann verstummte das Klopfen an meinem Baum. Tausende dieser *Hinweisgeber* sind inzwischen den Naturgewalten zum Opfer gefallen. Ich bin fast der Überzeugung, dass die Menschheit dieser Tage nur noch wenig Spiritualität in sich trägt und selbst mit gelösten Hinweisgebern vor ihren Augen, keiner etwas mit den Papyrusrollen anzufangen wüsste."

Mina musste unwillkürlich an Jesus denken, der wohl doch kein Gott zu sein schien und erinnerte sich an ihren dogmatischen Religionslehrer, der ihr des Öfteren damit drohte, persönlich dafür Sorge zu tragen, dass sie keinen Einlass ins Paradies bekäme. Nun, für niemanden, besonders für so scheinheilige Kirchgänger wie ihn, schien dieser Wunsch jemals in Erfüllung zu gehen. Wie gerne hätte sie ihm die knallharten Fakten um die Ohren gehauen und sich an seinem dummen Gesichtsausdruck geweidet. Aber zeitgleich drängte sich ihr die Frage auf, was eigentlich mit den Seelen der Menschen passiert, wenn sie ihre Körper verlassen. Vor allem unter der neuen Erkenntnis, dass die Bibel nichts weiter war, als ein Groschenroman. Doch bevor sie mehr in Erfahrung bringen konnte, fand der alte Wirrkopf unvorhergesehen den Eintrag zur goldenen Papyrusrolle und riss sie mit einem Ausruf der Begeisterung aus ihren Gedanken.

„Ich habe sie gefunden!", rief Spitzbart Bert vor überschäumender Freude und überreichte die entsprechende Stelle sogleich an Mina, die sie sofort in Augenschein nahm. San und Pitty, die nicht umherkamen, Berts Freudengesänge zu überhören, stürzten mit vollen Mündern aus dem Esszimmer, zurück ins Schlafgemach des Zauberers.

„Wie lautet nun das Geheimnis um die goldene Rolle?", wollte jetzt sogar der alte Zausel wissen, der es anno dazumal selbst verfasst hatte. „Unter dem Titel *Die Sonnenrolle* steht, dass die goldene Rolle erst durch Sonnenstrahlen belebt (aufgeheizt) werden muss, ehe die *Hinweisgeber* sich offenbaren. Außerdem steht da weiter, dass es ausschließlich die Energie der Sonne sein muss, also kein Lagerfeuer oder Ähnliches sein darf! Und zum Schluss steht da noch ein Tipp: *Wer die Rolle als Erstes berührt, nachdem sie voll aufgeladen worden ist (der, der sie während des Aufladens in den Händen hält, nicht mitgezählt), der muss das Anagramm lösen, das sich aus dem tiefsten emotionalen Zustand bildet, das den Erst-Berührenden gegenwärtig am meisten beschäftigt. Denn die Sonnenstrahlen dringen tief ins Herz hinein.*"

Stürmisch liefen San, Pitty und Mina mit der Papyrusrolle zum Aufzug und behinderten sich dabei gegenseitig, durch den schmalen Gang zu schlüpfen. Sie wollten schnellstens die letzten Sonnenstrahlen des Tages einfangen. „Die Kinder von heute und zu allen Zeiten! Keine Geduld haben sie.", keuchte der alte Zauberer entzückt von ihnen, zog genüsslich an seiner Pfeife und ließ sie von Dannen ziehen.

Nachdem die drei wieder an der Erdoberfläche angelangt waren, mussten sie enttäuscht feststellen, dass die Sonne von dicken Wolken verdeckt wurde. Immerhin, die Wolkendecke war überschaubar und schien rasch vorüberzuziehen, weswegen sie sich geduldig unter die drei Eichen setzten und ihre Köpfe in den Himmel reckten, bis sich die Sonne wieder zeigte. Als die ersten Strahlen auf die Papyrusrolle trafen, fing sie plötzlich an, in kurzen Abständen, aufzuleuchten.

„Ich glaube, sie lädt sich auf, oder sowas.", vermutete Mina. Dennoch gaben ihr die *Hinweisgeber* an den beiden Enden der Rolle noch keinerlei Auskünfte, wie sie zu entschlüsseln sei, auch wenn sie diese in den Händen hielt und abwechselnd ihrem Onkel reichte. Nach einer Stunde leuchtete die Rolle noch immer auf, aber sehr viel heller und in größeren Abständen. „Die Rolle lädt aber langsam!", stellte Pitty gestresst fest. Und als ob ihre Geduld nicht schon genug strapaziert wurde, kündigte sich diesmal eine riesige, schwarze Gewitterwolkenfront an. Immer gewaltigere Ausmaße nahm sie an und grau-schwarze Wolken türmten sich brachial vor der Sonne auf. Das Donnergrollen und die aufblitzenden Lichter im Zentrum dieses Naturereignisses, drohte das ganze Unterfangen zum Scheitern zu verurteilen.

Doch Pitty griff sich, des Wartens überdrüssig, kurzerhand die Papyrusrolle und flog mit ihr weit hinauf in den Himmel, mitten durch die Wolkendecke hindurch und noch viel höher, immer der Sonne entgegen. Die sorgenden Blicke seiner Gefährten begleiteten ihn, bis er nicht mehr zu sehen war. „Was hat er vor?", fragte Mina zweifelnd ihren Onkel. „Ich glaube, er will die Papyrusrolle so nah an die Sonne bringen, wie es geht. Ob das gut geht?" Gespannt warteten sie auf die Rückkehr ihres Freundes. Doch die immer stärker werdenden Winde des aufkommenden Gewitters, ließen nichts Gutes verheißen.

Völlig durchgefroren landete Pitty nach einer gefühlten Ewigkeit neben Mina und San. Eiszapfen hingen ihm von der Nase und den Ohrläppchen. „Ich wusste ja gar nicht, dass es im Himmel so kalt werden kann.", bibberte er. Schnell brachten sie Pitty wieder in Berts Unterkunft, wo sich der Zauberer sofort daran machte, ihm eine heiße Tasse Tee im Esszimmer zu servieren. Pitty ließ die hellleuchtend goldene Rolle mitten auf dem Speisetisch fallen. Die *Hinweisgeber* waren genauso aufgebaut, wie bei der Ersten. Auf der einen Seite befanden sich ein Rädchen zum Drehen und das gesamte Alphabet zum Lösen des Anagramms, während auf der Scheibe der gegenüberliegenden Seite ein Rätsel in Form eines Textes erschien. Aber im Moment ähnelte sie einem weißen Blatt Papier.

Niemand traute sich so recht die voll aufgeladene Papyrussolle in die Hand zu nehmen. Besonders nicht nach den Erkenntnissen, die ihnen Berts Aufzeichnungen darüber vermittelt hatte. Mina, Bert, San und Pitty, der mit zitternden Händen die Tasse umklammerte und immer wieder daran nippte, saßen drumherum und starrten sie ehrfürchtig an. „Wer soll sie jetzt als erstes berühren?", fragte Mina voller Respekt. Jeder blickte reihum, als San das Wort ergriff. „Du Mina. Es ist dein Abenteuer und Ehre wem Ehre gebührt." Mit nervösen Händen griff sie zu und blickte gespannt auf den unbeschrifteten *Hinweisgeber*. Wie von Geisterhand gravierte sich langsam ein Schriftzug darin ein. Auch wenn sie das Schauspiel noch von der ersten Rolle her kannte, war sie dennoch fasziniert wie eh und je. Als der *Hinweisgeber* ihr seine Worte offenbarte, ließ sie die goldene Papyrusrolle angsterfüllt fallen. Wie in Zeitlupe fiel sie auf den Boden und rollte gegen den Stuhl, auf dem ihr Onkel saß. „Was steht auf der Rolle?", rief San nervös und hob sie huddelig auf. Dann sah er die Gravur die sich auf dem *Hinweisgeber* gebildet hatte und las die drei Worte so vor, dass es alle mitbekamen. „*Fuerchtet ihre Eile!*"

San beruhigte Mina. „Du musst dich doch nicht fürchten. Es ist nur ein Anagramm, durcheinander gewürfelte Buchstaben die wirres Zeug erzählen, nicht mehr und nicht weniger. Genau wie die aus Brasilien, erinnerst du dich. Wir müssen nur herausfinden, was uns die Buchstabensuppe eigentlich mitteilen will." Bert aber räusperte sich bedenklich und wandte sich ernsthaft an Minas Onkel. „So einfach ist es nicht, werter Herr. Die goldene *Papyrusrolle* dringt tief in die Gefühle des Erstberührers ein. Ihre Nichte hat tief in ihrem Inneren mit der Angst zu kämpfen. Sie *fürchtet*, wie es das Anagramm uns mitteilt, *ihre Eile*. Vielleicht geht ihr das alles doch zu schnell und sie hat Angst, bald wirklich vor dem Herrn der Unterwelt zu stehen. Kann man es ihr verübeln? Bisher lag das Ereignis für sie in weiter Ferne, aber jetzt wird es immer greifbarer. Und mit jedem Schritt auf die Unterwelt zu, steigt ihre Angst – ihre Furcht. Das sollten wir jedenfalls nicht auf die leichte Schulter nehmen. Ich braue ihr erst einmal einen kräftigen Beruhigungstee und dann werden wir die Ängste schon in den Griff bekommen.", meinte Bert und tätschelte Minas Kopf beim Vorbeigehen, die erstaunt darüber war, wie viel Feingefühl der alte Zauberer doch an den Tag legte.

Während er sich ans Werk machte den Tee zuzubereiten, gab er der Gruppe einen Tipp. „Ihr habt die Papyrusrolle also bei der Freiheitsstatue gefunden? Es kann gut möglich sein, dass der Hinweis etwas mit dem Fundort zu tun hat." San erzählte dem alten Zauberer, wie sie die Rolle aus der Fackel der Statue geborgen hatten und wie sie dazu die vier *Stäbe der Erleuchtung* benutzen mussten, während sie auf die Mittagssonne warteten. Pitty, dem es dank des starken Kräutertees mittlerweile wieder warm um die Nase war und der das Koffein dem Anschein nach nicht vertrug, da er plötzlich anfing nervös mit dem Stuhl hin und her zu wippen, fügte dem noch euphorisch hinzu: „Die Fackel schoss einen so hellen Lichtstrahl in den Himmel, der Sonnengott Helios alle Ehre gemacht hätte. So etwas habe ich noch nie zuvor gesehen, aber vielleicht könnte es hilfreich sein zu wissen!"

„In der Tat ist es das.", sagte Bert und tupfte ein paar Blätter in eine heiße Tasse, die er Mina überreichte. „Die Freiheitsstatue trägt eine siebenstrahlige Gloriole auf dem Haupt, wenn ich mich nicht irre. Ebenso wie der Sonnengott Helios. Genau diese beiden siebenstrahligen Gloriolen sind die Verbindung zwischen Erde und Sonne. Diese sieben Strahlen der Freiheitsstatue symbolisierten ursprünglich die Sonne, unter den Menschen aber die sieben Weltmeere und die sieben Kontinente. Jetzt, da die Fackel wirklich erleuchtet wurde und das nicht nur symbolischer Natur, wurde die wahre Botschaft verkündet, dass die Freiheit die Welt erleuchtet."

San betrachtete sich noch einmal die drei Worte auf dem *Hinweisgeber - Fuerchtet ihre Eile* - nahm einen kleinen Notizblock und einen Stift aus seiner Umhängetasche und schrieb es genauso ab. Dann versuchte er die Nachricht zu entschlüsseln. Zuerst schrieb er das Wort *Freiheit* auf das Papier, weil ihm das in Bezug auf die Freiheitsstatue am naheliegendsten erschien und strich die dazugehörigen Buchstaben weg. Übrig blieb der Reihe nach folgender Buchstabensalat: *ucthreele*. Man konnte also das Wort Freiheit aus dem Anagramm bilden. San freute sich sehr darüber, denn er war des Rätsels Lösung ein beträchtliches Stück näher gekommen. Dann probierte er die übrigen Buchstaben zu Worten zu bilden. Dabei kamen lustige Dinge heraus wie *Elcheuter* oder *leert euch*. Doch keines hatte einen Bezug zu dem Wort Freiheit, bis es ihm wie Schuppen von den Augen fiel. Das nächste Wort würde *erleuchte* heißen und zusammengeschrieben die Botschaft, die durch das Erleuchten der Flamme in die Welt verkündet war: *Freiheit erleuchte!* Das war die Lösung.

Das musste sie sein, war sich San sicher und ließ die anderen an seiner Weisheit teilhaben. Schnell gab Mina die Antwort mit Hilfe des Rädchens und den vorgegebenen Buchstaben am *Hinweisgeber* ein und sie fielen von der Rolle. An der Seite kam nun ein blauer Kristall zum Vorschein, der wie eine lodernde Flamme aussah. Er hatte dieselbe Form, wie die Flamme der Freiheitsstatue, nur war er in etwa so klein wie ein mittelgroßer Ohrring. „Das ist also der zweite Kristall.", stellte San mit heiterem Gemüt fest und fasste in seine Umhängetasche, um auch den ersten Kristall herauszuholen. Dann legte er beide so nebeneinander, dass sich der rote Kristall in Herzform und der blaue in Fackelform berührten. Plötzlich fingen beide an stark aufzuglühen und hüllten das ganze Zimmer in einen rotblauen Farbton. Selbst Bert wurde von der magischen Stimmung erfasst, die nun von allen zu spüren war. Einen kurzen Moment schauten sie mit funkelnden Augen auf die hell leuchtenden Kristalle, bis San erst den einen und dann den anderen in seiner Tasche verschwinden ließ. Sobald sich die Kristalle nicht mehr gegenseitig berührten, versiegte auch das Licht in ihnen und das Strahlen erlosch. „Erstaunlich.", brummte Bert in seinen übergroßen Bart, denn selbst er hatte noch nie zuvor das Aufleuchten der Kristalle miterlebt.

Dem alten Zauberer juckte es nun so sehr in den Fingern, dass er kurzerhand das Papyrus auf dem Esstisch ausrollte und aufgeregt dreinblickte. In seiner Euphorie kitzelte er dabei San, Mina und Pitty mit seinem enormen Bart über die Gesichter. Mina und Pitty mussten sich mit einem Lachen zurückhalten, denn jetzt versperrte er auch noch mit seinem mächtigen Bart die Sicht auf das Papyrus, sodass niemand mehr einen Blick darauf werfen konnte, außer dem alten Zausel selbst. San wurde es allmählich zu bunt, da er mindestens genauso neugierig auf den Inhalt war und schnappte dem alten Zauberer mit einem zuckenden Augenlid die Rolle vor der Nase weg. Wohlwissend, warum sich San zu so einer Tat genötigt fühlte, entschuldigte sich der alte Zausel in aller Form bei ihm und den anderen. „Entschuldigt bitte. Da habe ich wohl etwas meine Contenance verloren.", räusperte er und zupfte sich seinen Samtanzug zurecht, um sich dann wieder würdevoll gegen die Stuhllehne zu setzen. „Macht ja nichts.", stammelte San, der nun endlich einen Blick auf die Rolle werfen konnte. Wie konnte es auch anders sein - ein Gedicht kam zum Vorschein. Doch diesmal überflog er nicht nur den Text wie beim ersten Mal, nein, diesen Fehler machte er bestimmt kein zweites Mal, sondern er las den anderen jede einzelne Strophe, die sich vor seinen Augen aus den Hieroglyphen ins Deutsche übersetzten, klar und deutlich vor. Sie lauteten:

*„In einem jungen Königreich, wo der Glaube herrscht,
sind alle Menschenrechte eingepfercht.*

*Vor langer Zeit erbauten Adam und Ismael hier das erste Gotteshaus,
und viele Gläubige pilgern dort heute noch hin, Tag ein, Tag aus.*

*In einem schwarzen Würfel ohne Fenster ist er zu sehen,
doch nur den Gläubigen ist es erlaubt, dort hinzugehen.*

*Ihr Glaube fußt fest auf den fünf Säulen,
in seinem Namen töten sie mit Schwertern und Keulen.*

*Dieser Glaube lässt die Herzen der Menschen erblinden,
und so können nur die Erleuchteten den Kristall finden.*

*Aus drei Teilen besteht der schwarze Stein,
doch nur der Kleinste von ihnen, kann es sein.*

*Und wenn ihr diesen in den Händen haltet,
lauft so schnell euch eure Beine traget.*

*Denn für niemanden zu sehen, und dennoch da,
wacht über ihn ein Wesen, so gefährlich wie die
Flüche von Cleopatra.*

*Flieht damit,
ihr siegt!"*

Nachdem San mit der letzten Strophe fertig war, blickte er in verwirrte Gesichter, bis auf Berts. „Interessant, interessant.", murmelte der alte Zauberer und begann gleich mit der Erforschung der ersten Strophe. „Königreich. Es gibt so viele von ihnen. Da wäre zum einen die britische Krone, die sich nicht nur über England erstreckt. Zu ihr gehören unter anderem Kanada, Australien, Neuseeland, sogar Papua Neuguinea und Jamaika und noch viele andere Länder. Aber die britische Krone ist alles andere als ein junges Königreich und die Menschenrechte sind auch nicht gefährdet. Es kann sich also nicht um ein konstitutionell oder parlamentarisch regiertes Königreich handeln, denn in diesen werden zumindest die Menschenrechte geachtet. Ich bin schon so alt, dass ich gar nicht mehr weiß, ob es überhaupt noch absolutistisch geführte Monarchien gibt. Die letzte, an die ich mich erinnern kann, hatte die französische Revolution von 1789 zur Folge." Auch San musste zugeben, dass ihm auf

Anhieb keine einfiel. Mina griff sich in die Hosentasche, um ihr Handy herauszuholen, doch das Meerwasser hatte es übel zugerichtet und ihm wohl endgültig den Rest gegeben. „Was sagt uns denn die zweite Strophe?", wollte der alte Zauberer wissen. San las sie ihm erneut vor:

„Vor langer Zeit erbauten Adam und Ismael hier das erste Gotteshaus,
und viele Gläubige pilgern dort heute noch hin, Tag ein, Tag aus.

Hier muss es sich wohl um eine Pilgerstätte handeln.", folgerte San. Bert drängte nun San und die anderen mit seinem Bart absichtlich ins Abseits, damit er selbst einen Blick auf das Gedicht werfen konnte und las gleich zwei weitere Strophen vor:

„In einem schwarzen Würfel ohne Fenster ist er zu sehen,
doch nur den Gläubigen ist es erlaubt, dort hinzugehen.

Ihr Glaube fußt fest auf den fünf Säulen,
in seinem Namen töten sie mit Schwertern und Keulen.

Ich glaube, ich weiß wovon die Rede ist.", war sich der alte Zauberer sicher und fügte dem hinzu: „Es gibt nur einen Glauben des Menschengeschlechts, der auf fünf Säulen fußt. Und das ist der Islam." Jetzt dämmerte es auch San und dem Professor, der in ihm steckte: „Na klar, gemeint ist das

Glaubensbekenntnis, die wichtigste aller Säulen, das Gebet, das täglich fünfmal gen Mekka durchgeführt werden muss, Zakat geben, das bedeutet, Almosen für die Armen, Fasten im Monat Ramadan und die Pilgerfahrt nach Mekka, wo das schwarze quaderförmige Gebäude, der Würfel, bekannt als Kaaba steht - die heiligste Reliquie des Islams. Aber das bedeutet ja, das wir als nächstes in das muslimischste Land der Welt reisen müssen." „Und das wäre?", fragte seine Nichte argwöhnisch. „Saudi Arabien.", seufzte er und ein schreckliches Gefühl überkam ihn.

-Kapitel 34-

Kein schönes Land in dieser Zeit

Vor allem San stieß das neue Reiseziel richtig auf den Magen. Mina und Pitty konnten ja nicht ahnen, was dies für sie bedeutete. Daher erzählte er ihnen alles, was er über dieses Land wusste: „Saudi Arabien ist ein junges Königreich. Soweit ich mich erinnere ist es 1932 als absolutistische Monarchie gegründet worden. Das heißt, es gibt keine demokratischen Entscheidungen in diesem Land. Alles wird von der Willkür einer Person gelenkt, dem König. Es ist das Vorzeigeland, wenn es um die Verletzung der Menschenrechte geht. Die Meinungsfreiheit ist so stark beschränkt, dass jegliche kritische Äußerung über die Regierung oder den Islam den Tod bedeuten kann oder mehrjährige Haftstrafen unter schlimmsten Bedingungen nach sich zieht, wie zum Beispiel wöchentliche Peitschen- oder Stockhiebe. Von der Todesstrafe wird besonders gerne Gebrauch gemacht, auch bei geringsten Vergehen. Und selbst diese wird bestialisch vollzogen. Tod durch Steinigung ist dort ein gängiges Mittel. Es gibt auch keine Anklagen, Menschen werden sogar aus purem Verdacht monatelang festgehalten. Wer sich nicht an die Scharia hält, das sind die Gesetze des Korans, der wird entweder verhaftet, ermordet oder des Landes verwiesen. Stellt euch einmal vor, alles was unsere Vorfahren und wir selbst über Jahrzehnte erkämpft haben, und damit meine ich die Grundgesetze und den demokratischen Prozess, zählen dort nicht."

Jetzt wurde auch Mina schlecht, weil sie sich an den Saudi-Arabischen-Jungen erinnerte, der, nur weil er mit einer Amerikanerin über das Internet eine Freundschaft aufgebaut hatte, drei Jahre ins Gefängnis musste. Doch San war noch lange nicht mit seinem Vortrag fertig. „Frauen müssen ständig verhüllt sein, auch bei 40 Grad Celsius im Schatten. Männern und Frauen ist es nicht erlaubt, sich ins Gesicht zu sehen, sofern sie nicht miteinander verwandt sind. Frauen dürfen dort keinen Autoführerschein machen, sind nur beschränkt in ihren Bildungsmöglichkeiten. Sie dürfen zwar studieren, aber nur an reinen Frauenuniversitäten und da sie zu fremden Männern keinerlei Kontakt hegen dürfen, nützt ihnen ihr Studium im männerdominierten Land bei der Berufswahl herzlich wenig. Dieses Land ist der stärkste Gegenpol zu unserer westlichen Welt. Übrigens gibt es für Touristen wie uns überhaupt keine Möglichkeit dort hinzureisen. Wir würden dort sofort verhaftet oder mit dem nächsten Flugzeug weggeschickt werden. Und ich habe ehrlich gesagt gar keine Lust dort hinzureisen. Gibt es keine anderen Möglichkeiten?", bettelte er den alten Zauberer an.

Dieser runzelte nur die tiefen Falten seiner Stirn und blickte mit angestrengtem Blick auf die Papyrusrolle. „Es gäbe da eine Möglichkeit.", meinte er schließlich und alle am Tisch wandten ihren Blick zu Bert. „Ich könnte einen *Teleportierstein* beschwören und ihn euch zur Verfügung stellen. Aber ich sage es vorab in weiser Voraussicht; man kann ihn nur zwei Mal benutzen. Einmal für die Hin- und einmal für die Rückreise. Dann sind seine Kräfte aufgebraucht. Bedenkt auch, dass nur derjenige teleportiert wird, der den Stein in den Händen hält und weitere Personen, die den Träger berühren. Wenn ihr euch also alle drei brav an den Händen berührt, werdet ihr auch alle drei teleportiert, sofern einer von euch den Stein in den Händen hält und die magische Formel ausspricht."

San war von diesem Vorschlag nicht sonderlich angetan, ja ihm wäre es wesentlich besser gegangen, wenn der alte Zausel eine andere Idee vorgetragen hätte. Er wollte einfach nicht in dieses völlig fremdwirkende Land reisen. Und damit meinte er sicher nicht, das fremde Land an sich, ja nicht einmal die Menschen, die dort lebten (denn er kannte wirklich viele herzensgute Moslems, wie seinen Händler des Vertrauens Ali), sondern einzig und allein wegen deren Gesetze, die in diesem Fleckchen Erde herrschten und absolut intolerant Andersgläubigen gegenüber sind. Aber als er seine Nichte betrachtete, wie sie neben Pitty, ihrer womöglich ersten große Liebe, am Esstisch saß und nur von einem Gedanken geplagt war, die Kette endlich loszuwerden, meinte er schließlich: „Also gut. Dann ist dieser *Teleportierstein* schon mal unsere Eintrittskarte. Problematisch wird es nur, wenn wir dort als Nichtmuslime auftauchen und als solche erkannt werden. Die Stadt Mekka ist ganzjährig für Andersgläubige verboten. Wir können also nicht einfach in die Moschee hineinspazieren und uns zur Kaaba vorbeischlängeln, den schwarzen Stein stehlen und wieder gehen. Vor allem Mina hätte als Frau ein großes Problem sich überhaupt dort frei zu bewegen. Für Vorschläge bin ich offen."

Bert erhob sich ohne Worte vom Tisch und verließ das Esszimmer, während die anderen angestrengt vor sich hinbrüteten. Aber es wollte ihnen einfach keine gescheite

Lösung einfallen. Mina klopfte ungeduldig auf ihrer Jeanshose herum und spürte auf einmal den längst vergessenen *Pareidolring* wieder in ihrer Tasche, den San zuletzt trug und der sich von seinem Finger löste um in Minas Hand Platz zu finden, als er in die tosenden Fluten gestürzt war. „Was ist, wenn ich Jungsklamotten anziehe und mir den Ring anstecke?", fragte sie erwartungsvoll in die Runde. Pitty wollte schon zustimmend Beifall klatschen, verkniff es sich aber dann doch, als ihr Onkel den vorgebrachten Lösungsvorschlag im Keim erstickte. „Gut mitgedacht, aber die Muslime ziehen sich während der Pilgerfahrt besonders an. Die Männer tragen zwei weiße Leintücher, die sogar eigene Namen besitzen. Das eine, das sie sich um Brust, Rücken und Schulter binden heißt Rida. Das andere wird um die Hüfte gewickelt und bedeckt den Körper zwischen Nabel und Knie. Es heißt Izar. Alle Muslime tragen während ihrer Pilgerfahrt nach Mekka die gleiche Kleidung als Zeichen der Gemeinschaft. Vor Gott sind alle gleich, so glauben sie zumindest. Was aber nur für Muslime gilt. Aber selbst diese Einstellung zu Gleichgläubigen lässt in der Praxis oft zu wünschen übrig.

Diese Tücher herzubekommen wird schon ein großes Problem darstellen und ob der *Pareidolring* dich ihnen als Junge zeigt, ist ebenso fraglich. Wenn es in die Hose geht, und das wird es, wenn uns nichts Besseres einfällt, dann werden wir alle gefasst und wegen Gotteslästerung hingerichtet."

Dann betrat Bert das Esszimmer mit einem alten, verstaubten Buch das den Titel „*Die Mondzyklen und der Hadsch*" trug. Er schmiss das Buch mitten auf den Tisch, neben die Papyrusrolle und eine dicke Staubschicht löste sich vom ledernen Einband, der schön verziert mit allen möglichen Symbolen war. „Wir sollten erst einmal sicher gehen, wann die Wallfahrt in diesem Jahr stattfindet. Und diese Information finden wir in diesem Buch. Denn anders als im Christentum ist der islamische Kalender ein reiner Mondkalender. Im Übrigen beginnt die islamische Zeitrechnung mit der Auswanderung des Propheten Mohammeds von Mekka nach Medina und das war nach christlicher Zeitrechnung im Jahr 622 nach Christus.", erklärte ihnen der Zauberer und war im Begriff, frisches Wasser für einen Tee aufzusetzen.

„Soll das heißen, die befinden sich jetzt etwa im Mittelalter?", wollte Mina von ihm wissen. „In der Tat. Da das Jahr bei den Muslimen nach dem Mondkalender berechnet wurde, ist das Jahr auch insgesamt kürzer. Lasst uns doch einmal einen Blick in das Buch werfen. Es gibt sicherlich Auskunft darüber und dann wissen wir es genau.", meinte Bert und schlug die erste große Seite des Buches auf, das ihm sichtlich Schwierigkeiten bereitete, da sie dem Anschein nach einiges wog. Diesmal setzte er ein Monokel auf, welches an einer Kette aus seiner Brusttasche des Gewandes hing und las einige Seiten ganz akribisch durch. „Die befinden sich jetzt im Jahre 1437 und der Hadsch, also die Wallfahrt, beginnt heuer am ersten September, also mit dem heutigen Tag und endet am sechsten. Jetzt dort hinzureisen wäre viel zu gefährlich, die Chancen wären ohnehin gleich Null, denn ihr müsstet euch mit circa zwei Millionen Pilgern herumschlagen. Keine Bange, die paar Tage, die der Hadsch dauert, können wir aussitzen. Wir haben keine Eile. Aber...!" Der Zauberer machte eine kleine Verschnaufpause und alle hörten ihm gebannt zu. Es wurde so still im Raum, man konnte eine Stecknadel auf den Boden fallen hören. „... auch wenn der Hadsch vorbei ist, solltet ihr trotzdem höllisch aufpassen, denn der schwarze Kristall wird von einer Kreatur beschützt, die nur der *Moloch* genannt wird und ein gnadenloses, alles vernichtendes Wesen ist. Da man ihn aber noch nie zu Gesicht bekam, ranken sich zahlreiche Mythen über sein Aussehen. Fest steht, dass es ein fliegendes Wesen sein muss, in etwa so groß wie ein Passagierflugzeug, das mit seinem Schnabel ganze Stadtviertel zerstören kann und dessen Lieblingsspeise wohl ausgewachsene Kamele sind. Er ist unsichtbar für das menschliche Auge, selbst für die *Erleuchteten* unter uns. Nur sein gigantischer Schatten, den er für alle sichtbar auf den Boden wirft, lässt erahnen, wo er sich gerade aufhält. Also seid auf der Hut. Sobald ihr den Stein in euren Händen haltet, tätet ihr gut daran, euch sofort wieder zu mir zurück zu teleportieren."

Die Gruppe blieb ungewöhnlich ruhig und man konnte ihre Anspannung förmlich riechen. Selbst Bert musste sich eingestehen, dass Tatendrang oder gar Euphorie einen anderen Gesichtsausdruck trugen.

Mina erinnerte sich, wie ihre Reise angefangen hatte und nun stand sie kurz vor dem letzten Kristall. Noch nie zuvor war sie sich so sehr darüber im Klaren, wie in diesem Augenblick. Sie vergegenwärtigte sich die Gefahren und Risiken, die ihre Gefährten bei der Beschaffung dieses Kristalls eingingen und schlagartig wurde ihr bewusst, dass sie mit ihren Leben spielten. Das Risiko zu sterben war außerordentlich hoch, denn auch wenn sie nicht durch den

Riesenvogel umkamen, so vielleicht doch eher noch durch das geltende Gesetz in diesem Land. Ihre Gedanken wurden schon bald vom zischenden Pfeifgeräusch des Wasserkochers unterbrochen, das den alten Zauberer veranlasste, sich vom Tisch zu erheben, um das heiße Wasser aufzugießen. Er holte drei Tassen aus seinem Hängeschrank - Pitty schlurfte noch immer an seinem ersten Tee - warf ein paar Kräuter in jede davon und übergoss sie mit heißem Wasser. Der Schleier des Dunstes erhob sich aus den Tassen und Bert kritzelte mit seinem Finger ein Bild hinein, welches San, Mina und Pitty in siegreicher Pose zeigte. „Genau so wird es sein!", kommentierte er seine Zeichnung aus Wasserdampf, die kurz darauf wieder in einem Nebel verwischte. Nur die drei waren sich dessen nicht ganz so gewiss.

-Kapitel 35-
Der Überraschungsangriff

Nachdem die vier wortlos ihren Tee zu sich nahmen und gemächlich bis auf den letzten Tropfen ausgetrunken hatten, schließlich hatten sie noch einige Tage Vorbereitungszeit bis der Hadsch vorüberging, bat Bert die drei in sein Arbeitszimmer. Es war ein sehr durchstrukturierter Raum. In einem dunklen Holzregal mit mehreren Fächern, das sich um den gesamten, kreisrunden Raum zog, lagen säuberlich sortiert, uralte Rezepturen, Mörser und Stößel, die zur Zerkleinerung von Teeblätter und Wurzeln dienten, sowie Fantaschalen mit Pistill zur Herstellung von Salben und Gelen, alte Pillenbretter, aber auch mehrere Mikroskope. Eine messingverzierte Waage stand direkt auf einem Tisch in der Mitte des Zimmers, wie sie so womöglich niemand mehr sonst benutzte, außer man war ein jahrhundertealter Zauberer oder eine Hexe. Alles war fein sortiert und ausführlich beschriftet. Auf einem gut gefüllten, durchsichtigen Päckchen konnte man „Mumienpulver" lesen und auf dem nächsten „Gemahlene Werwolfzähne". Und auch sonst war das Zimmer reich gefüllt mit allerlei Obskurem.

Unter anderem stand in einer Ecke des Raums eine Apparatur, die keiner von den Anwesenden je zuvor gesehen hatte. „Das ist ein Dampfdestillierapparat aus dem 19. Jahrhundert.", stellte Bert fest und man konnte den Stolz förmlich aus seinen Augen hervorquellen sehen, auch wenn

Mina und Pitty immer noch nicht verstanden, für was man so ein Gerät überhaupt benutzte.

Mit offenen Mündern betrachteten Mina und San die ganzen mystischen Sachen, während Pitty mit der Waage spielte. „Finger weg!", ermahnte der alte Zausel den gefallenen Engel, während er bückend in einer Schachtel herumkramte, auf der „Magische Mineralien" zu lesen war. Es hatte den Anschein, dass Bert auch Augen im Hinterkopf zu besitzen vermochte, weshalb Pitty brav seine Hände hinter seinem Rücken verschränkte und die Gegenstände nur noch mit seinem Blick betastete. „Ah, da haben wir ihn ja.", freute sich der Magier und hob einen etwa handgroßen, durchsichtigen Kristall auf, der wie ein Würfel geformt war. „Mit diesem wundervollen *Itineris-Stein*, der nur in den Minen der *Gringel* vorkommt, ist es möglich, sich von einem Ort zum anderen zu teleportieren. Erfreulicherweise habe ich über die Jahrtausende einen ganzen Vorrat angesammelt. Und damit ihr nicht gleich auffallt, wie bunte Hunde im Tierheim, müsste ich noch einige Gewänder in meinem Schlafgemach aufbewahrt haben, die euch zumindest von der Kleidung her wie Muslime aussehen lassen sollten." Bert war nun aufgebrachter als ein kleines Kind und huschte von einer Ecke zur anderen. Er suchte den Beschwörungszauber für den *Teleportierstein*, während er San auf dessen Nachfrage hin erklärte, was *Gringel* eigentlich waren und wo diese Steinbeißer lebten. Denn von diesen Wesen hatte er niemals zuvor gehört.

„Die *Gringel* leben im *Ödland*, genau gesagt im *Jammertal*, das von saftigen Wiesen und steinigen Gebirgen umgeben ist. Sie gelten als die hässlichsten Geschöpfe des

Universums, sind sie doch dreimal so groß wie wir Menschen und viermal so dick. Ihre Haut besteht aus vielen, grün schimmernden Schuppen und sie haben lange Spitznasen, die an Maulwürfe erinnern. Mit ihren winzigen Augen können sie kaum etwas sehen, deshalb erschnüffeln sie ihre Umgebung. Ihre Nasen sind so fein, dass sie andere Kreaturen bereits lange vor Betreten des Tals riechen können. Sie besitzen mächtige Kiefer und Zähne, mit denen sie das mineralhaltige Gestein zerbeißen, von dem sie sich ernähren. Fremden gegenüber sind sie sehr misstrauisch, weshalb das Jammertal auch seinen Namen besitzt – kaum jemand hat es bei der Suche nach *Itineris-Steinen* lebend durch das Tal geschafft."

Inzwischen ging Mina zurück zu Berts Schlafzimmer, wo Rita zwar immer noch regungslos im Bett lag, aber dafür in einem deutlich besseren Gesundheitszustand. Ihre Körperfülle war wieder gekommen und ihre Haut erstrahlte in natürlichen Farben. Besonders ihr Gesicht erstrahlte im selben Licht, wie bei ihrer ersten Begegnung. Bei diesem Anblick fiel ihr wahrlich ein Stein vom Herzen. Sie freute sich wahnsinnig für Rita, die auf dem besten Weg zur völligen Gesundung war. Eigentlich war Mina jedoch auf der Suche nach den muslimischen Gewändern, von dem der alte Zauberer gesprochen hatte. Daher öffnete sie zögerlich seinen Kleiderschrank. Man konnte ja nie ahnen, was einem aus dem Kleiderschrank eines Zauberers so alles entgegenspringen konnte. Fast enttäuscht stellte Mina fest, dass es sich hierbei nur um einen gewöhnlichen Schrank handelte.

Viele Gewänder schmückten ihn aus, von ganz feinem Zwirn, einem Ausgehanzug etwa, bis hin zu legeren Jogginghosen, die einzig und allein dazu dienten an einem faulen Sonntag gemächlich im Schaukelstuhl hin und her zu wippen, war dort alles an Kleidung auffindbar. Und tatsächlich lagen da auch traditionell muslimische Kleidungsstücke herum. Nur keine für Frauen, musste sie leidlich feststellen. Trotzdem nahm sie drei Outfits mit, wohlüberlegt, dass eines davon auch für sie gedacht war.

Als sie erneut das Arbeitszimmer betrat, wurde sie Zeuge, wie San und Pitty den Zauberer genauesten oberservierten. Er war gerade dabei, den *Itineris-Stein*, der vor ihm auf seinem Arbeitstisch lag, zu einem *Teleportierstein* zu beschwören. „Man muss ganz genau arbeiten, um ja keinen Fehler zu machen.", kommentierte Bert jeden seiner Schritte. „Ich werde nun die Koordinaten für die Hin- und Rückreise bestimmen. Das heißt, dass das Teleportieren an sich nur funktioniert, wenn schon vorher bestimmt wird, an welche beiden Orte ihr hinteleportiert werden sollt. Ansonsten versagen die Kräfte des *Itineris-Steins*. Für die Hinreise nehmen wir am besten die Moschee, noch besser, gleich einen Schritt neben die Kaaba. So ist der Kristall wenigstens gleich griffbereit. Wenn ihr euch dort in der Nacht nach der Hadsch hinteleportiert, dürftet ihr keinerlei Aufsehen erregen, ja es wird womöglich nicht einmal jemand mitbekommen, dass ihr überhaupt anwesend seid. Außer der *Moloch*, der aber erst aus seinem Schlaf erwacht, wenn ihr den Kristall an euch nehmt. Aber keine Sorge, dann heißt es eben, nichts wie wegteleportieren."

Dann nahm der Zauberer ein weiteres Buch zur Hand, in dem er die Koordinaten der Stadt Mekka herauslas. Bert stammelte irgendwelche Zahlen vor sich hin, mit denen nur er und vielleicht noch San etwas anfangen konnte und kam dann zu folgendem Entschluss: „Wenn ich es nicht besser wüsste, wüsste ich es nicht besser. Breitengrad 21,4167 und Längengrad 39,8167. Interessant! Und dann verwende ich noch die Kaaba als Zielgebäude. Und als Rückticket nehme ich einfach unsere Koordinaten her, mit dem Ziel der drei tausendjährigen Eichen auf der Erdoberfläche. Schließlich will ich ja nicht von euch überrascht werden, während ich gerade auf der Toilette sitze oder mich in der Dusche befinde." Mina und Pitty mussten schmunzeln, doch San war sehr ernst bei der Sache, was eigentlich untypisch für den sonst so leichtfüßigen Professor war.

Bert nahm seinen Zauberstab und hielt ihn konzentriert auf die Seite des Buches mit den Koordinaten. Auf wundersame Weise schwebten die Zahlen, die wohl die Längen- und Breitengrade markierten, aus der Seite heraus und er verbannte sie in den *Itineris-Stein*, wo sie im würfelförmigen, durchsichtigen Mineral umher schwebten, ähnlich wie die Flocken in einer Schneekugel. Dann transferierte er zusätzlich die Koordinaten der drei tausendjährigen Eichen ebenfalls darin. „So, das dürfte genügen. Wer jetzt den *Teleportierstein* in seinen Händen hält und die magische Formel ausspricht, der landet in Mekka." San wollte natürlich sofort wissen, wie diese denn lautete und Bert machte kein großes Aufsehen darüber: „*Dimittere nuntiis in Mekka* für die Hinreise und für die Rückreise einfach das Wort *Domum!*" San nickte mit dem Kopf und selbst Mina verstand zumindest das Wort Domum, das lateinisch für „nach Hause" stand. Somit konnten sie jetzt jederzeit nach Mekka reisen.

Doch sie mussten noch sechs weitere Tage warten, bis

sie ihn einsetzen konnten. Erst wenn der Hadsch vorbei war, wären sie in der Lage sich schnell und effizient den schwarzen Stein zu krallen und damit zu verschwinden. Und weil sie gerade nichts Besseres zu tun hatten - außer Pitty, der fasziniert den *Teleportierstein* hin- und herschüttelte und den Koordinaten dabei zusah, wie sie sich gegenseitig rammten und dann Saltos schlugen – kam Mina der mädchenhafte Einfall, einmal die muslimischen Gewänder auszuprobieren. Beim Thema Kleidung waren eben alle Mädchen gleich, warum sollte da Mina, auch wenn sie von Osiris, dem Gott der Toten gejagt wurde, eine Ausnahme bilden.

Selbst wenn San keine große Lust dazu hatte; es musste sein, damit die Tarnung perfekt saß. Pitty, Mina und San wuschen sich vorher gründlich in Berts Badezimmer. Es war kein extra Zimmer. Vielmehr stand in Berts Esszimmer eine Badewanne am Rand, mit eigens angebrachtem Kessel, indem vorgeheiztes Wasser gespeichert war. Mühelos konnte man es über der Wanne ausgießen, da es einen leichtgängigen Kippmechanismus besaß. Ganz altertümlich musste man mehrmals heißes Wasser aufkochen, ehe man eine annehmbare Wassermenge zum Baden hatte. Und das nahm viel Zeit in Anspruch, die jeder bereit war zu investieren. Schließlich klebte ihnen immer noch das stinkende Furandiblut an ihren Haaren und Körpern, auch wenn sie sich zumindest vor dem Essen die Hände gründlich gewaschen hatten.

Nachdem sie sich reingewaschen hatten, schlüpften sie in ihre Gewänder. Sie waren sehr erstaunt darüber, welch starke, manipulative Kraft so ein bisschen Stoff doch bewirkte, denn sie waren kaum wieder zu erkennen. Ob es an dem Bad oder an der Verkleidung lag? Wahrscheinlich die Kombination aus beidem, die sie fast wie richtige Muslime aussehen ließ. Vor allem San sah wie ein waschechter Pilger aus. Pitty trug zum ersten Mal Stoff über seinem muskulösen Körper, was ihm sichtlich unangenehm war. Seine goldblonden, gekräuselten Haare und seine blau leuchtenden Augen überführten ihn jedoch eindeutig der nicht menschlichen Abstammung. Sein göttlicher Ursprung war nicht zu leugnen und seine Erscheinung würde in jedem Fall die Blicke der Pilger auf sich ziehen. Und Mina sah mit ihren blaugefärbten Haaren alles andere wie eine traditionelle Muslima aus, schon gar nicht, wenn sie die muslimischen Männergewänder trug. Den Braten würde man schon von einhundert Kilometer riechen. „Woher hast du diese Gewänder überhaupt?", fragte sie neugierig den Zauberer. „Das waren einmal Geschenke von Menschen, denen ich geholfen habe. Ich habe noch mehr davon. Ich glaube es muss sich sogar noch irgendwo ein Ganzkörperschleier für Frauen versteckt haben.", meinte Bert und begann sofort mit der Suche.

Einige Zeit später kam er dann auch mit einer schwarzen Burka, die sie sich sofort überzog und ihren ganzen Körper verhüllte, bis auf die Augen. Diese lugten aus einem kleinen Spalt des Kopfschleiers hervor. „Du hast wahnsinnig schöne Augen.", komplimentierte Pitty und Mina wurde ganz rot unter dem Schleier, wo es niemand mitbekam. „Ach ja, bevor ich es vergesse...", räusperte sich der alte Zausel, „... wenn ihr den dritten Kristall habt und sicher zurückgekehrt seid, dann braucht ihr abschließend das passende *Ankh*, um euer Ziel zu erreichen." Mina rätselte, was das wohl war, ein *Ankh*, mit dem sie schon Probleme hatte es richtig auszusprechen, als Bert auch schon mit der Erklärung fortfuhr: „Ein *Ankh* ist ein ägyptisches Kreuz, welches eine halbe Lemniskate, also eine halbe Schleife darüber aufgesetzt hat. Es besteht aus einem Guss, meist aus Gold. Das passende *Ankh* für eure Zwecke besitzt in der Schleife drei Kerben, in denen eben diese Kristalle ihren Platz finden. Dieses symbolisiert das Weiterleben im Jenseits und ohne es, wird sich kein Portal zur Unterwelt öffnen!", erklärte er ihnen. „Und wo würden wir dieses passende *Ankh* finden?", wollte nun San von ihm wissen. „Gut, dass ihr fragt. Ich bewahre es selbstverständlich in meinen Räumlichkeiten versteckt. Zu gegebener Zeit werde ich es euch überlassen.", antwortete er geheimnisvoll.

Plötzlich hörten sie dumpfe Klopfgeräusche aus dem Schlafzimmer, die mit schnellem Rhythmus immer lauter wurden. Bert ging der Sache sofort auf den Grund und betrat auf leisen Sohlen sein Schlafgemach, während die anderen drei zwischen Tür und Angel standen und das ganze Geschehen neugierig begutachteten. Im ersten Moment dachte der Zauberer, dass Rita vielleicht aus ihrem Koma erwacht war und sie nun mit ihrem Zauberstock auf sich aufmerksam machen wollte, weil sie noch keine Stimme hatte. Doch er hatte sich geirrt. Die Klopfgeräusche kamen aus der holzgetäfelten Zimmerwand hinter dem Bücherregal. Und so schob der alte Zausel mit Hilfe von Pitty das Regal zur Seite.

Die Geräuschkulisse drang immer lauter und störender in den Raum, sodass sich Bert dazu genötigt fühlte, selbst einmal kräftig mit seinem großen Zauberstab dagegen zu klopfen. Auf einmal verstummte der Klang für einen kurzen Moment. Doch nicht für lange. Der nächste Schlag von außen sprengte in einer heftigen Detonation ein großes Loch in die Wand. Die Erschütterung war so enorm, dass Bert und die Übrigen durch die Druckwelle der Explosion zu Boden geschmissen wurden. Selbst Rita wurde durch die Wucht aus dem Bett geschleudert. Überall flogen Erdklumpen und Staub durch den Raum und sie konnten kurzzeitig überhaupt nichts mehr erkennen. Hustend und mit den Augen blinzelnd, tastete sich der Zauberer zum Loch und vergewisserte sich, ob alle in Ordnung waren. Niemand war ernsthaft verletzt worden, aber als sich der Schmutz langsam legte, standen einige *Furandi* in dem Sprengloch, die gerade dabei waren das Schlafzimmer oder vielmehr, was davon übrig blieb, zu betreten. Überrascht schrie Bert: „Das ist ein Angriff!", um auch die anderen in Alarmbereitschaft zu versetzen, die wohl noch nichts davon mitbekamen, weil sie seelenruhig damit beschäftigt waren, sich gegenseitig den Staub von den Gewändern zu klopfen. Als Mina, San und Pitty begriffen, wie ihnen überhaupt geschah, stach einer der *Furandi*, es war Axim, hemmungslos seinen geschärften Säbel durch den Bauch des alten Zauberers, der unglücklicherweise genau neben ihm stand. „Nein!", schrie Mina und Tränen bildeten sich in ihren Augen. Doch es war bereits zu spät für den alten Zausel. Axim drückte noch einmal seinen Säbel mit vollem Körpereinsatz nach, sodass er Berts Körper völlig durchbohrte. Als der alte Zauberer am Säbel hing, neigte er ein letztes Mal seinen Kopf zu Mina, San und Pitty hinüber und rief mit allerletzter Kraft: „Flieht! Ihr Dummköpfe, flieht!", während er seinen letzten Atemzug machte und seinen Kopf herunterbaumeln ließ.

Mit einem befriedigenden Gesichtsausdruck zog Axim den Säbel, dessen Klinge in Berts Blut getränkt war, wieder heraus und stieß den alten Mann mit einem Fußtritt zu Boden. Dabei schleckte er voller Genugtuung mit seiner langen, überwulsteten, spitzen Zunge über die Klinge. Reglos lag Bert auf dem Fußboden neben seinem Bett. Axim vergewisserte sich nochmals mit einem kräftigen Fußtritt gegen seinen Körper, ob er auch wirklich tot war. Das war er.

Mina konnte noch sehen, wie Berts Leiche eine Träne über die Wange lief. Energisch und alle Risiken ausblendend, wollte sie sich sofort zu ihm aufmachen. Doch San hinderte sie mit vollem Köpereinsatz von ihrem Vorhaben, denn mittlerweile rückten aus dem Spalt in der Wand immer mehr fauchende und krächzende *Furandi* nach. Stattdessen zog er sie hinter sich her und folgte Pitty, der gerade den zu eng gewordenen Gang in Richtung Aufzug rannte.

Doch Pitty musste zu seinem Bedauern feststellen, dass der Aufzug, gar der ganze Baum verschwunden war. Da, wo vorher seine Wurzeln fest im Erdreich verankert waren, klaffte ein riesiges Erdloch, das sich bis zur Erdoberfläche erstreckte. Doch wie konnte das sein? Was war stark genug, um die Bäume zu entwurzeln und wozu das Ganze?

Pitty blickte durch das Erdloch nach oben. Erschrocken sah er dort Seth im Beisein einiger seiner Untergebenen am Rande stehen. Die Eichen waren lebendig. Daran bestand kein Zweifel, denn Pitty erkannte, wie eine davon seine Äste wie Arme benutzte und nach umherfliegenden Götterboten schlug. Der Baum traf auch den einen oder anderen, die wie abstürzende Flugzeuge vom Himmel fielen.

Als Seth einen Blick in das Loch riskierte, erkannte er seinen Erzrivalen Pitty sofort, trotz seiner komischen Maskerade und ohne seine Flügel. Im selben Moment flog er mit ein paar seiner Anhänger das Loch hinunter. Und genau das war der Startschuss für Pitty und die anderen, sich rasch durch den engen Gang in Berts Arbeitszimmer zu bewegen. Pitty rannte als letztes in der Reihe. Er trat nach einigen *Furandi*, die nunmehr so zahlreich waren, dass sie ihn schon bald an seinen Füßen packten und nach hinten zerrten, wo Seth bereits mit scharfer Klinge und einem breiten Grinsen auf ihn wartete. Immer wieder flehte Mina ihren Onkel an, ihre Hand loszulassen, damit sie für ihre Freunde kämpfen könne, doch er ignorierte sie komplett und zerrte sie immer weiter in Richtung Arbeitsraum.

Kurz bevor die *Furandi* auch sie zu fassen bekamen, griff San nach seiner Umhängetasche, die unter seinen alten Klamotten auf einem Stuhl versteckt lag und in der alle Artefakte und Kristalle verstaut waren, die sie bisher auf ihrer Reise gefunden hatten und warf sich diese über die Schulter. Rasch grabschte er sich den *Teleportierstein* auf dem Tisch und sprach sogleich die magischen Worte: „*Dimittere nuntiis in Mekka!*" Und sie verschwanden augenblicklich vor den Augen ihrer Verfolger.

Es war wirklich eine knappe Geschichte, denn ein *Furandi* war ihnen so dicht auf den Fersen, dass er beinahe mit teleportiert wurde. Axim ging enttäuscht durch die Reihen seiner Kämpfer und schaute sie verachtend an. „Ich verfluche dich Mina und deinen Onkel!", schrie er.

Pitty lächelte, wohlwissend, das Mina und San die Flucht geglückt war. Er hingegen stand hilflos und verloren, umringt von seinen Feinden. Zwei *Gezeichnete* hielten ihn gewaltsam an den Armen fest und schlugen ihm abwechselnd mit den Fäusten ins Gesicht. Sie brachten ihn in den Eingangsbereich, wo Seth ihm mit kaltem Blick gegenüberstand und dem Treiben seiner Untergebenen wohlwollend eine Weile zusah, bis er schließlich seine Hand erhob und seine beiden Lakaien von ihm abließen.

„Wie habt ihr uns gefunden?", wollte Pitty von Seth wissen, dem Blut aus der Unterlippe rann. „Nun da deine letzten Sekunden geschlagen haben, kann ich es dir wohl verraten. Ein Spion weilt unter euch." Pittys Augen wurden immer größer. „Das kann nicht sein. Das kann einfach nicht sein.", flüsterte er und schüttelte ungläubig seinen Kopf. „Wer - wer ist es?", schrie er seinen Erzrivalen an, riss sich wutentbrannt für einen Moment aus der Gewahrsam frei, um Seth im selben Augenblick mit seiner blanken Faust ins Gesicht zu schlagen. Die Hermeshelfer packten ihn daraufhin noch grober als zuvor. Pitty wehrte sich heftig. Doch schließlich zwangen sie ihn mit Fußtritten in die Knie. Seth blieb, trotz des Schlages, den er einstecken musste, sehr gefasst. Er zog sein Schwert aus der Scheide und betrachtete selbstverliebt sein Spiegelbild, das sich in der scharf geschliffenen Klinge widerspiegelte. „Du bist nicht würdig auf Augenhöhe zu sterben.", sprach er, setzte die Klinge an dessen Hals an und lachte teuflisch. Kniend blickte Pitty in den Arbeitsraum auf der anderen Seite des Flurs, betend für Mina und San. In Gedanken war er bei ihnen und hoffte, dass sie diesen Albtraum bald überstehen würden, in vollem Bewusstsein, dass nun sein letzter Moment auf Erden gekommen war.

-Kapitel 36-

Der Hadsch, der Moloch und der dritte Kristall

Im nächsten Moment standen Mina und ihr Onkel dicht gedrängt in einer gewaltigen Menschenansammlung, den muslimischen Pilgern. Weit weg von den schrecklichen Geschehnissen in Berts Zuhause, aber in greifbarer Nähe der Kaaba, dem schwarzen würfelförmigen Gebäude, das den begehrten schwarzen Kristall beherbergte. Sie fielen dank ihrer Verkleidung glücklicherweise nicht weiter auf.

Der alte Zauberer war tot, Pitty gefangen genommen und was mit Rita war, wollten sie sich erst gar nicht ausmalen. Vor allem Mina war so in Rage, dass sie ihrem Onkel mehrmals gegen die Schultern schlug und ihn immer wieder anschrie: „Wieso hast du das gemacht? Wieso?" Dabei drängten sie die Muslime immer weiter in Richtung um die Kaaba. San hatte alle Mühe, seine Nichte wieder zu beruhigen. Er nahm sie an die Hand und flüsterte bestimmend in ihr Ohr: „Wir hatten absolut keine Chance gegen die *Furandi* und Seths Armee. Wir wären ganz bestimmt auch in deren Hände gefallen oder gar Schlimmeres. Und jetzt beruhige dich um Himmels willen, mach dir klar, wo wir sind, ansonsten sind wir die Nächsten, die das Zeitliche segnen."

Mina war in Gedanken noch stark mit den anderen verwurzelt. Sie musste sich daher erst besinnen, wo sie war. Ein Rundblick genügte. Als sie feststellte, wo sie sich eigentlich gerade befand, wurde ihr urplötzlich klar, dass sie inmitten von abertausenden Pilgern stand, die fast alle ausnahmslos gleich gekleidet waren. Die meisten waren in weiß gekleidet, aber auch einige Frauen trugen die schwarze Burka. Sie badeten in einem Meer voller Andersgläubigen, in dem der kleinste Fehler zu begehen, die verheerendsten Konsequenzen für sie haben konnte. Beide passten sich den Riten der Pilger so gut es ihnen möglich war an und gingen dicht gedrängt im Gänsemarsch mit den endlosen Kolonnen. Schritt für Schritt umrundeten die Pilger den schwarzen Würfel, was San und Mina tunlichst zu untergraben versuchten. Ihr Ziel war es, so nah wie möglich an das Gebäude heran zu kommen. Doch es war viel schwerer als gedacht. Die Pilger drückten und schoben von allen Seiten und schränkten dadurch ihre Bewegungsfreiheit erheblich ein.

Im monotonen Vorsichhintraben hingen Sans Gedanken an Axim und Seth. Er konnte sich keinen Reim darauf machen, wie sie Berts Zuhause ausfindig machen und stürmen konnten. Jedenfalls war der Überraschungsangriff kein Zufall, soviel stand fest. Waren ihnen die Götterboten des Hermes, oder die *Furandi* etwa gefolgt? Das hätten sie doch mitbekommen müssen. Oder gab es einen Verräter unter ihnen? Doch wer von der Gruppe konnte schon zu so etwas imstande sein, nach alldem was sie zusammen durchstehen mussten? San zermarterte sich unwillentlich sein Hirn über diese in sich gekehrte Frage. Konnte es Rita gewesen sein? Aber welche Motive hätte sie für so eine schreckliche Tat gehabt? Sie hatte ihm das Leben gerettet und überhaupt war sie die Hüterin des Spiegels. Ohne ihre Mithilfe wären sie gar nicht so weit gekommen, war er sich sicher. Und außerdem galt ihre Liebe Bert, möge er in Frieden ruhen. Auch wenn ihn der Gedanke an einen möglichen Verrat durch die weiße Hexe schmerzte und er ihn auf gar keinen Fall zu Ende denken wollte, schlich sich ihm ungewollt doch noch ein weit hergeholter Beweggrund ein. Vielleicht, so dachte er sich, hätte sie die Aussicht erkannt, selbst vor dem Gott der Unterwelt vorsprechen zu können, wenn es ihr gelänge, ihm die Kette zu beschaffen, um dann Osiris darum zu bitten, ihre verstorbenen Kinder und den Ehemann wieder ins Leben zu holen. Der Herr der Unterwelt konnte dies bewerkstelligen, soviel war klar. Als San sich bei diesem doch sehr abwegigen, aber nachvollziehbaren Gedanken ertappte, verwarf er ihn sogleich wieder. Fast schämte er sich für seine Eingebung. Rita war keine Verräterin!

Nicht so bei einem weiteren Gruppenmitglied - Pitty. Wenn es einer unter ihnen war, dann sicherlich dieser gefallene Engel, grübelte San. Nachdem er durch Hermes zu einem Menschen verwandelt wurde, der von nun an in der Lage war, Hunger und Schmerz zu spüren, war er kurzerhand übergelaufen, um erneut die Seiten zu wechseln. Er wollte wieder ein Götterbote sein – na klar - und das hat ihn zum Verräter gemacht. Auf der anderen Seite hatte er das Leben seiner Nichte vor Axim und seinen Schergen gerettet. Allmählich wurde San müde, weiter solchen Hirngespinsten hinterherzujagen. Stattdessen betete er insgeheim für die beiden, damit ihnen nicht das gleiche Schicksal wie Bert anheimfiel.

Mina erreichte durch den Gleichschritt mit den Pilgern fast schon einen tranceähnlichen Zustand. Im Stillen trauerte sie vor allem um Bert, dessen Tod ihr gewiss war.

Immer wieder zwangen sich ihr die bestialischen Bilder seiner Ermordung durch Axim auf. Und sie wurde äußerst ungern daran erinnert. Doch dieses eine, besonders schreckliche Bild, wie er durchbohrt an Axims Säbel hing, würde sie ihr Leben lang verfolgen. Ob sie diese grausame Erinnerung jemals aus ihrem Kopf bekam? Ihre Sorgen um Pitty und Rita wuchsen ins Unermessliche. Sie konnte sich gar nicht mehr auf ihre bevorstehende Aufgabe konzentrieren. Am liebsten hätte sie sich einfach zurück teleportiert und Axim und Seth mit allen Mitteln bekämpft. Die Kette Osiris` hing schließlich um ihren Hals, warum sollte sie sich nicht einfach zurück wünschen und sich in eine unbesiegbare Kriegerin verwandeln? Ob das überhaupt möglich war? Doch dann kamen ihr Ritas mahnende Worte in den Sinn, die ihr vor weiteren Wünschen abrieten, gar verboten, um nicht den Vorteil gegenüber des Schattenraubtiers zu verspielen – eine weitere, unnötige, tödliche Gefahr.

Das längere Umrunden der Kaaba in der Menge wirkte sich fast schon hypnotisierend auf sie aus und beruhigte sie auf seltsame Weise. Doch San war es irgendwann leid, nicht voranzukommen. Er wusste, die Pilger mussten die Kaaba sieben Mal umrunden, aber genau das wollte er möglichst vermeiden. Und so verhalf er sich mit einer List. Er trug seine Nichte überraschenderweise in seinen Armen und bat Mina um ihre Schauspielkünste. Sie sollte so tun, als hätte sie sich ihr Bein verletzt. Wie man es von ihrem Talent erwarten konnte, griff sie sich sogleich immer wieder an ihren Knöchel und winselte kläglich vor sich hin. San machte seinen Vorder- und Hintermännern auf das Dilemma aufmerksam. Da er einige Brocken arabisch beherrschte, die er von Helfern bei Ausgrabungen in Ägypten kennen gelernt hatte, wies er auf seine Not hin. „Sa iduni!", stieß er mit einem lauten Ruf aus, was soviel hieß, wie „Hilfe". Die Muslime verstanden ihr Problem auf Anhieb und einer der Vordermänner war sogar so freundlich, einen Korridor für sie zu schaffen, damit die vermeintlich verletzte Muslima, gemeint war die verhüllte Mina, den Stein der Kaaba berühren durfte. Der Höhepunkt einer jeden Pilgerfahrt, die angesichts der Massen, nicht jedem Moslem zuteilwurde. San bedankte sich bei den unzählig platzmachenden Menschen immer und immer wieder mit einem freundlichen „Sukran!", wie es sich für einen waschechten, verkleideten Moslem, gehörte.

Schon bald gerieten sie in die Nähe des Steins, der an der Ostseite, nahe dem Eingang in der Eckwand eingelassen war. Er wurde von einem dicken Silberrahmen umfasst, dessen Prächtigkeit schon von Weitem erkennbar war. San konnte sich jedoch an die Worte erinnern, dass nicht dieser Stein als Ganzer gemeint war, der immerhin einen Durchmesser von dreißig Zentimetern hatte. Drei Fragmente bildeten den kompletten Kaabastein, der von dem Silberrahmen zusammengehalten wurde. Aber nur das kleinste Stück durfte laut dem Gedicht der gesuchte Kristall sein.

Als sie vor dem schwarzen Stein standen, warteten die zahlreichen platzmachenden Muslime darauf, dass sie den Stein küssten oder wenigstens berührten. Denn das war, neben der siebenmaligen Umrundung des schwarzen Gebäudes, einer der Hauptgründe, weshalb die Leute überhaupt hierher pilgerten. San bat seine Nichte die heilige Reliquie zu küssen.

Sie kam der Bitte nach und ihre Lippen berührten den kalten, toten Stein. Die Menge jubelte und hob Mina vom heiligen Relikt davon, damit auch San die Ehre zuteilwurde. Er griff in den Silberrahmen und tastete ihn vorsichtig ab. Ganz sanft strich er über die Oberfläche des Steins. Wenn er nur ganz sachte darüber streichelte und das Geheule der Moslems im Hintergrund ausblendete, konnte er feine Risse spüren, die den Stein durchzogen und ihn in drei Teile gliederten. Der Silberrahmen erfüllte eigentlich nur die Aufgabe, ihn zusammenzuhalten, damit er nicht auseinanderfiel.

San klopfte einige Male fest mit seiner Faust gegen den heiligen Stein, als dieser begann, der feinen Naht entlang, in drei Fragmente zu zersplittern. Minas Onkel hatte sich somit nicht geirrt. Sofort hob er den kleinsten der drei auf, der in etwa zwei Mal so groß war wie die beiden Kristalle aus den Papyrusrollen. Schnell steckte er ihn unbemerkt in seine Umhängetasche und verließ den gotteslästerlichen Tatort.

Erst nachdem er den Schauplatz verlassen hatte, wurden die Pilger Zeuge der ungeheuerlichen Tat. Die unmittelbar umherstehenden Muslime beobachteten zunächst fassungslos den zerbrochenen Stein, um sich als nächstes San zu schnappen, der, wie es offensichtlich schien, für diese schändliche Tat verantwortlich zu machen war. San hatte nun keinerlei Möglichkeiten mehr, Mina zu erreichen oder zu berühren, um sich mit dem *Teleportierstein* davon zu machen. Mina versuchte es zumindest, da sie eigentlich nur wenige Zentimeter von ihm entfernt stand. Immer wieder streckte sie ihre Hand nach ihm aus, doch die tosende Menge würgte sie jedes Mal wieder ab. Es gab kein hindurch kommen - keine Chance.

Einige Pilger ballten bereits ihre Fäuste. In kaum unterdrückbarer Erregung über das Verbrechen schlugen die ersten auf San ein. Sie waren mehr als bereit, San seiner gerechten Strafe zuzuführen. Doch plötzlich tauchte ein riesiger Schatten über dem Innenhof der Moschee auf und überflog die Köpfe der fünfhunderttausend Pilger, die sich dort tummelten. Die Morgensonne wurde kurzzeitig verdunkelt und alle Muslime, ob Männer oder Frauen, reckten erschrocken ihre Köpfe in den Himmel. Doch sie konnten zu ihrer Verblüffung nichts weiter erkennen. Dann verschwand der enorme Schatten wieder und die Muslime, die glaubten, es wäre ein böses Omen für das Sakrileg, verwandelten sich schlagartig in einen aufgebrachten Mob. Jeder, sogar die Frauen, schlugen nun wütend auf San ein. Mehrere Fäuste und Fußtritte trafen ihn an allen erdenklichen Körperstellen, bis er schließlich halb ohnmächtig und mit aufgeplatzter Lippe zu Boden fiel. Sein Gesicht schwoll in kürzester Zeit auf die Größe einer Honigmelone an. Doch das war der Meute noch nicht genug. Sie trugen Sans geschundenen Körper wie eine Puppe über die Köpfe von einem Moslem zum nächsten, zerrten an seiner Kleidung, zogen ihn an seinen Haaren und verpassten ihm unzählige Schläge. Als er während des schmerzvollsten „Stagediving" einen Moment über seiner Nichte verharrte, ließ er geistesgegenwärtig den *Teleportierstein* fallen und schrie ihr das Wort „Domum" zu. Versehentlich rollte ihm bei dieser Aktion auch der schwarze Kristall aus der Tasche, von dem die wütende Menge jedoch nichts mitbekam.

Mina hob sowohl den würfelförmigen *Itineris-Stein*, als auch den Kristall auf. Sie verstand zwar den Wink ihres

Onkels, aber sie konnte überhaupt nicht daran denken, sich einfach so davon zu stehlen. Und überhaupt, wie kam er bloß auf diese grausame Idee, ihn in so einer prekären Lage allein zu lassen? Als ob sie jetzt in Seelenruhe verschwinden könnte und ihren Onkel einfach so dem sicheren Tod überlassen würde. Nicht mit Mina.

Stattdessen schlug sie wie von Sinnen auf die Leute ein, die gerade im Begriff waren, ihren Onkel zu verschleppen. Leider konnte sie dadurch, außer einigen schmerzhaften Blessuren, die sie sich davon selbst zuzog, nur die Aufmerksamkeit einiger Aufständischer auf sich lenken, die sie jetzt ebenfalls ins Visier nahmen und an den Armen und Beinen packten. Doch urplötzlich erschien ein weiteres Mal der große Schatten.

Diesmal überflog er die Moschee nicht, sondern verharrte zunächst am anderen Ende des Innenhofes. Dunkelheit überkam den gesamten Platz. Ein lautes, undefinierbares Gekreische ertönte, das so schrill war, dass sich die abertausend Pilger vor Erschrockenheit beutelten und Mina und San im selben Augenblick auf den Boden fallen ließen. Mina nutzte die vorübergehende Verwirrung ihrer Peiniger aus und versuchte zu ihrem Onkel hinüber zu kriechen. Als sie kurz davor war, San zu berühren und ihn mit Hilfe des *Teleportiersteins* aus diesem unliebsamen Ort zu bringen, brach auf einmal eine Massenpanik aus, die ihresgleichen suchte. Tausende Menschen liefen hysterisch durcheinander. Pilger stürzten und die nachrückenden überrannten sie einfach. Es wurde keine Rücksicht auf diejenigen genommen, die bereits am Boden lagen. Die Angst der Masse machte keine Unterschiede zwischen den

Geschlechtern. Sie wurden schonungslos von der Menge niedergetrampelt, egal ob es sich um Frauen oder Männer handelte, alt oder jung. So wie auch im Falle von Mina und San.

Mina schützte sich, indem sie ihre Arme über ihren Kopf verschränkte und sich so klein machte, wie ihr es möglich war. Doch wovor hatten sie eigentlich so große Angst, dass sie imstande waren, ihre Glaubensschwestern und -brüder zu Tode zu trampeln und sich um nichts weiter scherten, als ihre eigenen Leben?

Mina schaffte es in dem ganzen Gewühl, sich irgendwie wieder aufzurichten und wurde Zeuge, wie einige Meter vor ihren Augen hunderte Menschenkörper plötzlich wie Wäscheklammern zunächst in die eine Richtung durch die Lüfte geschleudert wurden und sich beim Aufprall schwere Verletzungen zuzogen und im nächsten Augenblick hundert von ihnen in die andere Richtung meterweit durch den Raum geworfen wurden. So als würde sich irgendetwas blitzschnell durch die Menge pflügen und sich einen Weg zu ihr freischaufeln.

Mina ahnte es bereits. Das musste das unsichtbare Wesen sein, der *Moloch*, der Hüter des schwarzen Steins. Und es sah so aus, als würde er mit seinem mächtigen, unsichtbaren Schnabel alles zwischen ihm und ihr niedermetzeln. Der Moloch war, und das wusste sie nur allzu deutlich, nur aus einem einzigen Grund hier. Und diesen Grund hielt sie unglücklicherweise in ihren Händen. Gänsehaut überzog ihren ganzen Körper bei dem Gedanken von diesem Wesen in Fetzen zerstückelt zu werden. Trotzdem, sie konnte ihm den Stein nicht einfach so überlassen oder ihn gar wegwerfen. Sie war schlussendlich selbst auf ihn angewiesen, um in die Unterwelt reisen zu können und Gehör bei Osiris zu finden, dem Herrn der Unterwelt, dem sie dieses Schlamassel zu verdanken hatte. Ihr Leben hing von der Verteidigung dieses Kristalls ab. Sonst waren alle Mühen umsonst.

Schnell versuchte Mina ihren Onkel in der aufgebrachten Menge ausfindig zu machen. Dabei zog sie ihren Schleier vom Kopf, um besser sehen zu können. Da jedoch alle wie die aufgescheuchten Hühner umherrannten und die meisten entweder in ihren weißen oder schwarzen Gewändern gekleidet waren, wurde ihr von dem Zebraeffekt, der sich hierdurch einstellte, ganz trieselig.

Dadurch konnte sie sich nicht mehr richtig konzentrieren, wobei noch erschwerend hinzukam, dass einige der Pilger sie beim Vorbeilaufen einfach achtlos anrempelten und in ihrer Blickrichtung unterbrachen. Überhaupt lief sie wieder Gefahr, zu Boden getreten zu werden. Egal wie sie es auch drehte, sie musste sich eingestehen, dass sie ihren Onkel aus den Augen verloren hatte. Plötzlich kamen ihr die fliegenden Schuhe wieder in den Sinn. Um sich einen besseren Überblick zu verschaffen, sprang sie in die Lüfte und ihre fliegenden Schuhe trugen sie zunächst ein paar Meter über den Boden. Jetzt überblickte sie den gesamten Innenhof. Aber ihr Glück währte nicht lange, denn eine magische Kraft erfasste sie alsbald und ließ sie zurück auf die Erde fallen. Dort blieb sie wie angewurzelt stehen.

Aus ihrer Hand, in der sie den schwarzen Stein fest umklammerte, erhob sich ein schwarzer Dunst, der sich über sie und den Moloch legte. Wie eine Leine verband sie der Schleier, der Mina fest umklammerte und bewegungslos hielt. Keinen der umherirrenden schien es auch nur im Entferntesten zu interessieren, was da eben geschah. Sie waren ausschließlich damit beschäftigt, ihre eigenen Leben in Sicherheit zu bringen. Und wer käme schon auf die Idee, einem Mädchen zu helfen, das so auffälliges blaues Haar trug und offensichtlich nicht zur Glaubensgemeinschaft gehörte.

Still stand sie auf dem Fleckchen Boden unter ihren Füßen und konnte nicht davonlaufen. Mina spürte, wie der Moloch immer näher auf sie zu kam. Durch den schwarzen Dunstschleier zeichneten sich langsam die gewaltigen Konturen des Riesenvogels ab. Schon bald fühlte sie seinen Atem über ihrem Kopf, der ihre Haare im Sekundentakt auf- und absenken ließ. Außerdem war da dieses wahrnehmbare Flackern allgegenwärtig, immer da, wo der Moloch stand. So, als ob er die Luft elektrisch auflud. Leichte Vibrationen der Luftmoleküle, die verbunden waren mit einem unerträglichen Summen und Knistern, schüchterten Mina so sehr ein, dass sie nun panisch versuchte den Kristall wegzuwerfen. Doch die fremde Macht hielt sie wie gelähmt.

Jetzt, wo die unversehrten Pilger die Moschee gänzlich verlassen hatten, bis auf diejenigen, die wegen ihrer schweren Verletzungen nicht mehr in der Lage dazu waren und entweder am Boden jammernd ihr Leid beklagten oder sich überhaupt nicht mehr rührten, sah sie ihren Onkel zusammengekauert an einer Ecke der Kaaba liegen. Bewusstlos lag er auf den kalten, weiß gepflasterten Steinen. Mina erkannte, dass aus seiner Umhängetasche die obere Hälfte des *Spiegels der Berührung* heraus ragte. Das erweckte neue Hoffnung in ihr.

„Onkel, berühre mich über den Spiegel! Und ich schaff uns hier weg, hörst du!", rief sie ihm inbrünstig zu. Da er aber nach dem dritten oder vierten Mal immer noch nicht darauf reagierte, wurden ihre Schreie immer verzweifelter: „San wach auf! Wach endlich auf!" Bedauerlicherweise blieb er unheimlich still, auch wenn sie noch so laut schrie.

Kurz nachdem Mina an den feinen schwarzen Konturen des Dunstes erahnen konnte, wie der Moloch seinen monströsen Schnabel öffnete und bereit war sie zu verschlingen, blickte sie ein letztes Mal zu ihrem über alles geliebten Onkel hinüber, weinte bitterlich, weil sie insgeheim fühlte, ihn nie wieder zu sehen und sprach unter Tränen: „Vergib mir Onkel. *Domum!*"

-Kapitel 37-
Der Spion

So wie sie das Wort *Domum* ausgesprochen hatte, zerbrach der *Teleportierstein* in ihrer Hand und sie erschien vor drei riesigen Erdlöchern, in denen kurz zuvor noch die drei Eichen ihr Wurzelwerk tief in die Erde geschlagen hatten. Überrascht betrachtete sie die wahrhaft lebendig gewordenen Bäume, die sich auf ihren dicken Wurzeln fortbewegten. Der Kampf gegen Seths Anhängerschaft schien noch in vollem Gange zu sein, denn einer der Eichen hob einen Teil seines mächtigen Wurzelwerkes auf und begrub damit einen umherirrenden Hermeshelfer unter sich, der von einer anderen Eiche mit seinem langen, dünnen Wurzelgeflecht am Bein festgehalten wurde. Um sie herum lagen überall tote Götterboten und *Furandi*. Mina wollte gerade in das Erdloch hinabfliegen, wo sie hoffte, Pitty und Rita in unversehrtem Zustand zu begegnen, als sie etwas Schweres, das sich um ihren Fuß gelegt haben musste, daran hinderte. Sie blickte nach unten und eine leblose Hand umklammerte ihren Schuh. Natürlich wollte sie wissen, zu wem diese Hand gehörte und tastete mit ihren Augen den ausgestreckten Arm langsam ab. Unverhofft stieß sie einen Schrei der Erleichterung aus. „Onkel San, du hier? Aber wie... wie ist das möglich?" San aber regte sich keinen Millimeter. Er war noch immer weggetreten. Tot war er nicht, denn sein Brustkorb hob sich langsam auf und ab. Aber er war übel zugerichtet worden.

Eine der drei Eichen beugte sich nun über sie,

nachdem der Baum den letzten Hermeshelfer am Boden zerschlagen hatte. Es musste Ren gewesen sein. Mina erkannte ihn an der großen Kerbe in seinem Stamm, die sich beim Betreten von Berts Zuhause in einen Aufzug verwandelt hatte. Mina dachte irrtümlich, sie würde von ihm angegriffen, so bedrohlich wirkte er auf sie, doch kurz bevor sie unter seinen Ästen begraben wurde, stoppte er. Er sagte zu ihr in einer sehr tiefen Stimme und lang gezogenen Wörtern, die man kaum verstehen konnte: „Beeile dich Mina! Wir wissen nicht, was mit dem alten Zauberer passiert ist." Überrascht darüber, dass die Bäume ein Bewusstsein entwickelten, deutsch mit ihr sprachen und sie überdies sogar erkannten, obwohl sie weder Gesichter, Augen oder Ohren hatten, bat sie den Baum um seine Hilfe: „Du musst Ren sein.", sagte sie etwas verlegen und betrachtete dabei seine riesige Baumkrone, die ihr knapp vor der Nase hing. „Seid ihr so nett, um kurz auf meinen Onkel aufzupassen?", fragte sie ihn höflich und war etwas irritiert dabei, da sie nicht wusste, wo sie mit ihren Augen hingucken sollte. Aber man konnte ihr es nicht verübeln, wer hatte schon irgendwann einmal einen Dialog mit einem Baum geführt. Es fühlte sich jedenfalls sehr unwirklich für sie an, doch Ren gab ihr das Versprechen. „Das werden wir.", erklang aus dem Baum. Dass Bert getötet wurde, verriet sie den Bäumen noch nicht. Zu groß war die Angst auf ihre Reaktion.

Zunächst warf sie Sans Umhängetasche um ihre Schultern, legte den schwarzen Kristall hinein und flog langsam das Erdloch hinab. Mit jedem Meter unter Tage musste sie mit dem Schlimmsten rechnen. Vielleicht war nicht nur Bert gestorben. Aber daran wollte sie keinen

Gedanken verschwenden, obwohl sie vor allem zahlenmäßig von den *Furandi* und Götterboten geradezu überrumpelt wurden.

Als sie die ersten Schritte auf dem stark zerbeulten Holzboden ging und Schwerter, Äxte, Pfeile und andere Waffen in den Wänden, zerstörten Regalen und in dicken, abgetrennten Wurzeln stecken sah, ahnte sie das Ausmaß des Überraschungsangriffs in seiner ganzen grausamen Dimension. Jeder Schritt durch die völlig verwüstete Wohnung fiel ihr schwer. Ein unangenehmer Geruch, ähnlich von verbranntem Essen, stieg ihr die Nase empor. Kurz zuvor hatte sie hier noch friedlich mit ihren Freunden Tee getrunken und die zweite Papyrusrolle entschlüsselt. Doch diese Zeiten der Ruhe waren wohl nun endgültig vorbei. Jetzt sah es hier wie auf einem Schlachtfeld aus. Nein, es war ein Schlachtfeld.

Sie ging den schmalen Gang entlang und bog links ins Schlafzimmer. Die Explosion hatte das einst so schöne Schlafgemach komplett zerstört. Mina hob einige Trümmerteile vom Boden, in der Hoffnung, Rita darunter zu finden. Selbst die Leiche des alten Zauberers war nicht mehr da, wo sie ihn das letzte Mal gesehen hatte. Überhaupt schien niemand mehr hier zu sein, weder Feind, noch Freund. Plötzlich aber hörte sie ein leises Wimmern durch die leblosen Gänge hallen.

Langsam ging sie aus dem Schlafzimmer und betrat den dunklen Gang in Richtung Esszimmer, von wo aus das Schluchzen zu ihr durchdrang. Leise tat sie einen Fuß vor den anderen, kam aber nicht umhin, doch auf einige Scherben von zerbrochenen Vasen zu treten, die überall verstreut herumlagen. Doch das behelligte den wimmernden Gesang nicht in geringster Weise.

Die Türe zur Küche war einen Spalt weit offen. Mina spitzte hinein. Sie sah Rita schluchzend mit gesenktem Kopf auf Berts Brustkorb liegen. „Gott sei Dank. Sie lebt.", dachte sie sich und fragte sich zeitgleich, was hier wohl passiert war, da seltsamerweise das Sonnenlicht durch zahlreiche Löcher aus der Decke ins Zimmer fiel. Mina wollte gerade die Türe öffnen und durch den Türbogen gehen, um Rita freudig in die Arme zu nehmen und ihr tröstend beiseite zu stehen, als sie von hinten gepackt wurde und ihr jemand einen Dolch gegen den Hals drückte. Geistesgegenwärtig reagierte sie, indem sie mit ihrem Ellenbogen nach hinten schlug und den Angreifer direkt in den Magen traf. Dieser ließ den Dolch fallen, den Mina blitzschnell aufhob und ihn ihrem Angreifer vors Gesicht hielt. „Pitty?", stieß Mina erleichtert aus, der luftschnappend am Boden saß und sich den Brustkorb hielt. „Ihr lebt!", freute sie sich und schmiss sich auf ihn, als hätte sie ihn zwanzig Jahre nicht gesehen. „Ja, wir leben.", meinte er nach Luft ringend und schob Mina beiseite. „Aber...", fuhr er fort und atmete noch einmal tief durch, „... die Hexe dort drüben ist ein Spion der *Furandi*!"

Mina wollte ihren Ohren nicht trauen und wusste nicht, wie sie über diese infame Anschuldigung reagieren sollte. Erst starb Bert, ihr Onkel wurde schwer verletzt und jetzt soll Rita, die Hüterin des *Spiegels der Berührung* und gute Freundin, eine Spionin der *Furandi* sein? Das war schon sehr weit an den Haaren herbeigezogen, dachte sie sich. Wie sollte das zusammen passen? „Du musst dich irren.", meinte sie voller Überzeugung. „Niemals!", erwiderte Pitty und versuchte es zu erklären. „Als Seth kurz davor war, mich zu töten, offenbarte er mir ein Geheimnis. Er erzählte mir, dass ein Spion unter uns weilt, der uns verraten hat und diesen feigen Angriff überhaupt erst ermöglichte. Und da ich nicht dieser Spion bin, muss es zwangsläufig diese Hexe sein!" Die Anschuldigungen waren gravierend, doch Rita hatte ihr rückblickend immer wieder geholfen und motivierte Mina weiterzumachen, als sie sich selbst längst aufgegeben hatte. „Du musst dich einfach irren!", sprach Mina erneut, fest im Glauben Rita in Unschuld zu wissen. „Du glaubst mir nicht?", fuhr Pitty sie forsch an. „Sieh ihn dir an. Sieh dir seine Leiche ganz genau an!", fauchte er und zeigte auf Berts toten Körper. „Sie hat das zu verantworten!", gab sich Pitty ungewöhnlich sicher.

Die ganze Zeit über unterhielten sich die beiden so, als wäre die weiße Hexe nicht anwesend. Rita schwieg ohnehin wie ein Grab und schluchzte nur vor sich hin.

Andächtig ging sie auf Rita zu und streichelte ihr über die Schulter. „Ist es wahr, was Pitty erzählt?", flüsterte sie in ihr Ohr und kam sich im nächsten Moment ganz schäbig vor, sie überhaupt mit diesem Thema konfrontiert zu haben. Rita weinte bitterlich. Sie trauerte um ihren Mentor und langjährigen Freund. Und ihre Trauer war ehrlich, daran bestand kein Zweifel. Sie war es ganz bestimmt nicht. Warum sollte sie Bert und die anderen in solch eine Gefahr bringen? Mina war von Ritas Unschuld dermaßen überzeugt, aber da stieß sie bei Pitty nur umso mehr auf heftige Gegenwehr. Ihr kam es mit einem Male sehr verdächtig vor, dass Pitty so vehement versuchte die Schuld auf Rita abzuwälzen. Und wenn es sie nicht gewesen sein konnte, gab es ja nur noch Pitty, dachte sie sich. Oh Schreck, daran wollte sie aber auch nicht glauben. Welche Beweggründe hätte er? „Vielleicht hat Seth gelogen?", überlegte Mina laut. Doch Pitty konterte wütend: „Und woher wussten sie dann, dass wir uns genau hier versteckt hielten?" Mina überlegte kurz und meinte verlegen: „Das weiß ich nicht."

Pitty raffte sich langsam wieder auf und streifte sich laut seufzend mit seinen Händen über sein Gesicht und gab Mina so zu verstehen, warum sie nur so schwer von Begriff war und ihm keinen Glauben schenken wollte. Er allein galt doch als Beweis genug, dachte er sich. Denn wenn er es nicht war, blieb neben Rita nur noch San übrig, der allein schon aus eklatanten Gründen nicht in Frage kam. Wie lange würde Mina noch brauchen, um das Offensichtliche zu erkennen? Pitty war von seiner Annahme so überzeugt, dass es nicht verwunderlich war, dass er die weiße Hexe reinen Gewissens verurteilte.

Rita schwieg noch immer zum Thema, obwohl sie jedes gefallene Wort mitbekommen hatte. „Wie konntest du überhaupt den Überraschungsangriff überstehen?", fragte sie Pitty misstrauisch. „Seth wollte mich köpfen und als er gerade mit seiner Klinge ausgeholt hatte, brachen auf einmal viele Baumwurzeln durch die Decke. Sie packten Seth und seine Handlanger, schlängelten sich durch die Gänge in jedes Zimmer, wo sie die *Furandi* und Seths Kämpfer hart gegen die Wände schlugen und anschließend an die Erdoberfläche zerrten. Als alle an die Erdoberfläche verschleppt wurden, kam plötzlich Rita mit Berts Leiche hereinspaziert und brach mit ihm dort drüben zusammen. Seitdem hat sie kein Wort gesprochen."

In diesem Moment trugen die Wurzeln Sans Körper

durch die Decke hinein. „Er braucht dringend Hilfe!", meinte einer der Eichen und ließ ihn sanft auf dem rustikalen Esstisch ab, der wie durch ein Wunder während des Gemetzels unversehrt blieb. „Wir sollten jetzt keine voreiligen Schlüsse ziehen.", resümierte Mina über die Sachlage. „Kümmern wir uns zuerst um San, ja.", befahl sie Pitty, aber noch viel mehr sich selbst. „Ist das San?", fragte Pitty ungläubig. Er hätte ihn beinahe nicht wieder erkannt, so zerfleddert wie er war.

Die Feuerstelle brannte noch immer unter dem Kessel mit Eintopf, der verbrannt vor sich hinbrodelte und wohl als der überführte Auslöser des unangenehmen Gestanks galt. Mina legte die Umhängetasche neben die Feuerstelle und nahm den schweren Kessel mit Eintopf herab. Dann klemmte sie einen kleineren darüber, der umgekippt auf der Arbeitsplatte stand. Sie suchte die Wandregale nach heilenden Substanzen ab. Und sie wurde fündig. An einem Kräuterbeutel stand das Wort *Arnikakraut* mit dem Hinweis *Gegen Schwellungen jeglicher Art.* Genau das Richtige für San. Sie nahm einen Holzkübel, der gefüllt mit Wasser neben den Holzscheiten stand und füllte es in den frischen Kessel. Dann nahm sie einige Holzscheite und warf sie in das abklingende Feuer, sodass es von Neuem entfachte.

Eine Zeit lang blickten sie in das wärmespendende Feuer. Von Zeit zu Zeit löste sich knisternd ein Funken, den sie dann mit ihren Augen verfolgten. Eine wohltuende Ruhe lag im Raum. Rita hingegen, wandte sich nicht eine Sekunde von Berts Leiche ab und lag noch immer teilnahmslos mit ihrem Kopf auf seinem Brustkorb.

Als das Wasser zu kochen anfing, hörten sie auf

einmal lautes Fluchen. „Das halt ich ja nicht aus. Heiß! Heiß! Heiß!", rief irgendjemand mit piepsiger Stimme. Mina und Pitty blickten in alle Richtungen und fragten sich, woher das wohl kam? Da! Irgendetwas rührte sich plötzlich in Sans Umhängetasche und fing an gegen den Stoff zu hüpfen. Mina ging skeptisch auf die Tasche zu, während Pitty hinter ihr mit einem Schürhaken in Stellung ging. „Was ist das?", rätselte sie, aber auch Pitty konnte ihr darauf keine Antwort geben. Als sie das Ding zu packen versuchte, sie vermutete es an einer neuen ausgebeulten Stelle der Tasche, lief es blitzschnell heraus. Mina erschrak sich dabei dermaßen, dass sie einige Zentimeter in die Lüfte sprang, während Pitty versuchte, dem kleinen Wesen zu folgen und dabei wie wild auf es eindrosch, aber nur den Boden ruinierte. Obwohl das, bei dem zerstörten Heim, keine große Rolle mehr spielen durfte.

    Es war zu flink für ihn. Mina konnte das kleine Ding nur verschwommen wahrnehmen, so schnell und wendig war es. Es sah, soweit sie es erkennen konnte als es kurz anhielt, um die Laufrichtung zu ändern, irgendwie wie eine Kreuzung zwischen Nacktmull und einer Fledermaus ohne Flügel aus. Es hatte weder Körperbeharrung noch einen Schwanz und lief, wie die Menschen, auf zwei Beinen. Und es trug zu Minas Überraschung eine blaue Latzhose. Mehr war nicht erkennbar, bis Pitty den leeren Wasserkübel über ihn stülpte und sich darauf setzte. „Lasst mich sofort hier raus, ihr widerwärtigen Bestien!", dröhnte es aus dem Inneren des Eimers, gefolgt von schnellen Kratzgeräuschen. „Wer oder was bist du?", wollte Mina von dem Ding wissen und drückte ihre Lippen gegen die Rundung des Kübels, damit es sie auch ja verstehen konnte. „Lasst mich gehen! Lasst mich gehen!", rief es hysterisch. „Okay okay, beruhige dich! Wir werden dich frei lassen, wenn du uns versprichst, nicht davon zu laufen. Es wird dir nichts geschehen.", versprach Mina. Pitty sah sie entsetzt an und verschränkte demonstrativ seine Arme. „Abgemacht.", sagte das unbekannte Wesen. Mina schubste Pitty sachte vom Kübel und hob ihn einen Spalt breit vorsichtig vom Boden, während sie mit ihren Augen darunter blickte.

In die Ecke gedrängt stand ein winziges Wesen, das gerade einmal so groß wie ihre Hand war. Es besaß zwei spitze Ohren, eines davon hing schlapp nach unten, das andere hingegen stand kerzengerade nach oben, eine plattgedrückte Knollnase, winzige Zähnchen, die nicht einmal dazu geeignet waren, vorgekautes Fleisch zu zerbeißen und zwei hübsche große braune Augen, die zum Rest der Körperproportionen nicht recht passen wollten, aber, dem an sich hässlichen Wesen, eine gewisse Süße verliehen. „Was bist du?", fragte Mina langsam und deutlich, als ob sie mit einem Taubstummen sprach, der ihr von den Lippen ablesen musste, ohne jedoch den Eimer ganz aufzuheben, damit sie den Spalt schnell wieder verschließen konnte, falls er doch versuchte zu fliehen. „Ich bin ein *Fliet*, das sieht man ja wohl!", brummte es Mina mit piepsiger Stimme an. „Ich bin ein Mensch!", antwortete sie dem Winzling in Zeitlupensprache. „Sowas aber auch! Das hätte ich jetzt nicht gedacht.", entgegnete ihr der *Fliet* überheblich. „Und warum sprichst du so als wäre ich ein Dummkopf?", wollte nun der *Fliet* von ihr wissen. Mina entschuldigte sich bei ihm und stellte sich vor. „Ich bin Mina. Hast du auch einen

Namen?" „Klar habe ich auch einen Namen. Ich bin Cornie." Er verstand allerdings überhaupt nicht, warum man mit ihm wie ein kleines Kind sprach, schließlich galt er unter Seinesgleichen längst als Erwachsener.

„Hallo Cornie. Was bitte hattest du in der Tasche verloren?", fragte Mina höflich. Irgendwie wühlte die gestellte Frage den *Fliet* auf. Er fing an sich am Kopf zu kratzen, bewegte sich nervös hin und her, stupste mit seinem winzigen Fuß vor sich hin und versuchte immer wieder einen Satz zu formulieren. Doch die Worte wollten einfach nicht so wie er. „Also ich...", begann er. „ Nein, nein! Kein guter Anfang, ganz und gar kein guter Anfang!", stelle er verbittert fest. „Die haben mich...!", doch mehr kam einfach nicht über seine Lippen. Gewaltig schlug sich Cornie selbst mehrmals hart gegen die Stirn. Mina und Pitty, der jetzt auch neugierig einen Blick unter den Eimer riskierte, sahen das Geschöpf entsetzt an, wie es sich fortwährend selbst gegen den Kopf schlug und kurz davor stand, sich ernsthaft zu verletzen.

„Aufhören!", schrie Mina, die dem Treiben des Winzlings nicht mehr länger zusehen konnte. „Also, was hast du hier verloren?", fragte sie ihn bestimmend. „Ich weiß auch nicht wie ich in diese prekäre Lage geraten bin. Bitte lasst daher Gnade walten, wenn ich euch ehrlich darüber berichte. Ich bin kein Freund Axims, soviel steht fest. Eher sein Gefangener. Und er war es - jawohl ER war es - der mich dazu gezwungen hat!", sprach er zornig. „Zu was gezwungen hat?", fragte Mina hellhörig. „Na euch hinterher zu spionieren. Er hat mich auf dem Schiff zurückgelassen, als er mit den Hermeshelfern weggeflogen ist und gemeint, wenn sich noch irgendwelche Menschen an Bord versteckt hielten, solle ich mich unbemerkt an ihre Fersen heften und ihnen Bescheid geben, sobald sie an Land gegangen sind. Denn sie fürchteten sich ganz arg vor einem erneuten Angriff des Kraken." Pitty überkam die Wut. „Also hast du das alles zu verantworten?", schrie er Cornie voller Zorn an, der sich fürchterlich erschrak und nun ganz eingeschüchtert dreinblickte, während Pitty, um den ganzen noch die Krone aufzusetzen, einen Holzstuhl beiseite kickte, der an der Wand zerschellte. Und auch Mina kämpfte nun gegen ihre Wut an, als sie kurz zu Berts Leiche hinüberblickte, wo Rita noch immer trauernd über ihn wachte. Mina wollte ihn schon packen, als er weiter erzählte: „Ich fragte Axim, was ich tun sollte, wenn hier niemand mehr wäre. Darauf meinte er, dass ich Pech gehabt hätte und mit größter Wahrscheinlichkeit hier sterben müsste, außer ich könnte gut schwimmen. Dabei weiß doch jeder, das *Fliets* nicht schwimmen können.", bedauerte er. Mina bemühte sich jetzt doch ihre Haltung zu bewahren, was man sehr gut daran erkennen konnte, dass sich ihre zitternde, geballte Faust wieder langsam entspannte. Der kleine Cornie war allem Anschein nach nur ein Spielball dieses Fieslings. Aber es konnte auch gut möglich sein, dass er sie anlog, um seine Haut zu retten. Mina, die emotional hin- und hergerissen war, flüchtete sich in eine weitere Frage: „Warum hast du dich dazu zwingen lassen? Warum hast du nicht versucht, mit uns zu sprechen?", wollte sie nun von ihm wissen um herauszufinden, wieso Bert sterben musste. Cornies Motiv entschied ganz gehörig über das Strafmaß, das er zu erwarten hatte.

Pitty ging derweil wütend im Esszimmer auf und ab und meinte, es wäre ihm egal, warum er das getan hatte, er müsse jetzt seiner einzig gerechten Strafe zugeführt werden und das wäre der Tod. „Sachte, sachte! Wir wollen doch nichts überstürzen, ja!", keifte Cornie unter dem Kübel hervor und suchte mit seinen Augen, die schnell in alle Richtungen hin- und herwanderten, nach einer geeigneten Fluchtmöglichkeit. Doch als er erkennen musste, dass er wie eine Maus in der Mausefalle hockte, rief er: „Das ging nicht nach meinem Willen. Er hat mein Leben bedroht. Ich der Winzling, er der Riese. Eins plus Eins ergibt Zwei. Ich habe mich vor ihm gefürchtet. Fliets sind nicht die mutigsten Kreaturen! Im Grunde sind wir ganz schöne Angsthasen. Ihr müsst mir glauben." Dabei stellte der *Fliet* einen derart traurigen Hundeblick zur Schau, der herzergreifender nicht sein konnte. Zumindest verfehlte er seine Wirkung bei Mina nicht, zumal er jetzt auch sein zweites Ohr schlapp nach unten hängen ließ und sich seine großen braunen Augen mit Feuchtigkeit füllten.

„Beruhige dich Pitty. Selbst wenn wir diesen *Fliet* töten, was macht es besser? Es würde Bert auch nicht wieder von den Toten erwecken." Pitty verließ daraufhin wortlos das Esszimmer und hinterließ in dem Chaos seine persönliche Schneise der Verwüstung, indem er ein zwar noch stehendes, aber in sehr Mitleidenschaft gezogenes Regal hinter sich umkippte und Teller durch die Gegend flogen. Dann knallte er die Türe zu und verschwand im Gang. „Der beruhigt sich schon wieder.", meinte Mina zu dem Winzling, der vor Einschüchterung wie Espenlaub zitterte. „Was trägst du da überhaupt in deiner Hand? Sieht aus wie eine komische Flöte oder ein Spuckrohr. Ist das eine Waffe?", fragte Mina den *Fliet* neugierig. Doch der erklärte ihr, dass es sich hierbei weder um eine Waffe, noch um ein Musikinstrument handelte. Es war vielmehr ein Kommunikationswerkzeug, das aus zwei Teilen bestand. Den einen Teil stellte man mit der Spitze auf den Boden und blies von oben hinein. Dadurch wurden feine Schallwellen übertragen, die den Standort an denjenigen vermittelten, der den anderen Teil bei sich trug. Eine *Fliet*erfindung. *Fliets*, die ihre Behausung unter den Bäumen der großen Wälder im Wurzelwerk hatten, konnten so über weite Distanzen miteinander kommunizieren. Sie nennen das Instrument *Spibostab*. Dieser muss jedoch, um zu funktionieren, aus ein und demselben Stück Holz geschnitten sein, das später in zwei *Spibostäbe* geschnitzt wird. Jeder *Spibostab* reagiert nur mit seinem Zwilling. Aber man konnte zur Herstellung nicht irgendein Holz verwenden, nein es musste schon ein ganz spezielles sein, das *Fahrnholz*, welches nur sie imstande waren herzustellen.

„Und dieser *Spibostab* hat also die *Furandi* und die Hermeshelfer hierher gelotst.", stellte Mina mit Bedauern fest und schlug mit der flachen Hand bedrohlich auf den Boden. „Ja. Aber - aber ich war es, der deinen Onkel gerettet hat.", versuchte er Mina zu beruhigen. „Ach ja, und wie sollte das so ein Winzling wie du schaffen? Ich glaube dir kein Wort!", schrie sie den *Fliet* an. „Ich habe den *Spiegel der Berührung* benutzt! Ich habe es dir abgesehen, habe einen Blick aus der Tasche riskiert als du versucht hast, die Flamme der Freiheitsstatue zu berühren. Glaube mir, ich habe die Hand deines Onkels durch den Spiegel auf deinen Fuß gelegt, als dieses unsichtbare Wesen kurz davor war dich in Stücke zu zerreißen. Und bitte glaube mir, es tut mir wirklich sehr leid um euren Zauberer. Wenn ich es doch nur ungeschehen machen könnte.", erwiderte Cornie mit trauriger Miene. In Minas Augen ergaben seine Ausführungen Sinn. San hätte sich in diesem Zustand niemals selbst retten können und daher schenkte sie dem kleinen Wesen seltsamerweise ihren Glauben. Ihre Wut war wie weggeblasen und sie reichte dem Winzling als Zeichen ihrer Vergebung die Hand.

Doch plötzlich tauchte Rita hinter ihnen auf und zielte mit ihrem Zauberstock auf den kleinen *Fliet*. „Dafür ist es wohl zu spät!", meinte die weiße Hexe und ein Feuerball formte sich an der Spitze ihres Zauberstocks. Mina stieß daraufhin blitzschnell den Kübel um, um den *Fliet* aus seinem Gefängnis zu befreien und stellte sich zwischen dem Winzling und der weißen Hexe. „Tu das nicht!", befahl sie Rita. Doch die weiße Hexe senkte ihren Zauberstock nicht ab, im Gegenteil, der Feuerball lud sich immer weiter auf und schon bald war er so aufgebläht, dass man Ritas Gesicht nicht mehr erkennen konnte.

Cornie blieb wie angewurzelt hinter Mina stehen. Er wusste, wenn er es wagen würde loszurennen, wäre das sein sicheres Ende gewesen. Dieser mächtige Feuerball, der noch immer an der Spitze des Zauberstocks tänzelte, würde ihn niemals verfehlen. Der Raum erhitzte sich in solchem Maß, dass Mina, Rita und Cornie der Schweiß über die Stirn lief und auf den Holzdielen am Boden verdampfte. Selbst San, der noch immer bewusstlos auf dem Esstisch lag, wurde durch die stetig unerträglicher werdende, ansteigende Hitze immer unruhiger. Er stöhnte und wippte seinen Kopf von einer Seite zur anderen. „Du musst das nicht tun Rita.", versuchte Mina auf sie einzureden. „Wir können das friedlich lösen.", schlug sie behutsam vor. Überwältigt von ihrer

Trauer machte die weiße Hexe jedoch nicht den Eindruck, als ob sie noch Herr ihrer Sinne gewesen wäre. „Das Ding hat Bert auf dem Gewissen! Es ist nur fair, dass ich meinen Meister - meinen Freund - räche. Und jetzt aus dem Weg!", fuhr Rita sie an und wischte sich ein paar Schweißtropfen aus den Augen. „Aber...", wollte Mina einlenken, als Rita ihr schreiend ins Wort fiel: „Genug der Worte! Ich werde den *Fliet* jetzt rösten."

Plötzlich entzündeten sich ohne weiteres Zutun der weißen Hexe die Holzgetäfelten Wände überall im Raum und sie saßen in einem Flammenmeer fest. Durch den aufkommenden Qualm wurde die Luft immer stickiger. „Du wirst uns noch alle umbringen!", hustete Mina, als Pitty plötzlich die Türe aufriss. „Was ist denn hier los?", rief er verwirrt und sah Rita mit dem mächtigen Feuerball auf Mina zielen. Ohne zu zögern rannte er hastig auf die weiße Hexe zu und schubste sie um. Dabei entlud sich der Feuerball, der um Haaresbreite an San vorbei flog und direkt den Kessel traf. Dieser explodierte mit einem ohrenbetäubenden Schlag und die Flammen des Feuerballs brachen sich wie eine Welle am Riff einmal um die ganze Wand. Das brühend heiße Wasser des Kessels schoss in die Lüfte und ergoss sich wie ein Regen über sie, traf sie jedoch nicht, da die Wassertropfen kurz zuvor in der Gluthitze verdampften. Nur ein unangenehmes Zischen war zu hören, das sie zusammenzucken ließ.

Zwar zog ein Teil des Rauches über die Löcher an der Decke ab, doch die Flammen entwickelten sich so stark, dass diese schon bald nichts mehr nutzten. Mina wollte sich und die anderen noch aus dem Flammeninferno herauswünschen, doch dazu kam es nicht. Es dauerte nur wenige Sekunden, da lagen, bis auf den *Fliet*, alle am Boden. Der Qualm hatte ihnen das Bewusstsein genommen. „Ich muss hier schnellstens weg!", sagte er zu sich selbst, hob Sans Tasche auf, die durch die Wucht der Explosion aus dem Zimmer in den Gang geschleudert wurde und lief davon. Er war gerade so klein, dass er sich sorglos unter der Rauchdecke fortbewegen konnte. Ein letztes Mal blickte er durch den Torbogen auf Mina und verschwand mit der Tasche, die er hinter sich herzog, über das große Erdloch, wo einst der Aufzug stand.

Die Flammen wüteten immer schlimmer und drohten alle zu vernichten. Niemand war mehr in der Lage, irgendetwas zu unternehmen. Das Feuer der Wand breitete sich nun schnell über den Boden aus und drohte als erstes Mina zu verschlucken. Nur noch wenige Zentimeter trennten sie vor dem sicheren Tod, als plötzlich eine dicke Wurzel durch die Decke schlug. Auf ihrer Spitze ritt Cornie, der die Wurzel zu Minas Körper dirigierte. Als die Wurzel vor ihrem Körper inne hielt, sprang er von ihr ab und klopfte auf die Wurzelspitze. Die Eiche fing an, Mina zu umschließen und sie an die Erdoberfläche zu ziehen, während zeitgleich eine weitere Wurzel durch die Decke drang. Diese führte er zu San. Und als auch dieser nach oben gezogen wurde, kamen eine dritte und vierte Wurzel. Die dritte Wurzel legte er hastig bei Rita ab, die schneller als Mina und San zuvor auf die Erdoberfläche gezogen wurde und die zu ihrem Übel jedoch zeitgleich mit der vierten Wurzel wieder verschwand, bevor er sie um Pitty legen konnte. Das hatte den Grund, weil die vierte Wurzel Feuer gefangen hatte und wohl zum selben Baum gehörte, wie die, die Rita hinaufgezogen hatte.

Pitty und Cornie blieben zurück, dem Erstickungs- und Verbrennungstod ausgeliefert. Verzweifelt versuchte der *Fliet* aus dem brennenden Esszimmer in den Gang zu laufen, denn Pitty konnte er, so leid es ihm tat, nicht mehr retten. Zu schwach war er. Doch schon stürzte ein Teil der stützenden Holzbalken herunter und versperrten ihm den Weg. Zu allem Überfluss standen nunmehr alle anderen Zimmer unter Feuer und die Flucht in den Gang hätte ihm womöglich wenig genutzt. Nun gab es kein Entkommen mehr für Pitty und Cornie. Der Rauch verbreitete sich jetzt rasend schnell überall im Raum und auch die geringe Körpergröße bewahrte ihn nicht mehr davon. Hustend und röchelnd ging er auf allen vieren fort, in der Hoffnung, doch noch einen Ausweg zu finden. Etwa ein Mäuseloch. Aber vergebens.

Langsam begannen sich Cornies Augen zu schließen, als urplötzlich lauwarmes Wasser vom Himmel sprudelte. Doch es war nicht Mutter Natur, die ihm und Pitty das Leben rettete, sofern Pitty dieses Flammeninferno überhaupt überlebt hatte, sondern Rita, die von einer Wurzel umklammert in eines der Erdlöcher hinabstieg und fortwährend Eiszauber aus ihrem Zauberstock schoss. Dabei entstand lauwarmer Wasserdampf, der das Feuer immer weiter dämmte, bis Rita schließlich einen kleinen, feuerbefreiten Platz schaffte auf dem sie landen konnte. Als Rita den Boden berührte, löste sich die Wurzel und sie führte sie zu Pittys Körper, die ihn umgriff. Die weiße Hexe stieg mit auf die Wurzel. Cornie lag einige Meter daneben und beobachtete die Rettungsaktion. Er war sich sicher, dass Rita ihn in dem Flammenmeer zurücklassen würde, schließlich gab sie ihm die Schuld an Berts Tod. Kurz bevor die Wurzel jedoch wieder nach oben fuhr, streckte Rita unverhofft ihre flache Hand dem Winzling entgegen und Cornie kroch - wirklich sehr erleichtert - mit letzter Kraft hinauf. Traurig sah Rita dem alten Zauberer nach, der nun in Flammen aufging und vor ihren Augen zu Asche verbrannte, während sie und die anderen in Sicherheit gebracht wurden.

-Kapitel 38-
Das Ankh

Mina, Pitty und San lagen noch eine ganze Weile regungslos in der Wiese, dort, wo sie die drei Eichen abgelegt hatten. „Wo ist der Zauberer?", fragte Gentian, einer der Eichen. Die weiße Hexe aber sah nur andächtig den Rauchschwaden nach, die hunderte Meter in den Himmel ragten und noch kilometerweit zu sehen waren. Dieser Rauch war das einzige Vermächtnis, das ihnen der alte Zauberer nach all den Jahren hinterließ, jetzt da er nicht mehr unter ihnen weilte. Doch schon bald würde auch der Qualm der Vergangenheit angehören und nichts würde mehr an den alten Zausel erinnern.

Neben ihr stand der kleine *Fliet* mit Sans Umhängetasche im Gras liegend. „Danke, dass du mich gerettet hast.", gab Cornie zaghaft von sich. Rita schwieg. Die drei Eichen hatten viele der Hermeshelfer und *Furandi* an der Erdoberfläche bekämpft. Etwas abseits, wo sie sich gerade aufhielten, lagen in der Ferne ihre toten Körper verstreut.

Cornie lief auf einmal die Reihen der Toten ab und sah sich jeden *Furandi* zweimal an. Außer die Zerquetschten, die betrachtete er nur mit einem flüchtigen Blick, da er sich nicht übergeben wollte. Einige von ihnen hatten Löcher in ihren Bäuchen, die so groß waren, dass man ohne Probleme hindurchgreifen konnte. Jedes Gesicht wurde akribisch begutachtet. Nachdem er alle betrachtet hatte, kam er geknickt zu Rita zurück. „Was suchst du denn?", wollte sie von ihm wissen, die sein Treiben nebenbei bemerkt hatte. Der *Fliet* blickte in ihr Gesicht und schrie dann voller Freude: „Da! Da ist er ja!" Er deutete mit seinem Finger auf die Baumkrone einer der drei Eichen. Rita folgte Cornies Zeigefinger und sah Axim, den Anführer der *Furandi*, durchstoßen von einem mächtigen Ast an der Eiche Rasco hängen, während Cornie einen Freudentanz aufführte. Es gab keinen Zweifel daran, er musste es sein. Er trug nämlich noch immer seinen auffälligen Helm, den er bei jeder Schlacht mitführte. Unter den Toten vermisste Cornie eigentlich nur noch Seth. Aber der war feige davongeflogen, als er sich aus der Umklammerung befreien konnte, erzählte ihm Ren, der Seth an seiner goldenen Schärpe erkannte.

Plötzlich erwachte Mina und sah sich orientierungslos um. Sie richtete ihren Oberkörper auf und sah ihren Onkel neben sich liegen und nicht weit davon entfernt Pitty. „Rita!", rief sie, als sie ihr Augenmerk auf die weiße Hexe richtete, die sich ein paar Meter weiter aufhielt. Diese kam sofort angerannt, nahm sie in ihre Arme und betonte immer wieder wie leid ihr alles täte. „Was ist mit Cornie?", fragte Mina kleinmütig. Doch Cornie beantwortete selbst ihre Frage, als er einige Sekunden später bei ihnen eintrudelte.

Auf einmal erwachte auch Pitty mit einem kräftigen Hustenanfall, der nun San damit weckte. Als sie alle wieder vereint waren und sich in ihre rußverschmutzten Gesichter blickten, war die Freude groß. „Dieser Winzling...", sprach Rita, „... hat den Mut eines Löwen. Er hat uns alle mit Hilfe der Eichen gerettet." Und sie begann ihnen von der großartigen Rettungsaktion zu erzählen. Cornie überkamen große Gefühle, die er noch nie zuvor gespürt hatte. Es war der Stolz, der ihn auf einmal packte, denn auch Pitty, von dem er sich eigentlich am meisten fürchtete, zollte ihm seinen Dank und Respekt. Und er entschuldigte sich reumütig bei der weißen Hexe, sie fälschlicherweise verdächtig zu haben.

Rita, die Pittys Entschuldigung nicht überhörte, bedankte sich mit einem Nicken und erzählte weiter von dem *Fliet*. An manchen Stellen ihrer Erzählung übertrieb sie es dermaßen, dass Cornie peinlich berührt war und rot anlief. Sie schmückte aber auch jede Szene, in der er vorkam, besonders fantasiereich aus. Dennoch - der Kern der Geschichte blieb unberührt und wahr. Er war es, der sie alle gerettet hatte. Und deswegen ließ sich der kleine *Fliet* ohne schlechtes Gewissen von ihnen feiern.

Rita hingegen entschuldigte sich vielmals bei all ihren Freunden. Beinahe hätte sie alle durch ihre blinde Wut, ausgelöst wegen der emotionalen Verbundenheit zu Bert, getötet. Aber er war der einzige Mensch, der ihr Halt und einen Sinn im Leben gab, nachdem sie ihre eigene Familie verloren hatte, versuchte sie ihnen zu erklären und hoffte insgeheim auf ihr Verständnis. Sie weinte bitterlich. „Und das Ankh ist auch für immer in den Flammen verloren gegangen! Wir werden es niemals in die Unterwelt schaffen. Alles ist meine Schuld.", jauchzte die weiße Hexe.

San aber, dessen Gesicht noch immer zugeschwollen und von Blutergüssen übersät war, die in allen Regenbogenfarben schimmerten, ergriff trotz der Probleme, die ihm das Sprechen bereitete, das Wort und tröstete sie: „Wir vergeben dir. Zumindest haben wir durch das Schwitzen eine Menge Kilos verloren. So sparen wir uns schon mal das

Fitnessstudio." San präsentierte ihr seinen neuen „schlankeren" Körper. Doch jeder sah ihm nur in sein verunstaltetes Gesicht. Man konnte fast meinen, er wäre ein *Furandi*, jetzt wo er auch mit Ruß bedeckt war. Trotzdem verlor er nicht seinen Humor und meinte mit einem angedeuteten Lächeln, das ihn offensichtlich höllisch weh tat: „Das kann sich doch sehen lassen."

Und obwohl Rita nicht zum Lachen zumute war, zauberte er ihr durch seine unbeschwerte Art, trotz der zum Teil erheblichen Gesichtsdeformationen, ein kleines Lächeln auf die Wangen. Und auch die anderen lächelten, was angesichts der aussichtslosen Lage, in der sie sich gegenwärtig befanden, wohl kaum einer so richtig nachvollziehen konnte.

„Da wo Leute lachen sollst du dich niederlassen!", hörten sie auf einmal eine vertraute Stimme erklingen und weiter: „Manchmal ist es besser zu lächeln, als zu verzweifeln, auch wenn alles noch so ausweglos erscheint."

Es war der alte Zauberer Bert, der plötzlich ganz unversehrt hinter ihnen stand. „Aber wie kann das sein?", fragten sie alle durcheinander. „Wir haben dich sterben sehen!" Der Zauberer aber erklärte. „Täuschungsmagie! Ich habe mich, nachdem ich das Esszimmer verließ, um Mina die Burka zu besorgen, selbst dupliziert. Ein uralter Zaubertrick, aber sehr effektiv. Der Klon sieht nicht nur so aus wie ich, sondern er kann alles, was ich auch kann, außer zaubern. Nur, dass er durch meine Gedanken gesteuert wird. Sozusagen ein Ich im anderen Ich." Jetzt wollten alle grölend wissen, wieso er überhaupt auf solch eine Idee kam und sie in Unwissenheit verweilen ließ. „Ich bin verschwunden um das Ankh aus dem

Versteck zu holen, das ich nur über einen Geheimgang im Arbeitszimmer erreichen konnte. Der Stollen geht tiefer in den Wald, als ich in Erinnerung hatte und mündet an einer Geheimtüre zur Erdoberfläche, die von außen betrachtet einem abgesägten Baumstumpf ähnelt. Darum hat es auch so lange gedauert. Ihr müsst wissen, dass ich das Ankh dort schon seit Jahren unter Moos versteckt halte. Der *Schicksalswächter* hat mich nämlich anno dazumal zum Hüter des Ankh auserkoren. Aber als ich die Rauchschwaden am Himmel sah, bin ich so schnell wie mich meine Füße trugen zu euch gerannt." „Aber warum hast du uns misstraut?", fragte Mina etwas enttäuscht. Bert gab sich bedacht. „Ein Versteck ist eben Geheimsache, deswegen ging ich alleine. Und es kann überdies nur einen Hüter über das Ankh geben – mich. Jedoch muss ich zu meiner Schande gestehen, dass ich Pitty anfangs nicht vertrauen konnte. Ich kenne die Gotteshelfer. Sie sind gesplittet in zwei Gruppen. Die *Reinen*, dazu zählt Pitty. Sie wurden vom Kosmos gleichsam mit den Göttern erschaffen. Und die *Gezeichneten*, die einstigen Menschenseelen, die im Jenseits zu Gotteshelfern, Dienern wurden. Sie tragen alle das Brandmal der Dienerschaft auf der Stirn. Ich konnte mir lange keinen Reim darauf machen, wieso Pitty, ein reines Geschöpf ohne jedwedes menschliches Gefühl, seine ganze Existenz wegen ein paar Menschen und einer alten Hexe aufs Spiel setzte." Pitty wurde grimmig, doch der Zauberer lenkte gleich ein. „Nun weiß ich es aber. Ich glaube er ist verliebt. Wie auch immer das geschehen konnte." Pitty und Mina erröteten. „Und mein Duplikat hat mich würdevoll vertreten, wie es scheint, selbst bis in den Tod.", lachte Bert. „Eine gute

Entscheidung, wie ich finde. Sonst wäre das Original jetzt tot.", lächelte seine Schülerin.

Rita umarmte ihren alten Mentor überschwänglich und freute sich einfach nur, dass er am Leben war. Auch Mina und die anderen waren erleichtert. Selbst dem *Fliet* fiel ein Stein vom Herzen. Er freute sich genauso über die Anwesenheit des Zauberers und meinte zu ihm: „Schön, dass sie es einrichten konnten, um uns zu besuchen. Ich dachte schon, ich hätte sie auf dem Gewissen." Berts Lachen verstummte abrupt. Er bückte sich über Cornie. „Du warst das? Du hast also mein Zuhause zerstört!", rief er zornig. Doch Rita lenkte ein und erzählte ihm, wie es dazu kam; dass der *Fliet* es war, der sie letztlich alle gerettet hatte, nachdem sie es war, die alles in Brand gesteckt hatte. Außerdem stand er jetzt nicht mehr unter Axims Zwang, denn der war tot. Sie konnten ihm also Vertrauen schenken. „Wenn du jemanden bestrafen müsstest, dann mich! Ich bin schuld daran.", meinte Rita und senkte ihr Haupt. Bert blieb einen Moment still. Dann sprach er: „Ach Herrje! Ein Weiser gibt nur den Umständen die Schuld, niemals den Menschen selbst. Wir tragen alle Schuld daran und keiner! Und jetzt lasst uns das ein für alle Mal beenden!" Der Zauberer holte das goldene Ankh hervor, das er unter seinem Zauberhut verborgen hielt und übergab es Mina. Ehrfürchtig betrachteten alle das Schmuckstück. Mit dem Einsetzen der Kristalle in die Kerben würde sich das Portal zu Osiris` Unterwelt öffnen.

-Kapitel 39-
Die Ruhe vor dem Sturm

Berts Wohnräume waren allesamt bis auf den Grund niedergebrannt. Andächtig ging der alte Zauberer mit den anderen die Ruinen durch. Er wühlte unter dem Geröll, dem Schutt und der Asche, auf der Suche nach alten Erinnerungsstücken. Doch bis auf ein altes Wandgemälde, worauf eine hübsche Frau abgebildet war, hatte er kein Glück, noch irgendetwas Heiles oder Intaktes zu finden. Selbst die Kessel waren so zerschmolzen, dass sie höchstens noch als hässliche, gewölbte Backbleche herhalten konnten. Wenn er sie sich genauer betrachtete, dann doch nicht mal mehr als das.

Nachdem sie alle Räume abgegangen waren, fiel Mina erst auf, dass Berts Wohnung, oder was davon übrig blieb, wie ein vierblättriges Kleeblatt angeordnet war, welches die einzelnen Räumlichkeiten durch je zwei Gänge, die sich in der Mitte überkreuzten, miteinander verbanden. „Eine schöne Idee.", dachte sie sich. Doch sie wusste nicht, ob Bert dieses Glückssymbol wirklich Glück gebracht hatte. Er kam zwar mit seinem Leben davon, aber er hatte sein wunderschönes, altehrwürdiges Zuhause verloren. Ein Zuhause ist das Schönste, was man besitzen konnte, war sich Mina nach all dem Abenteuer wohl bewusster denn je. Bert, der so stolz auf sein Zuhause, seine gesammelten Apparaturen und dergleichen war, besaß nun nichts mehr. Und dieser Gedanke schmerzte sie sehr.

Bevor sie jedoch in die finale Schlacht zogen, nahm sie der alte Zauberer doch noch mit in sein Versteck. Bert stieß in seinem Arbeitszimmer mit seinem Zauberstab auf eine Holzdiele am Boden, die von den Kampfhandlungen unversehrt blieb. Diese ließ sich ein paar Zentimeter eindrücken und setzte einen Mechanismus in Bewegung, der das große, versenkte Bücherregal in der Mitte teilte, sodass beide Teile nach links und rechts rollten und dabei den Eingang zum Geheimversteck offenlegten und die Zimmertüre hinter ihnen versperrte. „Scheint noch zu funktionieren. Gute alte Heimwerkskunst der *Faberianer*. Nicht ganz billig.", gab Bert stolz, aber geknickt von sich. Der Zauberer ging voran und Mina und die Übrigen folgten ihm neugierig. Nachdem der letzte der Gruppe den Stollen betreten hatte, verschloss sich das Bücherregal hinter ihren Rücken wieder.

Es war kein Stollen, wie man ihn sich vielleicht vorstellte, nein, es war ein gemütlicher Tunnel. Schilde aus dem Mittelalter, bedruckt mit den verschiedensten Wappen, hingen zu beiden Seiten an den Wänden und der Boden war mit einem roten Teppich überzogen, der hunderte Meter weit in die angrenzende Anhöhe des Waldes verlief. Tische und Stühle standen umher und viele altertümliche Waffen säumten den Weg. Sogar ein großes Sofa stand neben einem kleinen Bücherregal. Viele leuchtende Kerzen tauchten den Tunnel in ein angenehmes Licht. Dort konnten sie sich von den ganzen Strapazen etwas erholen. Der alte Zauberer widmete sich zunächst Sans Verletzungen und verabreichte ihm ein paar Tropfen, die seine Schwellungen schnell verschwinden ließen.

Ren, Gentian und Rasco schlüpften derweil wieder in ihr Erdreich, aus dem sie gekrochen waren, denn das Gewitter hatte sie nun erreicht und fegte nun über ihre Köpfe hinweg. Ihre Aufgabe bestand seit jeher, den alten Zauberer vor ungebetenen Gästen zu beschützen, was sie heute wieder einmal aufs Vortrefflichste unter Beweis gestellt hatten. Und der alte Zauberer war sich sicher, sein Zuhause in nächster Zeit wieder auf Vordermann zu bringen. Egal wie lange es dauern würde, aber mit den handwerklich geschickten, kleinwüchsigen *Faberianern*, die ihm noch einen Gefallen schuldig waren, ließe sich der Schaden auf alle Fälle wieder beheben. Zumindest redete er es sich ein.

Im Tunnel verloren sie jegliches Zeitgefühl, denn die Hitze hatte auch die wasserdichte Uhr Sans in Mitleidenschaft gezogen. Welch Ironie, dachte sich San. Im Leben hätte er nie geglaubt, dass seine wasserdichte Uhr einmal an einem Hitzekollaps zu Grunde ging. Trotzdem ließ er sie um sein Handgelenk angelegt, als Erinnerungsstück für die überstandenen Abenteuer.

Und so blieben sie die Nacht über im Stollen. Bert hatte dort in weiser Voraussicht ein paar Vorräte angelegt. Im Kerzenschein aßen sie geräucherten Schinken mit Krustenbort und tranken Bier. Auch Mina und Pitty nippten daran, bis sie eine leichte Beschwipstheit fühlten. San hatte nichts dagegen einzuwenden, doch er fragte sich, ob Zauberer nicht die Auslese von Weintrauben bevorzugten? Bert jedenfalls nicht. Er bestand nun mal auf Bier. Und zwar nur solches nach dem Reinheitsgebot, am liebsten bayerisches, denn die verstünden zu brauen und zu trinken.

Er erzählte ihnen, wie er vor seinem Zauberer-Dasein

im Dienste seines Königs, als Alchemist, nach Mesopotamien gereist war und dort bei Ägyptern das erste Bier der Menschheit genossen hatte – und prompt vom rechten Wege abgekommen war. Er habe aber aus seinen Fehlern gelernt, erzählte er, dem Bier jedoch trotzdem nie abgeschworen. Dafür schmecke es ihm einfach zu gut und in Maßen zu sich genommen, wäre es sogar gesund. „Aber manchmal...", sagte er, „... ist es auch einfach nur schön sich zu betrinken." und nahm einen kräftigen Schluck aus seinem Krug.

An diesem Abend erzählte jeder eine kleine Anekdote aus seinem Leben und es dauerte nicht lange bis sie alle fest eingeschlafen waren, enggekuschelt um eine kleine Kerze herum, die schon bald abgebrannt war.

In den frühen Morgenstunden des nächsten Tages, wachte der Zauberer etwas verkatert auf. Vibrationen durchzogen den Stollen und Erdbrocken fielen von der Decke herab. Die drei Eichen stampften auf der Erdoberfläche und kämpften um ihre Leben. Sie warnten den Zauberer vor einem Angriff. „Aufwachen!", rief Bert, der mit einem Licht an der Spitze seines Zauberstabs den völlig dunklen Tunnel erhellte. „Heute müssen wir uns wohl dem Kampf stellen." San und Pitty griffen verschlafen nach einigen Schwertern, die in Metallständern auf dem Boden steckten und beschafften sich Schilde, die an den Wänden hingen. Außerdem checkte San noch einmal seine Umhängetasche, in der die drei Kristalle, das Ankh, der *Spiegel der Berührung* und die Phiole wohl behütet verstaut waren. Noch hatten sie die Kristalle nicht im Ankh verankert. Sie lagen lose umher. „Vielleicht sollten wir jetzt das Tor zur Unterwelt öffnen.", schlug San vor. Doch der alte Zausel versicherte ihm, dass dies nur auf der Oberfläche ginge, wo Sonnenlicht auf die Kristalle einfallen müsste.

„Ich bewahre hier immer eine Truhe mit Kampfkleidung auf.", sagte der Zauberer und holte einen kleinen Schlüssel aus seiner eingenähten Tasche heraus, mit dem er sie aufschloss. Zum Vorschein kamen mittelalterliche Helme, Brustpanzer, Kettenhemden und Stiefel. „Außerdem hüte ich hier auch meinen Kampfzauberstab. Wie ihr sehen könnt, ist er um die Hälfte kleiner. Dadurch liegt er besser in der Hand. Seine Farbe ist zudem anders, als dieser hier in meinen Händen - schwarz. Zauberstäbe und -stöcke verfärben sich nach Art ihrer Anwendung. Schwarz bedeutet immer Tod. Viel Blut habe ich schon mit ihm im Namen des Guten vergossen. Eigentlich wollte ich ihn nie mehr benutzen. Aber für euch mache ich heute eine Ausnahme." Mina, Pitty und San zogen sich schützende Kleidung über ihre Körper, nur Bert und Rita blieben ausschließlich bei ihren magischen Hölzern.

Mina, die noch immer ihre schwarze Burka ohne Kopfbedeckung trug, stülpte sich, genauso wie Pitty, ein Kettenhemd über. San hingegen zog sich über seinem Kettenhemd noch einen Brustpanzer an. Cornie wollte sich klangheimlich aus der Affäre ziehen, als sich Bert ihm in den Weg stellte und mit hochgezogenen Augenbrauen meinte: „Hast du nicht noch eine Schuld zu begleichen?" „Aber selbstverfreilich!", äußerte sich der kleine *Fliet* und schnappte nach einem Dolch, der in seinen Händen zu einem Schwert avancierte, das allerdings recht gut darin lag. Gut ausgerüstet gingen sie bis zum Ende des Ganges, um im Schutze des Waldes erst einmal die Situation zu erfassen.

Doch bereits während des Marsches durch den Stollen legte Mina das Kettenhemd wieder ab. Es war ihr einfach zu schwer. Und auch San war die Kombination aus Kettenhemd und Brustpanzer, Schild und Schwert zu schwer. Doch er hielt es in Anbetracht der bevorstehenden Schlacht für sinnvoller, sie anzubehalten, biss seine Zähne zusammen und marschierte weiter. Als sie am Ende des Tunnels angelangt waren, stiegen sie eine Treppe empor und kippten unterirdisch einen Baumstumpf beiseite. Nun standen sie wieder an der Erdoberfläche.

Scharren von Götterboten umkreisten in der Ferne den Ort, der einst Berts Zuhause markierte. Und über allen schwebte Hermes, der viermal so groß war wie die übrigen und einem schon von Weitem eine Heidenangst einjagte. Er besaß mächtige Schwingen, die aus seinen Schultern ragten und die Spannweite moderner Jumbo-Jets erreichten. Überdies trug er einen Degen, einen Helm und Stiefel, die ebenfalls geflügelt waren und den berüchtigten Hermesstab bei sich.

Er und seine Schergen waren gerade dabei, die drei Eichen zu bekämpfen. Eine Gruppe von Hermeshelfern spannten lange Ketten und flogen eine der drei Eichen an, die sich aus der Distanz nicht richtig erkennen ließ. Sie wägte sich etwas abseits der anderen. Und schon drückten sie den Baum zu Boden und schlugen die Kettenenden mit Bolzen in die Erde. Jetzt erkannten sie ihren Freund - es war Gentian, der noch immer Axims Leiche in seiner Baumkrone trug. Dann fingen die Hermeshelfer an, mit ihren Äxten auf ihn einzudreschen. Die Rinde flog nur so davon und man konnte nur noch sein gequältes Schreien vernehmen. Ren, der

Aufzugbaum, war derweil mit einigen Hermeshelfern beschäftigt, die ihm immer wieder eine heiße Flüssigkeit über die Baumkrone gossen. Sein ganzes winden und schütteln nutzte ihm nicht viel und es dauerte nicht lange, da sah er sich auf der Erde liegen, auf dieselbe Weise umgeschubst wie Gentian. Die eingeschlagenen Bolzen der Ketten zurrten ihn am Boden fest. Nur Rasco leistete erbitterten Widerstand. Er schmiss Hermeshelfer, die er mit seinen mächtigen Ästen zu fassen bekam oder sich in seinen Zweigen verfangen hatten, auf andere, vorbeifliegende Hermeshelfer, die dann schmerzhaft kollidierten und ungebremst auf den Boden prallten. Das gefiel ihrem Herrn überhaupt nicht, der daraufhin seinen exorbitanten Degen zog und Rasco mit einem Male die Baumkrone durchbohrte, den Stamm entlang bis hinab zur Wurzel und ihn in der Mitte teilte. Langsam stürzten die zwei Hälften zu Boden. Rasco war Geschichte. Dann wendete sich Hermes Ren zu, der vergeblich gegen die Ketten ankämpfte.

„Jetzt habt ihr alles was ihr braucht, um in die Unterwelt zu gelangen! Verschwindet nun. Ich muss meinen Freunden helfen.", meinte der alte Spitzbart mit Tränen in den Augen, die schreckliche Szenerie betrachtend. Doch Mina dachte überhaupt nicht daran. „Wir kämpfen gemeinsam!", versicherte sie ihm, während sich die anderen kampfbereit gaben und in Stellung gingen. San übergab seiner Nichte die Umhängetasche mit den Worten, dass sie den Inhalt viel nötiger hätte, falls ihm etwas zustoßen sollte. Bert überlegte kurz, ob er seine Freunde nicht von der Idee eines Angriffs in der Unterzahl abhalten sollte. Wie in Zeitlupe betrachtete er seine Gefährten, die sich links und rechts neben ihn reihten, der Armee Hermes' gegenüberstehend. Doch schon schrie Pitty ungehalten, mit hochgehaltenem Schwert und Schild „Angriff!". Alle setzten sich brüllend in Gang und rannten plötzlich den kleinen Hügel hinunter und über die Wiese ins Kampfgetümmel. Bis auf den kleinen *Fliet*. Seine Knie schlotterten von Angst erfüllt und er blieb einfach unbemerkt im Dickicht zurück.

Hermes und seine Helfer hörten die Schreie ihrer aufkommenden Angreifer über die Lichtung am Waldrand. „Endlich ist die Kette mein!", freute er sich, als er auch Mina unter ihnen erspähte. Dutzende von Hermeshelfern flogen nun direkt die heranstürmende Gruppe an. Einige schossen mit Pfeilen auf sie, doch San und Pitty wehrten sie gekonnt mit ihren Schildern ab. Jetzt wurde die angriffslustige Gruppe von so vielen Hermeshelfern umkreist, dass sie sogar die aufgehende Sonne über ihren Köpfen verdunkelte. Wie die Geier umrundeten sie Mina, Pitty, Bert, Rita und San, die nun Rücken an Rücken standen, um sich von allen Seiten gegenseitig zu beschützen. Vereinzelt lösten sich immer wieder einige Boten aus den eigenen Reihen, um mit Speeren und dergleichen auf sie herabzustürzen, doch nur den Tod in Pittys und Sans Schwertern fanden. Bert wirbelte plötzlich mit seinem Zauberstab mächtig umher und erzeugte so einen Tornado, der die Boten über ihnen erfasste und in tausend Stücke zerfetzte.

Hermes, der anfangs nur stiller Beobachter war, mischte sich nun höchstpersönlich mit ein und flog die Gruppe zielsicher an. Rita schoss einen Feuerball nach dem anderen auf ihn, doch diese zerschellten an seinem Oberkörper, ohne ihn im Geringsten zu jucken. Jetzt nahm

Hermes seinen berüchtigten Stab und wirbelte ebenfalls so viel Wind auf, sodass ein Orkan entstand, der die Gruppe in allen Himmelsrichtungen über die Wiese purzeln ließ. Diese Gelegenheit nahmen seine übrigen Helfer war, die zu hunderten angerauscht kamen.

Bert fing sich als erstes wieder und schoss aus seinem Kampfzauberstab sogleich eine mächtige schwarze Hand, die mit der Spitze seines Stabs verbunden war und dessen Arm wie Kaugummi an ihr klebte. Die große schwarze Hand lenkte er, indem er seinen Zauberstab hin- und herbewegte. Mit diesem wirkungsvollen Zauber war er imstande, die erste Angriffswelle des Hermes vom Himmel auf den Boden zu klatschen, ähnlich wie bei der Benutzung einer Fliegenklatsche. Sowie sie dort verletzt am Boden herum lagen, holte er erneut aus und zermalmte sie wie Ungeziefer. Er hinterließ in der Wiese einige überdimensionale Handabdrücke, bei der die Erde erbebte.

Rita hingegen, ließ verbrannte Erde zurück, als sie wie im Akkord einen Feuerball nach dem anderen auf die *Gezeichneten* schleuderte und keinen einzigen verfehlte, so dicht gedrängt kamen sie angeflogen. Lichterloh brannten sie ab, erinnerten an vergangene Luftschlachten, wo die Piloten mit ihren Flugzeugen vom Himmel abschmierten. Doch es waren keine Kampfflugzeuge, sondern die Kampfeinheiten des Hermes, die da vom Firmament stürzten, Brandschweife hinter sich herzogen und hunderte Feuerfunken durch die Lüfte schleuderten, sobald ihre toten Körper hart auf das Erdreich schlugen.

Einzig Pitty, Mina und San kämpften an anderer Stelle vergeblich gegen die Horden an. Mit ihren Schwertern waren sie einfach zu träge. Schon bald gaben sie entkräftet auf, schmissen ihre Waffen weg und suchten Schutz bei dem Zauberer und der Hexe. Wie die Windhunde liefen sie über die Wiese, als San, der aufgrund seiner Ausrüstung einfach nicht schneller laufen konnte, von drei Hermeshelfern unter den Armen gepackt und davongeflogen wurde. „Flieg mit Mina davon! Ihr tragt die fliegenden Schuhe!", schrie San noch Pitty hinterher, bis er hinter den unzähligen Reihen der *Gezeichneten* verschwand.

Pitty nahm Sans Idee auf und sprang in die Lüfte, um seine geflügelten Schuhe zu aktivieren. Doch bedauerlicherweise hatte das Feuer in Berts Wohnräumen die Flügel dermaßen angesengt, dass sie ihren Dienst quittierten. Und im selben Moment, als Pitty das Problem realisierte, schnappten ihn ebenfalls die Hermesboten und flogen mit ihm in den Himmel empor, durch Fluten von Angreifern, die in den Lüften umherkreisten, wie Bienenschwärme.

Mina wollte, bevor sie einen Flugversuch wagte, nun unterm Laufen einen Blick auf ihre Schuhe werfen und zog zu diesem Zweck ihre Burka an den Knöcheln nach oben. Erst jetzt bekam sie in dem ganzen Tohuwabohu mit, dass ihre Schuhe gar keine Flügel mehr besaßen. Das heißt, vereinzelt steckte noch die ein oder andere Feder daran, aber insgesamt waren sie so fluguntauglich, wie ein gegrillter Gockel am Spieß. Als ihr bewusst wurde, dass es mit dem Davonfliegen nichts wurde, kam sie ins Trudeln und fiel auf den Wiesengrund. Sofort stürzten sich die Hermesboten auf sie, um auch sie in Gewahrsam zu nehmen. Doch mit einem luftzerreißenden Gebrüll, der die Vögel des Waldes in helle Aufruhr versetzte, gebot ihnen Hermes Einhalt. „Dieser

Mensch gehört mir ganz allein!", ließ er seine Gefolgschaft wissen und landete vor ihr. Die Erde unter ihr erbebte. Mina war wie gelähmt. Die Angst vor seiner Erscheinung war so groß, dass sogar ihr Fluchtverhalten unterdrückt wurde. Das Einzige, was sie ihm entgegenzusetzen hatte, war ihr panischer Blick und die schlotternden Knie. So gern sie auch weggerannt wäre – und bei Gott, das wäre sie - sie konnte es nicht.

Als Hermes sich über sie beugte, zog er an ihrer Kette, die sich aber nicht abnehmen ließ. Auch er war nicht dazu fähig. Er wurde immer wütender und schüttelte Mina, bei dem Versuch die Kette an sich zu bringen, heftig durch. Plötzlich schoss Cornie wagemutig, scheinbar aus dem Nichts, daher und rammte ihm seinen Dolch mit voller Wucht in die Hand. Hermes war von dem Schmerz so überwältigt, dass er Mina losließ und seine Hand zurückschreckte. „Lauf in den Wald!", riet ihr Cornie, was sie aber aus unerfindlichen Gründen nicht beherzigte, außer der *Fliet* selbst.

Rita hatte derweil diejenigen Hermesboten am Horizont ausgemacht, die gerade dabei waren, Pitty und San zu verschleppen. Sie schoss unentwegt ihren Eiszauber auf sie, bis sie sie traf und ihre Flügel zu Eisklumpen erstarrten. Diesen Moment nutzten Pitty und San, um sich aus der festen Umklammerung ihrer Kidnapper zu befreien. Aber nun drohten auch sie in den Tod zu stürzen. Doch Bert war schon zur Stelle und fing seine Freunde sanft mit der magischen Hand auf und holte sie zu sich und der weißen Hexe. Dann entfachten Rita und Bert einen riesigen Feuerwirbel, indem sie Berts Windzauber und Ritas Feuerzauber überkreuzten. Der Feuerwirbel war so enorm, dass selbst Hermes floh, um rettenden Abstand zu gewinnen. Bert und Ritas Kräfte verwandelten alle Hermesboten, die in die Reichweite ihrer magischen Kräfte kamen, zu Staub. Ihr Zauber war so heiß, dass nichts mehr von ihnen übrig blieb, was auf die Erde niederprasseln konnte. Die kolossale Feuerwand hielt sogar ihren Anführer von der weiteren Verfolgung Minas ab. Zumindest für einige Momente.

Denn Hermes, einzig vom Gedanken getrieben, die Kette zu beschaffen um seine Ehre wieder herzustellen, entschloss sich, der Feuerwand Schritt für Schritt entgegen zu treten, bis er knapp vor ihr stand. Auf der anderen Seite, im Schutze des Zaubers, befand sich Mina, noch immer unter Schock. Cornie schrie sie wieder und wieder an, in den Wald zu flüchten, aber sie reagierte nicht. Trotz der Flammenwand bewegte sich Hermes immer weiter auf sie zu. Sein Kopf fing durch die Hitze bereits Feuer und seine Haut löste sich bald im ganzen Gesicht ab. Stück für Stück. An manchen Stellen reichten seine Verletzungen so tief, dass man dem darunterliegenden Fleisch förmlich beim Verbrennen zusehen konnte. Doch selbst die Schmerzen hielten ihn nicht auf oder schreckten ihn zurück. Die jahrtausendelange Suche nach der Kette sollte für ihn hier und heute enden. Bald stand er ihr von Angesicht zu Angesicht gegenüber. Nur die schmale Feuerwand trennte sie voneinander. „Die Kette gehört mir!", schrie er wütend, weil er seinem Körper wohl doch zu viel zugemutet hatte und er die Feuerwand doch nicht durchschreiten konnte.

Der Zauberer und die Hexe wussten, dass sie die vereinten Kräfte nicht mehr lange aufrecht erhalten konnten. Zu anstrengend wurde ihr Kombinationszauber, mit jeder

Sekunde die verstrich. „Lauf Mina! Lauf!", schrien sie in weiser Voraussicht, während ihre Kräfte nachließen und die Feuerwand schon zu schwächeln anfing. Erst jetzt sprintete Mina wie in ihrem Leben noch nicht und erreichte kurz darauf den Rand des Waldes. Auf einmal spürte sie eine wuchtige und schmerzvolle Hitze im Nacken, die von Berts und Ritas Feuerwirbel herrührte, der sich ein letztes Mal mit voller Energie vor Hermes aufbäumte und sich noch immer wie eine Wand zwischen ihr, ihnen und Hermes auftat. Diese Feuersbrunst war zu einem undurchdringlichen Monument herangewachsen, das ihr die nötige Zeit verschaffte, um endlich die drei Kristalle in die vorgesehenen Kerben zu drücken. Leider musste sie feststellen, dass die Kerben des Ankhs nicht die Formen der Kristalle aufwiesen. Sie waren alle oval. Der rote Kristall aber hatte die Form eines Herzens, während der gelbe die Form einer Fackel aufwies. Nur einzig der schwarze Kristall verfügte über dieselbe ovale Form, wie die Kerbe in der Mitte, die ebenfalls wie dieser Kristall, zweimal so groß war wie die übrigen beiden. Da er der Einzige war, der zu passen schien, drückte sie zuerst den schwarzen Kristall in die Kerbe. Und er passte! Als der Kaabastein eingefasst war, verwandelten sich die übrigen Kerben links und rechts auf wundersame Weise in die jeweiligen Formen der beiden anderen Kristalle. Links des Ankhs, also auch da wo beim Menschen von sich ausgesehen das Herz schlug, bildete sich die Herzform. Rechts, in der auch die Freiheitsstatue die Flamme trug, die Fackelform. Schnell fasste sie beide Kristalle ein und mit einem Mal leuchtete das gesamte Ankh auf, glitt ihr aus den Händen und schwebte vor ihren Augen in der Luft. Zuerst schoss ein schwarzer Lichtstrahl aus dem Kaabastein, der die Umrisse eines mächtigen, würfelförmigen ägyptischen Tores in die Luft zeichnete, das aus zwei Säulen und einem Querbalken bestand. Als die Konturen des Tores fertig gezeichnet waren, entfaltete sich das rote Licht des Herzkristalls, das einen roten Teppich und absteigende Treppen hineinzeichnete. Zuletzt pflügte sich das gelbe Licht des Fackelkristalls durch die Dunkelheit des Tores, das die Fackeln an den Wänden entzündete und den Weg in die Unterwelt ausleuchtete. Und so schimmerte das Portal zur Unterwelt in allen Kristallfarben, bereit, betreten zu werden.

In diesem Moment erinnerte sie sich an alle Hinweise zu den Kristallen. Der schwarze Kristall, der für die Liebe zum Glauben stand, symbolisierte das quadratförmige Gebäude, die Kaaba, das zentrale Heiligtum der Moslems, das von der Form genauso aussah, wie auch das projizierte Tor. Die Liebe zum Glauben eröffnete ihr somit erst den Weg in eine andere Welt.

Der Herzkristall symbolisierte die Nächstenliebe, das höchste Gebot des Christentums und zentrale Thema von Jesus. Der Herzkristall projizierte die Treppen, die in die Unterwelt führten und schmückte den Weg mit einem roten Teppich aus. Ihr kamen zwei Sätze in den Sinn, die auf dem Schild des Tempelritters in den Katakomben der brasilianischen Nationalbibliothek standen. *„Er zeigt uns den richtigen Weg und wenn wir seinem Herzen folgen, sind wir alle erlöst. Der Tod ist nicht das Ende, denn er führt uns in die Unsterblichkeit."*

Zuletzt der Fackelkristall, der symbolisch für die Liebe zur Freiheit stand und der den Weg in die Unterwelt ausleuchtete. „Freiheit erleuchte!", dachte sie sich. Alles ergab somit noch einen weiteren Sinn.

Mina blickte sich noch einmal zu ihren Gefährten um, die sich langsam und rückwärts bewegend, unter dem Schutze des Feuerwirbels, über die Wiese auf sie zu krochen, während Hermes und seine mittlerweile neu dazugekommenen Helfer vergeblich versuchten, die Feuerwand zu durchbrechen oder zumindest zu umgehen. „Beeilt euch!", rief sie ihnen zu, denn der Feuerkegel begann nun endgültig zu verschwinden. Zudem hatte sie keine Ahnung, wie lange sich das Portal in die Unterwelt geöffnet hielt.

Als nur noch wenige Meter zum Portal blieben, verschwand der Feuerzauber vollständig. Rita hatte keine Kraft mehr, ihn aufrecht zu erhalten. Sofort stürzten sich aberhunderte Hermeshelfer vom Himmel, die nur auf die passende Gelegenheit gewartet hatten, endlich zuschlagen zu können.

Alle liefen nun, so schnell es ihre Umstände erlaubten, dem Tor zur Unterwelt entgegen, zwischen dessen Säulen Mina bereits ungeduldig auf sie wartete und aufgeregt den Vorkommnissen zusah. San, der mittlerweile seine komplette Ausrüstung zurückgelassen hatte und Pitty sprinteten so schnell, dass sie bereits nach wenigen Sekunden eine beträchtliche Distanz zu Bert und Rita aufbauten. Der Zauberer und die Hexe waren eben auch nicht mehr die Jüngsten, was sich, wie es für ältere Herrschaften üblich war, auf die Flinkheit auswirkte. Dazu gesellten sich zudem die Erschöpfungserscheinungen, die sie der Vereinigung ihrer Zauberkünste zu verdanken hatten.

Der Abstand zu den beiden wuchs, als Pitty plötzlich auf halber Strecke kehrtmachte, um dem Zauberer und der Hexe unter die Arme zu greifen. San hingegen lief unbeirrt weiter. Er hatte nur noch seine Nichte im Sinn, als auch noch Hermes unnötigerweise das gestohlene Auto, das am Ende der Sackgasse geparkt war, mit einem Ruck über ihre Köpfe hinwegschleuderte, mit der Absicht, den Weg zur Unterwelt zu versperren. Wenn er dabei San oder Mina zerquetschte, war ihm das auch recht. Zerbeult prallte es am Toreingang ab und verfehlte Minas Onkel nur knapp, der sich in letzter Sekunde mit einem Hecht nach vorne durch das Tor retten konnte und dabei Mina auf den roten Teppich warf. Bert, Rita und Pitty waren nun von ihnen abgeschnitten. Der alte Zausel schrie ihnen hinterher: „Lauft. Lauft wie die Windhunde. Wir halten sie solange auf!" Aber wen wollte der Zauberer damit beruhigen? Mina jedenfalls nicht.

Bert hielt Wort. Er stellte sich, gemeinsam mit Rita und dem gefallenen Engel, den aberhundert, anrückenden Kämpfern des Hermes entgegen. Mina und San konnten nur noch ihr tosendes Kampfgebrüll vernehmen, einen Feuerblitz am Himmel zucken und die mächtige schwarze Hand des Zauberers durch die Lüfte schlagen sehen. Mina wollte gerade noch einmal umkehren, wollte das Autowrack mit vereinten Kräften umstoßen, um ihnen dieselbe Fluchtmöglichkeit zu verschaffen. Doch ihr Onkel blieb stur, packte sie am Arm und guckte ihr tief in die Augen. „Wir können ihnen nicht mehr helfen!"

-Kapitel 40-

Die Unterwelt – im Reich Osiris'

Wie in Trance lief Mina an Sans Händen die abfallenden Stufen herunter. Tobende Kampfgeräusche drangen die Treppen herab. Sie vernahmen undeutliche Rufe des alten Zauberers und Mina drehte sich immer wieder um, in der Hoffnung sie würden doch noch dazustoßen. Stattdessen sah sie Lichtblitze an den Wänden vorbeihuschen, bis die Treppen ihr Ende fanden und mit ihnen der Lärm des Gefechts. Einen Moment hielt Mina inne und weigerte sich weiterzulaufen. Sie wusste nicht, ob der Lärm nur aufhörte, weil sie sich schon so weit in der Unterwelt befanden oder ob die drei den Kampf nun endgültig verloren hatten. Die schlimmsten Szenarien durchfuhren ihren Kopf. „Wir müssen weiter!", drängte ihr Onkel.

Ein langer, von Fackeln gut ausgeleuchteter Gang, offenbarte sich ihnen am Fuße der Stufen. Die Wände waren mit allerlei Hieroglyphen verziert. Sie liefen immer weiter den Flur entlang, der sich endlos zog und einfach kein Ende finden wollte. Irgendwann rannten sie nicht mehr, stattdessen joggten sie. Aus dem Joggen wurde ein schnelles Gehen, das bald einem langsamen Trotten wich, bis sie völlig atemlos hielten. San lehnte sich für ein kurzes Päuschen mit dem Rücken an eine der Wände, als diese sich plötzlich verschob, ihren Onkel verschluckte und sich sogleich wieder verschloss. Mina, die das Auslösen der Falle nur am Rande mitbekam, hämmerte nun fassungslos mit ihren Fäusten gegen die

Wände, bis ihr die Hände schmerzten. „San, wo bist du? Hörst du mich? Sag geht es dir gut?", rief sie mit den Lippen gegen das eiskalte Gemäuer gepresst. Dann wandte sie ihr Ohr der Mauer zu und lauschte – von ihrem Onkel keine Spur. Mit einem Mal durchdrang ein heftiger Windstoß, der vom Eingang des Portals hineinzuströmen schien, den Gang und erlosch eine Fackel nach der anderen. „Das kann kein gutes Omen sein.", dachte sie sich und lief sofort los, während es hinter ihrem Rücken immer dunkler wurde. Lautes Gekreische dröhnte vom Eingang bis zu ihr hervor. Aber sie durfte sich jetzt nicht umdrehen, denn sonst würde sie die Dunkelheit einholen. Doch jeder Schritt nahm ihr die Kraft, einen weiteren zu tun und die Verdunklung des Raumes zog schon bald mit ihrem Schritt gleich, bis sie schließlich ganz von ihr eingeholt wurde.

Jetzt steckte sie fest. Alleine und verlassen – lichtlos. Ihre Augen versuchten irgendetwas anzuvisieren, irgendetwas, das sie ihren Weg fortsetzen ließ. Doch sie war blind. „Ein Königreich für eine Taschenlampe", dachte sie sich, beging jedoch nicht den Fehler, sich eine herbei zu wünschen. Also fasste sie den Mut, sich langsam in die schwarze Ungewissheit fortzubewegen, die Hände über die Wände tastend. Nach einiger Zeit sah sie unverhofft einen kleinen Lichtschimmer am Ende des Korridors, auf den sie sich zubewegte. Was würde sie dort wohl erwarten, dachte sie sich. Aber da sie nicht umkehren konnte, Hermes und seine Schergen würden sie sonst in die Finger bekommen, setzte sie in den seichten Flammenschein ihr letztes bisschen Hoffnung. Je näher sie dem Licht kam, desto enger wurde der Flur und schon bald musste sie auf allen vieren weitergehen.

Die letzten Meter musste sie sogar kriechen, so eng war der Gang geworden. Panisch blickte sie sich immer wieder um. Die Vorstellung in dieser Position am Bein gepackt zu werden und in die Dunkelheit gezogen zu werden, ließ sie erschaudern. Aber sie gab sich kämpferisch, schlängelte sich weiter, bis sie eine kleine Kammer erreichte und kopfüber hinein plumpste.

Vorsichtig wagte sie die ersten Schritte in dem winzigen Raum. Eine Sackgasse, wie sich mit einem Blick herausstellte. Die Wände zierte ein prächtiges Bild. Irgendwo hatte sie es schon mal gesehen, war sie sich sicher. Aber wo? Darauf zu sehen waren sieben Gestalten in dunkelroten Roben. Für Mina erschien das alles wie ein Déjà-vu. Und schon kam ihr der Traum in den Sinn, den sie in ihrem Schlaf durchlebte, bevor sie zu Onkel San gefahren wurde.

Es schien kein Traum gewesen zu sein, sondern vielmehr eine Vision, die sich gerade auf schaurige Art verwirklichte. Denn in ihrem Traum, erinnerte sie sich, war ihr Onkel an einem Rad gefesselt und sie wusste nicht, wie sie ihn retten konnte. Sie wusste auch nicht, wie die Vision zu Ende ging, da sie, kurz nachdem Osiris seinen Speer auf San geworfen hatte, von ihrer Mutter geweckt wurde. Ein mulmiges Gefühl überkam sie und ihre Nackenhärchen stellten sich auf, als ein sehr lautes Gekreische den Korridor bis zu ihren Ohren durchwanderte und sie sich vor Schmerzen krümmte.

Plötzlich machte sich einer der Gestalten auf dem Bild bemerkbar. „Sie kommen um dich zu holen!" Mina erschrak sich fürchterlich, obwohl sie einen gefassteren Eindruck hätte machen können, da es genauso in ihrer Vision geschehen war.

Sie nahm die Fackel aus der Halterung und wollte gerade wieder in den Tunnel kriechen, als sich im selben Moment der Boden unter ihren Füßen öffnete. Sie rutschte eine Zeit lang hinab, bis sie nach ein paar Meter freiem Fall, inmitten einer Steinbrücke landete. Dieser Ort kam Mina sehr bekannt vor. Die Brücke stand auf mehreren Pfeilern im Zentrum eines brühend heißen Magmastroms. Die Luft war so heiß, dass sie kaum atmen konnte. Mächtige Stalaktiten hingen von den Wänden der riesigen Höhle und deren Brüder, die Stalagmiten, ragten aus dem Boden heraus. Fast sahen sie aus wie mächtige Zähne, die nur darauf warteten, sie zu zermalmen.

Zunächst bewegte sich Mina keinen Millimeter, zu groß war ihre Aufregung. Denn in ihrer Vision stand Anubis, wie sie von ihrem Onkel wusste, ein Mensch mit Hundekopf hinter ihr, auf der anderen Seite des Überwegs, der die Brücke zum Einsturz brachte. Zumindest passierte es genauso in ihrer Vision. Also blickte sie sich gar nicht erst zu dem Wesen um. Sie wusste, dass sie nur ein schneller Sprint ans andere Ende der Brücke vor dem Einsturz in die Magmamassen bewahren konnte. Die Strecke war zu bewältigen, trichterte sie sich ein, obwohl sie im Laufen noch nie eine gute Figur gemacht hatte. Zumindest was den Sportunterricht anging. Außerdem schmerzten ihre Füße vom langen Durchwandern des Korridors.

Sie schloss ihre Augen, atmete tief ein und rannte los. Nach einigen Schritten spürte sie jedoch, dass die Brücke nicht einzustürzen drohte. Dieses Ereignis hätte die Brücke nämlich ziemlich instabil gemacht. Geröll wäre krachend in das glühend heiße Magma gestürzt und hätte es überall durch den Raum geschleudert. Doch genau das blieb aus. Von der Neugier gepackt, blickte sie sich, alle Warnsignale ihres Nervenkostüms ignorierend, nun doch um. Im selben Moment stand das Wesen direkt vor ihrer Nase. Mina erstarrte. „Anubis.", flüsterte sie erschrocken. Das Wesen holte mit seinem sichelförmigen, goldenen Stab aus und zog ihr wortlos die Kette vom Hals. Ihren Kopf ließ er unversehrt. Mina konnte es gar nicht so recht glauben. Endlich war sie die Kette los. All die Zeit konnte sie die Kette nicht ansatzweise verrücken und jetzt nahm ihr dieses Hundewesen auf so unspektakuläre Weise ihr ganz persönliches Kreuz ab, das sie seit dem Anlegen so schwer ertragen musste.

„Heute werden keine Köpfe rollen.", versicherte ihr das Wesen. „Ich werde dich meinem Vater vorführen und dir helfen, hier in einem Stück wieder heraus zu kommen, nachdem ich ihn mit diesem Amulett, das seinen Herzenswunsch trägt, besänftigt habe. Warte hier auf mich!" Mina war über seine Hilfsbereitschaft verwundert und erstaunt zugleich. „Aber warum?", stotterte sie. „Du hast ein mutiges Herz, sonst stündest du nicht hier. Außerdem ist dir mein Vater eigentlich zu Dank verpflichtet. Darum sollte ich dich besser beschützen.", lächelte er und war im Begriff zu verschwinden. „Warte doch!", erwiderte Mina. „Sag, warum sollte mir Osiris dankbar sein? Er hat mich doch die ganze Zeit versucht, zu töten." Anubis klärte sie nun endgültig über die Wichtigkeit dieser Kette auf. „Diese Kette symbolisiert nicht nur die Liebesgeschichte zwischen meinem Vater und Aphrodite, sondern auch…"

Doch im nächsten Moment purzelten Seth und Hermes, der sich auf Menschengröße geschrumpft hatte, um den schmalen Korridor zu durchwandern, die Rutsche hinunter und landeten ebenfalls auf der Brücke. Sofort erkannte Hermes, was das Hundewesen um seinen goldenen Stab trug. „Anubis! Gib mir die Kette! Ich habe den Auftrag von Osiris höchstpersönlich, sie an Aphrodite zu überbringen!", schrie Hermes, rasend vor Wut. „Beruhige dich Hermes. Das weiß ich alles. Aber zum einen hättest du sie durch den Fluch meines Vaters niemals von dem Mädchen abbekommen - nur er und ich sind hierzu in der Lage - und zum anderen ist der Auftrag meines Vaters hinfällig. Er hat dir die Ehre als Götterbote entzogen, als du sie vor abertausenden Jahren verloren hast. Und nur er kann sie wiederherstellen. Es tut mir leid, aber ich muss sie meinem Vater zuerst aushändigen!"

Hermes war rastlos. Er flog auf und ab, überlegte welchen Schritt er als nächstes wagen konnte. Wie von Sinnen griff er kurzerhand Anubis mit seinem Helfer Seth an, während Mina die Situation ausnutzte, sich heimlich von der Brücke stahl und den einzigen Weg einschlug, der ihr gewährt war. Sie zwängte sich durch einen schmalen Höhlendurchgang. An den Wänden klebte überall Blut. Es sah so aus, als wurde hier jemand unwillentlich durchgeschleift. Angewidert ging sie weiter, als sie plötzlich die Hilferufe ihres Onkels vernahm. Die Vision schien sich zu erfüllen.

Außer Atem kam Mina im Thronsaal des Herrn der Unterwelt an. Osiris saß geduldig auf seinem Thron und streichelte sein Schattenraubtier *Inam*, das schnaubend neben ihm saß. Mina spürte überall seine Autorität im Saal. San hing blutverschmiert in Hand- und Fußfesseln an einer

Scheibe gekettet, die sich langsam im Uhrzeigersinn bewegte. Eine beachtliche Lache des roten Lebenssafts hatte sich bereits darunter angesammelt. „Onkel!", rief Mina voller Mitleid. Doch als sie zu ihm hinüberlaufen wollte, unterbrach sie der König der Toten. „Gib mir meine Kette zurück!", befahl er ihr. „Bevor ich deinen Onkel töte und mein Schmusekätzchen auf dich hetze!" Das Schattenraubtier fletschte bedrohlich seine Zähne und schwarzer Schleim tropfte ihm aus dem Maul. Es war kaum mehr zu bändigen.

„Ich besitze sie nicht mehr!", erklärte Mina. „Dein Sohn hat sie mir abgenommen." Osiris wurde sarkastisch. „Und wo ist nun mein Sohn Anubis? Du hättest ihn auf keinen Fall überlebt!" Mina wollte ihm gerade erklären, was auf der Brücke vor sich ging, als Osiris ihr bei der ersten Andeutung eines ungebetenen Satzes forsch ins Wort fiel: „Schweig Lügnerin! Du hast schon lange genug meine Geduld auf die Probe gestellt. Zeit dich dafür zu bestrafen!"

Osiris hob einen Speer aus einer Halterung neben seinem Thron und schleuderte ihn auf San. Reaktionsschnell griff Mina in die Tasche ihres Onkels, die sie noch immer um sich trug und hielt den vorbeifliegenden Speer kurz vor Sans Körper ab. Osiris staunte nicht schlecht, während sie den Speer durch den *Spiegel der Berührung* zog und ihn neben sich stellte. Mina freute sich wahnsinnig über die Rettung ihres Onkels. So als wäre ihr Albtraum geendet. Fast euphorisch versuchte sie nun beim Herrn der Unterwelt Gehör zu finden. „Osiris du musst mir zuhören!", rief sie. Doch seine Wut, die sich augenscheinlich auch auf sein Schattenraubtier auswirkte und es um das Vierfache anschwellen ließ, stieg gerade ins Bodenlose.

Lautes Rascheln erklang. Ketten klapperten über den Boden. Immer wieder drückte sich *Inam* gegen die massiven Ketten aus Stahl und das Klappern der vielen Ösen, die sich in einem Moment spannten, im nächsten wieder entspannten und über den Boden schleiften, wurde immer unerträglicher. Ohne weitere Vorwarnung ließ er mit einer kleinen Handbewegung sein Schattenraubtier von der Kette, das nichts mehr aufzuhalten schien. Mit zwei, drei großen Sätzen überwältigte die todbringende Kreatur die weite Distanz zu Mina, die er mit seinem mächtigen Körper zu Boden schmiss. Es schnappte mit seinem riesigen Maul nach ihr. Nur wenige Millimeter trennte Mina vorm Zerfleischt-Werden. Sie stemmte ihre Füße mit voller Kraft gegen seinen Hals. Schnappend und keifend drückte sich das Biest immer näher an ihren Kopf heran. Mehrmals versuchte sie Osiris` Speer in die Finger zu bekommen, der nur wenige Zentimeter zu ihrer rechten Seite lag. Doch immer wieder griff sie daneben oder verfehlte ihn nur ganz knapp mit den Fingerspitzen. Da tauchte sie erneut ihren Arm in den *Spiegel der Berührung*, der glücklicherweise gleich links neben ihr lag und schnappte sich den Speer. Aber der war zu lang, als dass sie ihn von ihrer Lage aus effizient hätte einsetzen können. Also nahm sie ihn quer und stopfte dem Biest damit das Maul. *Inam* hob daraufhin seinen Kopf und schüttelte den goldenen Speer hin und her, Mina daran hängend, bis sie den Halt verlor und hart gegen eine Felswand schleuderte. Das Schattenraubtier zerbiss den Speer scheinbar ohne große Mühe in der Mitte durch und spuckte die Teile vor Minas Füße.

Mina gruschte panisch in der Umhängetasche herum. Sie suchte nach der Phiole, die beim Sturz gegen die

Felswand jedoch zerbrochen wurde. Mit ihren Fingern konnte sie nur ein paar Scherben und das nasse, in den Stoff sickernde, Elixier ertasten. Osiris erkannte die Todesangst in ihren Augen und lachte diabolisch. „Nun ist deine Zeit gekommen!", versicherte er ihr. „Aber keine Sorge. Du stirbst heute nicht allein. Dein Onkel wird dir bald folgen!"

„Nein!" schrie Mina, solange ihr Atemzug anhielt. Doch *Inam* bohrte sich mit seinen scharfen Krallen in den harten Stein und setzte zum finalen Sprung an. Wie in Zeitlupe vergingen die letzten Sekunden für Mina. Sie streckte ihre Finger gegen die heranspringende Bestie, die ihren Schlund weiter denn je aufgerissen hatte. Doch im selben Moment, als es Minas Finger streifte, die mit dem Rest des wenigen Elixiers in Berührung gekommen waren, verschwand *Inam* in die Zwischenwelt *Musima*. Osiris traute seinen toten Augen nicht. „Wie ist das möglich?", rief er verblüfft und erhob sich nun von seinem Thron, um die Angelegenheit selbst in die Hand zu nehmen. „Ich habe dich wohl unterschätzt. Aber das Spiel endet hier und jetzt!"

Mina war vom Aufprall sehr mitgenommen. Sie taumelte beim Versuch aufzustehen und sackte jedes Mal kläglich zusammen. Osiris trat immer näher an sie heran. „Du kannst mir nicht entkommen!" Als er vor ihr stand, zog er sein mächtiges Schwert. „Das ist dein Ende!", sprach er und holte aus. Mit letzter Kraft riss Mina ihre Burka auf und schrie ihn voller Verzweiflung an: „Sieh doch! Ich trage deine Kette nicht mehr!"

Osiris verstummte. Sie hatte ihn nicht angelogen. Der Fluch der Kette war durch seinen Sohn Anubis gebannt worden. Bestürzt sah er ihr in die Augen. „Aber, wenn du nicht mehr die Kette trägst, was ist dann mit meinem Sohn geschehen?" Mina drückte sein Schwert mit ihrem Zeigefinger weg, das kurz vor ihrer Nase zum Stillstand kam. „Genau das wollte ich dir ja von Anfang an erklären. Hermes ist mir in die Unterwelt gefolgt und hat deinen Sohn auf der steinernen Brücke angegriffen." Osiris ballte seine Hand zur Faust und schlug wütend gegen die Felswand, wobei sich ein großer Gesteinsbrocken löste und krachend am Boden zerschmetterte. „Dieser verdammte Hermes!"

Sofort rannte der Herr der Unterwelt den schmalen Korridor in Richtung Brücke entlang. Mina hingegen schnappte sich zuerst den *Spiegel der Berührung*, bevor sie zu ihrem Onkel ging, der noch immer bewusstlos an der rotierenden Scheibe hing. Mit Hilfe des Spiegels, durchdrang sie die Metallketten und löste die Stifte, die sie zusammenhielten. Er war befreit. Mina legte San vorsichtig ab. „Ich komme gleich wieder!", flüsterte sie in sein Ohr und gab ihm einen Kuss auf die Stirn. Dann rannte auch sie zur Brücke zurück.

Als sie den schmalen Korridor hinter sich gelassen hatte, sah sie Osiris auf Knien, seinen Sohn Anubis in den Armen haltend, dessen Kopf reglos herunter baumelte. Er musste schwer verletzt sein, dachte sich Mina. An das andere wollte sie keinen Gedanken verschwenden, denn Anubis war ihr Freund. Er hatte ihr Leben verschont. Osiris weinte. Er musste seinen Sohn wirklich sehr lieben. Hermes und Seth flogen ein paar Meter über der Brücke und betrachteten Osiris` Trauer. „Ich wollte nicht, dass es soweit kommt! Ich war so besessen von dieser Kette und der Wiederherstellung meiner Ehre als Götterbote.", rief ihm Hermes zu. „Es tut mir so unsagbar leid." Nachdem Hermes die Auswirkungen seines von Hass zerfressenen Handelns mit eigenen Augen sah, war seine Besessenheit wie weggeblasen. „Was habe ich nur getan?", stöhnte er. Langsam flog er zu Osiris hinab, sein Haupt gesenkt, in völliger Demut. Selbst Mina hatte keine Zweifel an der Ehrlichkeit seines Bedauerns. In Gedanken legte sie bereits das Kriegsbeil ab. Doch wie würde Osiris reagieren? Konnten sie sich jetzt überhaupt noch miteinander versöhnen, nach allem was zwischen ihnen vorgefallen war?

Langsam verschwand Anubis' Körper im *Limbus des Nichts*, wo tote oder vergessene Götter hinwandern, wenn ihre Zeit gekommen war. Geschockt von dem Ereignis, dämmerte es auch Mina, dass Osiris' Sohn Anubis nun endgültig den Tod gefunden hatte und selbst sein Vater, der Gott der Wiedergeburt, ihn nicht retten konnte. „Dafür wirst du büßen!", rief der Herr der Unterwelt und erhob seinen Stab gegen Hermes.

Doch im selben Augenblick wurde Hermes durch die Klinge des Seth durchbohrt, der dicht hinter ihm geflogen war. Gewaltsam und mit kaltem Blick riss er seinem Herrn die Kette aus der Hand. Hermes drehte seinen Kopf zu Seth. „Warum?", fragte er ihn mit seinem letzten Atemzug. Aber Seth zog nur teuflisch grinsend sein Schwert aus dessen Körper und ließ ihn in die glühenden Magmamassen stürzen. Sein Körper fing während des Herabfallens Feuer und der heiße Strom trieb ihn noch einige Meter flussabwärts, bis er ganz im Flammenmeer unterging.

„Ich besitze nun die Kette der Macht! Stirb!", rief Seth überheblich und streifte sich das Collier über den Hals. Mit dem Tragen der Kette umgab ihn sogleich eine mächtige

Aura. „Was für eine ungeheure Kraft ich durch meinen Körper fließen spüre!", schrie er und schoss sofort einen gewaltigen Energieblitz aus seinem Schwert. Der traf Osiris so schwer, dass er von der Wucht weggeschleudert wurde und bewusstlos auf die Brücke knallte. Sein Körper fing an zu flackern, als ob er sich noch nicht entschieden hätte, seinem Sohn in den *Limbus* zu folgen oder in dieser Welt auszuharren. Mina, die das Ganze aus sicherer Entfernung beobachtet hatte, war klar - einen weiteren Strahl würde er nicht überleben.

Seth`s Klinge lud sich abermals elektrisch auf. Wie Schlangen tänzelten die Elektrostrahlen an der Spitze und knisterten fürchterlich. Die grässlichen Geräusche ließen Mina erschaudern, was daran lag, dass sie unweigerlich an den *Moloch* erinnert wurde. Trotz ihrer Angst lief sie ohne zu zögern zu Osiris hinüber, um sich schützend über ihn zu werfen, als sie plötzlich einen unsagbaren Schmerz spürte. Seth`s Energiestrahl hatte sie getroffen. Zitternd fiel sie auf Osiris` Körper und hörte auf zu atmen. Mina war tot.

„Zwei Götter und ein widerwärtiges Mädchen. Eine gute Bilanz für den heutigen Tag.", freute sich Seth über sein vollbrachtes Werk. Gerade wollte er über den Abhang davonfliegen, durch den er auf die Brücke gepurzelt war, als plötzlich Pitty eben diesen Abhang herunterpolterte, Seth bei seinem Sturz zurück auf die Brücke riss und dabei unliebsam auf ihm landete. Bei den Überschlägen, die Pitty und Seth in der Luft machten, löste sich die Kette vom Hals, flog über den Rand der Brücke und drohte in die Ströme des Magmas zu stürzen. Pitty war von dem Sturz noch etwas benommen, aber er fragte sich natürlich, was die Kette um Seth`s Hals verloren hatte. „Runter von mir!", brüllte Seth, nach dem Schmuckstück tastend. „Wo ist die Kette?"

Pitty sah das Amulett in kurzer Distanz auf dem steinigen Boden der Brücke liegen. Es lag genau am Rand und nur wenige Zentimeter trennte es vom Herabstürzen in die heißen Gluten. Die goldene Kette, an dem das Amulett festgemacht war, baumelte bereits über der Kante und zog es Millimeter für Millimeter hinter sich nach. Dahinter lag Mina, tot auf Osiris Körper, der noch immer reglos da lag und dessen Körper noch immer zwischen dieser und der nächsten Welt schwankte.

Pitty bemerkte Minas toten Körper auf dem flackerenden Herrn der Unterwelt. Tränen schossen ihm in die Augen. Ein Gefühl der Traurigkeit überkam ihn, Gefühle, die er noch nie zuvor gespürt hatte. Jetzt als Mensch konnte er sie fühlen, aber er wusste nicht, wie er damit umgehen sollte. Diesen Moment der Unachtsamkeit nutzte Seth, um ihn von seinem Körper zu schubsen. Der Fiesling stand auf und lief sofort auf das Amulett zu, das mittlerweile schon mit der Spitze die Kante zum Abgrund überragte.

Kurz bevor er jedoch die Kette wieder erlangte, schnappte Pitty, der sich instinktiv an seine Fersen geheftet hatte, nach seinen Beinen und stürzte ihn ein weiteres Mal zu Boden. Seth trat ihn daraufhin wieder und wieder ins Gesicht, bis Pitty schließlich blutüberströmt seine Umklammerung löste und am Boden zurückblieb. Seth wollte sich gerade wieder aufraffen, als urplötzlich Osiris, unvorhergesehen mit der Kette in der Hand, vor ihm stand. Sein Flackern war verschwunden. Der Herr der Unterwelt hing sie sich um und auch wenn sie ihm keine speziellen Kräfte verlieh, weil sein eigener, isolierter Herzenswunsch, an ihm keine Kräfte ausübte, was Seth allerdings nicht wusste, tat er so, als ob. „Jetzt habe ich die ultimative Macht! Rate, wer sich gleich zu meinem Sohn gesellt!", rief er zornig und richtete sein Schwert auf ihn. Erschrocken flog Seth über die Falltüre davon und verschwand über den Korridor, bis er schließlich das Portal durchquerte, das ihnen Einlass in die Unterwelt gewährt hatte.

Aber aus seinem Fluchtplan wurde nichts, denn dort warteten bereits Bert und Rita mit einer Armee von hunderten, gar tausenden, lebender Bäume. Der ganze Wald am Rande von Berts Zuhause stand ihnen im Kampf gegen die Hermesboten beiseite. Nachdem sie von Ren erweckt wurden, konnten sie die Schlacht zugunsten des Zauberers und der Hexe drehen. In letzter Sekunde hatten sie die Hermesboten vernichtend geschlagen.

Der alte Zauberer lachte, als Seth ihm praktisch in die Arme lief und ihm seinen Kampfzauberstab unter die Nase hielt. „Ah, da haben wir ja den Anführer der *Gezeichneten*. Ergreift ihn!", rief Bert. Überrascht von der gewaltigen Ansammlung von Feinden, erstarrte Seth auch ohne Ritas Eiszauber. Einige Bäume umklammerten ihn mit ihren dicken Wurzeln, sodass er nicht mehr fliehen konnte. „Ein wirklich übler Bursche.", meinte Cornie, der auf der Schulter von Bert stand und ihm auf die Nase schlug. Rita lachte amüsiert. „In der Tat.", pflichtete ihm der alte Zauberer bei.

Seth erzählte ihnen jedoch, dass Osiris durchgedreht sei, Mina getötet hätte und Hermes die Kette nun selber tragen würde. Ein wütender Kampf sei entfacht, warum er auch geflohen sei.

Sofort übergab Bert dem *Fliet* das Kommando über die Baumarmee: „Cornie, ich übertrage dir hiermit das Kommando über die Bäume, bis Rita und ich wieder zurückkommen. Ich vertraue Seth nicht. Lass diesen Fiesling nicht aus den Augen, ja! Und ihr, Bäume des Waldes, lasst ihn ja nicht wieder frei! Hört ihr!" Dann bückte er sich über Cornie und flüsterte zu ihm: „Falls wir nicht wiederkommen, lass das Ankh von den Bäumen zertreten." Der *Fliet* guckte entsetzt. „Aber, dann wärt ihr ja auf ewig in der Unterwelt gefangen.", stotterte Cornie. Bert bückte sich ein weiteres Mal zu ihm hinunter und sagte harsch: „Tu es einfach!" Daraufhin kramte Cornie zwei neue *Spibostäbe* aus seinem Latz und überreichte einen davon dem Zauberer. Er erklärte ihm, dass es ein Kommunikationsmittel sei und wie er funktionierte. „Wenn ich das Ankh zerstören soll, puste hinein.", meinte Cornie.

Kurz bevor Bert und Rita durch das Portal in die Unterwelt verschwanden, vergewisserten sie sich selbst noch einmal, dass von Seth keine Gefahr mehr ausging und übergaben den beiden Eichen Ren und Gentian, Rasco hatte es nicht geschafft, den perfiden Hermesboten in Obhut. Dann liefen er und seine Musterschülerin kampfbereit durch das projizierte Tor des Ankhs. Rita meinte, während sie langsam die Stufen in die Unterwelt hinabstiegen: „Woher wusstest du, dass ich dich bis in den Tod begleite?", wollte Rita von Bert wissen, während sie behutsam die Stufen in die Unterwelt hinabstiegen, woraufhin der alte Zausel kurz anhielt, sich mit einem zaghaften Lächeln zu ihr wandte und ihr einen kurzen Augenblick in die Augen sah. „Vielleicht hätte ich dir das schon vor Jahrzehnten sagen sollen, denn wer weiß, wie diese

Geschichte wohl enden mag." Dann machte er eine kleine Pause und holte noch einmal tief Luft. „Rita, ich liebe dich wie meine eigene Tochter und ich fühle mich gewissermaßen wie dein Vater. Familien halten zusammen, dafür gibt es sie ja überhaupt. Und du bist meine Familie. Seite an Seite mein Kind." Die weiße Hexe fühlte sich so geschmeichelt, dass ihr zum Heulen zumute war. Noch nie zuvor hatte er auch nur ansatzweise etwas ähnlich Schönes verlauten lassen, obwohl sie schon seit ihrer ersten Begegnung sehr aneinander hingen. „Außerdem, wer sagt, dass wir heute sterben werden?"

Bestärkt durch das Gefühl echten Familienzusammenhalts, erreichten sie bald den Korridor, den sie vorsichtig durchschritten. Zappenduster war er, denn die Fackeln an den Wänden hatten sich nicht wieder entfacht. Ritas Hexenstock, der an der Spitze einen kleinen Feuerball balancierte, erhellte den Gang und ließ die Dunkelheit mit jedem Schritt ein Stück weit weichen. Trotzdem blickten ihre Augen vorwärts- wie rückwärtsgerichtet, immer ins Schwarze. Viel konnten sie nicht erkennen. Doch auch sie kamen bald an die Stelle, wo sich der Gang stark verschmälerte und sie gezwungen waren, auf allen vieren weiter zu kriechen. Rita ging vor. Als die beiden in der Kammer ankamen, rutschten sie gemeinsam die offene Falltüre hinunter auf die steinerne Brücke. Bert bremste ihren Sturz mit seinen telekinetischen Kräften.

Während sie auf die steinige Brücke hinabschwebten, sahen sie das deprimierende Ausmaß des Kampfes. Seth hatte allem Anschein nach nicht gelogen. Minas Körper lag tatsächlich leblos mit dem Bauch auf dem Steinboden der Brücke und Pitty lag blutüberströmt zu Osiris` Füßen.

„Osiris!", rief Bert, der die Kette um dessen Hals sehr wohl erkannte. „Du hast nun, was du wolltest. Lass von Pitty ab und schenke Mina das Leben zurück oder wir werden dich bis zum letzten Atemzug bekämpfen!" Rita formte bereits einen mächtigen Feuerball und der Zauberer richtete seinen Kampfzauberstab auf Osiris, abwartend wie der Herr der Unterwelt auf diese Kampfansage reagieren würde.

„Das werde ich. Dieses wundervolle Mädchen hat mir das Leben gerettet!", meinte der König der Unterwelt schließlich. Bert und Rita sahen sich fassungslos an. „Keine faulen Tricks!", rief Bert. „Was zum Nimmerleinstag ist hier nur passiert?", meinte Rita beklemmt.

Aber Osiris überhörte den alten Zausel. Er trug, völlig geschwächt, Minas Leichnam auf seinen Armen und ging mit ihr in seinen Thronsaal zurück. Bert und Rita folgten ihm in einem großzügigen Abstand und stützten Pitty beim Gehen. „Kannst du uns sagen, was hier vorgefallen ist?", wollte die weiße Hexe von Pitty wissen. Doch der schüttelte nur seinen Kopf. „Ich bin der selbe Narr wie ihr.", erwiderte er und hielt sich schmerzvoll seinen Kiefer.

Nachdem sie im Thronsaal angekommen waren, blitzte es kurz auf und das Schattenraubtier erschien wieder. „Ruhig mein Kater, ruhig.", begegnete Osiris ihm bei seiner Ankunft und verwies ihn in die Ecke neben dem Thron. Doch *Inam* dachte gar nicht daran und schnappte ohne zu zögern nach Mina, die noch immer in den Händen Osiris` lag. Beinahe hätte er seinem eigenen Herrn die Arme abgebissen, doch Osiris drehte sich im gleichen Moment geistesgegenwärtig ab. „Beruhige dich *Inam*!", brüllte Osiris und legte seine Lebensretterin schützend hinter sich ab. Pitty, der sich wieder einigermaßen gefangen hatte, riss sich ein letztes Mal zusammen und zog Mina aus der Gefahrenzone heraus, während Osiris zwischen den anderen stand und versuchte, seine eigene Schöpfung auf Distanz zu halten. Bert erhob seinen Kampfzauberstab! „Geh zur Seite Osiris, ich werde diesem Biest nun eine Lektion erteilen, von dem es sich nicht mehr erholen wird." Aber der Herr der Unterwelt machte keine Anstalten. „Dieses Schattenraubtier ist ein Teil von mir. Ich werde es zur Strecke bringen müssen. Schließlich besteht es aus meinem Zorn und Hass, Energien, die jetzt, da sich Mina für mich geopfert hat, wieder in Liebe zu verwandeln sind."

Als seine Hasskreation mit einem mächtigen Satz über Osiris sprang, um das zu beenden, wozu es geschaffen wurde (anscheinend hatte die Bestie nicht mitbekommen, dass Mina längst tot war und die Kette nicht mehr bei sich trug; das Wesen aber durch seinen Hass auf Mina nur ihre völlige Vernichtung im Sinne hatte, das hieß mit Haut und Haaren), stieß sein Herr sein Schwert von unten durch dessen Körper, mitten ins Herz. Es verpuffte augenblicklich in Rauchschwaden und in einem Gekreische, dass durch den Widerhall der Thronsaal einzustürzen drohte.

Nachdem Osiris sein Produkt aus Zorneshass vernichtet hatte, erlangte er zu neuen Kräften, die sich in seinem Körper neu formierten. Der Hass in *Inam*, eine beträchtliche Energiequelle, vereinte sich wieder mit seinem Schöpfer. Doch er wandelte den Hass in die Liebe um, die er von Mina geschenkt bekommen hatte. Die Liebe zum Leben.

Er legte Mina auf einem steinernen Altar ab und führte seinen Krummstab ein Mal komplett über ihren ganzen

Körper. Daraufhin leuchtete ihr Körper in einem hellen Licht und schwebte einige Zentimeter über dem Altarboden. Nun beugte sich Osiris über ihren Mund, den er zuvor weit geöffnet hatte und hauchte ihr durch seinen neues Leben ein. Es dauerte auch nicht lange und sie erwachte aus dem ewigen Schlaf.

Minas Augen öffneten sich nur zögerlich. Sie konnte ihre Umgebung nur silhouettenhaft und verschwommen wahrnehmen. Die Hitze, die sie beim Betreten der Unterwelt gespürt hatte, war allgegenwärtig. „Bin ich tot?", wollte Mina von Osiris wissen, der noch immer vor sie gebeugt war. „Du warst es, aber ich habe dich wiedererweckt. Ich danke dir dafür, dass du dein Leben für meines geopfert hast. Menschenopfer sind rar in diesen Zeiten!" Mina rieb sich die Augen. So ganz war sie noch nicht angekommen. Dann kamen ihre Erinnerungen schlagartig wieder zurück und sie schreckte auf. „Was ist mit San?", schrie sie fürchterlich. Doch der stand bereits neben dem Altar, wenn auch auf wackeligen Beinen und beruhigte seine Nichte. „Ich bin hier, genau neben dir, Minamäuschen.", und strich ihr sanft durchs blaue Haar. „Und was ist mit Pitty, Rita und Bert? Und der kleine *Fliet*?" fragte sie sorgenvoll. Nun traten auch die übrigen an den Altar und jeder hielt kurz ihre Hand. „Alles gut Mina, wir sind hier. Alle, bis auf Cornie, der bewacht mit Ren und Gentian und gefühlten vierhundertfünfzigtausend Bäumen diesen schrecklichen Seth.", meinte Rita schmunzelnd.

Als sich Minas Sehkraft wieder erholte, sprang sie mit einem Satz vom Altar, direkt neben Osiris. „Vielen Dank, dass du mich wieder zurück ins Leben geholt hast.", bedankte sie sich beim Gott der Unterwelt. Dann sah sie San, Pitty, Rita und Bert vor sich stehen. Der Zauberer begann als erstes, sich vor ihr zu verbeugen und die anderen taten es ihm gleich. Alle umarmten sich und waren heilfroh darüber, dass die Odyssee nun doch noch ein Happy End gefunden hatte. Fast.

-Kapitel 41-

Die Überbringung der Kette – aber wie?

Osiris saß still und in sich gekehrt auf seinem Thron und trauerte um seinen Sohn, der für immer im *Limbus des Nichts* verschwunden war. Er, der Menschen eine zweite Chance geben konnte, war nicht in der Lage, ihn zu retten. Mitunter lag es auch an seinem geschwächten Zustand, denn die unwiderrufliche Isolierung des Herzenswunschs hatte ihm ein Großteil seiner Kräfte beraubt. Darüber hinaus wuchsen seine Trübsal und sein Schwermut ins Unermessliche, als er an den toten Hermes dachte. Nur er war imstande, die Barriere zu durchbrechen und die Kette zu überbringen, da Pitty jetzt ein Mensch, ohne besondere Kräfte war. Die *Gezeichneten* konnten ihm auch nicht weiterhelfen. Sie waren keine Boten, sondern Soldaten und würden wahrscheinlich die Kette für ihre eigenen Interessen missbrauchen. Und die *Reinen*, schwirrten gerade irgendwo zwischen den Welten umher und wussten nichts vom Ende ihres Herrn. Sicherlich würden sie ihm die Hilfe verweigern, wenn sie davon Spitz bekämen. Er war sich gewiss, dass er Aphrodite womöglich nie mehr wiedersehen würde.

Seiner Betroffenheit darüber machte er Luft. Jedoch nicht wie ein gewöhnlicher Mensch. Keine Träne rührte sich. Seine Trauer entlud sich vielmehr in Wutausbrüchen, in verzweifelten Schreien und im Umschubsen zahlreicher

Säulen und Statuen, die mit lautem Gepolter in hunderte Stücke zerfielen. Doch diese ganze Palette an emotionalen Regungen zügelte nicht sein Temperament, im Gegenteil, sie stachelten ihn immer weiter an. Er wurde so zornig, dass die Erde erzitterte. Langsam formte sich eine schwarze Aura um ihn, die nichts Gutes verhieß. Erst kaum wahrnehmbar, dann eindeutig erkennbar.

„Hermes ist tot. Verschwunden auf ewig im *Limbus des Nichts*. Niemand kann mir nunmehr diese Kette überbringen!", fluchte er so laut, dass man das Echo an allen Wänden abprallen hörte und die Nachricht sich durch die ganze Unterwelt verbreitete. Dabei löste sich ein kleiner Stalaktit von der Decke über Pitty und Mina, der in den Boden krachte und die beiden nur haarscharf verfehlte. Im letzten Moment schubste Mina ihren Freund beiseite und hechtete davon. „Aufhören! Du wirst uns noch alle töten!", ermahnte Rita Osiris, die neben Bert stand und dem Treiben nun Einhalt gebot. „Mein Schmerz wächst! Ich kann es nicht länger kontrollieren.", rief Osiris verzweifelt und die Wut, der Hass und der Zorn, die durch die Vernichtung des Schattenraubtiers freigesetzt wurden, gaben ihm seit dem Eingriff in sein Herz wieder ungeahnte Kräfte. Das Bewusstwerden über den Verlust seines Sohnes und die Ausweglosigkeit, sich je wieder mit seiner Ehefrau zu vereinen, verschlangen alle Bemühungen Osiris, die Energien weiterhin positiv zu halten.

„Nun.", räusperte sich Pitty kleinlaut. „Ich war einmal ein Bote des Hermes. Kein *Gezeichneter*, sondern ein *Reiner*. Wenn ich mich zurückverwandeln könnte, dann wäre ich auch in der Lage die Barrieren der *Wächter* zu durchbrechen." Osiris wurde hellhörig. „Aber wie soll das gehen?", fragte er in die Runde und zerdepperte dabei eine weitere Statue. „Durch die Kette natürlich.", meinte Pitty. Langsam verwandelte sich Osiris` Gram in Zuversicht und die schwarze Aura schien zu verblassen. Er fand Gefallen an der Idee und übergab ihm die Kette. „Wenn ich euch nicht trauen kann, wem dann noch?", stellte Osiris beinahe resigniert fest. „Ich werde Euch nicht enttäuschen.", erwiderte Pitty.

Als er die Kette anlegte, wünschte sich Pitty zu einem Hermesboten zurück. Doch nichts geschah. „Wieso funktioniert diese Kette nicht!", fluchte jetzt Pitty. Da kam Imhotep hervor, der auf die unüberhörbaren zornigen Auswüchse seines Herrn aufmerksam wurde und sich hinter einer der wenigen Säulen versteckt hielt, die noch heil war. „Ich bin der Schmied der Kette, Ratgeber und Magier Osiris`.", stelle er sich vor und konnte dadurch gerade noch verhindern, dass seinem Herrn ein weiterer Wutausbruch überkam. „Es wird nicht funktionieren, weil Hermes den Tod gefunden hat. Wie kann sich da jemand zu einem Boten des Hermes wünschen?", stellte er fest. „Aber...", fuhr er fort, „...ich habe da eine außergewöhnliche Idee. Die Kette kann dich womöglich doch noch zurückverwandeln. Und dein Schicksal Pitty, wird das Schicksal Osiris` und Aphrodites erfüllen. Ihr Götterboten werdet doch durch die Kraft der Sonne gespeist. Was wäre, wenn wir die Kette einschmelzen, die nebenbei bemerkt, aus dem Blute des Sonnengottes Re besteht und die Flüssigkeit in dein Herz transferieren? Das Amulett, nebst den darin eingeschlossenen Herzenswunsch, bliebe davon völlig unberührt."

Pitty war sofort Feuer und Flamme und auch Osiris konnte sich für die Idee begeistern. Noch im selben Augenblick nahm Imhotep das Amulett von der Kette ab und übergab es seinem Herrn. Dann schmolz er die Kette in seiner Zauberwerkstatt ein und injizierte das Sonnenblut mit einer Nadel, die aus dem Schnabel eines *Greifs* bestand, in Pittys Herz. Die Wirkung ließ nicht lange auf sich warten und erweckte Pitty zu neuem Leben. Mit jedem Herzschlag fühlte er sich besser, lebendiger, stärker – wie ein neuer Gott. Er schrie vor neu geweckter Kraft. Seine Wunden im Gesicht waren wie weggezaubert und sein Antlitz war noch schöner als jemals zuvor. Auch formten sich neue, prächtigere Flügel auf seinem Rücken, die im roten Licht des Magmastroms glitzerten, wie die Sterne am Nachthimmel. Er war nun mächtiger denn je und demonstrierte seine neu gewonnenen Kräfte, indem er den heruntergefallenen Stalaktit, der sich tief in den Boden gebohrt und Mina und ihn beinahe erschlagen hatte, mit Leichtigkeit aus dem Boden hob und ihn mit einem Fausthieb zerschlug. Seine Freude war unbändig.

„Ich lebe wieder!", verkündete er euphorisch. Und das Beste an der Sache war, dass er nunmehr auch keinem anderen Gott mehr unterstand, was ihn in gewisser Weise selbst zu einem Gott machte. „Ich glaube, du bist der neue Hermes.", meinte Osiris. „Wirst du die ehrenvolle Aufgabe übernehmen, der neue Gott der Boten zu sein? Ein besserer, als es Hermes je war. Einer, der immer klaren Verstandes agiert, sich nicht von seinen Gefühlen verleiten lässt und seine Aufgaben stets mit größtem Pflichtbewusstsein erfüllt? Dann übergebe ich dem neuen Gott über die himmlischen

Boten meinen größten Schatz, wenn er dazu bereit ist."

Osiris sah den neu geborenen Gott erwartungsvoll an. „Mit meinem göttlichen Leben beschütze ich deinen Herzenswunsch.", entgegnete er Osiris, woraufhin ihm der Gott der Unterwelt das Amulett übergab. „Flieg zu meiner Ehefrau, junger Gott - flieg!"

Pitty sah noch einmal zu Mina hinüber, die ihm zunickte und damit sagen wollte, beende diese Geschichte. Doch bevor er sich auf den Weg machte, schwebte er zu ihr und küsste sie innig. Während er sanft seine Lippen auf ihre legte, ahnte Mina tief im Inneren, dass dieser Kuss der letzte zwischen ihnen sein würde. Sie wusste zwar nicht, woher diese Gewissheit herrührte, aber sie konnte sie nicht leugnen. Vielleicht waren es die Worte Osiris, die für ihre Liebesgeschichte kein Platz fand. Noch einmal erinnerte sie sich an all die schönen und traurigen Momente mit ihm, ihrem Helden, der noch, bevor er zu einem Gott aufstieg, seine gesamte Existenz für sie hinter sich gelassen hatte, nur um ihr nah zu sein. Jetzt musste er gehen – vielleicht für immer. Denn als Gott, so war sie sich sicher, würde er sich nicht mehr um sie kümmern können.

So viel wollte sie ihm noch mitteilen - wollte ihre Gefühle mit ihm teilen. Hart kämpfte sie gegen ihre Tränen an, als sich ihre Lippen langsam voneinander lösten. Doch in diesem Moment spürte sie zum ersten Mal ihren eigenen Herzenswunsch. Sie wollte ein normales Teenager-Leben führen, ohne große Abschiedsszenen wie diese hier, die ihr das Herz brachen. Sie wollte zurück zu ihrer Mutter, die sie ermahnte aufzuessen und mit ihr gemeinsam Serienabende verbrachte. Vielleicht hätte sie gerne eine Freundin an ihrer

Seite, mit der sie Shoppen gehen konnte und die sich gegenseitig Klamotten liehen, Schminktipps gaben und dergleichen, was man als Teenie ebenso alles machte. Aber vor allem wollte sie ein ruhiges, schönes Leben mit ihrer Mutter, ohne Abenteuer die ihr den Kopf kosten konnten. Ein ganz normaler Teenager – und genau das war es, was sie sein wollte – hatte diese Probleme nicht. Das größte Problem, mit dem sie sich zukünftig konfrontiert sehen wollte, war die Aufgabe zu entscheiden, welche Schuhe sie zu welchem Outfit tragen sollte.

Beide blickten sich zum Abschied noch einmal tief in die Augen. In seinen Augen leuchtete ein Feuer der Leidenschaft. Aber nicht die der Liebe, sondern die, der ersten Amtshandlung als neuer Gott. Dann schoss er wortlos davon, aus dem Portal in Richtung des Olymps. Kurz bevor er in den Himmel empor stieg, hielt er jedoch noch eine kleine Rede an die überlebenden Hermeskämpfer, die in dem Geäst und den Baumkronen des Waldes ihr Gefängnis fanden.

„Kämpfer des Hermes! Ihr habt tapfer gekämpft, aber für die falsche Sache! Hunderte eurer - unserer - Kameraden haben den Tod gefunden. Für ein Amulett, das Hermes nie zustellen konnte. Ich frage euch: War es das wert? Der Tod und das Leid? Dieser Irrsinn hat nun ein Ende gefunden. **Hermes ist tot!**", rief er. Ein Raunen ging durch den Wald. „Aber...", fuhr Pitty selbstbewusst fort: „... wenn ihr euch mir anschließt, dann verspreche ich euch, mache ich keine Unterschiede zwischen den *Reinen* und den *Gezeichneten*. Mit meiner neu erlangten göttlichen Macht, werde ich uns alle unter dem Mantel des gegenseitigen Respekts vereinen. Und, ich verspreche euch, jedem einen Burger. Das menschliche Essen ist fantastisch." Die Menge wusste im ersten Moment nicht, wie sie reagieren sollte, doch schon bald fing einer zu klatschen an und immer mehr ließen sich davon anstecken, bis ihm alle die Treue schwuren: „Pitty unser neuer Herr!"

Während Pittys Rede lockerten sich die Wurzeln von Ren und Gentian ein wenig. Es war nicht viel, ein winziges Spältchen, das aber Seth ausreichte, um sich dadurch in die Freiheit zu quetschen. Unbemerkt flog er außer Reichweite der Bäume und beobachte Pitty voller Neid aus sicherer Entfernung, der das begehrte Amulett in seinen Händen trug und pfeilschnell in den Himmel jagte.

„So so, er ist also zu einem Gott aufgestiegen und hat die Kämpfer für sich gewonnen. So ein Narr. Er ist gerade dabei das Amulett zu überbringen, das Aphrodite und Osiris wieder vereinen wird - das die Barrieren der *Wächter* durchbricht! Lass mich überlegen. Stellt das nicht einen Bruch des kosmischen Gesetzes dar?", meinte er mit bitterem Spott. Er hatte viel von Axim über das Amulett und die Liebesgeschichte erzählt bekommen, was nicht einmal der tote Hermes je zu seinen Lebzeiten wusste. „Interessant zu wissen, wie die *Wächter* wohl darüber denken werden, wenn ich ihnen von diesem Bruch erzähle. Welche Strafe sie den Göttern Osiris und Aphrodite und diesem nichtsnutzigen Pitty wohl auferlegen werden? Ich bin mir ziemlich sicher, sie werden sie alle vernichten. Und den Zauberer, die Hexe, das Mädchen und ihren Onkel gleich mit! Nur um den kleinen *Fliet* kümmere ich mich höchstpersönlich!", lächelte er hinterhältig, während er sich allerlei schreckliche Foltermethoden für Cornie ausdachte. Den Kopf gefüllt mit

Rachegedanken und voller böser Absichten in seinem Herzen, flog er pläneschmiedend in Richtung des weit abgelegenen *Ödlands*, das als einzige Route zu den *Sieben Wächtern des kosmischen Gleichgewichts* führte.

    Erst jetzt bemerkte Cornie, dass Seth geflohen war. Sofort alarmierte er Bert mit seinem *Spibostab* über diese missliche Wendung, den er aus der Brusttasche seiner Latzhose zog. Es dauerte auch nicht lange, da standen Bert und seine treuen Gefährten wieder an der Erdoberfläche. Nachdem ihm Cornie berichtete, dass die *Gezeichneten* Pitty die Treue geschworen hatten und fortan an seiner Seite kämpften, appellierte er sofort an die Hilfe der Boten. „Bringt uns diesen Seth. Er wird sonst großes Unheil über uns bringen.", stachelte der alte Zauberer sie an. Woraufhin die Bäume ihre Kronen öffneten und die ehemaligen Hermeshelfer wieder frei ließen. „Glaubst du nicht, dass das alles viel zu schnell geht? Vielleicht haben sie Pitty nur angelogen um schnell aus der Gefangenschaft zu entkommen.", vermutete Rita. Doch Bert antwortete gelassen: „Siehst du nicht ihre Auren. Sie leuchten im selben Glanze wie Pittys. Ihr Treueschwur hat sie an ihn gebunden." Pittys Untertanen schwärmten wie Sonden im Weltraum in alle Himmelsrichtungen aus und suchten gründlich nach ihrem einstigen Befehlshaber. Doch Seth blieb auch nach intensiven Anstrengungen verschwunden und diese Nachlässigkeit, sollte verheerende Auswirkungen nach sich ziehen.

-Kapitel 42-

Die Wiedervereinigung

Pitty flog, nein, er schoss schneller als eine Gewehrkugel durch die Atmosphäre, auf direktem Weg in den Olymp. Dabei lächelte er unaufhörlich, denn er erreichte ungeahnte Geschwindigkeiten, wie nie zuvor. Er machte einen sehr glücklichen Eindruck. Fast war er versucht seinen Auftrag hintanzustellen, um auszuprobieren, wie schnell er sich fortbewegen konnte. Doch ein wahrer Gott durfte sich auf derlei Spielchen nicht einlassen. Schon gar nicht, wenn er eine Mission von größter Wichtigkeit bestritt. Und als Gott der Boten ziemte es sich, pflichtbewusster denn je an seine jeweiligen Aufgaben heranzutreten. Außerdem wollte er für seine Anhängerschaft ein Vorbild sein. Und daher musste er zu einem werden und durfte seine erste Amtshandlung nicht gleich vermasseln. Er zwang sich selbst zur Vernunft und ließ sich nicht mehr von seinen überschwänglichen Gefühlen bezüglich seiner neuen Gotthaftigkeit leiten – wie es ihm Osiris riet. Schon mäßigte er seinen Flug, um nicht Gefahr zu laufen, das Amulett mit dem Herzenswunsch zu verlieren und die Geschichte zu beenden, wie sie angefangen hatte.

Der Olymp, hoch oben über den Wolken, von den Menschen nicht wahrnehmbar, strahlte Pitty bereits von Weitem entgegen. Auch die undurchdringbare Barriere, die von der Verurteilung durch die Wächter bezeugte und ihr Zuhause umgab, war gut erkennbar. Diese Energiekuppel konnte nur von dem neuen Gott der Boten und seinen Helfern durchschritten werden. Im Sinkflug steuerte er Aphrodites Tempel an, den er sehr gut kannte. Es war nämlich einer der Prächtigsten überhaupt, wenn nicht der Prächtigste. Er spiegelte die Schönheit seiner Besitzerin wider, die unvergleichlich war. Eben drum war er schöner als alle anderen, denn verglichen zu Aphrodite, konnte es nichts Schöneres geben.

„Ein Geschenk für Aphrodite!", rief Pitty noch in der Luft schwebend, die Barriere durchfliegend, vor den Toren des Tempels, die sich prompt für ihn öffneten.

Noch nie im Leben hatte Pitty Aphrodite mit seinen eigenen Augen erleben dürfen. Hermes hatte zu Lebzeiten nämlich immer die angenehmen Aufgaben selbst und höchstpersönlich übernommen. Seine Augen glühten vor Erregung. Gleich würde er die jahrhundertealte Liebesgeschichte zu einem Happy End führen. Pitty spürte, wie die kollektive Last, die Mina, San, Bert, Rita und er, die ganze Zeit über schwer schulterten, langsam von ihnen fiel. Dann stand sie vor ihm, im Torbogen, die Göttin, von der man behauptete, dass die *Schöpfer* nichts Vergleichbareres an Ästhetik erschaffen konnten. Es war Aphrodite, Osiris` Gemahlin, mit zwei Tempeldirnen, die ihr während des Schreitens, Rosenblüten vor die Füße warfen.

„Sag, wer bist du? Und was für ein Geschenk hast du für mich?", fragte sie neugierig. „Ich bin Pitty, der neue Gott der Boten. Und dieses Geschenk ist wohl das wichtigste aller Zeiten. Es ist der isolierte Herzenswunsch Osiris`, der einen jahrtausendelangen Konflikt beendet, indem er Euch wieder mit Eurem Gemahl vereint. Er besitzt die Macht, die Barriere der *Wächter* zu durchbrechen, die Euch so lange voneinander getrennt hielt."

Aphrodite betrachtete das Amulett in Pittys Händen. „Meine Liebe zu ihm ist nach all der Zeit ungebrochen. Ich habe solange auf diese Möglichkeit gewartet!" Unentwegt liefen ihr Tränen über die Wangen. Vor Freude schloss sie den Götterboten in ihre Arme. Als ihr Pitty das Amulett überreichte und sie es berührte, umgab sie auf ein Mal eine engelsgleiche Aura, die von ihrem Herzen ausging. Plötzlich fing sie an, ein paar Meter über dem Boden zu schweben, als hätte irgendeine Macht Kontrolle über ihren Körper erlangt. Ihre langen, braunen Haare bewegten sich seicht, wie vom Wasser getragen, hin und her. Ihr Herzenswunsch war gerade dabei, sich zu erfüllen. Das Strahlen der Aura wurde immer größer und dehnte sich in alle Richtungen aus, bis es die Energiekuppel, die sie im Tempel gefangen hielt, auflöste. Dann war das gleißende Licht der Aura verschwunden und mit ihm Aphrodite.

-Kapitel 43-
Epilog

Das *Ödland*, das zuerst durch den labyrinthartigen *Zetacanyon* führte, schien Seth nichts auszumachen. Er überflog einfach die vielen verwinkelten Gänge, die oftmals ins Nichts führten, wobei ihn neugierige Augen aus den dunklen Schluchten folgten, von Wesen die er sich nicht ansatzweise vorstellen mochte. Doch die Weiten der *Glutwüste*, die danach auf ihn warteten, hätten ihm beinahe das Leben gekostet. Hunderte Kilometer nichts als Sand und diese unerträgliche Hitze bei Tag und die klirrende Kälte in den Nächten. Riesenschlangen und –skorpione, die nur auf ein Appetithäppchen wie ihn warteten, taten ihr Übriges dazu bei. Doch mit sehr viel Glück durchstand Seth auch diese Prüfung auf dem Weg zu den *Wächtern*. Bald schon erspähten seine Augen das Jammertal, das von saftigen Wiesen durchzogen und Berghängen umgeben war. Aber dort konnte er unmöglich rasten, denn die Gringel rochen seine Anwesenheit schon kilometerweit gegen den Wind. Sie stapften durch das Tal und hielten ihre Rüssel nach oben. Sobald sich Seth über ihnen befand, schmissen sie mit Felsbrocken nach ihm. Mit letzter Kraft erreichte Seth den Fuß des *Todesgletschers*, auf dem der Tempel der Wächter zwischen zwei Bergspitzen bereits von Weitem zu sehen war. Der schwere Aufstieg begann und Riesengreife, das waren überdimensionale Steinadler, die nahezu immer auf der Suche nach etwas Essbaren waren, versuchten ihr Glück auch bei

Seth. Doch sich in enge Felsspalten zwängend, überlebte er auch diese Angriffe. Nach monatelanger, mühseliger Reise durchs *Ödland*, die ihm nicht nur ein Mal beinahe das Leben gekostet hätte, erreichte er schließlich die Tore des Tempels.

Übertrieben untertänigst warf er sich vor ihre Füße und verriet ihnen auf schleimigste Art und Weise die Geschehnisse auf der Erde. Er selbst präsentierte sich dabei als kläglich gescheiterten Kämpfer ihrer Interessen, was ihn zwangsläufig zu ihrem Verbündeten machte. Er wusste es, sich so in Szene zu setzen, dass er die einen oder anderen Privilegien von den Wächtern zu erwarten hatte. Mit schauspielerischen Höchstleistungen beteuerte er wiederholt die widerlichen, schändlichen Gesetzesbrüche des Osiris, der sich mit dem Menschengeschlecht verbrüdert hatte und Pitty dazu verhalf, selbst ein Gott zu werden.

„Was?", polterten die *Wächter*. „Osiris dieser Teufel!", schrien einige entsetzt, während es einer von ihnen auf den Punkt brachte, was überhaupt so schlimm an dieser Liaison zwischen ihm und Aphrodite war. „Ein Kind aus dieser Liebesbeziehung, eine Verschmelzung zwischen einem ägyptischen und einem griechischen Gott, wäre mächtiger als alle unsere Kräfte vereint! Dabei würde ein völlig neues Machtgefüge entstehen, das stärker als das kosmische Prinzip wäre und die ganze Welt ins Chaos stürzen würde."

Das war also der Grund, warum sie seit Anbeginn der Zeit versuchten, die beiden Gottesgeschlechter voneinander fernzuhalten.

Aber konnten sie dem charismatischen Seth, einem *Gezeichneten*, blind vertrauen? Zunächst nicht, obwohl sie ihm durchaus wohlgesonnen waren. Auf seine

Berichterstattung hin, schickten die *Wächter* einen Aufklärer aus ihren eigenen Reihen auf die Erde, der ihnen mit eigenen Augen berichten sollte, was er dort für Verhältnisse vorfand.

Seth wusste, dass dieser Aufbruch mehrere Monate dauern würde. Somit entschied er, sich mit den obersten Heeresführern anzufreunden, bis er wiederkam.

Der Aufklärer trat nach langer Zeit völlig abgekämpft vor den *Rat der Wächter* und berichtete: „Aus dieser verbotenen Liebe ist bereits ein neues Gotteskind geboren! Darüber hinaus wurde es auf ein Menschenkind namens Mina geprägt."

Die *Wächter*, außer sich vor Zorn, riefen und gestikulierten wild durcheinander. „Das heißt also ein weiterer Bruch der kosmischen Gesetze.", lächelte Seth, der mittlerweile aufgrund seiner Verdienste zum Ranghöchsten General über die Heere der Wächter ernannt wurde. „Dieser neu geborene Gott, der niemals hätte entstehen dürfen, muss unter allen Umständen vernichtet werden. Das gilt gleichermaßen für das Mädchen, ihren Onkel, Pitty, den Zauberer und seiner Baumarmee, die Hexe und selbst für den *Fliet*! Alle, die sich der Gesetzesbrüche schuldig gemacht haben, müssen vernichtet werden. Götter dürfen sich nicht auf Menschen prägen und Menschen dürfen nichts von Göttern wissen!", erklärte einer von ihnen hasserfüllt und fand bei allen Zustimmung. „Das bedeutet Krieg! Macht die Heere klar.", schrien sie einstimmig.

Seth rieb sich freudig die Hände. Auf so einen Vergeltungsschlag hatte er lange gehofft. Und mit den Wächtern als Unterstützung, die ihm auch noch ihre Heere anvertrauten, war ihm die Befriedigung seiner Rachegelüste sicher. „Welches Geschlecht trägt das neue Gotteskind, das ich vernichten werde?", wollte Seth noch von dem Aufklärer wissen, damit er es besser identifizieren konnte. Dieser holte eine kleine Kugel hervor, indem ein Bild des Babys erschien. „Es ist ein Junge und so viel ich mitlauschen konnte, wollte Osiris, dass sich der Name seines neuen Zöglings aus jeweils einem Buchstaben der Vornamen dieser selbsternannten Helden bilden ließ. Er ist davon überzeugt, dass er ohne die Hilfe der Menschen und Pitty keinen weiteren Sohn bekommen hätte und daher kam ihnen diese Ehre zuteil. Die Gruppe entschied sich für den Namen *Arian*."

Diese nicht unwichtige Information zeugte darüber, wie gefestigt mittlerweile das Band zwischen den Menschen und den Göttern war. Und das gefiel den Wächtern ganz und gar nicht, weshalb sie nunmehr alle Götter, egal welcher Kultur, verbannten. Über jedem Gott erschien nun eine undurchdringliche Energiekuppel. Von nun an war es ihr einziges Bestreben, das kosmische Gleichgewicht wieder herzustellen. Seth ritt mit Kriegsgeheul auf einem wolfsartigen Wesen davon, um seine Streitkräfte in Marsch zu setzen.

Auch wenn die *Wächter* den Krieg erklärten, so waren sie entsetzt über die Entwicklungen auf der Erde, die Gesetzesbrüche und den bevorstehenden Krieg, der nun unvermeidlich geworden war. Aber zu groß war ihre Angst, dass die Weltordnung durch die Ereignisse in der Unterwelt aus den Angeln gehoben wurde und die Welt für immer ins Chaos stürzte.

Nur ein *Wächter* grinste teuflisch und unbemerkt unter seiner Robe, als hätte er das alles lange geplant.

Danke an...

... meine Familie

... meine bezaubernde Ehefrau Denise <3 Ohne dich kann ich nicht mehr existieren. Du bist so umwerfend. In keinem Datingportal gibt es eine ähnliche Frau zu finden – so viel ist sicher. Und du gehörst zu mir! Du bist heißer als die Sonne, stärker als Supergirl, liebenswerter als der perfekte Hundeblick. Im Grunde kann sich Aphrodite eine Scheibe von dir abschneiden, denn neben dir verblasst sie zu einer verwelkten Blume. Danke für Dich. Unsere Liebe ist Schicksal. Für immer zusammen (FIZ). Ich liebe dich über alles, ÜBER ALLES, hörst du. Immer an meiner Seite, immer zu mir haltend, wie ein Fels in der Brandung, was im höchsten Maße natürlich auf Gegenseitigkeit beruht. Du bist das Allerbeste und Allerschönste was mir in meinem Leben passieren konnte und nichts, aber auch gar nichts, kann dich übertrumpfen. Danke für die tollsten Kinder der Welt. Ich liebe dich für immer. FIZ <3

...meine Nichten und Neffen Tamina, Lea, David und ganz besonders Arian, dem ich dieses Buch auch widmen möchte (*30.03.2010 +28.09.2014). Wir sehen uns im Himmel wieder.

...meine Mama, die mich wirklich bedingungslos liebt. Ob als Unternehmer, Hausmann oder die Lebensperiode als Gescheiterter. Wer kann so etwas schon über seine Mutter

behaupten. Danke, dass es dich gibt. Danke, dass du mir immer Mut gemacht hast, meine Träume zu verfolgen, egal wie unsinnig sie auch in deinen Ohren klangen. Danke, dass du so weise und stark bist und dass ich durch dich viel lernen konnte, was den Blick auf die Welt angeht. Geld ist nichts wert ohne Liebe. Liebe ohne Geld ist hingegen das wertvollste auf der Welt. Ich hab dich wahnsinnig lieb. Dank dir kann ich zu mir selbst stehen, egal was andere über mich denken.

... alle Leser

Danke fürs Kaufen. Vielen Dank. Und egal wie hart das Leben bei Euch zuschlägt, gebt nicht auf! Jeder Lebensabschnitt ist wie ein Kapitel im Buch, das nächste kommt bestimmt.

Amberg im Dezember 2016

In eigener Sache

Vielen Dank, dass Sie dieses Buch zu Ende gelesen haben. Wenn Ihnen dieses Buch beim Lesen genauso gefallen hat, wie mir beim Schreiben, dann würde ich mich sehr darüber freuen, wenn Sie die Zeit fänden, mein Buch auf Amazon zu bewerten.

Selbst wenn Sie keine Lust haben, eine endlose Rezension zu schreiben, so gibt es auch noch die Möglichkeit, mit einem einfachen Mausklick Sterne zu vergeben. Das würde mir und meiner Arbeit schon weiterhelfen.

Die Verkaufszahlen alleine sind für mich nicht entscheidend. Meine Leidenschaft lebt vom Austausch mit Ihnen. Deswegen, genieren Sie sich bitte nicht und tun mir den Gefallen.

Herzlichst

Ihr J.D. Bennick